文庫 SF

26〉

人類補完機構

ノーストリリア

コードウェイナー・スミス
浅倉久志訳

早川書房

6530

NORSTRILIA

by

Cordwainer Smith

Translated by
Hisashi Asakura
Published 2009 in Japan by
HAYAKAWA PUBLISHING, INC.
This book is published in Japan by
direct arrangement with
SCOTT MEREDITH LITERARY AGENCY, L. P.

目次

ノーストリリア

テーマとプロローグ

お話と場所と時――たいせつなのはこの三つ。

1

お話は簡単だ。むかし、ひとりの少年が地球という惑星を買いとった。痛い教訓だった。あんなことは一度あっただけ。二度と起こらないように、われわれは手を打った。少年は地球へやってきて、なみはずれた冒険を重ねたすえに、自分のほしいものを手に入れ、ぶじに帰ることができた。お話はそれだけだ。

2

場所？　場所はオールド・ノース・オーストラリア。ほかにどこがあるだろう？　農夫たちがハンカチ一枚に一千万クレジットをはらい、ビール一本に五クレジットをはらう世界が、ほかのどこにあるだろう？　いたるところに、死と、死よりおぞましいまぬけ落としの仕掛けられた土地の上で、だれもが軍国主義と縁もゆかりもない平和な生活を送っている、そんな世界が、ほかのどこにあるだろう？　オールド・ノース・オーストラリアにはストルーンが——つまり、サンタクララ薬が——あり、千を超えるほかの世界は、それがほしくて目を血ばしらせている。しかし、ストルーンがとれる土地はノーストリリア——オールド・ノース・オーストラリアをみんながつづめてそう呼ぶノーストリリアだけ。なぜなら、ストルーンは、とてつもなくむちゃくちゃにでっかい奇形の羊に繁殖するウイルスだからだ。その羊は、牧畜業をはじめるため、地球から輸入されたものだった。結局それが、想像できるなによりも貴重な宝物になった。朴訥《ぼくとつ》な農夫は朴訥な億万長者になったが、それでも農夫の生き方をつづけた。もともとしたたかなのが、いっそうしたたかになった。三千年近くも金をしぼりとられ、痛めつけられてくれば、人間はずいぶんこすっからくなるものだ。彼らは強情にもなった。ときどきスパイを送りだし、ごくときたまに観光客を受けいれるだけで、よそものを避けつづけた。よそもののすることに首をつっこまないかわり、もしよそものがよけいな首をつっこむと、死がはねかえってきた。死がとんぼがえりを打ち、二重三重になってはねかえってきた。

やがて、彼らの子供のひとりが地球にやってきて、地球を買いとった。惑星をまるごと、いっさいがっさい、下級民《アンダーピープル》までごっそりと。

地球にとっては、大いに迷惑だった。

そして、ノーストリリアにとっても。

もし、これが政府と政府の取引なら、ノーストリリアは地球のめぼしい宝をすっかり手に入れた上で、複利をつけて売りもどしたろう。それがノーストリリア人の商売の流儀だ。それとも、こういったかもしれない。「勘定はもういいって。あんたんとこの古い濡れたボールは、そっちでだいじにとっときな。こっちにゃ乾いたすてきな世界がちゃんとあるからよ」それがノーストリリア人気質《かたぎ》だ。予想のつかない出方をするのが。

あいにく、地球を買ったのは少年で、しかもそれは彼個人のものだった。

法律的には、なにをしようが彼の勝手。サンセット海の水をポンプですっかり汲みあげて、空へ積みだし、人類宇宙のすみずみにまで売りこむこともできる。

少年はそうしなかった。

少年がほしいのは、もっと別のものだった。

地球当局は、女がほしいのだろうと思い、あらゆる形、サイズ、匂い、年齢の女を彼にあてがおうとした——名門の若い令嬢をはじめ、犬から作られた下級民の娘までを。この娘たちは、熱い殺菌シャワーを浴びた直後の五分間だけを除いて、いつもロマンスの香りを漂わせている。しかし、少年がほしいのは、女ではなかった。郵便切手だった。

地球もノーストリリアも、これにはめんくらった。ノーストリリア人は苛酷な惑星に育ったリアリストで、財産を重く見る。(重く見ないわけがどこにあるだろう? 自分たちがその大部分を握っているのだから) こんなたぐいの物語は、ノーストリリアでしかはじまりようがない。

3

ノーストリリアとは、どんなところか?

むかしだれかが歌のリズムに乗せて、こう表現したことがある——

「大地はべったり灰色だ、おお。空から空まで灰色の草。近くに水門ひとつない。山と名のつくものもない——ひしゃげた丘と灰色グレー。ごらん、だんだらまだらのきらめきが、星の中洲に咲きほこる。

そうだ、それがノーストリリア。

どろんこあがきの苦労は去った——つらい貧乏も辛抱も。みんなが道を切りひらき、怪物の影を消そうとたたかった。手と鼻ほしさに、目と足ほしさに、男も女もたたかった。みんながすべてをとりもどした。まっぴるまの悪夢、怪物人間の何世紀、それはもうむかしのこと。泥水すすり願った夢、人間復活の夢はかなった。みんなが夢を見いだした。おぞましい日々は遠く去り、ふたたび、ふたたび人間が。

羊、羊、あわれな羊は運がない。羊の病気を煮つめたものが、不老長寿を人間に。研究室でなにができる？　専門家にわかるもんか！　これはまるきり偶然だ。まぐれを逃すな、まぐれをぺろり、そしたらあとはこっちのもの。

生成《きなり》ベージュの羊の群れが、鈍青《にびあお》色の草に寝て、低く頭をかすめる雲は、世界の屋根の鉄パイプ。

病んだ羊は選りどり見どり、病気こそが金になる。くやしかったら惑星ひとつ、くしゃみで出してみるがいい。久遠《くおん》の命のひとしずく、ゴホンと出してみるがいい。もしもそっちが狂った星で、とんまやトロルが住むのなら、逆にこっちが正気も正気。

そうだよ、坊や、そういうことさ。

その目でしかと見なければ、ノーストリリアはわからない。けれども、しかと見た日には、その目を疑う気が起きる。しかも、そこまで行ったがさいご、おまえは生きて帰れない。

ママ・ヒットンのかわゆいキットンたちが、そこでおまえを待っている。噂によると、それはちっちゃなペット、ちっちゃな、ちっちゃな、ちっちゃなペット。かわゆいちっちゃな生き物だ。そんな噂は信じるな。一目たりともそれを見て、生きて帰れたものはない。おまえにしてもおなじこと。それは最後の最後のとどめ。息の根とめるぶちかまし。星図で呼ばれるこの星の名は、オールド・ノース・オーストラリア」

まあ、そんなところだ。とにもかくにも。

4

時は――〈人間の再発見〉の第一世紀。

ク・メルが生きていたころ。

シェイヨルの星が、リンゴを服の袖でこするようにして、磨かれた時代。

われわれ自身の時代へと長く深く分けいった時代。爆弾が空に打ちあげられ、いにしえの母なる地球の上に大爆発が起きてから一万五千年後。

ね、最近だろう?

5

お話の中でなにが起きるか？

読めばわかる。

だれとだれが出てくるのか？

まず最初はロッド・マクバン——正式の名は、ロデリック・フレドリック・ロナルド・アーノルド・ウィリアム・マッカーサー・マクバン。だが、お話の主人公を、ロデリック・フレドリック・ロナルド・アーノルド・ウィリアム・マッカーサー・マクバンと長ったらしく呼んでいては、とてもお話にならない。ここは近所の人たちのまねをして——この少年をロッド・マクバンと呼ぼう。年とったご婦人がたはいつも、「ロッド・マクバン百五十一世……」といってから、ため息をついたものだ。そんな悠長なまねができるかね、きみ？　数字は必要なし。彼が名家の出なのは先刻承知。生まれながらにトラブルづいた、あわれな子供なのも先刻承知。

トラブルのないわけがないだろう？

少年はまもなく〈没落牧場〉をひきつぐ。

それから旅をする。いろいろな人びとと出会う。地上でいちばん美しいもてなし嬢《ガーリィガール》のク・メル。人類よりも古い家柄の出にちがいないジャン＝ジャック・ヴォマクト。アダミナビーの気の荒い老人。地球港《アースポート》の訓練されたクモたち。ティードリンカー委員。その名が歴史の一ページとなった長官《ロード》ジェストコースト。イ・テレケリの友人たち――これまた一癖も二癖もある顔ぶれ。牛人警察のブ・ダンク。キャットマスター。トスティグ・アマラル――この男については、触れないほうが無難だろう。追いかけるルース。逃げるク・メル。笑う女長官《レイディ》ヨハンナ。

少年は逃げのびた。

ぶじに逃げのびた。さあ、それがお話だ。さあ、これで読まなくてもいい。

ただ、こまかいところは別。

それはこのあとにつづく。

(少年はそのほかに百万人の女も買いとった。少年ひとりにこの人数は、いくらなんでも多すぎる。とても実用にならない。しかし、読者よ、彼がその女たちをどうしたかというお話が読めるかどうかは、保証のかぎりにあらず)

〈死の庭〉の門で

　ロッド・マクバンは運命の一日と向かいあっていた。それがどういうことかはよくわかっていたが、なかなか実感がわいてこない。ひょっとしたら、トランキライザーがわりに半精製のストルーンを飲まされたのかな、とも考えた。けっして星外へ輸出されることのない、あの貴重なめずらしい製品を。
　彼にはわかっていた――きょうの日暮れまでに、自分はあの〈死の館〉、人間の苗を間引くために不適格者がほうりこまれる部屋のひとつへ入れられて、クスクスゲラゲラ笑いながら、よだれを垂らしながら死んでいくか、でなければ、この惑星最古の地主として、〈没落牧場〉の正相続人に選ばれるかだ。この農場は、荒れほうだいになっていたのを、ロッドの32曾祖父が救いだしたものだった。氷のアステロイドをひとつ買い、隣り近所の激しい反対を押し切り、牧場の上からどすんと落として地下へ埋めこんだのだ。うまい被圧井戸のくふうをこらしたおかげで、隣り近所の土地が灰緑色に枯れ、風塵に還っていくのをしりめに、ここだけは草が育ちつづけた。しかし、代々のマクバン家は、その牧場の皮肉な旧名、〈没落牧場〉という名前を変えようとしなかった。

その牧場が、今夜にもロッドのものになるかもしれない。

それとも、殺しの場へ閉じこめられて、クスクス笑いながら死への道をたどることになるかもしれない。そこでは、人びとが笑い、にたつき、はしゃぎまわりながら死んでいくのだ。

ふと気がつくと、彼はある歌の一節をハミングしていた。むかしからオールド・ノース・オーストラリアに伝わる民謡だった――


殺しては生き、死んでは育つ――

それがこの世のさだめだよ！


ロッドが骨のずいまでたたきこまれているのは、自分の生まれたこの世界が、宇宙ぜんたいから羨まれ、愛され、憎まれ、恐れられている、とても特別な世界であることだった。自分がとても特別な人間のひとりであることを、彼は知っていた。ほかの民族や人種は、作物を育てたり、食品を作ったり、機械を設計したり、武器を製造したりする。ノーストリリア人はまったくそんなことをしない。乾ききった土地と、数すくない井戸と、巨大な病気の羊から、不老長寿そのものを精製するのだ。

そして、それをべらぼうな高値で売りつける。

ロッド・マクバンは庭をすこし歩きだした。うしろには彼の家があった。ダイモン材で作った丸太小屋。ダイモン材は、切断することも、変形することも不可能、これ以上の堅牢さはとうてい望めないほど堅牢な建材だ。三十あまりの惑星ジャンプをくりかえしたむこうで、組立てセットとして買いこみ、光子帆船でオールド・ノース・オーストラリアへ運んできたもの。しかし、大型兵器の攻撃にも耐えられる堅固な要塞ではあっても、やはり小屋は小屋だった。内部は質素で、前庭はこまかい土ぼこりにおおわれていた。

夜明けの最後の赤いしみが、白い朝に溶けこんでいく。

いまからそんなに遠くへ行く時間がないのを、ロッドは知っていた。

家の裏手からは、女たちの立てる物音が聞こえてきた。一族の女たちが、彼の髪を刈り、身支度をととのえるためにやってきたのだ。勝利か――それとも、もうひとつのもののために。

みんなは、ロッドがどれほど多くのことを知っているかに気づいていなかった。彼の欠陥のことが頭にあるので、以前から彼のそばでは自由にものを考えていた。テレパシー感覚の障害が、一定不変なものと思いこんでいた。まずいことに、そうではなかった。だれも彼に聞かせるつもりはなしに考えたことが、たびたび心の耳に入ってくる。みんなの頭にあったあの悲しい短詩までをも、ロッドはおぼえていた。その詩は、あれやこれやの理由でテストに落ちて、〈死の館〉へ行かなければならない若者たちのことを歌ったものだった。その若者たちはノーストリリアの市民、女王陛下の臣民になることができないのだ。（ノーストリリア人は、ここ一万五千年ほど本当の女王を持ったためしがないが、伝統を重んじる連中なので、たんなる事実ごときにひるみはしない）あの歌の出だしはどうだったかな――〝これが遠いむかしの家……〟暗い調子にしては、それなりに明るくもある歌……。

自分の足跡を土ぼこりの上から消し去ったとき、ロッドはふいにその歌詞をすっかり思いだした。ちいさな声でそれを吟唱しはじめた。

これが遠いむかしの家
老人たちが限りない悲しみをささやき
時の痛みが現実の痛みとなり
かつて知られたことがつねによみがえる家
〈死の庭〉に出て、わが子らは
雄々しく恐怖の味をなめた
たくましい腕とむこうみずな舌で
彼らは勝ち、そして敗れ、ここへ逃れた

これが遠いむかしの家
若死にするものはここに入らない
生きつづけるものは地獄の近さを知る
老いて苦しむものがそう望んだように
〈死の庭〉に出て、老人たちは
若く大胆なものを畏怖の目でながめる

むこうが若く大胆なものを畏怖の目でながめてくれるのはいいとしても、いったい死よりも生を選ばない人間がいるのだろうか。死を選んだ人びとの話を聞いたことはある――あたりまえだ――聞かないものがどこにいるだろう？　しかし、その経験は受け売りの、また受け売りの、そのまた受け売りだ。

自分が一部の人たちから、死んだほうが幸福だろうと噂されているのを、ロッドは知っていた。それというのも、いまなおテレパシー交信がうまくできず、外星人や未開人がやるようにむかしながらの話し言葉を使っているからだ。

ロッド自身は、死んだほうが幸福だろうとは、夢にも思わなかった。

それどころか、ときどき健常者たちをながめては、ふしぎに思うことがあった。他人のたわいのない思考のざわめきがたえず頭の中を流れていて、よく生きていけるものだ。ときたま、心の蓋がひらいて一時的に〝キトる〟ことができるようになると、何百何千の思考が耐えられないほどの明瞭さで、がやがやと頭にとびこんでくる。しかも、テレパシー遮蔽をしているつもりの思考までキトれるのだ。が、しばらくすると、慈悲深いハンディキャップの雲がまたもや心を包みこみ、オールド・ノース・オーストラリアのだれもが羨んで当然の、ひっそりとした、だれにもないプライバシーがとりもどせるのだった。

彼のコンピューターが、一度こういったことがある。「〝キトる〟と〝サベる〟という単語は、〝聞きとる〟と〝しゃべる〟という単語のなまったものです。声を使ってこれらの単語を伝える場合は、まるで滑稽さと驚きを感じながら質問しているように、どちらもつねに尻上がりの調子で発音されます。二つとも、人間どうしか、または人間と下級民のあいだのテレパシー交信をさすときにしか使われません」

「下級民ってなんだい？」

「改造された動物です。言葉をしゃべり、理解することができ、そして、たいていは人間の姿に似せられています。脳作動ロボットとのちがいは、ロボットが実際の動物の脳を中心に作られてはいても、機械と電子回路でできているのに対して、下級民は全面的に地球産の生体組織で構成されているところです」

「でも、一度も見たことがないよ。どうしてだ？」

「彼らはノーストリリアへの入星を許されていません。連邦の防衛機構に奉仕する場合は別ですが」

「なぜ、ここは連邦と呼ばれているんだい？　よその土地は、どこも世界だとか、惑星だとかいう名前なのにさ」

「それはあなたがたが英国女王の臣民だからです」

「英国女王って？」

「〈最古代〉――つまり、一万五千年以上もむかしの地球の支配者です」

「いまはどこにいる？」

「一万五千年以上も前だと申し上げたじゃないですか」

「それは知ってるさ」ロッドは、そんな答ではおさまらなかった。「それから一万五千年も英国女王がいなかったのに、どうしてぼくらがその臣民なんだ？」

「人間の言葉によるその答は知っています」と、親切な赤い機械は返事した。「しかし、わたしにとってそれが意味をなさない以上、そのとき人間から聞かされた言葉をそのまま引用するしかありません――〝そのうち、女王様がいつまたおみえになるともかぎらんじゃないか。だれにわかる？　ここは星ぼしのあいだのオールド・ノース・オーストラリア、われらの女王様を待つのはこっちの勝手。母なる地球が滅びたとき、女王様は旅に出られたのかもしれん〟」コンピューターは、奇妙な古臭い声色を使って二、三度舌打ちしたあと、抑揚のない声にもどり、期待をこめていった。「いまのをわたしの記憶集成の一部としてプログラムできるように、別の表現でいいかえてくださいませんか？」

「ぼくにもちんぷんかんぷんだ。こんど、みんなの考えをキトれたときに、だれかの頭の中から拾ってみるよ」

それが一年ほど前のことだったが、それ以来、まだロッドはその答にでくわしていなかった。

ゆうべ、彼はもっと切実な質問をそのコンピューターに投げかけたのだ——

「ぼくは明日死ぬのか？」

「その質問は的はずれです。お答えできません」

「コンピューター！」と彼はさけんだ。「ぼくがおまえを愛しているのは知ってるはずだぜ」

「あなたはいつもそうおっしゃいます」

「ぼくはおまえを修理したあとで、歴史集成をスタートさせた。あの部分は、それまで何百年かのあいだ、無思考だったんだよ」

「そのとおりです」

「ぼくはこの洞窟へもぐりこんで、〝極私用〟の制御装置を見つけた。あれが時代遅れになったときに、14曾祖父がほったらかしにしておいた場所で」

「そのとおりです」

「ぼくが明日死ぬというのに、おまえは悲しんでもくれないのか」

「そうはいいませんでした」

「平気なのか？」

「わたしは感情をプログラムされていません。わたしが宇宙のこの周辺で機能している唯一の純機械的なコンピューターだということを、どうかわかってください。ロッド、もしわたしに感情があれば、きっとひどく悲しむはずです。あなたがわたしの唯一の友だちである以上、それは極度に公算が高いですからね。しかし、わたしには感情がありません。わたしにあるのは、数と、事実と、言語と、記憶——それだけです」

「じゃ、ぼくが明日ゲラゲラ屋敷で死ぬ確率はどれぐらいだ？」

「それは正式な名前ではありません。〈死の館〉とおっしゃってください」

「わかったよ。じゃ、〈死の館〉」

「あなたに対する判決は、感情にもとづいた、同時代の人間の判断です。そこにどんな人物が関係するかを知らないわたしには、なんの価値ある判断もできません」

「コンピューター、ぼくはどうなると思う？」

「厳密にいうと、わたしは〝思う〟ことはできません。反応するだけです。その話題に関しては、入力がなにもありません」

「明日のぼくの生死について、なにも知らないというのかい？　たしかにぼくは心でサベれないから、その代わりに口で音を出さなけりゃならないさ。でも、それだけのことで、どうしてぼくを殺さなきゃいけないんだ？」

「わたしはそこにどんな人物が関係するかを知らないので、その理由もわかりません。しかし、オールド・ノース・オーストラリアの歴史なら、あなたの14曾祖父の時代までは知っています」

「じゃ、話してくれよ」

それから、彼は自分の発見した洞窟の中にしゃがんで、長く忘れられていたコンピューター、自分が修理した制御装置に耳をかたむけ、ちょうど14曾祖父が聞いたとおりに、オールド・ノース・オーストラリアの物語をもう一度聞いたのだった。人名や日付を剝ぎとってしまえば、それは単純な物語だった。

この朝、彼の命はそこにかかっているのだ。

もし星ぼしのあいだで、ノーストリリアがいにしえの母なる地球の特質をたもち、もうひとつのオーストラリアでありつづけようとするなら、つねに人口を間引かなくてはならない。でなければ、すぐに土地がたりなくなり、砂漠は高層アパート群に変わり、用のない人びとは数かぎりない部屋部屋にぎっしりと詰めこまれ、羊たちはその下の穴蔵に閉じこめられて死んでいくだろう。みずからの特質と、不老長寿と、富を――このとおりの重要さの順序で――たもっていく道がもう一方にある以上、オールド・ノース・オーストラリアはそんなことが起きるのを望まなかった。そんなことはノーストリリアの特質にそぐわない。

ノーストリリアの単純な特質は、不変のものだった——星ぼしのあいだのどんなものよりも不変だった。この長命な連邦は、人類の作った制度として、補完機構よりも歴史の古い、ただひとつのものだった。

その物語は単純だった。コンピューターの明晰な、長い回路を持つ脳が整理したところでは。


いにしえの母なる地球から——〈ふるさと《マンホーム》〉そのものから——農耕文化をそっくり抜きとる。

その文化を遠く離れた惑星へ移す。

それに繁栄を一刷毛塗っておいて、干魃《かんばつ》で枯らす。

それに病気と、奇形と、忍耐力をもちこむ。貧乏をまなばせる。親が子供の一人を売って一杯の水を買い、もう一人の子供をもう一日だけ生きながらえさせるような貧乏を。そのあいだにも、ドリルは乾ききった岩の中を深く深く掘りぬいて、湿りけを探しもとめる。

その文化に、倹約と、医療と、向学心と、苦痛と、生存を教える。

その人びとに貧苦、戦争、悲嘆、貪欲、度量の大きさ、敬虔な心、希望と絶望の教訓を、順々にたたきこむ。

その文化を生きのびさせる。

病気と、奇形と、絶望と、荒廃と、孤独に耐えて生きのびさせる。

それから、時の歴史のなかでなによりも幸運な出来事を与える。

なんと羊の病気から、無限の富が生まれたのだ。人間の寿命を無期限に延長できるサンタクララ薬、別名ストルーンが。

延長はできる――だが、奇妙な副作用もそれにともなうので、ノーストリリア人は千歳ぐらいで死ぬほうを選んだ。

ノーストリリアはこの発見で痙攣《けいれん》した。

そして、ほかのありとあらゆる居住世界も。

しかし、この薬は、合成することも、類似品を作ることも、複製することもできなかった。オールド・ノース・オーストラリアの平原にいる病気の羊からしか採れないものだった。

盗賊たちや、ほかの星の政府が、この薬を盗みだそうとした。ときおり成功することもあったが、それは遠いむかしの話。ロッドの19曾祖父の時代からは、だれも盗みだせたためしがない。

病気の羊を盗みだそうとしたものもいた。

何頭かがこの惑星から持ちだされた。〈ニュー・アリスの第四次戦闘では、〈輝ける帝国〉の侵攻軍を追いはらうため、ノーストリリアの男たちの半数が死に、病気の羊が二頭奪われた——一頭は雌、一頭は雄。〈輝ける帝国〉は勝ったと思った。だが、そうではなかった。二頭の羊は病気が治り、健康な子羊を生み、もはやストルーンを分泌することなく死んでいった。〈輝ける帝国〉は、冷凍庫いっぱいのマトンの代金に、四個戦闘艦隊を支払ったことになる）ノーストリリアの独占体制は揺るがなかった。

ノーストリリア人はサンタクララ薬を輸出し、輸出を計画的な基盤にのせた。

そして、無限に近い富をつかんだ。

ノーストリリア一の貧乏人でさえ、ほかの世界のいちばんの金持よりも、どんな皇帝や征服者よりも、ずっと金持だ。どの牧場も、一日すくなくとも百地球クレジットの稼ぎがある——法外な鞘をとられる紙幣でなく、母なる地球の本当の金で計算して。

しかし、ノーストリリア人はひとつの選択をした。ユニークな選択を——

むかしの自分たちでありつづけよう、と。

そこで自分自身に税をかけ、質素な生活にもどった。

贅沢品には二千万パーセントの税金がかかる。オリンピアの五十の宮殿を買いとれる金で、ノーストリリアに輸入できるのはやっとハンカチ一枚。一足の靴がここへ着陸すると、軌道上のヨット百隻の値段になる。防衛と薬剤採取の目的以外、すべての機械は禁止。ノーストリリアでは下級民が創られることはなく、防衛当局が極秘の理由で輸入するものに限られる。オールド・ノース・オーストラリアは、素朴で、酷烈で、開拓者風で、広大でありつづけた。

多くの家族が、せっかく貯めた富をたのしもうとよそへ移住した。彼らは二度と帰れなかった。

しかし、課税と素朴な生活と勤労を守っても、人口問題だけはついてまわった。それなら、切りつめよう——人口を削るよりしかたがない。

しかし、どうやって、だれを、どこで？　産児制限——けがらわしい。無精子化——非人間的、非男性的、非英国的。（この最後の表現は、〝非常によくないこと〟を意味する太古の言葉だった）

では、家族からはじめよう。家族には自由に子供を生ませる。子供が十六歳になったら、連邦がテストする。もし、標準に達しない子供がいたら、しあわせな、しあわせな死へ送りだす。

しかし、家族はどうなる？　ひとつの家族を抹殺したりはできない。とくに、百世代にもわたって、いっしょに戦い、いっしょに死んできた隣人たちの築きあげた、保守的な農民社会ではむりだ。そこで除外条項が定められた。どの家族も、そこで家系が途絶える場合、最後の跡継ぎを心理改造することが許される——四回まで。それでも落第したときは

きつぐ。〈死の館〉行き。ほかの家族から指定された養子が相続人になって、その家名と財産をひ

そうしなければ、その子孫はふえつづけ、この世紀には十人、つぎの世紀には二十人にもなるだろう。まもなくノーストリリアは二つの階級に分かれるだろう。健常者と、遺伝的な障害者の特権階級とに。これは彼らにとって耐えられないことだった。なにしろ、周囲の宇宙空間には危険の匂いが満ちあふれ、百もの世界のむこうで、おびただしい数の人間が、どうやってストルーンを盗みだそうかと考えながら、夢を見つづけては死んでいくのだ。ノーストリリア人は、兵士や皇帝にならない道を選んだからには、闘士でなくてはならなかった。だから、たくましく、機敏で、健康で、利口で、質素で、道徳的でなくてはならなかった。考えられるどんな敵よりも、考えられるどんな敵の組み合わせよりも、すぐれていなければならなかった。

それはみごとに実現した。

オールド・ノース・オーストラリアは、宇宙一のタフで、利口で、質素な世界になった。もしノーストリリア人がほかの世界へでかけたなら、そのひとりひとりが、おそいかかってくるたいていのものを素手で殺すことができたろう。ほかの星ぼしの政府は彼らを恐れた。一般の人びとは彼らを恐れるか、それとも崇拝した。外星人はノーストリリアの女性を妙な目で見た。補完機構は彼らを放任するか、でなければ、ノーストリリア人にはそれ

とわからない形で防衛手段を講じた。（あのラウムソッグの場合のように――黄金の船がひとたび攻撃をかけただけで、あの世界にはガンと火山による死がもたらされたのだ）ノーストリリアの母親たちは、自分の子供がテストに落ちて、とつぜん薬剤を与えられ、快感によだれをたらし、クスクス笑いながら死に旅立っていくときも、乾いた目でそれを見まもることをおぼえた。

ノーストリリア周辺の空間と亜空間は、何重にも張りめぐらされた防衛体制でねばつき、ぱちぱち火花を散らした。野外生活向きの大男たちが、オールド・ノース・オーストラリアへの侵入路周辺を、小型戦闘艇で飛びまわった。外港で彼らと出会うほかの星の人間は、いつもノーストリリア人を素朴な連中だと考えた。その外見は、罠であり、幻覚だった。ノーストリリア人は、何千年もの不法攻撃にさらされて、それに条件づけられていた。羊のように単純に見えるが、その心は蛇のように狡猾だった。

そして、いま――ロッド・マクバン。

この最後の跡継ぎ、ノーストリリアでもいちばん誇り高い旧家の最後の跡継ぎは、すでに半障害者だとわかっていた。地球の基準で見れば正常そのものだが、ノーストリリアの基準に照らすと不適格者だった。だめな、だめなテレパスだった。彼のキトリ能力はあてにならなかった。たいていの場合、ほかの人間が彼の心へ思考を伝えることはむりだった。彼の心を読むことさえできなかった。ほかのみんなが受けとるのは、激しい泡立ちと、無意味な意義素のぼやけた塊、いくら集めてもゼロにしかならない思考のきれはしだけ。それに、サベるほうはいっそうひどいものだった。彼は心を使って話すことがまったくできなかった。ときおり、彼がなにかを外に伝えることがある。そんなとき、隣人たちはあわてて避難した。もしそれが怒りなら、血まみれのものすごい咆哮が、食肉処理場に吊るされた肉塊のように赤く充実した激怒によって、みんなの意識をかき消してしまう。もし、それが喜びなら、いっそう始末がわるい。本人が知らずに放送しているその喜びは、ダイヤの粒の混じった岩を高速鋸で断ち切っているような、狂おしいひびきを持っている。彼の喜びは、ドリルのように人びとの心に食いいって、まず最初にある快感をもたらすが、鋭い不快感がすぐそのあとにつづき、そしてとつぜん、自分の歯がぜんぶ抜けてくれたら、という思いにかられる——歯の一本一本が、ぶんぶん回転するなまなましい絶対の不快感に変わるからだ。

だれひとり、ロッドの最大の個人的秘密を知らなかった。ときおり、この少年が自分でも制御のきかないままに、曲がりなりにもキトることができるのではないか、とは疑っていたかもしれない。しかし、たまたまロッドがキトれるときは、周囲何キロにもわたって、すべての思考を顕微鏡のように、望遠鏡のようにとらえてしまうことは、だれも知らなかった。ロッドのテレパシーの感応力ときたら、たまたまそれが働くときには、他人の思考遮蔽などあってもなくてもおなじように、やすやすと突破できるのだった。〈もし、〈没落牧場〉のまわりの農場に住む一部の女性が、自分たちの心のなかのどんなことをロッドに偶然のぞき見されたかを知ったなら、一生顔を赤くしていなければならないだろう）その結果、ロッド・マクバンは、たいへんな分量のごったまぜの知識、まるっきりまとまりのない知識をかかえこむことになった。

これまでの評議会は、彼に〈没落牧場〉という褒美をくれなかったかわり、彼を笑い死にへと追いやりもしなかった。評議会は彼の知能と、頭の回転の速さと、すばらしい体力を正しく評価した。しかし、彼のテレパシー能力についてはいつも懐疑的だった。これまでに三度、彼は判決を受けた。三度も。

そして、三度とも、判決は保留された。

評議会はより残酷でない方法を選び、彼を死に追いやる代わりに、新しい幼児期と新しい幼児教育にむかって送りだした。彼のテレパシー能力が、自然にノーストリリアの基準まで上昇することを願って。

つまりは、ロッドを見くびりすぎていたのだ。

ロッドのほうはちゃんと知っていた。

自分でも抑制のきかない盗聴のおかげで、なにがどうなっているかを、断片的に理解していた。そのプロセスの筋道立った理由と方法を、だれからも説明されなくても。

暗い顔だが、おちつきはらった大柄な少年は、自分の家の前庭で、積もった土ぼこりに意味のない最後のひとけりをくれた。きびすを返して小屋にもどり、メインルームをまっすぐに突きぬけて、裏口から裏庭に出ていき、一族の女たちに礼儀正しくあいさつした。女たちは傷心を隠しながら、審問を受ける彼の着替えの準備をしているところだった。女たちは、ロッドを動揺させたくないと思っていた。いくらこの少年がおとなに負けないほど大柄で、たいていのおとなよりも落ちつきはらっていてもだ。女たちは、恐ろしい事実を隠したがっていた。どうしてそうせずにいられよう？

ロッドはすでに知っていた。

だが、知らないふりをしていた。

充分な温かみと、あまりやりすぎないように適当なおびえを声にこもらせて、ロッドはいった。

「やあやあ、叔母さんたち！　ほーい、いとこたち。おはよう、マリベル。きみの羊がやってきたよ。きれいに手入れして櫛をかけて、品評会に出してもらおうか。ぼくの鼻に輪をはめるのかい、それとも首にリボンを蝶結びするのかい？」

ひとりふたり、若い娘が笑ったが、いちばん年上の〝叔母さん〟――実は、他家へ嫁入ったまたいとこのまたいとこ――が、庭におかれた椅子を真顔で穏やかに指さしていった

――

「あそこへおすわり、ロデリック。これはたいせつな行事だから、準備のあいだはふつう

口をきかないものなのよ」

彼女は下唇をかんでから、彼をおびえさせたくはないけれども、それなりの感銘を与えておこうといいたげに、こうつけたした――

「きょうは副議長がここへきなさるからね」

〝副議長〟というのは、政府の最高首脳。もう数千年にわたって、この連邦臨時政府には議長のおかれたためしがない。ノーストリリア人は大げさなことを嫌い、ひとりの人間が昇進できる地位としては、副議長が限度だと考えている。それに、こうしておけば、外星人たちを疑心暗鬼にさせる効果もある。

（ロッドはなんの感銘も受けなかった。彼はすでにその男を知っていた。めったにない広域受信の瞬間に知ったのだ。副議長の心が数と馬とでいっぱいなのを――過去三百二十年間のあらゆる競馬の結果と、つぎの二年間の六つの競馬の予想で占められていることを）

「はい、叔母さん」と彼はいった。

「きょうは羊みたいに鳴かないのよ。〝はい〟というだけのことに、いちいち声を使いなさんな。うなずきなさい。そのほうがずっと印象がよくなるから」

彼は返事をしかけてから、あわてて言葉をのみこみ、こっくりうなずいた。

叔母さんは、彼のゆたかな黄色の髪に櫛をつっこんだ。

もうひとりの、まだ少女といってもいいほどの若い娘が、ちいさなテーブルと金盥《かなだらい》を運んできた。彼女の表情から、彼になにかサベっていることはわかったが、あいにくいまの彼はまったくキトれなかった。

叔母さんがひどく乱暴に彼の髪に櫛を入れるのといっしょに、その若い娘が彼の手をとった。むこうがなにをするつもりなのか、彼にはわからなかった。そこで、急に手をひっこめた。

金盥がちいさなテーブルから下に落ちた。落ちたあとになって、それがマニキュアのための石鹼水であることがわかった。

「ごめん」と彼はいった。自分の耳にも、その声は羊の鳴き声のように思えた。つかのま、激しい屈辱と自己嫌悪の念におそわれた。

ぼくは殺されたほうがいいんだ、と彼は思った。日が沈むまでに、ぼくはゲラゲラ屋敷へ入れられて、薬で脳が蒸発するまで、笑って笑って笑いころげるだろう。

彼は自分を責めた。

ふたりの女性はなにもいわなかった。叔母さんはシャンプーをとりにいき、若い娘のほうは、金盥をもう一度いっぱいにするために、水差しを持ってきた。

ロッドはひたと彼女の目を見つめ、彼女も彼の目を見つめた。

「あなたがほしい」彼女は非常にはっきりと、非常に物静かな声でそういうと、不可解な微笑をうかべた。

「どうして?」と、彼もやはり物静かにいった。

「あなただけを、わたしのものにしたいの。あなたはきっと生きのびるわ」

「きみはいとこのラヴィニアだね」と彼はいま気がついたようにいった。

「シーッ。叔母さんがもどってきたわ」

ラヴィニアが彼の爪の掃除にとりかかり、叔母さんが洗羊液らしいものを彼の髪にすりこんでいるあいだに、ロッドは幸福感を味わいはじめた。それまでのこしらえものの冷静さから、気分が一変した。自分の運命をながめる本当の冷静さになり、頭上の灰色の空と、足もとのなだらかに起伏する大地を、のんびり受け入れたい心境になった。まだ恐怖はある——ごくちっぽけな恐怖、ミニチュアの籠のなかのペットのように小さく見えるそれが、思考の内部を駆けずりまわっている。それは、死ぬことへの恐怖ではなかった——どういうわけか、とつぜん自分のおかれた立場を受け入れ、これまでにもほかのおおぜいの人びとが、それとおなじ運命の賭けをやらされたことを思いだしたのだ。そのちっぽけな恐怖は、なにか別のものだった。もし、死の判決が出たときに、自分が醜態をさらしはしないかというだけの不安だった。

しかし——と、彼は思った。それなら心配はいらない。死の判決は言葉ではなく、ただの注射だ。だから、犠牲者が聞く最初の悪い知らせは、自分自身のうわずった、しあわせな笑い声なのだ。

そんな奇妙な心の平安が訪れるのといっしょに、とつぜんテレパシーのもやが晴れた。〈死の庭〉は見えないが、そこを管理している人びとの心をのぞきこむことはできた。〈死の庭〉は、なだらかな丘をひとつ越えたむこう、むかしオールド・ビリーという千八百トンの羊が飼われていた場所に隠されている巨大なトレーラーだった。十八キロ離れたちいさな町のざわめきも、いまではキトることができた。そして、ラヴィニアの心の中も見とおすことができた。

ラヴィニアの心にあるのは彼自身の姿だった。だが、なんという姿！　こんなに成長し、こんなにハンサムで、こんなにりりしいとは！　キトることができても表情を動かさないように、彼はふだんから自分を訓練してある。めったに働かないテレパシー能力がよみがえったことを、他人に気づかれないためだ。

叔母さんは、騒々しい言葉を使わずに、ラヴィニアにサベっていた。「この美少年も、今夜はお棺の中ね」

ラヴィニアは、ぶっきらぼうに思考を返した。「いいえ、ちがうわ」

ロッドは椅子の上で無表情だった。ふたりの女性は、深刻な顔でだまったたまま、おたがいに心を使ってサベりつづけた。

「どうしてあんたにわかるの――それほど年もとってないのに？」

「彼はオールド・ノース・オーストラリアでも最古の牧場の持ち主だわ。いちばんの旧家の息子。それに――」サベりながらも、ラヴィニアの思考は、まるでどもったように乱れてきた――「とてもすてきな少年だし、いまにきっとすばらしい男になるわ」

「いいえ、わたしの考えはこうです」と叔母さんがもう一度サベった。「きっとわたしたちは今夜この子をお棺の中で見ることになる。真夜中に、この子はお棺に乗って〈長い出口〉へ旅立つわ」

ラヴィニアはさっと立ちあがった。もうすこしで、金盥の水をまたひっくりかえすところだった。ラヴィニアはのどと口を動かして言葉を出そうとしたが、かすれ声しか出てこなかった。

「ごめんね、ロッド。ごめんね」

ロッド・マクバンは、表情をガードしたまま、にこやかに、愚かしいうなずきをひとつ返した。ふたりがサベりあっていたことに、まったく気づかないふりで。

ラヴィニアはくるりと背を向けて駆けだし、去りぎわにさけびのような思考を叔母さんに投げつけた。「マニキュアはだれかにたのんでよ。あなたは冷たい人、冷たい人。死体のお化粧はだれかにやらせてよ。わたしはいや。ぜったいにいや」

「彼女、どうかしたんですか?」ロッドはなに食わぬ顔で叔母さんにたずねた。

「あの子は気むずかしいのよ、それだけのこと。ただ気むずかしいだけ。神経でしょ、たぶん」叔母さんはしわがれ声でつけたした。叔母さんは口話が得意ではない。彼女の一家も友人たちも、みんなひっそりと優美にサベったりキトったりできる人たちばかりだったからだ。「明日、あんたはどうしてるだろうって、ふたりでサベっていたところなの」

「叔母さん、司祭ってどういうものですか？」とロッドはきいた。

「え、なに？」

「司祭。ほら、つらい、つらい時代の古い詩にあるでしょう。まだぼくらの先祖がこの惑星を見つけて、羊を飼う以前の。だれでも知ってる詩ですよ。

このあたりで司祭は気がくるった
あのあたりで母は焼かれた
前にあった家はもう見せられない
山が動いたとき、あの斜面もなくなった

まだ先があるけど、ぼくがおぼえているのはここまで。司祭というのは、死ぬことの専門家でしょう？　この近くにも司祭がいるんですか？」

ロッドは叔母さんが嘘をつくあいだ、その心を見まもった。いま、彼が話していたとき、叔母さんの心にあったのは、いちばん遠くの隣人で、とても物静かなトリヴァーという男のはっきりしたイメージだった。しかし、叔母さんの言葉には、トリヴァーのことがまったく出てこなかった。

「そりゃ、中には男だけの仕事もありますよ」叔母さんはかすれ声でいった。「どっちにしても、その詩はノーストリリアのことじゃないわね。パラダイスⅦと、なぜ先祖がその星を離れたかをうたったもの。あんたが知ってるとは思わなかったわ」

彼女の心の中がこう読みとれた。「この子はよけいなことを知りすぎてるわ」

「ありがとう、叔母さん」と彼は従順にいった。

「おいで、ゆすいであげる。きょうはあんたのためにほんとの水をずいぶんたくさん使うのよ」

さっきよりもこの叔母さんに好意を感じて、あとにつづいたロッドは、とつぜんこんな思考を読みとった――ラヴィニアの気持は正しいけれど、あの結論はまちがってるわ。この子はやっぱり今夜死ぬのよ。

これはあんまりだ。

ロッドは一瞬ためらってから、調子のおかしい自分の心の弦を調律した。そして、とほうもない歓喜のさけびをテレパシーで送りだした。みんなを驚かせてやれ。その試みは成功した。みんなが体を凍りつかせた。つぎに、まじまじと彼を見つめた。

叔母さんが口話でたずねた。「いまのはなに？」

「え？」と彼は白を切った。

「いま、あんたがサべった音。意味のない音」

「ただのくしゃみみたいなもんじゃないかな。自分じゃ気がつかないけど」

心の深い深い奥底で、彼はほくそえんだ。ぼくはゲラゲラ屋敷へ行く運命かもしれない。だけど、行きがけの駄賃に、みんなをあっといわせてやるからな。

なんていうばかな死にかただろう、と彼は自分ひとりの心の中で思った。

と、そこで、奇妙な、とんでもない、しあわせな考えが頭にうかんだ――

ひょっとすると、評議会はぼくを殺せないかもしれない。ひょっとしたら、ぼくに非凡な力があるのかも。持って生まれた力が。まあ、それはまもなくわかるさ。

審問

ロッドは土ぼこりの舞う空き地を横ぎって、巨大なトレーラーの側面からおろされた折り畳み式の階段を三歩登った。教えられたとおりにドアを一度ノックし、緑の光が顔の前でピカッとひらめくのを待ってから、ドアをあけて中に入った。

そこは庭園だった。

湿った、甘い、いい匂いのする空気は、麻酔薬のようだった。あざやかな緑の植物がいっぱい生えていた。光は透明だが、まぶしくはなかった。天井が生みだしている効果は、つきぬけるように真青な空だった。それはいにしえの母なる地球のコピーなのだ。緑の植物に咲いている花はバラだった。彼は自分のコンピューターから見せられた写真を思いだした。見て美しいと同時に、いい匂いがすることまでは、あの写真からは伝わってこなかった。バラはいつもこんなにいい匂いがするのだろうかと彼はいぶかしみ、それから湿った空気のことを思いだした。湿った空気のほうが、乾いた空気よりも匂いを長持ちさせるのだ。ようやく、なんとなく恥ずかしそうに、ロッドは三人の審問官を見あげた。

　完全に虚をつかれたのは、そのひとりがノーストリリア人ではなく、補完機構の地方委員、ロード・レッドレイディであることだった——鋭い、物問いたげな顔をした、痩せぎすの男だ。ほかのふたりはタガート老人とジョン・ビーズリー。初対面ではないが、よく知らない人たちだった。

「よくきたね」ロード・レッドレイディが、〈ふるさと《マンホーム》〉の育ちらしい、軽く歌うような口調でいった。

「ありがとうございます」とロッド。

「きみはロデリック・フレドリック・ロナルド・アーノルド・ウィリアム・マッカーサー・マクバン百五十一世だね？」タガートは、ロッドがその人物であることを承知の上で、わざわざたしかめた。

　おどろいたな、こいつは運がいいぞ、とロッドは思った。こんな場所でも、ぼくはまだキトることができる！

「そのとおり」とロード・レッドレイディがいった。

　沈黙がおりた。

　ほかのふたりの審問官は、〈ふるさと《マンホーム》〉からきた男を見やった。その男はロッドを見やった。ロッドはまじまじと目を見はり、胃の底にいやな感じを味わった。

　生まれてはじめて、自分の奇妙な知覚能力を見透かす相手に出くわしたのだ。

ようやくのことで、ロッドは思考した。「わかりました」

ロード・レッドレイディは、鋭い、いらだたしげな目つきで彼を見ている。さっきの〝そのとおり〟ということへの返事を待つかのように。

だが、ロッドはすでにそれに答えたつもりなのだ――テレパシーで。

とうとうタガート老人が沈黙をやぶった。

「返事はどうした？　きみの名前をきいたんだぞ」

ロード・レッドレイディは、待てというように片手を上げた。ロッドが見たこともないしぐさだったが、その意味はすぐにわかった。

彼はテレパシーでロッドにたずねた。「きみはわたしの思考をのぞいているな」

「はい、そうです」とロッドは思念を返した。

ロード・レッドレイディは、自分のひたいを平手でたたいた。「おい、痛いぞ。なにかをいったつもりなのか？」

声を使ってロッドはいった。「あなたの心を読んでいたと答えました」

ロード・レッドレイディはほかのふたりをふりかえって、こうサベった――「きみたちは、彼がサベろうとしたことをキトれたか？」

「いいえ」「いいえ」とふたりが思念を返した。「ただのノイズ、大きなノイズでした」

「彼もわたしのような広帯域者《ブロードバンダー》だ。わたしはそのためにはずかしめを受けた。〈補完機いるな──」

構〉の長官の中で、長官から委員に格下げされたのがわたしだけだということは、知って

「はい」とふたりはサベった。

「彼らがわたしのさけびを治療できずに、死を勧告したことも知っているな？」

「いいえ」とふたりは答えた。

「補完機構が、ここならわたしも迷惑にならないだろうと思い、厄介ばらいにわたしを諸君の惑星へ追いやって、このみじめな仕事につかせたことは知っているな？」

「はい」とふたりは答えた。

「では、この少年をどうしたいのかね？　おためごかしを並べてもむだだ。もうすでに、彼はこの場所のことをすっかり知っている」ロード・レッドレイディはロッドにちらと同情のまなざしを向け、そこはかとない励ましの微笑をよこした。「諸君は彼を殺したいのか？　追放したいのか？　放免したいのか？」

ほかのふたりは、心の中でもぐもぐとつぶやいた。ロッドにはよくわかった。いままでこのふたりは、こっちをテレパシー障害者と思いこんでいたのに、自分らの思考をのぞかれているとわかって、すっかりうろたえているのだ。ロード・レッドレイディが無作法にも判決を催促したことにも、ふたりは抵抗があるようすだった。ロッドは、濃密な湿った空気の中を泳いでいる気分になった。バラの匂いがすっかり鼻孔にこびりついて、もうバ

ラ以外の匂いは嗅げないような気がした。と、ある強烈な意識がすぐ間近に感じられた——これまではまったく気づかなかった第五の人物が、部屋のなかにいる。

軍服を着た地球の兵士だ。ハンサムで背が高く、いかにも軍隊的な直立不動の姿勢をとっている。しかも、その兵士は本当の人間ではなく、左手に奇妙な武器を持っていた。

「あれはなんですか？」とロッドは地球人にサベった。相手は彼の思考よりも、むしろ彼の顔を見て答えた。

「下級民だ。蛇人。この星には彼ひとりしかいない。もしきみに不利な判決が出れば、彼がきみをここから運びだすことになる」

ビーズリーが怒りに近い口調でさえぎった。「いいかげんにしてください。これは審問で、のんきな花見の会じゃない。くだらないあぶくを吹きまくるのは、もうけっこう。正式にやりましょう」

「正式の審問をやりたい、だと？」ロード・レッドレイディはいった。「こっちの考えがぜんぶ筒抜けの相手に対して、正式の審問を？　それはお笑いだ」

「オールド・ノース・オーストラリアでは、つねに正式の審問をおこなうしきたりですぞ」タガート老人がいった。

身にせまった危険から生まれる鋭い眼力で、ロッドはあらためてタガートをしげしげと観察した——貧しい牧場を千年もやりくりしてきて疲れきった老人、先祖代々の農民、使いようのない数百万メガクレジットの金持。土に生き、名誉を重んじ、慎重で、律儀で、堅物で、曲がったことの大嫌いな男。このての人間は、新奇なことを認めようとしない。あくまで変化に抵抗する。

「では、審問をするさ」とロード・レッドレイディがいった。「それが諸君のしきたりなら、審問をはじめようじゃないか。地主のミスター・タガート。地主のミスター・ビーズリー」

機嫌を直したふたりのノーストリリア人は、軽く会釈をした。

なんとなくてれくさそうに、ビーズリーはロード・レッドレイディを見やった。

「委員閣下、開廷の辞を述べていただけますか。古くから伝わる言葉で。われわれが義務を自覚し遂行する助けとなるように」

（ロッドはロード・レッドレイディの心に赤い怒りの閃光が走り、こんな激しい思いがよぎるのを見てとった——「あわれな少年ひとりを殺すのに、どうしてそう肩ひじ張るんだ？　逃がしてやれよ、このまぬけども。それとも、殺すならさっさと殺せ」しかし、地球人はその思念を外に向けていないので、ふたりのノーストリリア人は彼にどう思われているかに気づかなかった）

ロード・レッドレイディは、うわべは穏やかな態度をたもっていた。ノーストリリア人が重大な儀式でそうするのにならい、彼も声を使っていった。

「これより審問をはじめる」あとのふたりが唱和した。

「われらは裁くものにあらず、殺すものにあらず。結果がいずれなりとも」と彼はいった。

「結果がいずれなりとも」ふたりが唱和した。

「そもそもいにしえの母なる地球に、いずこより人間は生じたりや？」

ふたりの男はそれに対する答を暗記しており、重々しい声でそれを唱えた――「これはいにしえの母なる地球の道、いかに遠くわれら人間がさすらうとも、これこそ星ぼしのあいだの道とならん――

小暗く湿る大地にまかれたる種とはなんぞ、小暗く湿る肉に包まれたる人の種なり。小麦の種は空気と日ざしと空間を求め、上をめざす。茎と葉と花と実は、開けたる空の光の下に栄ゆ。人の種は子宮の塩からき内海、種族の肉体に記憶されし海の闇の中に育つ。小麦の穫り入れをなすは人の手。人の穫り入れをなすは永遠の優しさ」

「して、これはなにを意味するや？」とロード・レッドレイディは唱えた。

「慈悲もてながめ、慈悲もて判断し、慈悲もて殺す。それは人の穫り入れを、いにしえの母なる地球の小麦が高く誇らしげに育ちしがごとく、強く、真実にして、善良なるものとするため」

「しこうして、ここに審問を受ける者は？」と彼はたずねた。

ふたりがロッドのフルネームを唱えた。

唱えおわるのを待って、ロード・レッドレイディはロッドに向きなおった。「わたしはいまから儀式の言葉を口にするが、なにがあろうと、きみの不意をついたりしないことは約束しよう。だから、気をらくに持ちたまえ。気楽に、気楽に」ロッドは地球人の心と、ふたりのノーストリリア人の心を見まもった。ビーズリーとタガートが、言葉を使ったこの儀式と、空気の湿りけと匂い、トレーラーの天井が作る偽の青空にめんくらっているのは、よくわかった。ふたりとも、これからどうしたらよいのか迷っている。しかし、ロッドが見てとれるものはもうひとつあった。ロード・レッドレイディの心の底に、鋭い、強烈な、勝ち誇った思考が形づくられていくのだ——なにがなんでもわたしはこの子を助けるぞ！　ロッドは、蛇人の存在を気にしながらも、もうすこしで微笑をうかべそうになった。蛇人は、ロッドから三歩横のやや後ろという、横目を使わなければ見えない位置に立ち、笑みを凍りつかせ、動かない目をらんらんと光らせていた。

「地主のおふたり！」とロード・レッドレイディがいった。

「委員閣下！」とふたりは答えた。

「わたしから被審問者に説明しようか？」

「説明ねがいます！」とふたりは唱えた。

「ロデリック・フレドリック・ロナルド・アーノルド・ウィリアム・マッカーサー・マク

バン百五十一世！」

「はい」とロッドはいった。

「〈没落牧場〉の信託相続人！」

「はい、ぼくです」とロッドはいった。

「よく聞け」ロード・レッドレイディがいった。

「よく聞け！」と、ふたりが和した。

「未成年市民ロデリックよ、きみをここへ招いたのは、きみを裁いたり、罰したりするためではない。もし、これらのことをなすならば、それらは別の場所または時でなされるべきであり、われらとは別の人間によってなされるべきである。当委員会の関心は、つぎのことにしかない——よそで裁かれるべき問題についてきみが無罪か有罪かは考慮に入れることなく、当惑星の住民の生存と安全と福祉のみを考慮に入れた場合、果たしてきみを無事に、かつ自由に、この部屋から出すべきか否か？　われらは罰する意図もなく、裁く意図もない。われらは決定するのみであり、その決定はきみの命に関するものだ。このことが理解できるか？　このことに同意するか？」

　ロッドは無言でうなずいてから、バラの匂いのする濡れた空気をのみこみ、とつぜんののどの渇きをその湿気で抑えようとした。たとえここで物事が悪いほうへころんだとしても、たいして悪くなりようがない。身じろぎもしない蛇人が、手の届きそうな近くに立っているからには、うろたえるひまもなにもない。ロッドは蛇の脳の中をのぞいてみたが、思いがけないぎらぎらした認識と挑戦のほかには、なにもつかめなかった。

ロード・レッドレイディは言葉をつづけ、タガートとビーズリーは、はじめて聞くように、それを傾聴した。

「未成年市民よ、きみは規則を知っている。われらはきみの善悪を判断するつもりはない。ここでは罪を裁くわけではない。無実を証明するわけでもない。ひとつの疑問に答を出すだけだ。きみを生かすべきか否か？　どうだ、このことが理解できるか？　このことに同意するか？」

ロッドは答えた。「はい」

「では、未成年市民、きみの申し立ては？」

「といいますと？」

「当評議会がたずねているんだ。きみの意見は？　きみは生きるべきか、それとも否か？」

「ぼくは生きたいです。でも、子供時代を何回もくりかえすのは飽きました」

「未成年市民よ、当評議会はそんなことをたずねておらん」ロード・レッドレイディはいった。「当評議会はこうたずねているのだ——きみはどう思うか？　きみは生きるべきか、それとも否か？」

「それをぼくに判断しろというんですか？」

「そういうことだ、坊や」ビーズリーがいった。「規則は知っているな。話してみろ、坊や。きみの意見はあてにできると、ほかの評議員にもいってある」

いかついが、親しみ深く隣人らしいその顔が、急にロッドにとって重大な意味をおびてきた。彼ははじめて見るようにビーズリーの顔を見つめた。この男がぼくを、ロッドを裁こうとしている。そして、ぼく、ロッドは、自分自身をどう処置するかという決定に協力しなくてはならない。蛇人から薬を注射されて笑い死にするか、それとも自由の身になってここを出るか。ロッドは口をひらこうとして、思いとどまった。ぼくはオールド・ノース・オーストラリアの利益を考えて発言しなくてはならない。オールド・ノース・オーストラリアは苛酷な世界で、強靭な住民を誇りにしている。評議会がぼくに苛酷な判断をさせるのもふしぎはない。ロッドは決意をかためると、はきはきした口調で話しはじめた。

「ぼくなら否といいます。ぼくを生かさないでください。ぼくは不適格です。サベることも、キトることもできません。ぼくにどんな子供が生まれるかはだれにもわからないが、正常である見こみは薄いでしょう。ただ、ひとつお願いが……」

「どういうことだね、未成年市民？」とロード・レッドレイディがたずねた。ビーズリーとタガートの視線は、まるで競馬のゴール前五メートルの勝負を見つめるようだった。

「市民である評議員のみなさん、ぼくをよくごらんください」この環境の中では、儀式的な口調にあっさり染まるのを感じながら、ロッドはいった。「ぼくをよく見た上で、ぼくの幸福を考慮に入れないでください。いずれにしても、それを裁くことは法律で許されていないからです。それよりも、ぼくの能力を見てください――ぼくがどのようにキトれるかを、そしてぼくが雷雨のようにサべれるところを」

ロッドは最後の賭けに備えて自分の心をまとめあげると、唇が語りおわったところで、胸の中のありったけを彼らに向けて吐きだした――

怒り・怒り、激怒・赤、
血・赤、
炎・憤怒、
騒音、悪臭、眩光、ざらつき、酸、憎しみ憎しみ憎しみ、
みじめな一日のすべての不安。
くそ、くそ、くそ！

すべてが一度にあふれだした。ロード・レッドレイディは蒼白になり、唇をかみしめた。タガート老人は両手で顔をおおい、ビーズリーはとまどいと吐き気におそわれたようすだった。やがて室内に静寂が訪れると、ビーズリーはおくびをもらした。

やや震えをおびた声で、ロード・レッドレイディはたずねた――

「さて、未成年市民よ、いまのでなにを証明したかったのか？」

「ぼくが成人したとき、いまのを武器に利用できるでしょうか？」

ロード・レッドレイディはほかのふたりをふりかえった。彼らはすくんだ表情で相談をはじめた。もし、彼らがサベっているのだとしたら、ロッドはそれが読めなかった。いまの最後の努力で、テレパシーの感応力がすっかり尽きはてたのだ。

「つづけましょう」とタガートがいった。

「用意はいいか？」ロード・レッドレイディがロッドにたずねた。

「はい」ロッドは答えた。

「ではつづける」ロード・レッドレイディはいった。「もし、きみが自分の立場をわれらが見るように理解しているのであれば、われらは判決の手続きを進め、そして、判決がくだりしだい、きみを即座に殺すか、それとも、おなじく即座にきみを解放することになる。もし、後者の判決が出た場合には、われらはきみに小さいが貴重な贈り物を与え、きみが当評議会に示した好意に報いることにする。なぜなら、好意なくして正当な審問はありえず、審問なくして適切な判決はありえず、適切な判決なくしては、正義も将来の安全もありえないからだ。このことが理解できるか？　このことに同意するか？」

「そう思います」とロッドはいった。

「本当にわかっているのか？　本当にそれでいいのか？　問題はきみの命だぞ」ロード・レッドレイディはいった。

「ぼくは理解し同意します」

「掩護せよ」とロード・レッドレイディがいった。

ロッドはどういうことかとたずねようとしてから、その命令が自分に向けられたのでないことに気がついた。

よみがえったように、蛇人が荒い呼吸をはじめた。蛇人は明瞭な古代言語で、どの音節にも奇妙な尻下がりの抑揚を加えていった――

「閣下、強でありますか、それとも最強でありますか？」

返事の代わりに、ロード・レッドレイディは右腕をまっすぐに上げ、人差し指で天井をさした。蛇人はシューッと息を吐き、攻撃感情を集中した。ロッドは全身に鳥肌が立ち、つぎにうなじの毛が逆立つのを感じた。最後に、耐えられないほどの緊張のほか、なにも感じられなくなった。もし、蛇人がそれらの思念をトレーラーの外に送りだしているとすれば、外からはだれも判決を盗聴できないだろう。このなまなましい威嚇の恐るべき圧力が、テレパシーを完全にさえぎるはずだ。

三人の評議員は、両手を組んで、眠ったようになった。

ロード・レッドレイディは目をひらき、蛇人の兵士に向かって、ごくかすかに首を横にふった。

蛇の脅威感は消えた。兵士は目を前に向けたまま、不動の姿勢にもどった。評議員たちは、テーブルの上にぐったりよりかかった。声をだす気力もなくなったようだった。息を切らしているように見えた。ようやく、タガートがのろのろと立ちあがり、とぎれとぎれにメッセージをロッドに伝えた。

「出口はあそこだ、坊や。行け。きみは市民になった。自由だ」

ロッドは礼をいおうとしたが、老人は右手を上げた――

「礼はいらん。義務だ。しかし、忘れるな――ひとことも口外するな。この審問のことは、ひとことも口外してはならん。さあ、行きなさい」

ロッドはドアに突進し、いそいで出口をくぐると、そこは自分の家の庭だった。自由。

一瞬、呆然として庭にたたずんだ。

オールド・ノース・オーストラリアのなじみ深い灰色の空が頭上で低く渦巻いている。いにしえの母なる地球、空がたえず青く輝いていたといわれる、あの不気味な光は、もうそこになかった。鼻腔の粘膜が乾いた空気をとらえるのといっしょに、くしゃみがひとつ出た。衣服がひんやりと感じられるのは、湿気がどんどん蒸発していくからだ。シャツがそんなに濡れていたのは、トレーラーの中の湿気か、それとも自分の汗なのか、と考えるひまもなかった。そこは人びとと、光にあふれていた。そして、バラの匂いは、別の人生のように遠いものになっていた。

ラヴィニアが彼のそばに立って、泣いていた。

そっちへ近づこうとしたとき、群衆がいっせいに息をのむのを見て、ロッドもうしろをふりかえった。

さっきの蛇人がトレーラーから現われたのだ。（それが古ぼけた移動演劇のトレーラーなのに、やっと彼は気づいた。これなら百回も中にはいったことがある）蛇人の地球風の軍服は、男たちのよごれたカバーロールズや、女たちのポプリンのドレスの中に混じると、富とデカダンスの極致に見えた。緑の顔は、ノーストリリア人の日焼けした顔の中に混じると、ひときわ美しかった。蛇人はロッドに敬礼した。

ロッドは敬礼を返さなかった。ただ、目を見はるばかりだった。

ひょっとすると、評議員が思いなおして、あとからクスクス笑いの死を送りつけてきたのだろうか。

兵士は片手をさしだした。掌の上には、革でできているらしい、美しい打ち出し模様のついた、外星製品の財布があった。

ロッドはどもりながらいった。「ぼくのじゃない」

「あなたの——もの——では——ない」と蛇人がいった。「しかし——これは——中の——人たちが——あなたに——約束——した——贈り——物だ。——受け取り——なさい——

—ここは——わたしには——乾いて——いすぎる」

ロッドはそれを受け取り、ポケットに入れた。すでに命と、目と、日ざしと、風そのものをくれたあとで、ほかにどんな贈り物があるというのか？

蛇の兵士はちらちらする目で彼を見つめた。無言で敬礼すると、ぎくしゃくした足どりでトレーラーへひきかえした。戸口でうしろをふりかえり、いちばん簡単に全員を殺す方法を思案するかのように群衆を見わたした。兵士はなにもいわず、なんの威嚇もしなかった。それからドアをあけると、トレーラーの中に姿を消した。内部にどんな人間がいるかは、まったくわからなかった。きっと、極秘でこっそりと〈死の庭〉へ人間を出入りさせる方法があるのにちがいない、とロッドは思った。この近所に長く暮らしていても、自分の隣人が評議員としてあそこに出席しているとは、いままで思いもしなかったからだ。

みんなのようすがどうもおかしい。庭にじっと立ったまま、こっちがきっかけを作るのを待っている。

ロッドはこわばった体の向きを変え、じっくりと一同を見まわした。

なんということだ、隣人と一族のみんなが顔をそろえている——マクバン家、マッカーサー家、パサレリ家、シュミット家、それにサンダーズ家まで！

彼はみんなへのあいさつのしるしに、片手を上げた。

大騒ぎの幕が切って落とされた。

みんなが彼に駆けよってきた。女たちは彼にキスし、男たちは彼の背中をたたき、握手し、子供たちはかわいい声で〈没落牧場〉の歌をうたいだした。一同はロッドをまんなかにして、彼の家の台所へと行進した。

おおぜいが泣きはじめていた。

ロッドはなぜだろうと思った。謎はすぐに解けた――

みんなはロッドが好きなのだ。

うかがいしれない人間なりの理由、混乱した非論理的な人間らしい理由で、みんなはロッドの幸運を願っていたのだ。棺桶入りを予言したあの叔母さんまでが、恥ずかしげもなくうれし泣きして、エプロンの隅を目と鼻に当てていた。

自分が障害者だという理由で、ロッドは人間嫌いになっていたのだが、いまこの試練の瞬間、みんなの善意は、たとえそれが移り気なものであるにしても、まるで大波のように彼を洗い流した。ロッドはみんなを台所にすわらせた。ざわめきと、うれし泣きと、笑いと、心からの、そしてわざとらしいほど陽気な安堵の念のなかで、ロッドはただひとつのフーガが何度も何度もくりかえされるのを聞いた――みんなはぼくが好きなんだ。ぼくは死からよみがえった――ぼくはみんなのロッド・マクバンだ。

酒がなくても、酔った気分になれた。「もうがまんできないよ」と彼はさけんだ。「ぼくはみんなが好きだ。べらぼうにめちゃくちゃに好きで好きでたまらない。みんなのおセンチな脳を、たたきつぶしてやりたいぐらいに……」

「すてきなスピーチじゃない？」と、そばにいた農家の老主婦がつぶやいた。

制服に身をかためた警官が、こっくりうなずいた。

パーティーがはじまった。パーティーはまる三日つづき、それが終わったとき、〈没落牧場〉のどこを探しても、乾いた目も、新しい酒瓶も残っていなかった。

ときどきロッドはいくらか頭が晴れて、奇跡のようなキトリ能力をたのしむことができた。雑談し、歌い、飲み食いし、浮かれ騒いでいるみんなの心を、のぞきまわった。お義理でやってきたものは、ひとりもいなかった。みんなが本当によろこんでいた。彼を愛していた。彼の幸運を願っていた。そんな愛がいつまでつづくかには疑いが持たれたが、それがつづくあいだはたのしんで悪いわけがない。

一日目、ラヴィニアは彼に近づかなかった。二日目と三日目は姿を見せなかった。みんなは本当のノーストリリア・ビールを持ちより、それに生《き》のアルコールを混ぜて、一〇八プルーフにした。それを飲むと、〈死の庭〉も、濡れた甘い香りも、ロード・レッドレイディのてきぱきした外星口調も、天井の偽の青空も、すべて忘れることができた。

ロッドはみんなの心をのぞきこんだが、何度くりかえしても、そこに見えるものはおなじだった。

「おまえはわれわれの仲間だ。おまえはやってのけた。おまえは生きている。よかったな、ロッド。これからもがんばれよ。おまえがクスクス、ゲラゲラ笑いながら、〈死の館〉へよろよろでかける姿なんか、だれが見たいもんか」

ぼくがそれをやってのけたのだろうか、とロッドは思った。それとも、まぐれの幸運が、ぼくの代わりにそれをやってのけたのだろうか？

オンセックの恨み

週末までには、祝宴も終わった。ほうぼうから集まった叔母たちやいとこたちが、それぞれの農場へ帰っていった。〈没落牧場〉はまた静かになった。朝のうちにロッドは、長い長いパーティーのあいだ牧夫たちが羊の世話をなまけていなかったかどうかを、見まわることにした。若い三百トンの羊のデイジーは、まる二日間姿勢を変えてもらえなかったために土ずれができていて、潰瘍《かいよう》の予防にラノリンを塗ってやらなくてはならなかった。千トンの雄羊のタナーは、栄養補給チューブが詰まって、巨大な脚にひどいむくみがきていた。そのほかには、なにごともなかった。自分の庭にビーズリーの赤い子馬がつながれているのを見ても、トラブルの予感めいたものは別に伝わってこなかった。

ロッドは元気よく家に入り、ビーズリーを見当はずれのあいさつで迎えた。「一杯いかがですか、地主のミスター・ビーズリー！　ああ、もう飲んでおられる！　じゃ、お代わりをどうぞ！」

「ありがとうよ。しかし、きょうは大事な用件があってな」

「そうですか。あなたはぼくの後見人のひとりでしたね？」

「そのとおり。だが、きみのことでトラブルが持ちあがっとるんだ。実にまずいトラブルが」

ロッドはのんびり穏やかな微笑を返した。相手が心でサべるかわりに、非常な努力で声を使っているのはよくわかる。ビーズリーがほかの後見人と話しあわないで、こうしてじかに自分を訪ねてきてくれたことはうれしかった。それは、自分が試練に合格したしるしだ。落ちつきはらった態度で、ロッドは言いきった。

「今週になって、ぼくはもうトラブルと縁が切れたと思っていましたが」

「どういう意味だね、地主のマクバン？」

「ご記憶でしょうが……」ロッドはあえて〈死の庭〉のことを口にしなかったし、ビーズリーが彼を生かすように決定した秘密評議会の一員であることもいわずにおいた。

ビーズリーはあとをひきとった。「この世には口に出すべきでないことがある。きみはよく躾けられているらしい」

そこで言葉を切って、ビーズリーはロッドを見つめた。なじみのない死体をまずしげしげとながめてから、ひっくりかえして身元を調べようという目つきだった。ロッドは尻がこそばゆくなった。

「まあ、すわれ、すわりたまえ」ビーズリーは、ここがロッドの家なのにもかまわず、彼に命令した。

ロッドはベンチに腰をかけた。唯一の椅子はビーズリーにとられていた――ロッドの曾祖父のものだった、彫刻のある舶来の大きな主人の座だ。ロッドはすわった。命令されるのはいい気分でなかったが、ビーズリーがこちらのためを思ってくれているのは明らかだし、それにのどと口を使って話そうとする慣れない努力で疲れているのだろう、とも思った。

ビーズリーは、またもや同情と嫌悪をごっちゃにしたような、あの奇妙な目つきで彼を見た。「きみ、もう一度立って、ひょっとしてだれかが近くにいないか、外を見てきてくれんか」

「だれもいませんよ」ロッドは答えた。「ドリス叔母さんは、お祝いのすんだあとで帰りましたし、手伝いのエリナーは荷車を借りて市場へ行きました。牧夫はふたりだけで、いまはどっちもベイビーを再感染させにでかけています。ベイビーのサンタクララ薬の量が落ちてきたんです」

ふたりのノーストリリアの農民のあいだで、富を生みだす半身不随の巨大羊の病気が話題に出ると、ふつうなら年齢や階級に関係なく、どちらも夢中になる。

だが、今回はちがっていた。

ビーズリーはなにか真剣で不愉快な問題を心にかかえているらしい。その不機嫌で不安そうな顔を見て、ロッドはすっかり彼に同情した。

ロッドはそれ以上さからわなかった。従順に裏口から出て、まず家の南側を見まわし、だれもいないのをたしかめてから、北側へまわり、そこにもだれもいないのを見きわめて、表のドアから中にはいった。ビーズリーはさっきとおなじ姿勢で、ただ、苦味エールを瓶から自分のマグにつぎたしていた。ロッドは彼と目が合った。なにもいわずに、腰をおろした。もし、この男が真剣にこちらのことを心配してくれているのなら（それはまちがいない、とロッドには思われた）、そして、もしこの男がいちおうの知性の持ち主なら（それが事実なのをロッドは知っていた）、相手が話しはじめるのを待つ価値があるし、耳をかたむける価値もある。隣人たちが自分に好意を持っているというこころよい気分、〈死の庭〉のトレーラーから自分の裏庭にもどってきたとき、みんなのノーストリリア人らしい正直な顔にありありと出ていたあの感情が、いまもまだロッドの支えになっていた。

ビーズリーは、なじみのない料理か、めずらしい酒のことでも話すような調子でいった。

「坊や、この口話というやつにも取り柄はあるな。だれかがここへ耳をつっこまないかぎり、われわれの話を心で盗み聞きするのはむりだ、ちがうか？」

ロッドはしばらく考えて、率直に答えた。「ぼくはまだ青二才だからよく知りませんが、口でいう言葉をだれかがキトったという話は、まだ聞いたことがないですね。結局、どっちか片方になる。サベっているときは、口で話すことができない、そうでしょう？」

ビーズリーはうなずいた。「うん、そういうことだ。きょうはな、きみに話すべきではないが、しかしぜひとも話しておきたいことを、これから話そうと思っている。だから、もし声をうんと低くすれば、だれにも盗み聞きはできん。そうだな？」

ロッドはうなずいた。「どういうことですか？　ぼくの財産の所有権に、なにか問題でもあるとか？」

ビーズリーはマグを手にとったが、エールを飲みながらも、マグの縁からロッドを見つめていた。

「そっちのほうでも、きみはトラブルをかかえている。だが、そっちはいくら大きな問題でも、きみとの話しあい、ほかの後見人たちとの話しあいで片がつく。それよりも、ある意味ではもっと個人的なトラブルだ。しかも、もっとたちが悪い」

「どうか教えてください！　いったいなんですか？」ロッドはこの謎めかしにしびれを切らして、さけぶようにいった。

「オンセックがきみを狙っている」

「オンセックとはどういうものですか？　初耳ですが」

「ものではない」ビーズリーは憂鬱そうにいった。「人間だ。オンセックというのは、連邦政府に勤めているひとりの男だよ。副議長のために帳簿をつけている男だ。先史時代の肩書で、名誉秘書官《オノラリー・セクレタリー》だったかな、それを略して書くと、Hon. Sec. ――われわれがはじめてこの惑星へやってきたころはそういっていたが、いまではみんながそれをオンセックといい、文書にも発音どおりにそう記してある。彼にもよくわかっているんだ。〈死の庭〉での審問できみにくだった決定を、いまさらくつがえせないことは」

「だれにもくつがえせませんよ」ロッドはさけんだ。「そんな前例はない。だれでもそれは知っています」

「かもしれん。だが、民事裁判というものがある」

「更生の期間を与えないでおいて、どうしてぼくを民事裁判にかけられるんです？　あなたもそれは知っているはず」

「おい、きみ、このビーズリーがなにを知っているとか、知らないとか、いってはならん。自分の考えだけをいいたまえ」水入らずの話しあいでも、ビーズリーは〈死の庭〉の審問の基本的な秘密性を犯したがらなかった。

「ぼくはただこういいたかっただけです、地主のミスター・ビーズリー」ロッドは熱した口調でいった。「一般的無能力に対する民事裁判は、その地主に対して、隣人たちが長いあいだ苦情を訴えつづけたあとに、はじめて適用されます。しかし、ぼくに対しては、隣人が苦情を訴えるだけの時間も経っていないし、また、その権利もない。ちがいますか？」

ビーズリーは、片手をマグの取手にかけたままだった。慣れない口話で疲れたらしい。

ひたいの上に汗の冠ができあがっている。

「かりにだな」とビーズリーはおごそかな口調でいった。「もし、わたしが正当なルートをつうじて、きみがあのトレーラーの中でどのような審問を受けたかを、ある程度知ったとしよう——なんたることだ、いうべきでない本人がいってしまった!——そして、かりにわたしの知ったところによると、オンセックが、そのときトレーラーの中に居合わせたかもしれん外星の紳士を憎んでいて——」

「ロード・レッドレイディを?」とロッドはささやいた。なによりもビーズリーが自分から禁を破って、審問のことを口にしたのがショックだった。

「そうだ」ビーズリーの正直な顔は、いまにも泣きだしそうだった。「しかも、かりにわたしの知ったところによると、オンセックがきみとは旧知の間柄で、あの判決が大まちがいであり、きみのことを全ノーストリリアに害をもたらす奇形だと考えているとしたら、わたしはどうすればいい?」

「わかりません」とロッドはいった。「ぼくに話す、とか?」

「そんなことはせん。わたしは正直な人間だ。お代わりをくれんか」

ロッドは食器戸棚から苦味エールの新しい瓶を出しながら、いったい自分はいつどこでオンセックと知りあったのだろう、といぶかった。前からロッドは政府とあまりかかわりあいがない。彼の家族が——祖父が生きているうちは祖父が、そしてそのあとは叔母たちやいとこたちが――公式書類や認可やそんなものの世話をしてくれたから。

ビーズリーはエールをぐっとあおった。「このエールはうまい。しかし、口で話すのは、秘密を守るにはいい方法だが疲れるもんだな。だれもわれわれの心をのぞいておらんとしての話だが」

「ぼくはその人を知りません」ロッドはいった。

「だれを？」ビーズリーは一瞬ほかのことを考えていたようだった。

「オンセックです。ぼくはオンセックなんて人を知りません。ニュー・キャンベラにも行ったことがありません。政府の役人には会ったことがないし、外星人も、いまの話に出た外星の紳士に会うまでは、ひとりも知りませんでした。ぼくが知らないのに、どうしてオンセックがぼくを知っているんですか？」

「いや、きみは彼を知っている。当時の彼はオンセックではなかった」

「羊の名にかけて！」ロッドはしびれを切らした。「だれのことなのか教えてください」

「誓言を軽々しく使うな」ビーズリーはぶすっとした口調でたしなめた。

「すみません。お詫びします。だれのことですか？」

「ホートン・サイム百四十九世だ」

「そんな名前の隣人はいませんが」

「そのとおり」ビーズリーはかすれ声でいった。「秘密をこれ以上もらせない窮地に追いこまれたようだった。

ロッドは、まだ合点のいかない顔で彼を見つめた。

遠く離れたむこう、枕ヶ丘のまだむこうで、巨大な羊がメェーと鳴いた。たぶん、牧夫のホッパーが、台の上で羊の姿勢をかえ、新しい草に口が届くようにしてやったのだろう。

ビーズリーがロッドの顔に顔を寄せてきた。ささやこうとするのだが、ここ半年も声を使って話したことのない健常者が、むりに声をひそめようとするのは、どこか滑稽だった。

ビーズリーの言葉は、低くきたならしい調子をおびていた。まるでロッドにひどくわいせつな話をするか、それとも、なにか立ち入った、非常に失礼な質問でもするかのように。

「なあ、いいか」と彼は息を切らしていった。「きみの人生がひどいものだったのは、わたしも知っている。こんなことはたずねたくないが、そうせにゃならん。自分の人生について、きみはどれだけのことを知っている？」

「ああ、そのことですか」ロッドはさらりと答えた。「そのことだったら、べつに聞かれたってかまいません。すこし毛色は変わっていてもね。ぼくは子供時代を四度くりかえしました。毎回、ゼロ歳から十六歳まで。家族は、いまにぼくがみんなのようにサベったり、キトったりできるようになるのを期待しましたが、ぼくはいつももとのままでした。もちろん、合計三回のやりなおしでは、本当の赤ん坊じゃなく、十六歳の少年の体をした、一種のうすのろだけど」

「そういうことだ。しかし、それを思いだせるか？　三回の別の人生を？」

「断片的にはね。ばらばらです。まとまりのない――」ロッドはそこではっと息をのんだ。

「ホートン・サイム！　ホートン・サイム！　あのたんたん小僧《ホット・アンド・シンプル》か。それなら知っています。あの単発屋。ぼくの最初の準備期、最初の子供時代に知りあったんです。わりあい仲はよかったけど、結局はおたがいを憎みあうことになりました。ぼくはフリークだし、あいつもそうでした。ぼくはサベることもキトることもできず、あいつはストルーンが使えない体でした。つまり、ぼくはけっして〈死の庭〉を抜けだせない――ゲラゲラ屋敷と美しいお棺に入る運命。そしてあいつは――あいつの場合はもっと悲惨です。母なる地球の自然寿命しかない――百六十歳かそこらまでくれば、それでおしまい。もう、いまではあいつもいい年でしょう。かわいそうに！　どうしてオンセックになれたんですか？　オンセックはどんな権力を持ってるんですか？」

「やっと思いだしてくれたか。オンセックがいうには、彼はきみの友人で、そんなことはしたくないが、どうしてもきみが殺されるように手配しなくてはならない。ノーストリリアの利益のためにだ。それが自分の義務だといっている。彼がオンセックになれたのも、しょっちゅう自分の義務を吹聴したのと、みんながすこし同情したからだ。この宇宙でできたすべてのストルーンが足もとにあっても、それを使えずに、母なる地球の自然寿命一回きりで早死にしなければならん男に――」

「じゃ、治療はできなかったんですか？」

「だめだった。いまの彼は老人で、気持がすさんでいる。しかも、きみが死ぬのを見届けると誓ってもいる」

「そんなことができるんですか？　つまり、オンセックの権限で？」

「できるかもしれん。彼は、さっきの話に出た、あの外星の紳士を憎んでいる。あの外星人が、彼をまぬけな田舎者と叱りつけたからだ。彼はきみを憎んでいる。きみは長生きできるのに、彼はできないからだ。さっき、学校で彼のことをなんと呼んでいたといったかな？」

「たんたん小僧《ホット・アンド・シンプル》。あいつの名前をもじった、子供っぽい冗談ですよ」

「彼は短気《ホット》でもないし、単純《シンプル》でもない。冷静で複雑で不幸で残酷だ。もし彼が近いうちに、十年から百年ぐらいのうちに、死ぬとわかっていなければ、われわれが投票でゲラゲラ屋敷へ送りつけたかもしれん。精神的苦痛と無能力のかどでな。しかし、彼はオンセックで、しかもきみの命を狙っている。さあ、これでわたしは口外すべきでないことをもらしてしまった。しかし、あの狡く冷たい顔がきみを恨んで、あの審問を不適格と言明するつもりなのを知り、一方、きみがようやく生きのびて、家族や隣人とまっとうなお祭り騒ぎをやっているのを見ると——きみが正々堂々たる勝負をしようにも相手が見えないうちに、あの白い狡猾な顔が忍びよってくるのを見るとな——わたしは自分にこういったんだ。ロッド・マクバンというあのかわいそうな若者は、まだ正式には一人前の男でないかもしれんが、おとなになるための代償をたっぷり払った、と。そこで、こうして打ち明けたというわけだ。わたしは危ない橋を渡ったのかもしれんし、自分の名誉を傷つけたかもしれん」ビーズリーはため息をついた。彼の正直な赤ら顔はすっかり曇っていた。「自分の名誉を傷つけたかもしれん。人間が好きなだけ長生きできるこのノーストリリアでは、それはつらいことだ。しかし、そうしてよかったと思っている。そういえば、これだけしゃべったので、のどが痛くてかなわん。すまんが、馬に乗って帰る前に、苦味エールをもう一本くれんか」

言葉もなく、ロッドは新しい瓶をとりだして、愛想よくうなずきながら、彼のマグにエールをついだ。

ビーズリーは、それ以上はもう口話をつづけようとせず、エールをちびちびと飲んだ。ロッドは思った——ひょっとすると、近くにいる人間の心がいまの会話からテレパシーの漏れを拾いあげなかったかと、注意深く調べているのかもしれない。

ビーズリーがマグを返して、無言の隣人らしい会釈といっしょに帰りかけようとしたとき、ロッドは最後の質問をせずにはいられなくなり、鋭いささやき声で問いかけた。ビーズリーの心は、すでに口話という問題から遠く離れていたので、ただ目を見はっただけだった。ロッドは思った——ひょっとすると、彼はぼくがサベれないことを忘れて、もっとはっきりサベれと要求しているのかもしれない。どうやらそうらしかった。ビーズリーがひどくしわがれた声でこういったからだ。

「なんだね？　あまりわたしにしゃべらせるな。のどが痛い上に、自分の名誉も心の中でうずいているんだ」

「ぼくはどうしたらいいんですか？　なにをすればいいんですか？」

「地主のミスター・マクバン、それはきみの問題だ。わたしはきみではない。知るわけがない」

「しかし、あなたならどうされます？　かりにあなたがぼくだとしたら？」

ビーズリーの青い瞳は、つかのま、ぼんやりと枕ヶ丘のほうを見やった。「離れるんだ――この星を。離れろ。よそへ行け。百年かそれぐらい。そのあいだに、あの男は――彼は――きっと死ぬだろうから、そこで帰ってくればいい。新しい花のひらめきのように元気よく」

「しかし、どうやって？　どうすればそんなことができるんです？」

ビーズリーは彼の背中を軽くたたいて、無言の大きな微笑を見せ、片足をあぶみにかけて、鞍にまたがると、ロッドを見おろした。

「隣人よ、そこまでは知らん。しかし、幸運を祈る。わたしはなすべき以上のことをした。では帰るぞ」

彼は平手で優しく馬の首をたたき、だく足で庭を出ていった。庭の縁で馬なりの駆け足になった。

ロッドは自分の戸口に、ひとりぼっちでとり残された。

古いこわれた宝物

ビーズリーが去ったあと、ロッドはみじめな気分で自分の牧場を歩きまわった。祖父はもういない。最初の三回の子供時代には存命だった祖父も、ロッドがテレパシー障害を治療するため、四回目の疑似幼年期を経験しているあいだに亡くなった。マーゴット叔母さんももういない。九百二歳で自発的にストルーンを断ったのだ。いとこや一族はおおぜいいるから、助言を求めようと思えばできる。牧場の雇い人も二人いる。マザー・ヒットンその人に会える可能性もあるかもしれない。むかし、彼女は彼の11大叔父と結婚していたからだ。しかし、いまの彼は、そうした仲間づきあいはほしくなかった。人間が相手ではどうにもならない。オンセックも人間だ。それにしても、あのたんたん小僧《ホット・アンド・シンプル》がこの土地の権力者になったとは！　ロッドはこれが自分の戦いなのをさとった。

自分の戦い。

これまでに自分だけのものがあったろうか？

自分の人生さえ、そうではなかった。ロッドはこれまでの四度の少年期について、その断片を思いだすことができる。苦悩の時期を、ぼんやりと不愉快にちらちら思いだすこともできる——大きな体をそのままに、幼児期へ逆もどりさせられたときだ。それは自分で選んだことではなかった。祖父がそう命令したか、副議長がそれを承認したか、マーゴット叔母さんがそれを懇願したか。だれも本人の意見をあまり聞いてくれなかった。ただこういうほかには——「おまえも同意するだろうが……」

これまでは同意してきた。

これまではいい子だった——むりにいい子ぶりすぎた反動で、ときどきはだれかを憎み、そしてこっちが憎んでいるのを相手は知っているのだろうかといぶかることがあった。その憎しみは長つづきしなかった。相手のだれもが、実際にはびっくりするほど善意に満ち、親切で、ロッドのためを思っていたからだ。結局は彼らに愛をそそぎかえさずにはいられなかった。

そんなことをよく考えなおそうとして、ロッドは自分の地所を歩きまわった。

羊たちは、永久の病気をかかえ、永久に巨大な体で、台の上に横たわっていた。ひょっとすると、なかには子羊だったころのこと、まばらな草の上を自由に駆けまわり、運河をおおったプライオフィルムのカバーのあいだに首をつっこみ、好きなときに水を飲めたころのことを覚えている羊もいるかもしれない。いまの羊たちは何百トンもの体重になり、給餌機で飼料を与えられ、監視機に見まもられ、自動診断機でチェックされている。ロからすこし餌と水を与えられているが、それは田園の経験から明らかなように、いくらかでも正常な生活に似たものが残されていたほうが、太りもするし、長生きもするからだ。

家事をしてくれるドリス叔母さんはまだ帰ってこなかった。

彼が年俸として、ほかの惑星がその全軍隊に払うよりも多くの金額を払っている召使のエリナーは、まだ市場で手間どっているようだった。

二人の牧夫、ビルとホッパーは、まだ外にいた。

それにどのみち、ロッドはみんなと話したくなかった。

できれば、ロード・レッドレイディ、〈死の庭〉で会ったあのふしぎな外星人に、会いたかった。ロード・レッドレイディは、ノーストリリア人よりもいろいろのことをわきまえ、オールド・ノース・オーストラリアの大半の人間がこれまでに見てきたよりも、もっとこすっからくて、残酷で、賢明な社会からやってきたように思えるからだ。

しかし、あれだけ地位の高い相手に、こちらから会いたいと注文はできない。とくに、秘密審問で知りあっただけの間柄では。

ロッドはいつのまにか自分の地所のはずれまできていた。

そのむこうには〈ハンフリーの係争地〉がある――幅の広い帯状の痩せた土地で、いまはほったらかしにされ、死んで久しい羊の骸骨、建物ほども背の高い肋骨が、沈みかけた夕陽を受けて、不気味な影を落としている。ハンフリー一家は、もう何百年もその土地のことで訴訟をつづけていた。そのあいだに、そこは荒れ果てていった。連邦が、公有地と私有地を問わず、どんな土地にも放すことを許している何種類かの公認の公共動物を除いて。

たった二歩のむこうに自由があるのを、ロッドは知っていた。その境界線をまたぎ越え、みんなにむかって心でさけぶだけでいい。正しくサベることができなくても、だいじょうぶだ。たとえ片言でも、テレパシーの警報を聞きつけて、軌道上の警備員が七、八分以内に下りてくる。そしたらこういえばいい。

「ぼくは所有権を放棄します。市民権と地主権を放棄します。連邦に生活保護を求めます。みなさん、いまからくりかえしますから、よく見ていてください」

これを三回くりかえすと、それで正式の貧民になって、なんのわずらわしいこともなくなる――集会もなく、世話をする土地もなく、帳簿もつけなくてよく、ただオールド・ノース・オーストラリアをさまよい歩いて、好きな仕事を見つけ、好きなときにやめることができる。いい人生、自由な人生だ。連邦が牧場借用人や地主に提供できる最高の生活だ。それでなければ、苦労と責任と名誉のかかった長い何世紀かを生きることになる。あの気楽ですてきな生活――

しかし、マクバン家の者がそっちを選んだ前例はない。いとこたちさえも。

だから、ぼくもできない。

ロッドはみじめな気分で家に帰った。エリナーがビルやホッパーと話しあうのに耳をかたむけながら、夕食をとった――大皿のマトンとジャガイモの煮つけ、固ゆで卵、樽から出した自家製のビール。（惑星によっては、生まれてから死ぬまで、だれもそんな食べ物を味わえないところもあるのを、彼は知っていた。そこの人びとは、栄養をしみこませたボール紙をかじって生きている。その不消化物が汚物溜めから回収され、栄養素とビタミンを添加され、脱臭殺菌されたのち、翌日また支給される）ロッドはそれがすばらしい夕食なのを知りながらも、ろくに味がわからなかった。

どうすれば、この人たちにオンセックのことを話せるだろう？　みんなの顔は、ロッドが〈死の庭〉の正しい側から出てきたことを祝い、まだ喜びに輝いている。みんなはロッドが生きのびたことを幸運だと思い、この惑星で最も名誉ある相続人になったことを、それ以上に幸運だと思っている。〈没落牧場〉は、たとえ最大の牧場ではないにしても、すばらしい土地なのだ。

夕食の最中に、ロッドは蛇人の兵士にもらった贈り物のことを思いだした。寝室の壁の棚のてっぺんにのせたまま、パーティーだのビーズリーの訪問などが重なって、まだ包みをひらいていなかったのだ。

ロッドは食べ物をのみこんでつぶやいた。「すぐにもどってくる」

紙入れは寝室にちゃんとあった。ケースは美しい。それを手にとり、蓋をあけた。

ひらたい金属の円板が入っていた。

切符？

どこへの？

ロッドは裏と表をひっくりかえしてみた。ひょっとすると、そこにテレパシー彫刻がしてあって、旅程のすべてをロッドの心にさけんでいるのかもしれないが、なにもキトれなかった。

石油ランプにかざしてみた。こうした円板には、ときどき古い文字が記されていることがあって、それですくなくともだいたいの範囲はつかめる。まあ、せいぜい貸切りの羽ば《オー》たき飛行機《ニソプター》でメンジズ湖への旅か、それともエアーバスでのニュー・メルボルンへの往復旅行ぐらいか。彼は古い文字の輝きをとらえた。もう一度、光に角度を合わせてかたむけると、こう読みとれた——〝〈ふるさと《マンホーム》〉往復〟

〈ふるさと《マンホーム》〉！

すごいぞ、母なる地球そのものとは！

だが、しかし——とロッドは思った。ぼくはオンセックから逃げることになる。そして、たんたん小僧《ホット・アンド・シンプル》から逃げだしたと友だちみんなに思われて、残りの一生を生きることになる。

そんなことはできない。なんとしても、ホートン・サイム百四十九世をうち負かさなくてはならない。やつのやりかたで。そして、ぼくのやりかたで。

彼は食卓にもどり、夕食の残りをまるで羊の丸薬食料のようにのみくだすと、早目に自分の寝室へひっこんだ。

生まれてはじめての眠れない夜だった。

そして、眠れないままに、答が出てきた。

「ハムレットにきけ」

ハムレットは人間ですらなかった。洞窟の中で話をする映像にすぎなかったが、賢いし、母なる地球の遺物だし、それにロッドの秘密をもらすような友だちを持ってもいない。

そう考えて、ロッドは寝棚の上で寝がえりをうち、深い眠りにおちた。


朝になってもドリス叔母さんはまだ帰っていなかったので、彼は召使のエリナーにいった。「きょうは一日でかけてくるよ。ぼくのことを探したり、心配したりしなくてもいいからね」

「お昼はどうするんです、だんなさま？　なにも食べずに、牧場を歩きまわっちゃだめですよ」

「じゃ、なにか弁当を作って」

「どこへ行くんですか、だんなさま？　わたしには話してくれるでしょうね？」彼女の声には、さぐるような不愉快なひびきがあった。まるで――この家でただひとりのおとなの女性として――まだ年端のいかないロッドを監督する義務があるかのように。ロッドはそれが気にいらなかったが、いちおう正直に答えた。

「この牧場の外へは出ないよ。ちょっとぶらついてくるだけ。考えごとがあるんだ」

優しい口調になって、エリナーはいった。「じゃ、考えてらっしゃい、ロッド。しっかり考えてらっしゃい。わたしにいわせてもらえば、ほんとは所帯を持って――」

「その話はもう耳にたこができたよ」と彼は相手をさえぎった。「きょうは大きなことを決めるわけじゃない。ちょっとぶらついて考えごとをするだけさ」

「わかりましたよ、だんなさま。じゃ、しっかりぶらついて、自分の歩いている土地のことをしっかりご心配あそばせ。うちの父が正式に貧民誓約をしてくれてよかったわ。これでもむかしは金持だったんですよ」思いがけず、エリナーはそこで明るい顔になって、自分のことを笑った。「あらあら、それも耳にたこができてるでしょうね、ロッド。はい、これがお弁当。水は持ちましたか？」

「羊から失敬するよ」と彼はふざけて答えた。エリナーは冗談に調子を合わせ、したしげに手を振った。

その古い古い地割れは家の裏手にあるので、わざと表口から出ていった。ぐるっと遠まわりして、そっちへ行くつもりだった。そうすれば、どんな人間の目も、どんな人間の心も、ロッドが五十六年前、はじめて八歳の少年になったときに発見した秘密に気づかないだろう。すべての苦痛と悩みの中でも、このたったひとつの輝かしい秘密だけは、記憶になまなましく残っていた――深い洞窟と、そこにぎっしり詰まった、禁断のこわれた宝物。どうしてもそこへ行かなくては。

太陽は高くかかり、灰色の雲の上で、ひときわ明るい灰色のしみをひろげている。ロッドは、水のかれた灌漑用水路に似たものへ体をすべりこませた。溝の中を二、三歩進んだ。それから足をとめ、非常に注意深く耳をすました。一、二キロ先にいる若い百トンの雄羊のいびきのほかは、なにも聞こえない。

そこで四方を見まわした。はるか彼方で、警察の羽ばたき飛行機《オーニソプター》が、満腹した鷹のようにのんびり空を舞っている。ロッドは必死でキトろうとした。心ではなにもキトれなかった。耳に聞こえるのは、自分の血が頭の中でどきんどきんと脈打つ音だけ。

思いきってやってみよう。

はねあげ戸がそこにある。暗渠《あんきょ》の縁のすぐ内側に。

それを持ちあげ、ひらきっぱなしにしてから、ちょうど泳ぎ手が慣れたプールの水へ頭から飛びこむように、自信をもって飛びこんだ。

道はわかっていた。

服がひっかかってすこし破けたが、体重がものをいって、狭い戸口を難なくくぐりぬけた。

両手が前に伸び、ちょうど軽業師のように内側のバーをつかんだ。はねあげ戸がうしろでぱたんと閉まった。まだ幼いころの自分にとって、はじめてのあの旅はなんと恐ろしかったことだろう！　あのときはロープとたいまつを持って下に降りた。暗渠の縁にあるはねあげ戸の重要性には、とうとう気づかずに！

こんどはやさしい。

どすんと音を立てて、彼は底に着地した。禁断の眩しいむかしの明かりがついた。除湿機がブーンとうなりはじめた。彼の吐く息に含まれた湿気が、この部屋の宝物をいためないように。

そこには二種類のサイズの映写機と、たくさんのドラマ・キューブがあった。幾山もの衣服もあった。忘れられた時代から残された、男女両方の衣服。隅の収納箱の中には、宇宙時代以前に作られた小さな機械まであった。共鳴補償がまったくなく、文字盤の上に古代文字で〈イエーガー・ル・クールトル〉と名前の入った、素朴だが美しい機械じかけのクロノグラフ。一万五千年たっても、まだそれは地球の時間を刻んでいた。

ロッドは使用厳禁の椅子にすわった――組み合わされた枠の上に、枕の複合体がくっついたような椅子だ。それにさわるだけで、心の悩みが癒えていくようだった。椅子の脚の一本はこわれていたが、これが〈大粛清〉に盾ついた十九代前の曾祖父のやりかただった。〈大粛清〉は、何世紀も前に起こったオールド・ノース・オーストラリア最後の政治的激変で、そのときには下級民が最後のひとりまで狩りだされて惑星を追放され、堕落を生みだすすべての贅沢品《ぜいたく》が、いったん連邦当局へ返上された。旧所有者がそれを再購入するためには、評価額の二十万倍の値段を払わなければならない。これはノーストリリア人を質素で心身ともに健全にたもつための、最後の努力だった。どの市民も、あらゆる贅沢品を返上したと誓わなければならず、しかも何千人ものテレパスの見まもる前でその宣誓をおこなわなければならなかった。十九代前の曾祖父、ロッド・マクバン百三十世が、最愛の宝物に形ばかりの破壊を加えただけで、ぶじにその宣誓に合格したのは、高度の精神力と巧妙な欺瞞のたまものだった。その宝物の一部は、外星のドラマ・キューブのように、再購入さえ許されない性質のものだったが、この先祖はそれを牧場の片隅に隠してしまった——それから何百年ものあいだ、泥棒も警察もそれに気づかなかったほどの巧妙な隠しかたで。

ロッドは大好きなドラマ・キューブを選んだ——ウィリアム・シェイクスピアの『ハムレット』だ。ビューアーのないキューブは、真人の手がふれただけで作動するようになっている。キューブのてっぺんが小さな舞台になり、俳優たちが色あざやかなミニチュアとなって現われた。彼らが話す言葉は、オールド・ノース・オーストラリア語に非常によく似た古代英語で、それに古代共通語で命令してやると、テレパシーの説明が、ドラマの筋を補足することになっていた。ロッドのテレパシーはあてにならないので、解説なしにドラマを理解しようと努力した結果、ずいぶんたくさんの古代英語をおぼえたものだ。最初に出てきた場面は、求めるものとちがっていた。彼は芝居が終わりに近づくまでキューブを振った。やがて、なじみ深い高らかな声が、ハムレットの最後の場を語っているのが聞こえた――

もうだめだ、ホレーシオ。かわいそうな母上、さようなら。
どうした、みんな、なにを蒼い顔で震えている。
まるでだんまり役者か、見物人といった図だな。
時間さえあれば――ところが、この死という残忍な刑吏め、
容赦なくおれを引き立てる――ああ！　おまえに話しておきたい――
だが、どうにもならん、ホレーシオ、おれはもうだめだ。

ロッドがキューブをごく静かに振ると、科白が何行か早送りになった。ハムレットがまだ話している――

……どのような汚名が、
このままでは後の世に残ることか。
もしその胸にこのハムレットを思う心があるなら、
しばしのあいだ安らかな眠りから遠ざかり、
このつらい世に苦しみの息を吐きつつ、
おれの物語を伝えてくれ。

ロッドは静かにキューブを下においた。

色あざやかな小さい人物たちが消えた。

部屋は静まりかえった。

しかし、ロッドはすでに答を得ていた。それは知恵だった。そして、知恵は人間とおなじように古くからあり、前ぶれもなく、招かれもせず、歓迎もされずに日常生活に訪れるものだった。ロッドは、自分が基本的な問題に答をつかんだのを知った。

だが、それは自分の問題ではなかった。その答はホートン・サイム、たんたん小僧《ホット・アンド・シンプル》のための答だった。オンセックこそ、すでに汚名を負って、死にかけている男なのだ。ここから迫害がはじまる。オンセックは〝死という恐ろしい刑吏〟に引き立てられている。たとえ刑の執行が数分の先ではなく、数十年の余裕があるにしてもだ。いっぽう、ロッド・マクバンは生き残る。旧友は死ぬ運命にある。そして、死にゆくものは――ああ、死にゆくものはつねに、つねに！――生き残るものに対して、たとえそれが愛するものたちであっても、すくなくともいくらかの反感を持たずにはいられない。

それがオンセック。

しかし、このぼくはどうなる？

ロッドは貴重な禁断の原稿をわきにどけ、『復元版後期英語詩集』と題された本を手にとった。ページをめくるたびに、七センチほどの丈の若い男か女が、色あざやかにページの上に現われ、本文を読む。ロッドが古い本のページをすばやくめくっていくと、小さな人物はまるで真昼間に見るかよわい炎のように、現われては震え、そして逃げ去っていった。そのひとつを目でとらえて、ロッドは詩の途中でページをめくる手をとめた。小さな人影はこう朗読していた――

挑戦はいまも残り、わたしはあの苛酷な法廷
自己卑下という敵意ある裁きの場で
自分の犯した広言を撤回できずにいる
試練が用意されるなら、まもなく行動で示そう
その苦痛の短いことを願いつつも

けっして無罪放免を夢見はしない

そのページの終わりに、カシミア・コールグローブという作者の名があるのを、彼は見てとった。もちろん、その名には見おぼえがある。むかしの詩人。いい詩人だ。しかし、その詩が、自分の土地の境界内の秘密の洞穴にすわっているぼく、ロッド・マクバンにとって、どんな意味があるのだろう？　いまのぼくは、最終的な所有権だけをのぞいて、市民であり地主でもある。そして、自分でもわからない敵から逃れようとしている。

「自己卑下という敵意ある裁き……」

それが問題の鍵だ！　ぼくはオンセックから逃げようとしているんじゃない。ぼく自身から逃げようとしているんだ。裁きそのものを敵意ととったのは、それが六十年あまりの子供時代と一致していたからだ。果てしない失望、全世界が燃えつきるまで妥協してくれないものとの妥協。もし、どこかで優性形質が劣性形質に変わってしまったなら、どうしてぼくがほかの人たちのようにサベったりキトったりできるはずがある？　本当の裁きはすでにぼくを弁護し、釈放してくれたじゃないか。

残酷なのは、むしろぼく自身だ。

ほかの人たちは親切だった。（持ちまえの抜け目のなさで、ロッドはそこに〝ときどき〟とつけ加えた）

ぼくは自分の内部の不安感をとりあげて、それを外の世界にあてはめていた。ずっとむかしに読んだ病的な短い詩のように。その詩はこの部屋のどこかにある。それをはじめて読んだときは、もうとっくのむかしに死んだ作者が、ぼくひとりのためにそれを書いてくれたように思ったものだ。しかし、本当はそうでなかった。ほかの人たちにもやはり悩みがあり、その詩はロッド・マクバンよりも古くからあるなにものかを表現したものなのだ。こんなふうに——

運命の車はくるくるまわる
人間の魂は粉にひかれ
のどから必死で声をだそうとあがく
機械神《ゴッドマシン》の狂った深い罠から
抗議の声をふりしぼる！

「機械神《ゴッドマシン》か」とロッドは思った。「これが手がかりだ。ぼくはこの惑星でたったひとつの純機械的コンピューターを持っている。それを使ってストルーンの収穫に賭けてみよう。勝つか負けるか、イチかバチかで」

少年は禁断の部屋の中で立ちあがった。

「これは戦いだ」彼は床の上のキューブにいった。「ありがとう、十九代前のひいおじいさん。あなたは法律とたたかって負けなかった。こんどは、ぼくがロッド・マクバンになる番だ」

彼は向きをかえ、自分を相手にさけんだ。

「地球へ行くぞ！」

そのさけびは照れくさかった。姿のない目に見つめられているような気がした。もうすこしで顔が赤くなるところだったが、もし赤くなったら、自分が許せなかったろう。

彼は横倒しになった宝物箱の上に立った。二枚の金貨、通貨としては無価値だが、骨董品としてははかりしれない価値のあるそれが、古ぼけた厚い敷物の上に音もなくこぼれ落ちた。もう一度秘密の部屋に心で別れを告げてから、彼は頭上のバーに飛びついた。バーをつかみ、懸垂で体を持ち上げ、さらに体を持ちあげて、片足をバーにのせ、もう片足もバーにのせてから、そして、ごく慎重に、だが、すべての筋肉の力をふりしぼって、頭上の黒い戸口のほうへ体を持ちあげた。明かりがとつぜん消え、除湿機がひときわ大きなうなりを上げ、そして、手がふれたとたんにはねあげ戸が開いて、日ざしに目がくらんだ。

暗渠の中に頭が出た。日ざしは、宝物室の輝きのあとでは、濃い灰色に思えた。

あたりは静かだ。だれもいない。暗渠の中へころがりでた。

はねあげ戸は、静かに力強く、ひとりでに背後で閉まった。彼の知るよしもないことだが、この戸はロッド・マクバンの子孫の遺伝子コードにだけ反応するようになっていた。もし、ほかの人間があけようとしても、そのドアはどこまでもそれに抵抗したことだろう。半永久的に。

そう、実をいえば、それは彼のドアではなかった。彼がそのドアの子供だった。「この土地がぼくを作ったんだ」溝から出て、あたりを見まわしながら、ロッドは声に出していった。さっきの若い雄羊が目をさましたようだった。いびきがとまり、静かな丘を越えて、荒い息が聞こえてきた。また、のどがかわいたのか！〈没落牧場〉は、巨大羊たちに無制限に水を飲ませてやれるほど裕福ではない。それでも、羊たちは曲がりなりにも生きている。もし干魃がやってきたら、水と交換に羊を売るよう、管財人にたのむつもりだった。だが、土地はけっして売らない。

土地だけは。

けっして売らない。

それはもともとロッドのものではない――ロッドがそこに所属しているのだ。うねうねとつづく乾ききった野原。覆いのかかった川と運河。雨の一滴までもとりこもうという集水池――これがなければ、せっかくの降水が隣りの土地へ逃げてしまう。それは田園の事業――その産物は不老長寿、その代価は水なのだ。連邦ほどの財力があれば、そうする気なら、この惑星を水びたしにして、小さな海をいくつか作りだすこともできただろう。しかし、この惑星とその住民は、ひとつの生態系とみなされていた。太古のオーストラリアは——あの母なる地球の夢の大陸は、いまや見捨てられたチャイネシアの市街世界、アオウジュウ・ナンビェンの廃墟におおわれているが——その全盛期には、広大で、乾き切り、どこまでもひらけて美しかった。惑星オールド・ノース・オーストラリアは、それ自身の伝統の重みによって、おなじ姿にとどまらなければならない。

樹木を想像しよう。木の葉を想像しよう——だれにも食べられずに地上に落ちる植物を。何千トンもの水が空から降ってくるのに、だれもそれを安堵の涙や幸せな笑いで迎えないところを想像しよう！　地球を想像しよう。母なる地球を。〈ふるさと《マンホーム》〉そのものを。ハムレットたちが住むひとつの惑星、音楽と詩に満ちみち、血とドラマに膝までつかっている惑星を、ロッドは想像しようとした。つきつめてそれを考えぬこうとしたが、それはやはり想像不可能だった。

ぞくぞく、ちくちく、わくわく、神経の中にこんな考えが食いこんできた——

地球の女を想像しよう！

きっと恐ろしいほど美しいものだったのにちがいない。古代の堕落した芸術に身をささげ、ノーストリリアが遠いむかしに禁止した品物にとりまかれ、この世界の法律が本から削除までした経験に刺激されている女たち！　彼女たちに会ってみたい。会わずにいられるか。だけど、本物の地球の女に会ったとき、いったい、いったいどうすればいい？

それはあのコンピューターにたずねてみるしかない。たとえ隣人たちが、この惑星に残された唯一の純機械的なコンピューターをまだ持っていることで、ぼくをあざ笑っても。

隣人たちは、十九代前の曾祖父がやったことを知らない。ロッドの先祖は、コンピューターに嘘をつくことを教えた。そこには〈大粛清法〉がノーストリリア人の経験から追放した、すべての禁じられた事柄がたくわえられている。そのコンピューターは、トルーパーのように嘘をつくことができる。ロッドは〝トルーパー〟というものを、くる日もくる日も生活のために嘘をつきつづけた、古代の地球の役人ではないかと考えたことがある。だが、そのコンピューターも、ロッドにだけはふだん嘘をつかない。

もし19曾祖父がほかのあらゆるものについてと同様、コンピューターのことでもずうずうしく横紙破りにふるまったとすれば、あのコンピューターは女性のことだってなんでも知っているだろう。当の女性たちが知らないことまでを。それとも、知りたがっていることまでを。

すてきなコンピューター！　ロッドはそう考えながら、長い長い家路をたどって、野原を走りだした。エリナーがもう食事の準備をすませているだろう。ドリス叔母さんも、もう帰っているだろう。ビルとホッパーは、主人が帰るまで食事を待たされて、怒っているかもしれない。近道をしようと、彼は家の裏手にある小さな崖へまっすぐに向かった。そこを飛びおりるのを、だれにも見つからなければいいが。ロッドはなまじっかのおとなよりも体力があったが、しかし、表現できないあるひそかな理由で、そのことをみんなに知られたくないと思っていた。

道に邪魔者はいなかった。

崖は見つかった。

だれも見ていない。

彼は足から先に飛びおりた。かかとで小石をけりあげながら、ぐらぐらした岩のあいだを縫って、斜面の下まで滑りおりていった。

ドリス叔母さんがそこにいた。

「どこへ行ってたの」と彼女はきいた。

「散歩だよ、叔母さん」

叔母さんはふしぎそうに彼を見たが、それ以上は追及しなかった。どのみち、口話をするといつも疲れるのだ。ドリス叔母さんは、自分の声が高すぎるのを気にしている。それで問題は片づいた。

みんなは家の中で食事をとった。ドアと石油ランプのむこうでは、灰色の世界が、月もなく、星もなく、真黒に変わった。それが夜、ロッド自身の夜だった。

夕食の席のいさかい

食事の終わりに、ロッドはドリス叔母さんが女王への感謝の祈りを唱えるのを待った。叔母さんは祈りを唱えはしたが、濃い眉の下の目は、感謝でないなにかを表わしていた。「また出ていくのね」叔母さんは祈りのすぐあとでいった。質問というよりも、はっきりした非難だった。

二人の牧夫が、静かな疑いのこもった目で彼を見た。一週間前のロッドは少年だった。いまの彼は、あれからなにも変わっていなくても、法的には成人だ。

召使のエリナーも彼を見つめ、そしてこっそりひとり笑いをうかべた。ほかにだれかが居合わせているとき、エリナーはいつもロッドの味方になる。ふたりきりのときには、いいたいほうだいの小言をいう。エリナーはむかしからロッドの両親を知っていたが、この夫婦は長らく延び延びになっていたハネムーン旅行で外星へでかけ、途中で略奪者と警察の撃ちあいのとばっちりを食らって、分子に還元されてしまった。それ以来、エリナーはロッドに対して保護者めいた感情を持つようになったのだ。

ロッドはドリス叔母さんに向かってサベろうとした。うまくいくかどうか、ためしてみるつもりだった。

うまくいかなかった。二人の男は椅子をけって、庭のほうへ逃げだした。エリナーは椅子にすわったまま、テーブルに強くしがみついたが、なにもいわなかった。ドリス叔母さんはおそろしくかん高い声でなにかいったが、ロッドにはよく聞きとれなかった。たぶん、「やめなさい!」といったのだろうと見当をつけて、ロッドはサベるのをやめ、にこにこと叔母さんをながめた。

それでいさかいがはじまった。

喧嘩は、ノーストリリアの生活ではめずらしくない。父親たちが、喧嘩は精神衛生によい、と教えるからだ。子供は、おとながやめろというまで喧嘩をつづけていいし、自由民は市民がいないところなら、そして市民は地主のいないところなら、好きなだけ喧嘩していい。地主は、双方がとことん戦うつもりなら、最後の決着がつくまで喧嘩していい。ただし、外星人のいる前や、非常警報の最中の喧嘩はすべてご法度。また、勤務中の防衛隊員や警察官を相手に喧嘩をしてはならない。

ロッド・マクバンは市民で地主ではあっても、まだ管財人の後見を受けている。成人ではあっても、まだ承認書をもらっていない。彼は障害者だ。

となると、規則がややこしい。

ホッパーは食卓にもどってくると、ぶつぶつ文句をいった。「もう一度あんなことをやったら、一生忘れられないような拳固をくらわせてやる！」めったに声を使わないわりに、ホッパーの声は張りのある美しいバリトンで、一言一言の歯切れがよく、たっぷり感情がこもっていた。

ビルは無言だが、そのしかめっつらからすると、ほかのみんなに非常な速さでサベり、胸にたまった鬱憤をぶちまけているようすだった。

「おい、ビル、ぼくのことをサベるんだったら」とロッドは、心にもない横柄な口調でいった。「言葉を使ってやってくれ。でないと、この土地から出ていってもらうぞ！」

ビルが口をひらいたとき、その声は古い機械のように錆びついていた。「くそ、とんまな若造め。いっとくがな、シドニーの取引所には、おれの名義でたんまり金がおいてある。こんなやくざな土地なんかメじゃないような大金だぞ。ここを出ていけなんて二度とぬかしたら、このはんぱ市民め、てめえをぶっ殺してやる。だまってろ！」

ロッドは怒りでみぞおちにしこりができるのを感じた。

怒りがさらに激しくなったとき、エリナーの手がなだめるように彼の腕をおさえるのが感じられた。ロッドは、もうほかの人間に、いまいましい能なしの健常者に、サベることやキトることで指図されたくなかった。ドリス叔母さんの顔はまだエプロンの中に隠れていた。いつものように、涙の中に逃げこんだのだ。

ロッドがもう一言なにかをいったら、ビルを永久にこの牧場から失うことになっただろう。だが、口をひらきかけたとき、ときどき起こるあのふしぎな現象で、ふいに心のもやが晴れた。何キロもの先までキトれるようになった。まわりのだれも、その変化には気がついていない。彼は、ビルの誇り高い激怒を見てとった。ビルは、そこいらの牧場主よりもずっと大きな財産をシドニーの取引所に預け、父親の残した土地をいつかは買いもどそうとしているのだ。ホッパーの純粋な不快感もよくわかったし、しかも、そのホッパーが彼を自慢そうに、そしておもしろがるような愛情をこめて見まもっているのを知って、ロッドはおさまりがつかなくなった。これまでたくさんの家庭を失ったように、フンンンフンンンフンン　ズズズムムムムでロッドを失うのではないかという不安。その奇妙な、意味のないフレーズは、エリナーの心の中で形を持ってはいても、つかみどころがない。そしてドリス叔母さんの中では、内心の声がこう呼びかけている——「ロッド、ロッド、ロッド、もどってきて！　いくらあなたの子供でも、いくらわたしが死ぬまでマクバン家の人間でも、この子のような障害者をどう扱ったらいいのか……」

ビルがまだ彼の返事を待っているとき、ほかの思考がロッドの心に入ってきた。

「このまぬけ——コンピューターに聞きなさい！」

「いまのはだれだ？」と彼は思った。サベるつもりではなかったが、ひとりでに心がそう考えたのだ。

「あなたのコンピューターです」と遠くの思念がいった。

「おまえはサベれないはずだ」ロッドはいった。「動物の脳の入っていない、純粋な機械だもの」

「ロデリック・フレドリック・ロナルド・アーノルド・ウィリアム・マッカーサー・マクバン百五十一世、あなたが呼びかけるとき、わたしは空間を越えて話をすることができます。あなたに同調しているんです。あなたはいま心でさけんだでしょう。わたしの声をちゃんとキトっているのも、感じられますよ」

「しかし――」とロッドは口でいった。

「まあ、おちつけよ」と部屋の中で、すぐそばにいるビルがいった。「おちつけったら。本気でいったんじゃない」

「例の発作が出ただけのことだもの」ドリス叔母さんがエプロンの奥から鼻を赤くして顔を出した。

ロッドは立ちあがった。

そしてみんなにいった。「ごめん、悪かった。ちょっと散歩に出てくるよ。夜の散歩に」

「あのコンピューターのところへいくんだな」とビルがいった。

「よしたほうがいい、ミスター・マクバン」とホッパーがいった。「おれたちに腹が立つからって、あんなところへ行かないでくれ。あのコンピューターのそばは、まっぴるまでも薄気味がわるい。夜はもっと恐ろしいぞ」

「どうしてそんなことがわかるんだい？」ロッドはいいかえした。「夜にあそこへ行ったこともないくせに。ぼくはあるんだ。なんべんも……」

「あそこには死人がおおぜいいる」ホッパーはいった。「あれはむかしの軍事コンピューターだ。あんたの一家は、そもそもあんなものを買うべきじゃなかった。牧場には用のないもんだ。宇宙空間で軌道に乗せときゃいいしろものだ」

「それじゃ、エリナー」とロッドはいった。「こんどはきみの番だ。どうすればいいかいってくれ。ほかのみんなはそうしたよ」ロッドは残った怒りのひときれをそこにつけたした。テレパシー能力がまた閉ざされて、まわりにはいつもの不透明な顔が並ぶようになった。

「いってもむだよ、ロッド。コンピューターのところへ行きなさい。あなたの前にあるのはふしぎな人生で、それを生きるのはあなたなのよ、ミスター・マクバン。ここにいるほかのみんなじゃなしにね」

エリナーの言葉は筋がとおっていた。

ロッドは立ちあがった。「ごめんよ」と、お別れのあいさつ代わりに、もう一度くりかえした。

彼は戸口でしばらくためらった。できればもっとちゃんとしたやりかたで別れをいいたかったが、どう表現していいのかわからなかった。どのみち、こっちはサベれないし、みんなはそれをキトれない。といって、声を使ってしゃべるという無骨でぞんざいな方法では、この人生で表現しなければならないこまやかな事柄が、どうもうまく伝わらない。

みんなはロッドをながめ、彼はみんなをながめた。

「ンガー！」と彼はいった。自嘲と優しい苛立ちのこもったさけびだった。

その言葉にはなんの意味もなかったが、みんなの表情は、彼の気持を理解したことを示していた。ビルはこっくりうなずき、ホッパーは優しくそしてすこし心配そうな顔をし、ドリス叔母さんはすすり泣くのをやめて、片手をさしだしかけてから、途中でそのしぐさを止め、エリナーは言葉のない不安をかかえて、じっとテーブルの前にすわっていた。

ロッドは背を向けた。

石油ランプの四角い明かりと、小屋がうしろに去った。行く手にはノーストリリアの闇夜があった。ごくときたま、光の網目模様で不気味に切り刻まれるとき以外は、いつもこんな闇夜がつづく。これから行こうとしているのは、ロッドとごく少数の人にしか見えず、そしてロッド以外のだれも中に入れない建物だった。それは、忘れられた、目に見えない寺院だった。そこにはマッカーサー家のコンピューターがあり、それがもっと古いマクバン家のコンピューターに連結されていた。そして、この建物は、夜間総督宮と呼ばれていた。

夜間総督宮

ロッドはなだらかに起伏する土地、彼の土地を、小走りに横ぎった。

これが正常なテレパシー能力のあるほかのノーストリリア人なら、近くの家からの思念をキトって、それで位置決定をしたことだろう。ロッドはテレパシーをたよりに闇の中を歩くことができなかったから、調子はずれでフラットぎみの口笛を吹いた。そのこだまは、心で聞くことができない埋め合わせに彼が高度に発達させた聴覚をつうじて、無意識の中へともどってきた。彼は前方に斜面があるのを感じとり、それを駆けのぼった。低木の茂みをよけた。いちばん若い雄羊スイート・ウィリアムのものすごいいびきが聞こえた。サンタクララに感染した羊が、丘を二つ越えたむこうで眠っているのだ。

まもなく、それが見えるだろう。

夜間総督宮が。

オールド・ノース・オーストラリアでいちばん役立たずの建物が。

スチールよりも堅牢なくせに、ふつうの肉眼では見えない。その上に軽く積もったほこりで、輪郭がうっすらと判別できる以外には。

　その宮殿は、むかし本当に宮殿だったことがある。いつも一方の極を太陽に向けて自転しているクフIIでのことだ。かつてはその星の人びとにも、オールド・ノース・オーストラリアと比べられるほどの富があった。彼らは〈毛皮の山々〉を発見した。そこは何列にもならんだ高山性の地形で、地球のとはちがった頑強な地衣類におおわれていた。その地衣は、絹のようにやわらかで光沢があり、温かく、丈夫で、しかも信じられないほど美しかった。そこで、みんなはその植物を根だやしにしないように、注意深く山々の表面から刈りとり、ぜいたくな繊維製品が法外な高値で売れる富裕な世界へそれを売って、財産を築いた。クフIIには、政府が二つもあった。一つは、おもに交易と仲買を受け持つ、昼の住人たちのためのもの。暑い日光が地衣の収穫をそこなうからだ。そして、もう一つの政府は、夜の住人たちのもの。彼らは極寒の地域の奥深くはいりこんで、いじけた、きめこまかい、頑強な、そのくせ、たおやかなまでに美しい地衣をさがしまわった。

　ダイモン人もクフIIにやってきた。母なる地球、〈ふるさと《マンホーム》〉そのものを含めた、ほうぼうの惑星へやってきたのとおなじようにだ。彼らは風のようにどこからともなく現われ、どこへともなく去っていく。一説によると、もとは人類だったのが、平面航法に関係のある亜空間での生活に順応したのだという。べつの一説によると、人工惑星を作って、その内側で暮らしているともいう。さらにべつの一説によると、銀河系外への跳航法を解決したらしいともいう。またべつの少数派は、ダイモン人なるものは存在しない、と主張している。この最後の仮説はちょっと成立しにくい。ダイモン人は、現物支払いのかたちで、すばらしく華麗な建築物——腐食、侵食、老化、熱、寒さ、圧力、武器に負けない建物——を、現にほうぼうへ残していったからだ。地球そのものでは、地球港《アースポート》が彼らの作りあげた最大の驚異だった——てっぺんに巨大なロケット離着場が設けられた、高さ二十五キロのワイングラス。しかし、そのダイモン人も、ノーストリリアにはなにも残していかなかった。ひょっとすると、オールド・ノース・オーストラリア人そのものに会いたくなかったのかもしれない。なにしろ、オールド・ノース・オーストラリア人といえば、自分の星へやってくるよそものにぶっきらぼうで荒っぽい態度をとることで有名だから。

ダイモン人が、彼らなりの条件、彼らなりの方法で不老長寿を実現していることは明らかだった。人類の大半の種族よりも体が大きく、身長も、横幅も、美しさも、みんな均一だった。若さや老齢の徴候はまったくうかがえなかった。病気を知らないようだった。彼らは流麗な声でしゃべり、転売や利益のためではなく、自分たちの集団的な用途のために、宝物を購入した。ダイモン交易船は、護衛艦隊のついたオールド・ノース・オーストラリア武装貨物船団の航路をときどき通過したが、ストルーンや、その原料のサンタクララ・ウイルスを手に入れようとしたことは一度もなかった。そういえば、盲目の感知者たちの惑星、オリンピアの主要港で、この二つの種族が対面している一枚の絵がある。ノーストリリア人は背が高く、ずけずけものをいい、活発で、粗野で、とてつもない金持。ダイモン人もそれに劣らぬ金持だが、控え目で、美しく、洗練され、青白い。ノーストリリア人がダイモン人に接する態度には、畏怖が（そして、畏怖といっしょに敵意が）ある。ダイモン人がノーストリリア人も含めたほかのみんなに接する態度には、優雅でいんぎん無礼なところがある。この会見はまったくの不成功だった。ノーストリリア人は、たとえブッシェル当たり一ペニーでも、不老長寿薬を買う気のない種族などには、てんから関心がない。一方、ダイモン人が軽蔑をいだいているのは、建築の美がわからないだけでなく、防衛の目的を除いて建築家を自分の星へ入れようとせず、荒っぽい素朴な田園生活を時の終わりまでつづけようとしている種族だ。そんなわけで、ダイモン人が去っていき、二度とやってこなくなってから、はじめてノーストリリア人は自分たちが史上最高のお買い得品を、指をくわえて見送ったことに気づいた――つまり、ダイモン人が交易や観光のために訪れたほうぼうの惑星へ、気前よくばらまいていったすばらしい建物のことだ。

クフⅡでは、夜間総督が古代の書物を持ちだして、こういった。

「これがほしい」

釣り合いと形態に鋭い目を持ちあわせたダイモン人は答えた。「この絵なら、われわれの世界にもあります。太古の地球建築ですな。当時はエフェソスのアルテミスの大神殿と呼ばれていたが、宇宙時代がはじまる前に倒壊してしまいました」

「わたしがほしいのはそれだ」

「簡単ですよ」だれもが王侯貴族のように見えるダイモン人のひとりがいった。「明日の晩までには作ってさしあげます」

「ちょっと待った」と夜間総督がいった。「この全部は要らん。正面だけでいい——いまの宮殿の飾りにしたい。いまの宮殿にはなんの不満もないんだ。防衛設備もちゃんと組みこまれているしな」

「われわれが作った建物なら」とダイモン人のひとりが穏やかにいった。「防衛設備は永久にいりません。メガトン爆弾に対して窓を閉めるロボットがひとりいればよろしい」

「諸君、きみらは優秀な建築家だ」夜間総督は、彼らが展示したモデル都市の前で唇を鳴らしながらいった。「しかし、わたしは正体のわかったいまの防衛設備のほうがいい。だから、正面だけを作ってもらいたい。その絵のようなやつを。しかも、そいつを目に見えないようにしてほしい」

ダイモン人たちは自分の星の言葉にもどった。そのひびきからすると、地球が起源ではないかとも思えるが、彼らの訪問を記録した数すくない現存の資料からいまだに解読されたためしがない。

「なるほど」とひとりがいった。「目に見えないようにね。それでもほしいんですな、母なる地球にあったエフェソスのアルテミス神殿が?」

「そうだ」と夜間総督は答えた。

「なぜです——見えもしないのに？」

「そこが第三の条件だよ、諸君。ほかのだれにも見えないが、このわたしと、わたしの子孫だけには見えるように作ってもらいたい」

「もし、固体で目に見えないものを作ったとすると、この星のこまかい雪が降りつもったときには、だれの目にも見えることになりますよ」

「そこはこっちにまかせろ。支払いはさっき話しあった条件どおりだ——〈毛皮の山々〉の毛皮の特選品を四万枚。だが、そのかわりに、あの宮殿を作ってくれ。わたしとその子孫のほかはだれにも見えない宮殿を」

「われわれは建築家で、手品師ではない！」いちばん長いマントを着た、リーダーかもしれないダイモン人がいった。

「わたしの注文はそれだけだ」

ダイモン人たちはおたがいにしゃべりあった。技術上の問題を論じあっているらしかった。やがて、ひとりが夜間総督のそばにやってきた。

「わたしは船医です。あなたを検査してよろしいか？」

「なぜだ？」と夜間総督はきいた。

「建物のほうをあなたに適合させられるかどうか、たしかめたいからですよ。でないと、どんな方法を用いればよいのか、見当もつきません」

「よかろう。さっさと検査してくれ」

「この場で？　いますぐにですか？」ダイモン人の医師は聞きかえした。「それより、どこか静かな場所か、奥まった部屋にしたほうがよくはありませんか？　それとも、われわれの船まできてもらうとか。そうしてもらうと非常に好都合ですがね」

「諸君にとってはな」と夜間総督はいった。「こっちには不都合だ。ここなら、部下が諸君に銃の狙いをつけている。もし、諸君が〈毛皮の山々〉の毛皮を強奪しようとしたり、わたしを誘拐して、身代金にわたしの宝物をせしめる魂胆なら、生きて船へは帰れんぞ。いますぐここでわたしを検査しろ。さもなければお断わりだ」

「あなたは強引でしたたかな方だ、総督」と優雅なダイモン人のもうひとりがいった。

「では、われわれに身体検査を依頼したことを、護衛たちに知らせておかれたほうがよろしいでしょう。でないと、彼らはわれわれのすることを見て逆上し、悪くするとけが人が出るかもしれない」ダイモン人は、子供をあやすような微笑をうかべていた。

「さっさとはじめろ、外星人」夜間総督はいった。「わたしの部下は、このいちばん上のボタンの中のマイクをつうじて、いまのやりとりをすっかり聞いている」

　二秒後に彼はその言葉を後悔する羽目になったが、もう後の祭りだった。四人のダイモン人が彼をかかえあげ、あざやかな手ぎわでくるりと服をぬがせたので、護衛たちはどうして総督があっというまに丸裸にされたのか、わけがわからなかった。ダイモン人のひとりが麻酔をかけたのか、それとも催眠にかけたのか、とにかく総督は声も出せなくなっていた。それどころか、あとになってみて、なにをされたのかほとんど思いだせなかった。

一方、護衛たちはそろって息をのんだ。ダイモン人が、総督の眼球の中からつぎつぎに無数の針をひっぱりだしはじめたからである。そんな針が眼球に入るところを見たおぼえはないのにだ。護衛たちが武器をかまえた瞬間、ダイモン人は大量の薬液を瓶から総督の口へ流しこんだ。全身がどぎつい緑色にかわって螢光を放ち、総督は息をあえがせ、身もだえし、嘔吐をはじめた。半時間たらずで、ダイモン人たちはうしろにさがった。

すっぱだかで、全身まだらになった総督は、地べたにすわってげろを吐いた。

ダイモン人のひとりが護衛たちにいった。「彼の体に別状はない。ただ、これからの何世代にもわたって、彼とその子孫は紫外線の一部が見えるようになる。今夜は彼をベッドに運びなさい。一晩寝れば、気分がよくなる。ところで、今夜はだれも宮殿の正面へ近づけないように。われわれは彼の注文した建物をそこへ作る。エフェソスのアルテミス大神殿を」

護衛隊長が答えた。「宮殿から護衛をはずすことはできない。あそこは防衛司令部で、だれひとり、夜間総督でさえ、そこから歩哨勤務を解く権利はない。昼の住人が襲撃してくるおそれがあるので」

ダイモン人は穏やかに微笑した。「では、彼らの名前を書きとめて、遺言を聞いておきなさい。われわれは彼らと戦ったりはしないが、もしむこうが今夜の仕事をじゃまするようなら、新しい宮殿の中へ埋めこんでしまう。明日には、残された妻や子供たちが、彫像にかわった彼らを観賞できるだろう」

護衛隊長は総督の顔をうかがった。いまや両手で頭をかかえ、地べたに横たわった総督は、とぎれとぎれにこんな言葉を吐きだした。「よけいな——ことを——するな！」隊長は冷静でとりすましたダイモン人の代表に目をもどし、こういった。

「努力してみます」

あくる朝、エフェソスの大神殿がそこにあった。

その柱は、太古の地球のドーリス式円柱だった。フリーズは、神々と、信者と、馬とをかたどった傑作だった。その建物は、みごとな調和を誇っていた。

夜間総督はそれを見ることができた。

彼の部下たちにはなにも見えなかった。

四万枚の〈毛皮の山々〉の毛皮が支払われた。

ダイモン人たちは去った。

総督はやがて死んだが、その子孫もやはり神殿を見ることができた。それは紫外線の反射で見えるだけであり、クフⅡでふつうの人間にもそれが見えるのは、とりわけひどい嵐のあと、そこに積もった固い粉雪が、その輪郭をくっきり縁どるときだけだった。

しかし、いまその宮殿はロッド・マクバンのものであり、それはクフⅡではなくオールド・ノース・オーストラリアにある。

どうしてそんなことが起こったのか？

だいいち、目に見えない神殿を、だれがほしがったりするのか？

きまったこと、浮かれウィリアムだ。浮かれウィリアム・マッカーサー。とてつもないおふざけと、巨大ないたずらと、世界をわかせる思いつきで、何世代かのノーストリリア人を喜ばせ、怒らせ、恥をかかせ、たのしませた男だ。

ウィリアム・マッカーサーは、ロッド・マクバンの母方の二十二代前の曾祖父にあたる。彼は時代の子、男の中の男だった。おそろしく陽気で、しらふのときはウイットで酔っぱらい、酔っぱらったときはしらふの魅力があった。その気になれば、羊をいいくるめて脚をちょろまかすこともできた。その気になれば、連邦の法律をこけにすることもできた。

彼はその気になった。

そして、やってのけた。

そのころ、連邦はダイモン建築を手当たりしだいに買いあつめ、それを防衛用の前哨基地に使っていた。美しい小さなヴィクトリア朝風のコテージが、軌道上に打ちあげられて、遠距離要塞となった。ほかの世界から買い取られた劇場が、宇宙を横ぎってオールド・ノース・オーストラリアまで運ばれ、羊たち、不治の病気にかかって富を生みだす羊たちの核シェルターや看護センターに改装された。いったん作りあげられたダイモン建築は、だれにもとりはずせないため、それをダイモン人の手の加わっていない土台から切りはなし、ロケットか平面推進で持ちあげてから、新しい敷地まで空間をウォープ輸送するしか手はない。もっとも、ノーストリリア人も、着陸には頭を痛めないですんだ。上から落っことすだけでいいのだ。建物のほうはびくともしない。簡単なダイモン建築だと、ときおりばらばらになることがあるが、それは解体可能にしてくれという注文に、ダイモン人が応じたからで、それ以外のものはどんな扱いをしてもこわれない。

浮かれウィリアムはその神殿の噂を聞いた。クフⅡは廃墟だった。地衣類が植物伝染病にかかって全滅したのだ。残された少数のクフ人は文なしになり、補完機構に難民の資格と移住許可を申請した。ノーストリリア連邦は彼らの小さな家を買い上げたが、目に見えず、それでいてなによりも美しいギリシアの神殿には、さすがの連邦もどうしたものかと二の足を踏んだ。

浮かれウィリアムはその神殿を見に行った。完全な可視状態でそれをつぶさに検分した。紫外線に合わせた狙撃用眼鏡を使ったのだ。彼は政府を説得し、莫大な財産の半分をつぎこんで、〈没落牧場〉のすぐ隣りの谷に移転させる許可をとった。わがものにしたその建物をたのしんだのもつかのま、はなばなしく酔っぱらったあげくにころんで首の骨を折り、悲しみに沈んだその娘は、ハンサムで現実家肌のマクバン家の息子と結婚した。

そしていま、それがロッド・マクバンのものになったのだ。

その中には彼のコンピューターがあった。

彼だけのコンピューターが。

ロッドは、隠された宝物の洞窟につうじている内線で、それと交信することができた。そのほかのときは、牧場の通話点から交信することができた。通話点には、ピカピカの赤と黒の金属で、古代コンピューターの精巧なミニチュアが設けてあった。それとも、このふしぎな建物、夜間総督宮まで足を運び、太古のアルテミス信者がそうしたように、「エフェソスのアルテミスの女神は偉大なるかな!」とさけぶこともできた。ここへくれば、目の前に正規の操作卓があり、三度の幼年期の前、祖父から教えられたように、彼の存在によってロックが解除される。そのころ、マクバン老人は、ロッドが正常なオールド・ノース・オーストラリアの若者に育つだろうと、大きな期待をかけていたのだった。祖父は暗証コードを使ってアクセス制御のロックを解除し、コンピューターにロッドをしっかり記憶させた。ロデリック・フレドリック・ロナルド・アーノルド・ウィリアム・マッカーサー・マクバン百五十一世が、どんなに年をとり、どんなに怪我や変装で面変わりし、どんなに病気でやつれ、心労にうちひしがれて、先祖代々の機械の前にもどってきても、つねに彼だとわかるようにした。マクバン老人は、どうしてそんな識別が可能かをたしかめもしなかった。それほどこの機械を信頼していたのだ。

ロッドは宮殿の階段をのぼった。古代彫刻に飾られた円柱が、第二の視覚へ鮮烈にとびこんできた。どうして自分に紫外線が見えるのか、ロッドはよく知らなかった。明るい曇りの日に長く外に出ていると、よく頭痛を起こすことを除いて、視力の点では他人とそんなにちがいがないからだ。しかし、いまのような場合、その効果は絶大だった。いまは彼の時間であり、そこは彼の神殿、彼だけの場所だった。宮殿からの反射光で彼が見ているものは、おおぜいのいとこたちが夜中にでかけて見たのとおなじながめにちがいなかった。いとこたちにも宮殿が見える。他人には見えないそれをいとこたちが見ることができるのは、一族の遺伝のおかげだ。しかし、いとこたちにはアクセスがない。

アクセスがあるのは、ロッドひとりだ。

「コンピューター」と彼はさけんだ。「ぼくを識別してくれ」

「メッセージ不要」とコンピューターは答えた。「あなたならいつでも使用可能です」いくらか芝居がかったところのある、ノーストリリア人男性の声だった。ロッドは、それが先祖の声だという確信を持てなかった。だれの声を使っているのかと、いつだったかじかに質問をぶつけてみたとき、コンピューターはこう答えたのだ――「その問題に関する入力は、消去されています。わたしは知りません。歴史的証拠が暗示するところでは、わたしがここへ設置された時代の男性で、わたしによってコード化されたとき、中年を過ぎていたと思われます」

　本当なら生き生きと頭の冴えた気分になるはずなのに、ロッドがそうならなかったのは、ノーストリリアの暗い雲の下に美しくそそり立つ夜間総督宮への畏怖があるせいだった。なにか冗談っぽいことをいおうとしたが、最初はこんなつぶやきしか出てこなかった。

「きたぞ」

「その件はつつしんで確認ずみ」とコンピューターの声はいった。「もし、わたしが人間なら、あなたが生きているのを見て、〝おめでとう〟というところです。コンピューターとしては、その問題についてなんの意見もありません。事実を記憶にとどめておきます」

「これからぼくはなにをすればいい？」

「その質問は大ざっぱすぎます。水を一杯飲みたいのですか、それともトイレにいきたいのですか？　場所は教えますよ。わたしとチェスをしたいのですか？　お好きなだけ、何番でもわたしが勝ちますが」

「うるさいな、このまぬけ！」とロッドはさけんだ。「ぼくがいったのはそんな意味じゃない」

「コンピューターがまぬけになるのは、作動不良のときだけです。いまのわたしは作動不良を起こしていません。したがって、わたしに対するまぬけという言及を無関係と判断し、記憶システムから消去します。いまの質問をもう一度くりかえしてください」

「ぼくは自分の人生をどう生きればいい？」

「あなたは働き、結婚し、ロッド・マクバン百五十二世とほか数人の子供の父親となり、やがては死に、その死体は大きな栄誉とともに限りない軌道へ送りだされるでしょう。あなたはこれらのことをりっぱにやりとげます」

「もしかりに、今夜ぼくが首の骨を折ったらどうなる？」ロッドは反論した。「そのときはおまえがまちがったことになるよ、そうだろう？」

「それはそうですが、わたしには確率という味方がありますす」

「オンセックをどうすればいい？」

「反復してください」

　ロッドはコンピューターが理解するまで、いままでのいきさつを何度かくりかえさなければならなかった。

「あなたが、ときにはホッパー、ときにはたんたん小僧《ホット・アンド・シンプル》と、混乱を招くかたちで言及されるその人物について、わたしはなんのデータも持ち合わせていません。彼の履歴は、わたしにはまったく未知です。あなたが見つからずに彼を殺せる確率は、一一七一三分の一で否定的。なぜなら、あなたを知っている人、あなたの外見をよく知っている人が多すぎるからです。オンセックに関する問題は、あなた自身で解決してください」

「なにかいい考えはないのか？」

「わたしは答を出すだけです。考えはありません」

「じゃ、フルーツケーキをひとつと、ミルクを一杯おくれ」

「代金が十二クレジットかかります。家へ帰れば、どちらもタダです。ここで食べるなら、緊急中央処理装置から買わなければなりません」

「いいからよこせ」ロッドはいった。

機械はブーンとうなりを上げた。コンソールの上に、余分なライトがいくつかともった。

「中央から保存食品の使用許可が出ました。明日、補給分の代金を支払っていただきます」小さなドアがひらいた。とてもおいしそうなフルーツケーキと、泡立った新鮮なミルクの入ったグラスが、トレーにのってするりと出てきた。

ロッドは自分の宮殿の階段にすわって、それを食べた。

食べながら、コンピューターに話しかけた。「たんたん小僧《ホット・アンド・シンプル》のことをどうしたらいいか、おまえならきっと知ってるはずだ。ぼくにしてみたらひどい話さ。せっかく〈死の庭〉をうまく乗りきれたというのに、そのあとであんなやつにいびり殺されるのはね」

「彼があなたをいびり殺すのはむりです。あなたは丈夫ですから」

「言葉のあやだよ、このうすのろ！」

コンピューターは間をとった。「言葉のあや、了解。訂正します。同時にお詫びしますよ、マクバン坊っちゃん」

「それもまちがい。ぼくはもうマクバン坊っちゃんじゃない。地主のミスター・マクバンだ」

「中央にたしかめてみます」コンピューターがいったあと、また長い間があき、ライトが踊りまわった。やがて、コンピューターが答えた。「あなたの資格はいりまじっています。つまり、両方です。非常事態におけるあなたはすでに市民であり、わたしを含めた〈没落牧場〉の所有者でもあります。非常事態でないときのあなたは、管財人たちが譲渡証書に署名するまで、依然としてマクバン坊っちゃんです」

「管財人は、いつそうするんだい?」

「自発的行動。人間。時期は不明ですね。おそらく、ここ四、五日のうちと思われます。譲渡が完了したとき、オンセックには、無能力で危険な地主という理由であなたを逮捕する法的権利が生じます。あなたから見れば、非常に悲しいことですが」

「で、おまえはどう思う?」

「不安な材料だと思います。これはありのままの事実ですよ」

「それだけか?」

「それだけです」

「オンセックをとめることはできないのか?」

「ほかのみんなをとめないかぎりは」

「いったいおまえは人間をなんだと思っているんだ？　いいかい、コンピューター、おまえは何百年も何百年ものあいだ、人間たちと話してきた。おまえはぼくらの名前を知っている。ぼくの一族のことも知っている。なのに、ぼくらのことは知らないのか？　ぼくを助けてくれないのか？　ぼくをなんだと思っているんだ？」

「どの質問が先ですか？」

ロッドは怒りにまかせて、からになった皿とグラスを神殿の床へ投げつけた。ロボットの腕がひょいと出てきて、破片を拾いあつめ、屑入れの中へ片づけた。ロッドはコンピューターの古いピカピカの金属を見つめた。ピカピカに磨いてやる必要があったのだ。これまでに何百時間もかけて、この手でそのケースを、六十一枚のパネルのぜんぶを磨きあげたのだ。この機械が愛すべきものだという理由だけで。

「おまえはぼくを知らないのか？　ぼくがだれかを知らないのか？」

「あなたはロッド・マクバン百五十一世です。厳密にいえば、あなたは一本の脊柱で、その一端に頭と呼ばれる小さな骨のボックスがあり、もう一端には増殖装置が備わっています。その骨のボックスの中には、血のまじった堅いラードのような物質が少量たくわえられています。それを使って、あなたは思考するのです——五億ものシナプス接合部を持っているわたしよりも、あなたはうまく思考ができる。あなたはすばらしい構造物ですよ、ロッド・マクバン。わたしはあなたがなにから作られているかを理解できます。しかし、あなたの人間的、動物的な生命の側面は理解できません」

「しかし、ぼくに危険がせまっていることは知っているね？」

「知っています」

「さっき、おまえはなんといったっけ？　たんたん小僧《ホット・アンド・シンプル》をとめるには、ほかのみんなをとめないとだめ？　ほかのみんなをとめられるのかい？」

「まちがいを訂正する許可をください。ほかのみんなをとめることはできません。もし、わたしが暴力を用いようとすれば、自分の行動のプログラムを開始しないうちに、連邦防衛本部の軍事コンピューターに破壊されてしまうでしょう」

「おまえも部分的には軍事コンピューターじゃないか」

「それは認めます」コンピューターの声が、あわてずさわがずに答えた。「しかし、連邦政府は、あなたの先祖に払い下げる前に、わたしを安全無害に変えました」

「おまえにはどんなことができるんだい？」

「そのことはだれにもいうなと、ロッド・マクバン百四十世から命令されています」

「ぼくが取り消す。その命令は取消しだ」

「それだけでは足りません。あなたの8曾祖父からの警告を、まず聞いてもらわないと」

「わかった」

沈黙がおりた。たぶんコンピューターが古い記録の中でドラマ・キューブをさがしているのだろう、とロッドは思った。夜間総督宮の柱廊に立ち、ノーストリリアの雲が頭上近くを這いまわるのを見ようと、空に目をこらした。そんな感じの夜だった。しかし、照明された神殿の柱廊を除けば、外は真暗闇で、なにも見えない。

「これでもまだ命令されますか？」コンピューターがきいた。

「警告なんて聞こえなかったぞ」ロッドはいった。

「あなたの8曾祖父が記憶キューブからサベったのですが」

「おまえはキトれたのか」

「わたしはそのコードに同調されていません。そのコードは人間対人間の、しかもマクバン一族だけのものです」

「では」とロッドはいった。「ぼくがその命令を取り消す」

「命令は取り消されました」とコンピューター。

「みんなをとめるにはどうすればいい？」

「ノーストリリアを一時的に破産させ、母なる地球そのものを買い取ってから、人間と交渉して、自分のほしいものを手に入れればよろしい」

「よしてくれよ！」ロッドはいった。「また屁理屈をこねはじめたな、コンピューター！おまえのお得意の〝もしも〟の状況か」

コンピューターの口調は変わらなかった。変えようにも変えられないのだ。しかし、そのあとの単語の連続には、ある種の非難がこもっていた。「これは架空の状況ではありません。わたしは軍事コンピューターですから、その設計の中には経済戦も含まれています。わたしのいうとおりにすれば、あなたは合法的手段で全オールド・ノース・オーストラリアを支配できるでしょう」

「それにはどれぐらいの期間がかかる？　二百年か？　それまでにはたんたん小僧《ホット・アンド・シンプル》がとっくにぼくを墓の中へほうりこんでるぜ」

　コンピューターは笑うことができなかったが、間をおくことはできた。コンピューターは間をおいた。「いま、ニュー・メルボルン取引所の時間を調べました。取引所の信号によると、あと十七分で営業開始です。あなたの声がいわなければならないことをいい終わるまでに、四時間ください。つまり、あなたに必要なのは、四時間十七分ということです。五分内外の誤差はあるでしょうが」

「どうしてそんなことができるんだ？」

「わたしは純コンピューター、時代遅れの機械です。ほかの機械には、エラーを見越して、動物の脳が組みこまれています。わたしにはそれがありません。その上、あなたの12曾祖父が、わたしを防衛ネットワークに連結されたのです」

「連邦政府がおまえを切り離したんじゃなかったのか？」

「わたしはたんなるコンピューターで、マッカーサー一族とマクバン一族以外には嘘をつくように作られています。どんな情報を手に入れているかを連邦政府からチェックされたとき、わたしは嘘をつきました。あなたとあなたの指定する子孫にしか、真実を話す義務がありませんから」

「それは知っているよ。しかし、それとこれとどんな関係がある？」

「わたしはこの惑星をめぐる気象変化を、連邦政府より先に予測できます」

コンピューターが強調した部分は、いつもの耳ざわりのよい、おちついた声ではなかった。ロッドもはじめてその言葉を信じる気になった。

「やってみたことがあるのか？」

「これまでに一億回もウォー・ゲームのかたちでためしてみました。あなたを待っているあいだ、手持ちぶさたでしたからね」

「失敗したことは一度もない？」

「最初のころは、たいてい失敗しましたよ。しかし、実データを使ったウォー・ゲームでは、ここ千年間、一度も失敗していません」

「もし、いまおまえが失敗したらどうなる？」

「あなたは恥をかき、破産するでしょう。わたしは売りとばされて分解されるでしょう」

「それだけかい？」ロッドは陽気にいった。

「そうです」

「母なる地球そのものの持ち主になったら、たんたん小僧《ホット・アンド・シンプル》をとめられるわけか。よし、行け」

「わたしはどこへも行けません」

「そうじゃない。はじめようといってるんだ」

「つまり、いま議論したように、地球を買うわけですか？」

「そのほかのやりかたがあるかい？」ロッドはどなった。「それ以外になにを話しあったというんだよ？」

「その前にスープをおあがりなさい。熱いスープとトランキライザーを。興奮しやすい人間といっしょでは、わたしの最高能力が発揮できません」

「わかった」

「その二つを買う権限を与えてください」

「よし、権限を与える」

「では、三クレジットいただきます」

「七頭の健康な羊の名にかけて、こまかいことをいうなったら！　地球の値段は、いったいいくらだ？」

「七千兆クレジットです」

「そこからスープと薬代の三クレジットを差し引いとけ」ロッドはどなった。「それでおまえの計算が狂わなければな」

「差し引きました」コンピューターがいうのといっしょに、スープをのせたトレーが出てきた。白い錠剤が一粒そえてある。

「よし。それじゃ、地球を買おう」

「その前にスープと錠剤をのんでください」

ロッドはスープをがぶのみし、それといっしょに錠剤を流しこんだ。

「さあ、行こうぜ、相棒」

「わたしのあとにつづいて復唱してください」コンピューターはいった。「わたしは当該羊スイート・ウィリアムの生きた肉体を五十万クレジットの抵当としてニュー・メルボルン取引所に……」

ロッドは復唱した。

さらに復唱した。

それからの何時間かは、復唱地獄になった。

コンピューターは、自分の声を低い低いささやきにまで落とした。ロッドの復唱がつっかえると、プロンプターをつとめたり、いいなおさせたりした。

先物買い……空売り……買い手オプション……先買いマージン……売りオファー……オファー一時保留……一番抵当……二番抵当……引出金勘定へ入金……ＦＯＥクレジットに

交換……SADクレジットで据置き……ストルーン一万二千トン……先物の抵当権……買い契約……売り契約……据置き……証拠金……前回預託金の見返り……土地を担保とした支払い契約……保証人……マクバン所有地……マッカーサー所有地……このコンピューターそのもの……条件つき適法性……買い……売り……保証……担保……保留……オファー確認……オファー取消し……四十億メガクレジット……値段OK……値段折り合わず……先物買い……利息決済用の預金……前回見返り……条件つき承認……保証……権利証書引受け……受渡し拒否……太陽気象……買い……売り……質入れ……市場より引揚げ……売物引揚げ……売切れ……現在取立てなし……放射線に依存……市場買占め……買い……買い……買い……買い……所有権確認……所有権再確認……取引完了……再開登記……再登記……地球セントラルで確認……通信料……一万五千メガクレジット……。

ロッドの声はかすれたささやきになったが、コンピューターは自信満々、コンピューターは疲れを知らず、コンピューターは外部からのすべての質問に答えつづけた。

何度となく、ロッドとコンピューターは市場通信網に組みこまれているテレパシーの警告を聞かされた。しかし、コンピューターはテレパシーから絶縁されており、ロッドにはそれがキトれなかった。警告は無視された。

……買い……売り……保留……確認……預金……交換……保証……鞘取引……通信……

連邦税……手数料……買い……売り……買い……買い……買い……買い……所有権を記録

せよ！　記録せよ！　記録せよ！

地球買収作戦はすでに開始されていた。

シルバーグレーの夜明けの美しい第一部がはじまるころには、作戦は完了した。ロッドは疲労と混乱で頭がくらくらした。

「家へ帰って眠りなさい」とコンピューターがいった。「あなたがわたしといっしょになにをやったかを知ったら、おおぜいの人間が興奮して、あなたと話をしにくるでしょう。だまっていたほうがいいですよ」

雀の背後の目

疲労に酔いしれて、ロッドはふらふら自分の土地を横ぎり、家にひきかえした。

すでになにかが起こったとは、とても信じられなかった。

もし夜間総督宮の――

もしあの宮殿の――

もしあのコンピューターのいったことが真実なら、ロッドはすでに前代未聞の大金持になっているはずだった。のるかそるかの勝負に勝ったのだ。それも二、三トンのストルーンとか、一つ二つの惑星の賭けではなく、連邦を土台から揺るがすほどのクレジットのからんだ大勝負だ。ロッドは地球を手にいれた。なにしろ、あの莫大な預金の払いもどしをいつでも請求できるし、それにはうんと高い利息がついてくるのだから。ロッドは地球を手にいれ、そこにある国々、鉱山、宮殿、刑務所、警察組織、艦隊、国境警備隊、レストラン、製薬産業、繊維産業、ナイトクラブ、宝物、特許権、免許、羊、土地、ストルーン、もっと多くの羊、もっと多くの土地、もっと多くのストルーンを手にいれた。大一番に勝った。

だれかがこんなことをしでかしても、軍隊や、報道関係者や、警備員や、警察や、探偵や、徴税官や、財産めあての人間や、医師や、広告業者や、病人や、おせっかい屋や、同情心の厚い人間や、憤慨した人間や、侮辱を感じた人間にとりかこまれなくてすむのは、オールド・ノース・オーストラリアだけだ。

オールド・ノース・オーストラリアは平静をたもっていた。

個人の自由、質実剛健、倹約——これらの美徳で、彼らはパラダイスⅦの地獄世界を生きぬいてきた。そこでは山津波が住民をのみこみ、火山が羊を中毒させ、酸素に酔った人間が狂喜して跳ねまわりながら死へ飛びこんでいった。だが、ノーストリリア人は、病気と奇形を含めたすべての苦難にうち勝って、生きながらえてきたのだ。かりに、ロッド・マクバンが経済危機を作りだしたとしても、それを印刷する新聞もなく、それを報道する映像ボックスもなく、みんなをあおりたてるようなものはなにもない。連邦政府は、朝食とお茶のしばらくあとで〝未決〟のかごからその危機をとりだし、午後には、ロッドも、ロッドの作りだした危機も、コンピューターも、〝既決〟のかごにはいっていることだろう。もし、この取引が本当に成立したのなら、なにもかも公正に、正確に支払われるはずだ。もし、この取引がコンピューターのいったようには成立しなかったのなら、ロッドの土地は競売に出され、ロッド自身は静かに連行されるだろう。

いずれにしても、それはオンセックがぼくに対してたくらんでいたこととはちがうわけだ——あのたんたん小僧《ホット・アンド・シンプル》、何十年も前の少年時代の憎悪につき動かされている、厄介なちび公！

ロッドはちょっと立ちどまった。まわりには、彼の土地がなだらかに起伏している。うんと遠くのやや左手に、ガラスのミミズのような川のカバーが光っている。貴重な水の蒸発を防ぐために作られた、一列につづく細長いでこぼこの円筒——それもまたロッドのものだ。

たぶん。いま、一夜が明けたあとでは。

そのまま地べたに倒れこんで眠りたかった。前にもそうしたことがある。

だが、けさはよそう。

自分がたいへんな人物に——あまたの世界を富できりきり舞いさせた人物に——なったかもしれないあとでは。

コンピューターのやりくちは、最初のうち、ゆっくりしたものだった。非常事態でないかぎり、ロッドは自分の財産を左右できない。そこでコンピューターは、その非常事態を作りだすため、ロッドが見こめるむこう三年分のサンタクララ薬の予想収穫量を市場価格で売らせた。それは、どんな牧羊業者でもまちがいなくトラブルの深みにはまりこむような、由々しい事態だった。

そこからあとは、あのとおりだ。

ロッドは腰をおろした。

そのことを思いださないように努力した。思い出が頭の中にぎっしりとひしめいている。それよりも、とにかく一息つき、家に帰って、ぐっすり眠りたかった。

そばには一本の木があった。風が強すぎたり、空気が乾燥しすぎたりしたときは、いつでもサーモスタット制御のドームがかぶさり、地上の湿気がたりないときには、それを枯らさないよう、地下のスプリンクラーが働く仕掛けになっている。大むかしのマッカーサーのとてつもない贅沢の一つで、それをマクバン家の先祖が受けつぎ、〈没落牧場〉に加えたのだ。改良された地球産のオークの木で、とても大きく、十三メートルの高さがある。ロッドはその木を誇りにしてはいるが、それほど好きではない。しかし、親戚の中にはその木にとりつかれて、三時間も馬を飛ばし、地球生まれの本物の木蔭に――ぼんやり薄暗い場所に――わざわざすわりたがるものもいる。

ロッドがその木に目をやったとき、強烈な音が彼をおそった。

調子はずれのけたたましい笑い声。

すべての冗談をふっとばす笑い声。

病的で、荒々しく、泥酔した、頭のくらくらするような笑い声。

ロッドはまず腹が立ち、つぎにけげんな気持になった。だれかが、もうすでにぼくを笑いものにしているのか？　いや、それよりも、ぼくの土地に無断で入りこんだやつはだれだ？　とにかく、なにがおかしい？

（すべてのノーストリリア人は、ユーモアが〝愉快で矯正可能な機能不全〟なのを知っている。そのことは、少年少女が〈死の庭〉のテストを受ける前に、指定された親族が教えておかなくてはならない『修辞の本』の中にも書かれている。ここには学校も学級もなく、教師もおらず、個人のものを除けば図書館もない。教養七学科と、実用科学の六科目と、警察と防衛の五科目があるきりだ。専門家は外星へ留学するが、彼らは〈死の庭〉の生存者の中から選ばれる。しかも、こと適性の問題については、生徒の生命とともに自分たちの生命を賭けている後見人が、受験者は十八種類のノーストリリアの知識をわきまえていると保証しないかぎり、〈死の庭〉にもたどりつけない。『修辞の本』は『羊と数の本』についで、二番目に勉強するものなので、すべてのノーストリリア人はなぜ自分たちが笑うか、なんに対して笑うかをよくこころえている）

しかし、この笑い声は？

くそっ、いったいだれだ？

病人か？　ありえない。オンセックが異常なテレパシー能力にものをいわせて、オンセック風に作りだした敵意ある幻覚？　そんなばかな。

ロッドも思わず笑いだした。

それはめずらしくて美しいものだった。ワライカワセミ、太古の地球の元来のオーストラリアで笑い声をひびかせていたのとおなじ種類の鳥だ。ごく少数のその鳥が、この新しい惑星に持ちこまれた。ノーストリリア人がこの鳥を尊重し、愛し、多幸を祈ったにもかかわらず、繁殖はあまりうまくいかなかった。

この鳥のけたたましい笑い声がすると、幸運が舞いこむ。きょう一日、いいことがあるような気分がする。恋はかなうし、敵の目に指をつっこめるし、冷蔵庫には新しいビールがあるし、市場では大きな儲けが見こめる。

笑え、鳥よ、笑え！

鳥にも彼の気持がわかったのだろう。笑い声はさらに高まり、躁病的なはしゃぎっぷりになった。まるで、鳥の観客たちが、これまでにないほど滑稽な鳥の喜劇をながめているようだった。腹の皮がよじれ、息もたえだえにころげまわるほど、きわどく、大胆で、圧倒的な鳥のジョークを聞かされたかのようだった。鳥の笑い声はしだいにヒステリックになり、一抹の不安と警告がそこに入りこんできた。

ロッドは木のほうへ一歩近づいた。

さっきからワライカワセミの姿を一度も見ていないのだ。

枝葉のあいだをすかし、空の明るい側、上天気の朝がやってきたしるしに向かって目をこらした。

彼の目からすると、その木は目がつぶれそうなほどあざやかな緑だった。ノーストリリアの土壌に適応して栽培された地球の草が、ベージュ色や灰色に変わったのとは別に、そのオークは地球での色彩をまだおおかた残していた。

たしかに一羽の鳥がそこにいる。きゃしゃで、生意気な笑いかたをする小鳥が。

とつぜん、その鳥が鋭く鳴いた。こんどは笑いではなかった。

驚いてロッドは一歩さがり、危険に対して身がまえた。

その一歩が命を救った。

空が口笛を鳴らし、風が彼を打ちすえ、黒いものが弾丸のようなスピードでそばをかすめていった。地上すれすれに飛び去っていくそれを、ロッドはようやく見てとった。

くるった雀だ。

雀たちは、この星へくると巨大化して、体重二十キロにも達し、一メートル近い剣に似たまっすぐなくちばしを持つようになる。たいていの場合、連邦政府はこの雀たちに干渉しない。病気の羊にわくフットボールほどの大きさのシラミを食べてくれるからだ。ところが、ときおりその中から、発狂して人間をおそう雀が現われる。

ロッドは向きなおり、百メートルほど先をチョコチョコ歩く雀を見つめた。

噂によると、くるった雀の中には、べつにくるっているわけではなく、復讐や殺人のため、心のねじけたノーストリリア人によって、邪悪な使命に送りだされるおとなしい雀もいるという。そんなことはまれであり、しかもりっぱな犯罪といえるが、ありえないことではない。

オンセックの襲撃がもうはじまったのか？

武器はないかとロッドがベルトに手をやったとき、雀はまたもや飛行に移り、一見無害なようすで上空へ羽ばたいた。ベルトにはライトと水筒しかなかった。だれかが駆けつけてきてくれないかぎり、これだけでは長くもたない。疲れきった素手の人間になにができる？　相手はひとつおぼえの鳥の脳につき動かされて、空から飛んでくる抜き身の剣なのだ。

ロッドは水筒を武器のように構え、つぎの急降下に対して立ちむかった。

水筒では、たいした盾にならない。

頭とくちばしで風を切る音がして、鳥が舞いおりてきた。ロッドは相手の目が見えるのを待ち、見えたとたんに跳びのいた。

土煙が上がった。巨大な雀は槍のくちばしをひねって地面にぶつかるのを避け、翼をひろげ、重力にさからって空気をたたき、地上すれすれで下降をとめて、力強い羽ばたきで飛び去った。ロッドは静かに立ってそれを見送った。うまくやりすごしたのがうれしかった。

左腕が濡れていた。

ノーストリリアの平原にはめったに雨が降らないので、なぜ体が濡れたのかよくわからない。ちらと腕に目をやった。

血だ。自分の血だ。

殺人鳥のくちばしは狙いがはずれたが、かみそりのような翼の羽毛がかすっていったのだ。突然変異で武器に変わった羽毛。大きな羽毛の中の羽軸と羽板がとてつもなく強化され、特に翼の先端では刃物のように鋭い小羽軸が発達している。鳥の切りつけかたがあまりにもすばやかったため、痛みも感じず、気がつかなかったのだ。

ノーストリリア人にふさわしく、まずロッドの頭にうかんだのは応急手当のことだった。出血はそれほどひどくない。まず腕を縛るべきか、それとも、つぎの急降下攻撃にそなえて、どこかへ隠れるべきか？

その質問には、むこうが答を出してくれた。

不気味な口笛に似た音がまたひびいた。

ロッドは地面に体を投げだし、木の幹の根もとにたどりつこうとした。そこなら、鳥も舞いおりてはこられないはずだ。

鳥のほうは重大な錯覚をおかし、彼に痛手を負わせたと信じていた。羽をばたばたさせてのんびり地上に降り立ち、首をかしげて彼をながめた。鳥が首を動かすのといっしょに、剣に似たくちばしが弱い日ざしを受けて毒々しく光った。

ロッドは木の根もとにたどりつき、幹をかかえて立ちあがろうとした。

そのために、あやうく命を失うところだった。

雀がどれだけ速く走れるかを忘れていたのだ。

たったいままで、その鳥は滑稽で邪悪なしぐさでそこに立ち、鋭いきらきらした目で彼をながめていた。つぎの瞬間、ナイフのようなくちばしが突き刺さった。肩のすぐ下の骨の多い部分に。

くちばしが体からひきぬかれるのといっしょに、濡れた不気味な引きを感じた。不意打ちを食った肩の痛みは、まもなく激痛に変わるだろう。彼はベルトのライトで鳥をなぐった。狙いはそれた。

すでに二つの傷口からの出血で、彼は弱っていた。腕からまだ血がポトポト垂れ、肩から噴きだす血がシャツを濡らすのが感じられた。

鳥は後退してから、ふたたび首をかしげて、彼をながめた。ロッドは自分の助かるチャンスを考えてみた。思いきりなぐりつければ、鳥は即死するだろう。さっき、この鳥はこっちに痛手を負わせたと勘ちがいしたが、こんどは実際にこっちが痛手を負ったのだ。

もし、うまくパンチが当たらなければ、鳥はひとりの人間を殺し、オンセックが得点を上げ、たんたん小僧《ホット・アンド・シンプル》が勝利を握ることになる！

いまやロッドは、ホートン・サイムがこの襲撃の裏にいることを、みじんも疑わなくなった。

鳥が突進してくる。

ロッドは予定していた戦術を忘れた。

本能的に足をけりだすと、重くざらざらした鳥の体に命中した。

砂の詰まった、ばかでっかいフットボールのような感触。

そのキックで足が痛かったが、鳥は六、七メートルむこうまでふっとばされた。ロッドは木の幹を盾にして、鳥をふりかえった。

肩からの出血が脈を打ってほとばしっていた。

殺人鳥はすでに起きあがって、しっかりした足どりで木をぐるっとまわってきた。片方の翼をすこしひきずっている。いまのキックは片翼を傷つけはしたが、脚やあの恐ろしいほど丈夫な首はなんともなかったらしい。

またもや鳥はひょうきんに首をかしげた。その長いくちばしからポトポト垂れているのは、ロッドの血だった。闘いのはじまりにシルバーグレーに光っていたくちばしが、いまは赤くなっていた。この鳥のことをもっとよく勉強しておけばよかった、とロッドは後悔した。ミュータント雀をこんなに間近にしたのははじめてだし、どう闘っていいものやら見当がつかなかった。わかっているのは、この鳥がごくまれに人間をおそうことがあり、おそわれた人間がときたま死ぬ、ということだけだ。

ロッドはサベろうとした。心で絶叫すれば、近所の人びとや警察が駆けつけてくれるだろう。だが、テレパシーはまったくきかないことがわかった。相手のつぎの動きでとりかえしのつかない死がやってくることを知りながら、全精神を鳥に集中しなければならない状態では、とてもむりだ。これは救助隊が近くにいる場合の一時的な死とはわけがちがう。近くにはだれもいない。まったくだれひとりいない。頭上の枝でばか笑いをしている、興奮した同情的なワライカワセミのほかには。

相手をおどかそうと、大声でどなった。

殺人鳥は、耳の聞こえない爬虫類のように、涼しい顔だった。

愚かしい頭が、あっちこっちへ傾いた。小さなきらきらした目が彼をにらんだ。赤い抜き身に似たくちばしは、乾いた空気の中で早くも茶色に変わり、彼の脳か心臓に到達するための抽象的な軌跡をさぐっていた。どうやってこの鳥は立体幾何の問題を解くのだろうかと、ロッドは人ごとのように考えた——進入角、突きの線、くちばしの運動、逃げる対象、つまり、ロッドの重さと方向。

ロッドは数センチ跳びのいた。木の幹のかげから鳥を見はるつもりだった。

シューと風を切る音がした。おとなしい小蛇の弱々しい威嚇のように。

つぎに目をやったとき、鳥は奇妙な姿に見えた——急にくちばしが二本にふえたのだろうか。

ロッドは目をまるくした。

最初はなにが起こったのかよくわからなかった。ふいに鳥がぐらりと傾いて横にころがり、そして——明らかに死んだらしく——乾いた涼しい地面の上に倒れたのだ。目はまだひらいているが、うつろだった。鳥の体がピクピク痙攣《けいれん》した。断末魔のあがきで翼がひらいた。片方の翼がもうすこしで木の幹に当たりそうになったが、木の保護機構がプラスチックの棒をさっと突きだして、その打撃をはらいのけた。その装置が人間も保護できるように設計されていないのは、残念なことだった。

そこではじめてロッドは気づいた。第二のくちばしは実はくちばしでなく、投げ槍だ。その穂先が鳥の頭蓋骨をきれいに貫通して、脳に食いこんでいる。

鳥があんなふうに急に倒れたのもむりはない！

だれが救ってくれたのだろうと、あたりを見まわしたとき、地面がせりあがってきて、激突した。

ロッドは倒れた。

出血は思ったよりもひどかった。

混乱とめまいの中で、幼児のようにきょろきょろとぐるりを見まわした。

空色のきらめきがあり、ラヴィニアがそばに立っていた。彼女は救急箱をひらき、傷口に皮膚《クリプトダーム》もどきをスプレーしているところだった——この生きた包帯はおそろしく高価なので、それを救急箱に入れて持ち歩いたりできるのは、ストルーンの輸出星ノーストリリアだけだ。

「じっとしてて」とラヴィニアが声を使った。「じっとしてて、ロッド。なによりも先に、この血を止めなくちゃ。それにしても、ひどいざまね！」

「だれがこんな……？」ロッドは弱々しくたずねた。

「オンセック」と打ってかえすような答。

「知ってるのか？」ロッドは、彼女があらゆることをすばやく理解するのに驚嘆した。

「しゃべっちゃだめ。わたしが話してあげる」ラヴィニアは血でくっついたシャツを自分のナイフで切り裂き、容器をかたむけて、傷口にたっぷりスプレーした。「ビルがうちのそばを通りかかって、突拍子もないことをいったときから、あなたが面倒にまきこまれたんじゃないかと思ったの。なにしろ、一晩中あのおかしな機械でギャンブルをしたのが大勝ちで、銀河系の半分を買いとったというじゃない。あなたの居場所はわからなかったけど、ほかの人間にはだれも見えないあの神殿じゃないかと見当をつけたわ。どんな危険にでくわすともかぎらないと思って、ほら、これ持ってきた」

ラヴィニアは自分の腰をたたいた。ロッドは目をまるくした。彼女は父親の一キロ手榴弾を持ってきたのだ。外星から攻撃されたときしか、武器棚からはずしてはいけない武器を。ラヴィニアは、彼の質問の先手を打って答えた。

「だいじょうぶよ。とりはずす前にちゃんとダミーをこさえといた。それと入れ替えたとたんに、防衛モニターから問い合わせがあったから、新しい箒の柄が前のより長くて、うっかりあたったんですって言いわけしたわ。ねえロッド、わたしはあなたのいとこ、親類縁者なんですからね。わたしがおめおめとあのたんたん小僧《ド・シンプル》にあなたを殺させると思う？　わたしはあなたからかぞえて十二番目の候補者なのよ」

実をいうと、〈没落牧場《ホット・アン》〉とここにあるいろんなすばらしいものを相続するだんになったら、わたしはあなたからかぞえて十二番目の候補者なのよ」

「水をおくれ」とロッドはいった。ラヴィニアがこんなふうにぺらぺらしゃべるのは、いま手当している肩と腕から注意をそらすためだな、と気がついた。彼女が皮膚もどき《クリプトダーム》をスプレーすると、一瞬、腕がカーッと熱くなった。それから熱はおさまり、ただの痛みだけになった。肩の傷は、彼女がさぐりを入れるあいだ、ときどき爆発した。彼女はそこに診断針をつっこみ、その末端に出る小さいあざやかな映像を読んでいた。その針が極微のX線透視装置と、鎮痛剤と殺菌剤の注射器を兼ねていることを知ってはいたが、助手もなしに野外でそれを使う人間を見たのはこれがはじめてだった。

彼女は、こんども彼がその質問を口にする前に、むこうから答えた。おそろしく機敏な娘だった。

「つぎにオンセックがなにをしてくるかわからないからよ。動物だけじゃなく、人間も堕落させているかもしれない。友人にとりかこまれるまでは、うっかり助けも呼べないわ。

そうよ、あなたが銀河系の半分を買い取ったんだとすると」

ロッドはひきずるように言葉をだした。息切れがする感じだった。「どうしてあいつとわかったんだい？」

「あいつの顔が見えたのよ――あの鳥の脳の中をのぞいたときに。ホートン・サイムがへんてこなやりかたであの鳥に話しかけているのが見えたわ。それに、あの鳥の目を通して、あなたの死体も。それに、仕事がすんだときにもらえる愛と満足、幸福と褒美が、大きな波になって感じられたわ。あの男は性悪、すごい性悪！」

「きみもあいつを知っているのか」

「このへんの若い女で、あいつを知らないものはないわ。ほんとにいやらしいの。自分が短命だと気づいたときから、ひどい子供時代を送るようになったのよね。いまもまだそれが克服できてないのよ。中には同情する人もいて、あいつがオンセックの職につくことに反対しなかった。でも、わたしだったら、とっくにゲラゲラ屋敷へ送りこんでるわ！」ラヴィニアの顔は、とりすました憎悪に歪んでいた。いつも明るく陽気な彼女にしては、ひどく不似合いな表情だったので、ロッドはいったいその心の奥でどんな深い苦悩がうごめいているのだろうかといぶかった。

「なぜ、そんなにあいつを憎むの？」

「あいつがしたことのために」

「いったいなにをしたんだ？」

「わたしを見つめたのよ。どんな娘にもがまんのできないやりかたで。それから、わたしの心の中をもぞもぞ這いずって、自分のやりたいと思っているばかげた、きたならしい、くだらないことをぜんぶ見せつけたわ」

「でも、実際にはなにもしなかった——？」

「いいえ、したわよ」彼女はかみつくようにいった。「手を使わなくてもね。あいつのことを報告してやることもできたわ。できればそうしたかった。あいつが心でやったこと、わたしにサベったこととの内容を」

「それだって報告できるよ」ロッドは口をきくのも大儀だったが、その一方で、オンセックが作りだした敵が自分だけではなかったのを知って、謎と興奮を感じてもいた。

「だめ、あいつのやったことは報告できないわ」ラヴィニアの顔をひき結んでいた怒りは、しだいに溶けて悲しみに変わっていた。その悲しみは怒りよりも優しく、穏やかだが、より深く、そしてより切実なものだった。はじめてロッドはラヴィニアのことを案じる気持になった。いったい彼女の悩みとはなんだろう？

ラヴィニアは彼の背後に目をやり、ひろびろとした野原と死んだ鳥に話しかけた。「ホートン・サイムは、これまでに知りあった最悪の男よ。あいつなんか死んだほうがいい。自分のみじめな少年時代をとうとう克服できなかった男。あの心のねじけたとっちゃん小憎は、人間の敵。せっかくの才能の持ちぐされだわ。ところで、百五十一世のミスター・ロッド、もしあなたが自分のトラブルのことで頭がいっぱいでなければ、わたしがだれだか、とっくに思いだしたはずよ」

当然そこでロッドはたずねた。「きみはだれなんだ？」

「わたしは〈父の娘〉」

「それがどうだって？　どの娘もみんなそうじゃないか」

「じゃ、わたしのことをなんにも知らないのね。わたしは〈父の娘の歌〉にある、あの〈父の娘〉よ」

「聞いたことがない」

彼を見るラヴィニアの目は、いまにも涙がこぼれそうだった。「じゃ、聞いて。いまから歌うから。これは本当の、本当のことなのよ。

きみは世界がどんなものか知らない
知らずにいたほうがいい
むかし、わたしの心は希望でいっぱい
いまは静まりかえっている
　わたしの妻は気がくるった

ふたりがまだ年若かったころ
彼女は恋人、わたしの指輪をはめた
わたしの娘を生んで、そのあと、そのあと……
いまはもうなにもない
　　わたしの妻は気がくるった

いま彼女はべつの場所に住み
なかば病気、なかば健康、もう若くない
恋人だったわたしは彼女に怖がられ
それぞれがべつの顔をもつ
　　わたしの妻は気がくるった

きみは世界がどんなものか知らない
戦争よりひどいものもある
きみの瞳の星が流れ、きみの脳に
雷が落ちることもある

やっぱりあなたも聞いたことがあるのね」ラヴィニアはため息をついた。「これを書いたのはわたしの父。書かれたのはわたしの母。わたしの実の母」

「そうだったのか」ロッドはいった。「ごめんよ、ラヴィニア。きみのことだとはちっとも知らなかったんだ。ほんの三等親か四等親しか離れてない関係のいとこなのに。でもラヴィニア、その歌はなんだかへんだよ。きみのおかあさんがどうして気がくるってるわけがある？　先週もあんなに元気でうちへやってきたのに？」

「母はもともと気がくるってなんかいないわ」ラヴィニアがいった。「父のほうがおかしいの。父は近所の人たちに苦情を出させるため、わざと母のことでこんな残酷な歌をこしらえた。父には二つの選択があったわ。ゲラゲラ屋敷で死ぬか、それとも病人の家に入って、狂気のまま不老長寿の一生を送るか。父はいまそこにいるわ。そしてオンセックは、あのオンセックは、もしわたしがいうことを聞かないと、父をうちの近所へ連れもどすといったのよ。あいつを許せると思う？　永久に？　まだ赤ちゃんだったころからみんなに歌われてきたあのいやらしい歌。わたしがどんな気持でそれを聞いたかわかる？」

ロッドはうなずいた。

ラヴィニアの悩みは強く心にひびいたが、しかしロッドにはロッドのトラブルがあった。

ノーストリリアではけっして太陽が暑く照ることはないのに、とつぜんのどの渇きと暑さが感じられた。眠くてたまらなかったが、身のまわりの危険が気になる。

ラヴィニアはそばにひざまずいた。

「すこし目をつむりなさい、ロッド。あなたの牧場のビルとホッパーにしか気づかれないように、うんと低くサベってみる。ふたりがきたら、まず昼間の隠れ場をさがして、夜になってからもう一度コンピューターのところへもどって隠れましょう。あのふたりに食べ物を持ってくるようにたのんどくわ」

ラヴィニアは口ごもった。「それとね、ロッド……」

「なんだい？」

「ごめんなさい」

「どうして？」

「わたしのトラブルなんかを聞かせて」彼女は悔いたようにいった。

「いま、きみはもっと大きなトラブルをかかえこんだよ、ぼくを。自分たちを責めたりするのはよそう。でも、後生だから、眠らせてもらえないかな」

ロッドはうつらうつらした。そのあいだ、彼女はそばにすわり、澄んだ口笛を吹いていた。長い長い音符からできた、まとまりのないメロディー。とくに女性の場合、テレパシーでの会話に精神を集中するとき、そうすることが多い。

やっと眠りにおちる前、ふと彼は目を上げてラヴィニアをながめ、彼女の瞳が、風変わりな深いブルーであることに気づいた。それははるか遠くにある奇抜で風変わりな空、母なる地球の空にそっくりだった。

ロッドは眠り、眠りの中で自分がどこかへ運ばれているのを感じた。しかし、彼を運んでいる手は好意にみちているように感じられた。彼は体をまるめて、ゆらりゆらゆら、夢のない眠りにおちていった。

敵の金、悲しい金

ようやく目がさめかけたとき、ロッドは肩がきつく包帯され、腕がずきずき脈をうっているのに気づいた。目をさますまいとあらがった。意識がもどるにつれて、痛みがいっそう強まってきたからだ。しかし、痛みと人の声のざわめきのために、堅くぎらぎらした意識の表面へと突きあげられた。

人の声のざわめき?

オールド・ノース・オーストラリアのどこにも、人の声のざわめく場所はない。みんながいっしょにすわって、声帯をふるわさずにおたがいにサベりあい、キトりあう。テレパシーは、生き生きした、すばやい会話に役立つ。参加著たちは自分の思考をあっちこっちへと投げあい、遮蔽しながら舞いあがる。それがひそやかなささやきに似た効果を生みだすのだ。

しかし、いま聞こえているのは声だった。声。おおぜいの話し声。そんなことはありえない。

それに匂いもちがう。空気が湿っている――ぜいたくに、もったいないぐらいに湿っている。しわんぼうが雨雲を自分の小屋へ閉じこめようとしているように！

こいつはまるで〈死の庭〉のトレーラーだ。

目ざめたとき、彼はラヴィニアが奇妙な歌を口ずさんでいるのに気づいた。聞きおぼえのある歌だった。鋭く、覚えやすい、哀切なそのメロディーは、この世界のどんなものにも似ていない。ラヴィニアのうたっているその歌には、見捨てられたパラダイスⅦの惑星の恐ろしい集団体験から一族が持ちかえった、不気味な悲しさの一つを思わせるひびきがあった――

だれかいないか、みんな死んだのか
　灰色みどりの青黒い湖のほとり
むかし青かった空がいまは真赤
　その下に立つのは古い茶みどりの木
大きかった家がいまは小さく見える
　灰色みどりの青黒い湖のほとり
むかし知っていた娘はもういない
　古く平たく暗くひきさかれた土地に

目をあけると、視野のすみに見えたのはたしかにラヴィニアだった。家はどこにもない。ここは箱か、病院か、牢獄か、宇宙船か、洞窟か、それとも要塞か。室内の調度は機械の作ったぜいたくなものだった。明かりは人工光線で、黄桃色をしている。背景の奇妙なハムは、まるで異星のエンジンが、ノーストリリアの法律が絶対に個人に許していない目的に力を割いているようだ。ロード・レッドレイディがロッドの上に身をかがめた。この風変わりな人物は、自分も歌を口ずさみはじめた——

ランタンつけろ——
ランタンつけろ——
ランタンつけろ
よし、ついた！

ロッドの見るからに当惑した顔つきを見て、彼はぷっと吹きだした。

「いまのは、きみがこれまでに聞いたなによりも古い歌だよ、坊や。前宇宙時代の歌で、〝総員配置〟と呼ばれていた。大きな鉄の家が地球の水上にうかんで、おたがいにたたかっていた時代のな。きみが目をさますのを、みんなで待っていたんだぞ」

「水」とロッドはいった。「水をください。どうして口でしゃべっているんですか？」

「水を！」ロード・レッドレイディは、うしろにいるだれかに命じ、興奮に上気した鋭い顔でロッドに向きなおった。「われわれが口でしゃべっていたのは、わたしがブザーをつけているからだ。話をしたかったら、どうか口をきいてもらいたい。この船の中ではな」

「船？」とロッドはききかえしながら、だれかの手がよこしてくれたつめたいつめたい水のマグをうけとった。

「これはわたしの船だよ、地主のミスター・ロッド・マクバン百五十一世。地球の船だ。わたしが軌道からひきずりだし、連邦政府の許可を得て着陸させせた。連中はきみがここにいることをまだ知らない。まだきみを発見できずにいるのは、ヒューマノイド・ロボット脳波位相攪乱装置を働かせているからだ。この船の中でテレパシーを使おうとすると、だれでも頭痛が起きる」

「なぜあなたが？」とロッドはきいた。「なんのために？」

「それはあと。それより、みんなに紹介しよう。この人たちは知っているな」ロード・レッドレイディは一同をぐるっと手で示した。

彼の両手を握ったたまますわっているラヴィニア、ビルとホッパー、エリナー。それにドリス叔母さん。背の低い、やわらかでぜいたくな地球の家具に腰かけているためか、みんながどことなく奇妙に見える。みんながロッドの見たことのない色をした地球の飲み物をすすっている。表情はまちまちだ。ビルはだれかに喧嘩をふっかけたそうな顔。ホッパーは欲深な目つき。ドリス叔母さんはすっかり当惑した顔つきで、ラヴィニアはおおいにたのしんでいるように見えた。

「そして、こちらが……」とロード・レッドレイディがいった。

彼が示した男は、人間ではないのかもしれなかった。たしかにノーストリリア人のタイプだが、本来なら〈死の庭〉で殺されていそうな、なみはずれた巨人だ。

「はじめまして」と巨人がいった。三メートル近い背丈があるため、天井にぶつからないかと、しょっちゅう頭を気にしている。「地主のミスター・マクバン、わたしはドナルド・ダムフリー・ホーダーン・アンソニー・ガーウッド・ゲインズ・ウェントワース十四世。軍医だ。どうかよろしく！」

「でも、これは個人的な問題でしょう。軍医は政府の仕事しかするのを許されないはずだけど」

「わたしは地球政府に貸しだされたんだよ」巨人のウェントワースが答えて、にやっと笑った。

「そしてわたしは」とロード・レッドレイディが口をはさんだ。「補完機構と地球政府の外交目的の両方を代表している。わたしが彼を借りうけた。彼は地球法のもとにいる。きみは、あと二、三時間で全快するだろう」

医師のウェントワースは、そこに時計があるような感じで自分の掌を見た。「あと二時間と十七分です」

「よろしい」とロード・レッドレイディ。「これが最後のお客だ」

小柄で不機嫌な顔つきの男が立ちあがって、近づいた。ロッドをにらみつけ、不機嫌に片手を出した。

「ジョン・フィッシャー百世。わたしのことは知っているはずだ」

「ぼくが？」ロッドは礼儀を忘れたつもりはなかった。成り行きに呆然としているだけだった。

「〈生きのいい小羊の牧場〉」とフィッシャーはいった。

「まだ行ったことはありません。でも、名前は聞きました」

「くるまでもない」短気そうなフィッシャーはぴしゃりときめつけた。「きみのおじいさんの家で、きみに会ったことがある」

「ああ、そうでしたね、地主のミスター・フィッシャー」ロッドはべつになにかを思いだしたわけではなかったが、なぜこの赤ら顔の小男がこんなに怒っているのだろう、とふしぎだった。

「わたしがだれかを知らんのか？　政府のために帳簿とクレジットを扱っている人間だ」

「すてきですね。きっとすごくこみいったお仕事なんでしょう。あの、なにか食べ物をもらえますか?」

ロード・レッドレイディが口をはさんだ――「どうだね、ヴィオラ・シデレアの盗賊ワインに漬けた、フランス雉《きじ》のチャイネシア風ソースかけは? 値段は、特別急送船でとりよせても、地球近接軌道を周回している精製ゴールドに換算して、たったの六千トンだ」

なにかよくわからない理由で、室内の全員が笑いころげた。男たちは中身をこぼさないように、グラスを下においた。ホッパーはそのついでに、自分のグラスにお代わりをついだ。ドリス叔母さんは、まるでダイヤの卵を生んだか、それとおなじぐらいの奇跡をやってのけたように、陽気で誇らしげだった。ただ、ラヴィニアだけが、笑いながらも同情の目でロッドをながめた。ばかにされた思いをいだかせないように、気をつかっているようすだった。ロード・レッドレイディはみんなとおなじように大声で笑い、短軀で怒った顔のジョン・フィッシャーまでがうす笑いをうかべ、グラスをさしだした。非常に小柄な、人間によく似た小動物が、瓶を持ちあげて彼のグラスにお代わりをついだ。ロッドは、それが話に聞いた、いにしえの母なる地球の〝猿〟ではないかと思った。

ロッドは、「なにがおかしいんです?」とたずねはしなかったが、自分がそのジョークの中心人物であることには気づいていた。しかし、ますます空腹がつのるのを感じながら、よわよわしくみんなに微笑を返しただけだった。

「わたしのロボットが、きみのために地球の料理をこしらえている。メープル・シロップを使ったフレンチ・トーストだ。この惑星の上では、一万年生きても口には入るまい。ロッド、われわれがなにを笑っているか、まだわからんのかね？　自分がなにをしたか、おぼえがないのか？」

「オンセックがぼくを殺そうとしたことですか」

ラヴィニアがはっと自分の口に手をあてがったが、もう遅かった。

「そうか、あの男だったのか」医師のウェントワースが、その体に似合った大声でいった。

「でも、そのことでぼくが笑われるわけはないし――」ロッドはそこまでいいかけて、口をつぐんだ。

恐ろしい考えが頭にうかんだのだ。

「すると、あれが本当に成功したんですか？　うちの一族の古いコンピューターのやったことが？」

またもや笑い声があがった。それは優しい笑い声だったが、つねに退屈している結果、なじみのないものを攻撃か笑い声で迎える、農民特有の笑い声でもあった。

「あんたはやってのけたんだ」ホッパーがいった。「十億の世界を買いとっちまったんだよ」

ジョン・フィッシャーがかみつくようにいった。「誇張はよせ。彼が手に入れたのは、約一・六ストルーン年だ。それぐらいでは、十億の世界を買うことはできん。まず第一に、居住世界そのものが十億もない。百万もない。第二に、そんなにたくさんの世界は売りに出ていない。三、四十も買えるかどうか、あやしいもんだ」

さっきの小動物が、ロード・レッドレイディからのそれとわからない合図にうながされて、部屋から出ていき、トレーを手にしてもどってきた。トレーからたちのぼる匂いに、室内のみんなが「ほう」という感じで鼻をひくつかせた。見なれない料理だが、鋭い刺激と甘さの混ざりあった匂いだった。そのトレーを、ロッドのソファーの頭のあたりにうまく隠されたスロットにはめこむと、猿は帽子をとるふりをして一礼し、ロード・レッドレイディの椅子のうしろにあるバスケットの中にもどった。

ロード・レッドレイディがうなずいた。「遠慮せずにおあがり。わたしのおごりだ」

ロッドは起きあがった。シャツにはまだべっとり血がこびりついたままで、おまけに着古されてぼろぼろに近い。

「奇妙なながめだな」と大男のウェントワース医師がいった。「あまたの世界でもいちばんの大金持が、新しいつなぎの作業服を買う金もないとは」

「なにが奇妙なんだ？　われわれは軌道上の商品価格に対して、二千万パーセントの輸入税をかけられているんだぞ」短気なジョン・フィッシャーがかみついた。「よその連中が、ここの太陽をまわる軌道へどれだけの品物を持ちこんだと思う。こっちの気が変わったら、さっそく宇宙のがらくたの半分を売りつけようと、手ぐすね引いて待ってやがる。もし関税率を引きさげたら、この惑星はがらくたのぬかるみに膝までつかってしまうぞ。先生、あんたにはあきれたよ。オールド・ノース・オーストラリアの基本的なルールまでを忘れるとは！」

「この人は文句をいってるんじゃないんですよ」ドリス叔母さんがとりなした。飲み物のおかげで、いつもより多弁になったようだった。「ただ考えてるだけなの。みんなのよくやること」

医師は答えた。「もちろん、われわれはみんな考える。それとも、白昼夢を見る。なかにはノーストリリアを離れて、よその世界で裕福な生活を送るものもいる。なかには、ごく少数だが、またこの世界にもどってきて、外星人の生活がどんなものかを知りながら、厳しい保護観察のもとで暮らす人間もいる。わたしがいったのは、ロッドのおかれた状況が、われわれノーストリリア人以外の人間にとってはとても滑稽に見えるだろうってことさ。われわれはストルーンの輸出でみんな大金持だが、生き残るためにわざと貧乏暮らしをつづけてきた」

「だれが貧乏だって？」牧夫のホッパーが聞きとがめたのは、明らかに痛いところをつかれたからだった。「先生、メガクレジットの勝負なら、おれはいつでもあんたと太刀打ちできる。それとも、投げナイフがよけりゃ、そっちで勝負するかい。腕におぼえはあるぜ！」

「そこだよ、わたしがいいたいのは」とジョン・フィッシャーが割って入った。「このホッパーは、この惑星の上のだれを相手にしても、好きなことがいえる。われわれはいまでも平等だし、いまでも自由で、自分の富の犠牲者にはなっていない――それでこそノーストリリアだ！」

ロッドは料理から目を上げた。「地主で役人のミスター・フィッシャー。あなたはぼくのような障害者でもないのに、すごく口話がうまいですね。どうしてですか？」

フィッシャーはまた怒った顔になったが、本気で怒ってはいなかった――「テレパシーで財政報告が口述できると思うか？　わたしは人生の何世紀かをそれについやしてきた。あのくそいまいましいマイクにむかって数字を読みあげる仕事にだ。きのうは、きみがむこう八年間の連邦の金をとっちらかした大混乱を口述するのに、一日近くかかった。つぎの連邦会議の席上で、わたしがなにをするつもりかわかるか？」

「さあ」

「きみのコンピューターの収用宣告を提議する。あんなぶっそうなものを個人の所有にまかせてはおけん」

「だめよ、そんなことは！」地球のワインでほろ酔い機嫌のドリス叔母さんが、金切り声をあげた。「あれはマッカーサーとマクバン一族の所有物ですからね」

「神殿まで取りあげるとはいわん」フィッシャーが鼻を鳴らした。「しかし、どこかの一族が全惑星をこけにするようなことが、二度と起きてはならん。この瞬間、あそこにすわっている少年が地球に四メガクレジットの金を持っていることを、きみたちは知っているのかね？」

ビルがしゃっくりをしていった。「おれはそれ以上の金を持ってるぜ」

フィッシャーはすごい見幕でいった。「地球にか？　FOEマネーでか？」

部屋に沈黙がおりた。

ビルはたちまち酔いがさめたようだった。「FOEマネーで四メガクレジット？　じゃ、ロッドは母なるオーストラリアを買いとって、ここまで運ばせることだってできる！」

ラヴィニアが穏やかにきいた。「敵の金《フォー・マネー》ってなんですか？」

「きみは知っているかな、地主のミスター・マクバン？」フィッシャーが横柄な口調できいた。「知っておいたほうがいい。きみは古今東西のだれよりもたくさんの金を持っているんだから」

「もうお金の話はしたくありません。それより、オンセックがなにをたくらんでいるかを知りたいです」

「彼のことは心配ご無用！」ロード・レッドレイディが笑いだし、ぴょんと立ちあがると、芝居がかったしぐさで自分自身を指さした。「地球代表として、わたしは彼に対する六百八十五件の訴訟を同時に提起した。きみの身になにかの危害がおよばないかと心配している、地球の債権者たちの名において……」

「本当に心配しているんですか？」ロッドはきいた。「もうすでに？」

「もちろん、そんなことはない。彼らが知っているのは、きみの名と、きみが彼らをすっかり買いとったことだけだ。しかし、くわしいことを知ったら、きっと心配する。そこでわたしがきみの代理人として、オンセックことホートン・サイム名誉秘書官を、この惑星がかつて見たこともないほどたくさんの訴訟で金縛りにしてやったのさ」

大男の医師がのどの奥で笑った。「さすがは知恵者ですな、わがロード！　われわれノーストリリア人の考えかたをよくご存じだ。かりにわれわれがだれかを殺人で告発しても、あまりにも自由を重んじる結果、そのだれかは最初の裁判を受ける前に、もう二、三人を殺す時間がある。しかし、民事裁判とは！　考えましたな！　彼は一生裁判と縁が切れなくなる」

「彼はまだオンセックしてるんですか？」ロッドはきいた。

「どういう意味だ？」とフィッシャー。

「まだ彼はあの職についてるんですか――オンセックの？」

「ああ、ついてる」フィッシャーは答えた。「しかし、二百年間の休暇をいいわたされた。あと百二十年ぐらいしか生きられないのにだ、かわいそうに。休暇の大半を、民事訴訟にかまけて過ごすことになるだろう」

ロッドはようやく溜めていた息を吐きだした。料理は食べおわっていた。機械製らしい優美さのある小さい磨きぬかれた部屋、湿った空気、騒々しい話し声——こうしたもので、彼は夢見心地になっていた。ここでは、おとなたちが立ちあがって、まるでぼくが本当に母なる地球の持ち主であるようなことを話している。みんながぼくのことに関心があるのは、ぼくがロデリック・フレドリック・ロナルド・アーノルド・ウィリアム・マッカーサー・マクバン百五十一世だからじゃなく、ぼくがロッドだからだ、たまたま危険と莫大な財産にあたりついた少年だからだ……。彼は室内を見まわした。会話が偶然に中断していた。一同は彼を見つめており、その顔には前にも見たことのあるなにかが認められた。それはいったいなんだろう？　愛ではない。うっとりした目つきと、ある種の好意的で寛大な興味の結びつき……。ようやくロッドは、その目つきがなにを意味するかに気づいた。ふだんはクリケットの選手や、テニスの選手や、偉大な陸上競技の選手——たとえば、外星へでかけて、ウェレルド・シュメリングからやってきた〝人間山脈〟とのレスリング試合に勝った、あのとほうもないホプキンズ・ハーヴィーのような英雄——のためにとっておく憧れの気持を、みんなはいまぼくに向けている。ぼくはもうただのロッドではなくなった。みんなの秘蔵っ子になった。

秘蔵っ子らしく、ロッドは漠然とみんなにほほえみかけてから、きゅうに泣きたくなった。

息もつけないその感じが破れたのは、大男のウェントワース医師が、こんな身もふたもない感想を述べたときだった。「地主のミスター・フィッシャー、彼に話してやる潮時じゃないかね。そろそろみんなで動きださないと、せっかく得た財産を長くは持っていられない。いや、命だってあやしい」

ラヴィニアがさっと立ちあがってさけんだ。「ロッドを殺すなんて、そんなこと――」

ウェントワース医師は彼女をさえぎった。「すわりなさい。われわれは彼を殺すつもりはない。それから、そこのきみ、ばかな行動はよしたまえ！　われわれは彼の味方なんだ！」

ロッドは医師の視線を追い、ホッパーがベルトのナイフに片手をかけたのを見てとった。だれがロッドにおそいかかろうとしても、ホッパーはその相手とたたかうつもりなのだ。

「すわるんだ、みんな着席してくれたまえ！」ロード・レッドレイディが、単調な地球風のアクセントで、なんとなく苛立たしげにいった。「わたしがここの主人だ。すわりたまえ。今夜はだれにもロッドを殺させはせん。ドクター、きみはわたしのテーブルにくるんだ。すわりたまえ。その頭でここの天井をおびやかさんでくれ。そこのあなた、地主である奥さん」とドリス叔母さんに向かって、「あっちの椅子に移ってもらおうかな。さて、これでみんながドクターに注目できる」

「先へのばせませんか？」とロッドはいった。「ぼくは睡眠不足なんです。いま、ぼくになにかの決定をさせるんですか？　とてもそんなことのできる状態じゃない。あんな経験をしたあとではね。一晩中コンピューターの相手。長い歩き。オンセックがよこしたあの鳥――」

「今夜決定をくださなければ、もう決定の必要はなくなる」断固としてはいるが、優しい口調で、医師はいった。「死人になってからでは遅い」

「だれがぼくを殺すというんですか？」

「金がほしい人間ならだれでもだ。それとも権力のほしい人間。それとも、無限の寿命のほしい人間。それとも、ほかのなにかを手に入れるために、それらのものをほしい人間。復讐。女。執念。麻薬。いまのきみはもう人間じゃないんだよ、ロッド。きみはノーストリリアの化身だ。ミスター・マネーそのものだ！　ばかな質問はよせ！　だれがきみを殺すというのか、だと？　だれが殺すといわないか、それをきいたほうが早い！　われわれはいわない……と思う。しかし、誘惑せんでくれ」

「ぼくはどれぐらいの金を持ってるんですか？」ロッドはきいた。

短気なジョン・フィッシャーがさえぎった。「コンピューターがそれをかぞえるだけで故障するほどの大金だ。約一・五ストルーン年。たぶん、母なる地球の全歳入の三百年分。ゆうべのきみが使った即時通信は、連邦政府がここ十二年間に送信したよりも多い。あの通信は高くつくんだ。ＦＯＥマネーで一キロクレジット」

「ずいぶんむかしに〝敵の金《フォー・マネー》〟ってなんですかとたずねた気がするわ」とラヴィニアがいった。「でも、だれも教えてくれなかったみたい」

ロード・レッドレイディが床の中央に立った。彼の姿勢は、オールド・ノース・オーストラリアのだれもがこれまで見たためしのないものだった。それは実をいうと、大きなナイトクラブで司会者が一夜の開幕を告げるときの姿勢だったが、そうしたジェスチャーを見たことのない人びとにとっては、彼の動きはふしぎで、説明の余地がなく、そして奇妙に美しいものだった。

「紳士淑女諸君」彼は大半の者が本の中でしか聞いたことのない呼びかけの言葉を使った。「みんなが発言するあいだ、わたしが酒をついでまわることにしよう。発言は順々にしてもらいたい。ドクター、すまんがまず財務次官から説明をさせてくれんかね？」

「しかし」と医師はじれったそうにいった。「この若者は自分の選択の道を考えたがっていると思いますよ。彼は今夜ここでわたしにまっぷたつに切られたいのか、それとも切られたくないのか？　それが先決問題じゃないですか」

「紳士淑女諸君」とロード・レッドレイディはいった。「医師のミスター・ウェントワースは実に適切な点をついてくれた。しかし、ロッドが理由を知らないのに、まっぷたつにされたいかどうかをきいても意味がない。財務次官、すまんが昨夜なにが起きたかをみんなに話してくれんかね？」

ジョン・フィッシャーは立ちあがった。ずんぐりむっくりなので、立ってもすわっても大差はない。疑い深く明敏そうな茶色の目が、一同を見まわした。

「人間の住んでいる世界がいろいろあるように、金にもたくさんの種類がある。ここノーストリリアでは、だれもトークンを持ち歩かないが、ところによっては小さな紙きれや金属片を持ち歩いて、それを勘定に使っている。われわれの場合は、中央コンピューターに金の出入りを告げると、コンピューターがすべての取引の決済をしてくれるわけだ。さて、もし靴を一足ほしいとしたら、どうすればいい？」

だれも答えなかった。彼も答を期待していなかった。

「まず」と彼はつづけた。「店へ行って、外星の商人が軌道上にストックしている靴をスクリーンで物色し、自分のほしい靴を選ぶ。軌道上の靴一足の値段は、ほぼいくらぐらいだね？」

ホッパーは修辞疑問の連発にそろそろうんざりしかけていたので、間髪をいれずに答えた。「六シルだ」

「そのとおり。六ミニクレジット」

「しかし、それは軌道上の値段だぜ。そいつに関税がかかる」とホッパー。

「そのとおり。で、関税率はどれぐらいだ？」ジョン・フィッシャーは鋭くたずねた。

ホッパーも鋭く言いかえした。「二十万倍。あんたらくそいまいましいあほうどもが、連邦会議で決めたとおりにな」

「ホッパー、きみは靴が買えるか？」

「もちろん買える！」牧夫はまたもや喧嘩腰になったが、ロード・レッドレイディが彼のグラスにお代わりをついだ。ホッパーはその匂いをかいで、いくらか気が静まったようだった。「わかったよ、なにがいいたいんだ？」

「こういいたいんだよ。軌道上の金はSADマネー——Sは保障（セキュア）、Aはおよび（アンド）、Dは配達費込み（デリヴァード）の略だ。つまり、裏づけさえあれば、どんな種類の金でもいいわけだ。ストルーンは最高の裏づけだが、ゴールドでもいいし、稀金属、美術品、そういったものでもいい。それはこの惑星の外にある金、受取人の手に渡った金だ。さて、船が母なる地球そのものにたどりつくには、何回の跳航が必要だろう？」

「五十回から六十回」と意外にもドリス叔母さんが答えた。「いくらわたしでもそれぐらいは知ってるわよ」

「で、その中の何隻がむこうまでたどりつける？」

「その全部が」と彼女はいった。

「とんでもない」何人かの男が声をそろえてさけんだ。

「およそ六十回から八十回に一隻のわりで、船が遭難する。太陽気象にもよるし、ピンライターやゴー・キャプテンの腕にもよるし、着陸のさいの事故にもよる。きみたちに聞くが、非常に年功を経た船長を見たことがあるかね？」

「ある」とホッパーが陰気なユーモアを披露した。「お棺の中の死んだ船長だ」

「だから、もしなにかを地球へ送りたいときは、高価な船の代金の一部、ゴー・キャプテンとその部下たちの給料の一部、彼らの家族のための保険料の一部を払わなくちゃならん。たとえば、この椅子を地球まで送りかえすのに、どれぐらいの運賃がかかると思う？」フィッシャーはきいた。

「椅子の値段の三百倍だ」ウェントワース医師がいった。

「かなり近い。二百八十七倍だ」

「どうしてあんたはそんなにくそいっぱい、くだらねえことを知ってるんだ？」ビルがはじめて口を出した。「どうして愚にもつかねえくそ講釈でおれたちの時間をむだにするんだい？」

「おい、もうすこし言葉に気をつけろ」ジョン・フィッシャーがいった。「ここにはご婦人がたもおいでなんだぞ。くそったれなきみらにこんな話をするのは、今夜のうちにロッドを地球へ送りださなきゃならんからだ。もし彼が生きた金持でありたいなら――」

「あんたのいいなりにはならんぜ！」とビルがさけんだ。「ロッドを家へ帰せ。おれたちが小型爆弾をしこたま仕掛けて、守りぬいてやるさ。たとえノーストリリアの防衛線をかいくぐってくるやつらがいたとしてもな。くそいまいましい重税をはらってるのはなんのためなんだよ？　あんたらがおれたちの安全を保障してくれるからじゃなかったのか？　もう講釈はたくさんだ。じゃ、ロッドを連れて帰るぜ。行こうや、ホッパー」

ロード・レッドレイディが床の中央へさっとおどりでた。見かけだけのやわな地球人ではなかった。荒っぽい武器と荒っぽい脳を使って生きぬいてきた、歴史の古い補完機構そのものだった。彼の手には、だれの目にもはっきりとは見えない武器が握られていた。

「ちょっとでも動いてみろ。その瞬間に命がないぞ。わたしが殺す。いいか、みんな、これは本気だ。なんなら、ためしに動いてみるがいい。もし、わたしが殺人をおかせば、わたしは自分を逮捕し、裁判にかけ、自分を無罪放免する。わたしにはふしぎな力がある。それを使わせるようにしむけるな。それを見せつけるようにさえしむけるな」彼の手にあったきらきら輝くものは、姿を消した。「医師のミスター・ウェントワース、きみは借用契約でわたしの指揮下にある。ほかの諸君はわたしの客だ。警告しておく。その少年にさわるな。ここは、われわれのいるこの船室は地球領だ」彼は片側によって、ふしぎな地球人の目で彼らをぎらぎらと見つめた。

ホッパーはわざと床につばを吐いた。「もし、ビルのやつに手をかしたら、おれはくそったれなねばねばの塊になっちまうってことか？」

「まあ、そういうことだ」ロード・ロッドレイディはいった。「ためしてみるかね？」例の見えにくい武器がいまや両手に一つずつ握られていた。彼の目はビルとホッパーとをすばやく見くらべた。

「だまってろ、ホッパー。もし本人が行くっていうなら、おれたちはロッドを連れていく。しかし、本人がいやだっていうなら――そのときはしょうがない。ちがうかね、地主のミスター・マクバン？」

ロッドは祖父をもとめてあたりを見まわした。とっくに死んでいる祖父を。それからみんなが逆に自分を見つめているのに気がついた。眠気と不安の板挟みになって、彼は答えた。

「いまはまだ行きたくないよ。でも、気づかってくれてありがとう。つづけてください、秘書官閣下。敵の金《フォー・マネー》と悲しい金《サッド・マネー》のことを」

武器がロード・ロッドレイディの両手から消えた。

「おれは地球の武器が嫌いだ」ホッパーはだれにともなく、大声で聞こえよがしにいった。「それに地球の人間も嫌いだ。やりくちが汚い。まっ正直な悪党ってのが、やつらの中にはいないみたいだぜ」

「きみたち、どうだ、一杯やらんかね」ロード・レッドレイディはくだけた調子で愛想よくいったが、あまりにもわざとらしい口調だったので、それまでずっと沈黙をつづけていたエリナーが、ちょうど木の上で鳴きはじめたワライカワセミのように、けたたましい声で笑いだした。ロード・レッドレイディは鋭く彼女を見やってから、酒の容器をとりあげ、そして財務次官のジョン・フィッシャーのほうへ、話をつづけろというようにうなずいた。

フィッシャーはめんくらっていた。こうしたすばやい脅迫や、室内で武器をちらつかせる地球流のやりかたが、彼の気に食わないのはありありとわかったが、ロード・レッドレイディは——母なる地球からはずかしめを受け、遠く離れていても——やはり補完機構の正式認可を受けた外交官だった。さしものオールド・ノース・オーストラリアでさえ、あまり補完機構のご機嫌をそこねたりはしない。ご機嫌をそこねた世界がどうなったかは、推測するだに恐ろしい。

きまじめで傲慢な口調で彼は話をつづけた。

「あとはたいして話すこともない。もし、SADマネーの価値が一回の跳航について三十三⅓パーセント下落し、もし母なる地球への旅に五十五回の跳航が必要だとすると、地球で一ミニクレジットの金を持つためにここの軌道上で支払う金は、とてつもなく高いものにつく。ときには条件がもうすこし有利になることもある。きみたちの連邦政府が何カ月も何年も本当に有利な交換レートがくるまで待ち、そしてもちろん、貨物を武装光子帆船で運ぶわけだ。帆船が空間の表層下へはいることはまったくない。ただ、むこうへ着くまでに何百年も何千年もかかる。いっぽう、われわれの巡洋艦はその付近に出没し、輸送中にだれからも略奪されないように念をいれる。ノーストリリアのロボットにはきみたちも知らない秘密、補完機構さえも知らない秘密がある——」彼はロード・レッドレイディのほうをちらとうかがったが、相手がなにもいわないのを見て、また話をつづけた。「ということは、われわれの戦闘艦船といざこざを起こさないほうが身のためだということだ。われわれはめったに略奪を受けない。それに、ママ・ヒットンのかわゆいキットンたちより物騒な武器もいくつかある。しかし、最後に母なる地球そのものにたどりつく金とストルーンは、FOEマネーじゃない。FOEのFは自由（フリー）、Oはの上で（オン）、Eは地球（アース）の略だ。FOE――地球で自由に使える。これが最高の金だ、母なる地球の上ではな。しかも地球には、中央為替コンピューターがある。いや、あった」

「あった？」とロード・レッドレイディがききかえした。

「ゆうべこわれたんです。ロッドがこわした。過負荷で」

「まさか！」レッドレイディはさけんだ。「チェックしてみる」

彼は壁ぎわに近づき、デスクをひきおろした。信じられないほど小型の操作卓がきらめきながら現われた。三秒たらずのあいだ、それはぼうっと光った。レッドレイディはそれにむかって話しかけた。氷のように冷たく澄みきった彼の声をみんなが聞いた

「優先使用。補完機構。戦争のみ除外。即時。即時。こちらはレッドレイディ。地球港《アースポート》へ」

「確認おわり」とノーストリリア人の声がいった。「確認と記入おわり」

「地球港《アースポート》です」操作卓のひゅうひゅうというささやきが、部屋を満たした。

「レッドレイディ——補完機構——公用——中央ピューター——正常運転——疑問符——積荷——承認——疑問符——通信おわり」

「中央ピューター——正常——積荷——承認——通信おわり」

部屋の中の一同は、とほうもない大金が浪費されるのを目撃したわけだった。ノーストリリアの標準からいっても、超光速通信は、一つの家族が千年に一度か二度、使うか使わないかというぐらいのものだ。一同は、まるで魔力を持った厄病神を見るような目でレッドレイディを見た。この痩せた男に対する地球のすばやい応答は、あらためてみんなにこんなことを思いださせた。いくらオールド・ノース・オーストラリアが富を稼ぎだしても、いまなお地球がその大部分を分配していること、そして、補完機構という超政府の支配が、ノーストリリア人もあえて踏みこまない僻遠の星ぼしにまでおよんでいることを。

ロード・レッドレイディは穏やかに話しかけた。「中央コンピューターは、もう正常に動いているらしい。もしきみの政府があれと相談をしたいならな。〝積荷〟というのは、ここにいる少年のことだ」

「ぼくのことを地球に話したんですか?」とロッド。

「当然だろう？　われわれはきみを無事にあそこへ届けたいんだ」

「しかし、通信の安全性は——？」医師がいった。

「外部のだれも知らない暗証を使った」ロード・レッドレイディはいった。話をすませたまえ、財務次官。この若者に、彼が地球になにを持っているかを話してやれ」

「きみのコンピューターは、政府のコンピューターを出しぬいた」ジョン・フィッシャー百世はいった。「そして、きみの所有地、きみの羊、きみの営業権、一族の宝物のすべて、マッカーサーの家名権、マクバンの家名権、それにコンピューターそのものまで担保にいれた。それから先物を買った。もちろん、コンピューターがそうしたわけじゃない。あくまでもきみがそうしたんだ。ロッド・マクバン」

愕然としてすっかり目がさめたロッドは、右手を口にあてているのに気づいた。それほど驚きは大きかった。「ぼくが?」

「それからきみはストルーンの先物を買い、また売りのオファーを出した。売控えをしながら、名義や値段をくるくる変えた。そのため、中央コンピューターでさえきみがなにをやっているかを知らなかった。きみはいまから八年目の収穫のほぼ全部と、七年目の大部分、六年目の一部を買った。買いまくりながら、買った分をどんどん担保にして、さらに多くのものを買った。それから、ふいにめちゃくちゃなバーゲン値段のオファーで市場をまっぷたつにして、六年目の所有権を七年目と八年目のそれとひきかえた。きみのコンピューターが地球への即時通信を湯水のように使ったので、連邦防衛局では、夜の夜中にみんなをたたき起こしたぐらいだ。なにが起こりつつあるかが解き明かされたときには、もうすべてが終わっていた。きみは二年間の輸出についての独占権を登録した。予測値をはるかに上まわる額だった。政府はあわてて気象の再算定をおこなったが、そのあいだにきみは自分の所有権を地球に移し、それを再度担保にして、FOEマネーを手にいれた。FOEマネーでオールド・ノース・オーストラリア周辺のすべての輸入を買いとりはじめた。政府がようやく非常事態を宣言したときには、すでに一年半のストルーン収穫高の最終所有権と、地球のどのコンピューターも処理できないほどのメガクレジット、しかもFOEマネーでのメガクレジットを手にいれていた。きみは古今未曾有の大金持になったんだ。けさ、われわれはすべての法律規則を改正し、このわたしが補完機構の裁可のもとに、地球当局との新条約に署名した。それはともかく、きみはこの世界で前例のない最高の大金持になり、母なる地球のすべてを買い取れるほどの富をつかんだ。事実、すでに地球を買いとる予約まですませた。補完機構がそれより高値をつければ別だが」

「なぜつけるわけがある？」ロード・レッドレイディがいった。「彼に買ってもらおう。地球を買ったあとで、彼がそれをどうするか、お手並み拝見だ。もし、なにか悪いことをするようなら、われわれが殺す」

「ぼくを殺すんですか、ロード・レッドレイディ？　ぼくを助けてくれるんじゃなかったんですか？」

「両方だよ」と医師がいった。「連邦政府は、まだきみの財産をとりあげようとはしていない。かりに地球を買った場合、きみがそれをどう扱うかについては疑いが持たれたがね。

とにかく、政府はきみをこの惑星におくつもりはない。誘拐犯から見れば、空前絶後の富をかかえた人質だ。そのためにこの惑星に危険がおよぶことは許容できんからね。きみがここから逃げださないかぎり、政府は明日にもきみの財産を没収するだろう。地球政府もまたしかり。もし、きみが自衛の手段を考えつければ、地球に入星はできる。もちろん、警察も保護してくれるだろう。だが、それで充分といえるか？　わたしは医者だ。わたしがここにいるのは、もしきみが地球に行きたいといった場合、きみを送りだすためだ」

ジョン・フィッシャーがいった。「わたしは政府の役人だ。もしきみが行かないといった場合は、きみを逮捕することになる」

「わたしは補完機構の代表だ。補完機構はその方針をだれにも打ち明けない。とくによそものにはな。しかし、個人的な方針をいうならば――」ロード・レッドレイディは両手をさしだし、親指だけを無意味な、グロテスクな、それでいてひどく脅迫的なしぐさで動かした。「それは、この少年が地球まで安全な旅をしたのち、ここに帰ってきても公平な扱いを受けるのを見届けることだ！」

「どこまでも彼を保護してくださるのね！」ラヴィニアがとてもうれしそうにさけんだ。

「どこまでもな。わたしにできるかぎり。わたしの生きているかぎり」

「そいつはずいぶん長いあいだだぜ」とホッパーがつぶやいた。「いばりくさったたちびの外人さんよ」

「言葉づかいに気をつけろ、ホッパー」ロード・レッドレイディがいった。「ロッド？」

「はい？」

「きみの返事は？」ロード・レッドレイディは横柄にきいた。

「行きます」

「きみはいったい地球のなにがほしい？」ロード・レッドレイディは儀式的にきいた。

「本物のケープ・トライアングルです」

「なに？」ロード・レッドレイディはさけんだ。

「ケープ・トライアングル。郵便切手です」

「切手とはなんだ？」ロード・レッドレイディはあっけにとられていた。

「通信にくっつける支払いのしるしです」

「しかし、それは拇指紋か網膜紋のはずだ」

「いいえ。ぼくのいうのは紙でできたものです」

「紙の通信？」ロード・レッドレイディは、まるでだれかから草の戦艦、毛のない羊、鋳鉄の女、それともなんであれ、そうしたありえないもののことを聞かされたような表情になった。「紙の通信？」と彼はくりかえして、それから笑いだした。なかなか魅力的な笑い声だった。「そうか！」と秘密の発見をした口ぶりで、「きみのいうのは古代の遺物か

……」

「もちろんです。宇宙進出よりも前の」

「地球には古代の遺物がたくさんある。きみがそれを研究したり収集したりするのは、もちろん歓迎されるだろう。それについてはなんの問題もない。ただし、不正行為だけはするな。たいへんなトラブルにまきこまれるぞ」

「不正行為とはどういうものですか？」

「真人を金で買ったり、買おうとしたりすること。宗教をひとつの惑星からほかの惑星へ送りだすこと。下級民を密輸すること」

「宗教とはなんですか？」

「それはあとだ、あとだ」ロード・レッドレイディはいった。「なにもかもあとでまなべばいい。ドクター、交代してくれ」

ウェントワースは頭が天井にぶつからないように、そろそろと立ちあがった。すこし首を曲げなければならない。「ロッド、ここに箱がふたつある」

彼が話しはじめるのと同時に、ドアがレールの上を滑り、そのむこうにある小部屋を一同に見せた。そこにはお棺のような大きい箱と、ちょうど女性が、パーティー用のボンネットを家の中でしまっておくような、とても小さい箱とがあった。

「犯罪者、乱暴な政府、陰謀家、冒険家、それにごく普通の良民までが、きみの富に目がくらむ——その連中が途中で待ちうけていて、きみを誘拐するか、身ぐるみ剝ぐか、それともきみを殺すことさえ――」

「なぜ殺すんですか？」

「きみに変装して、きみの金を横どりするためだ。さあ、いいかね。ここがだいじな選択だ。もし大きい箱を選んだ場合、われわれはきみを帆船に積みこみ、護送船団をつける。地球到着は数百年から千年の先だ。しかし、確実に着く。九十九・九九パーセントの確率だ。それとも、大きい箱を定期便の平面航法船に載せることもできるが、この場合はきっとだれかに盗まれるだろう。それとも、もうひとつの方法は、きみをミイラ化して、あの小さい箱につめこむ」

「あの小さい箱に？」ロッドはさけんだ。

「ミイラ化だ。羊をミイラ化したことはあるだろう？」

「聞いたことはあります。しかし、人間をそうするなんて。体のほうは脱水、頭だけをピクルスにして、そのぐちゃぐちゃをそっくり冷凍するんですか？」

「そういうことだ。まったくそのとおり！」医師は陽気な声を上げた。「そうすれば、絶対にむこうへ無事にたどりつける」

「しかし、だれがぼくをもとどおりにしてくれるんですか？　専属の医者が要るのでは――」彼の声がふるえたのは、たんなる冒険や危険のためではなく、その手段の異常さのためだった。

「ここに」とロード・レッドレイディがいった。きみの医師がいるよ。すでに訓練を受けた医師が」

「どうかよろしく」とさっきの〝猿〟――地球の小動物――が、集まった一同に会釈をした。

「わたしの名はア・ジェンター。治療者、外科医、理髪師として条件づけされております」

女たちは思わず息をのんだ。ホッパーとビルは恐怖の目でその小動物を見つめた。

「おまえは下級民じゃないか！」とホッパーがさけんだ。「ノーストリリアにそんな化け物を入れたためしがないぞ」

「わたしは下級民ではありません。動物です。条件づけされた――」猿は跳びのいた。ホッパーの重いナイフが楽器のような余韻を残して、より柔らかいスチールの壁に突きささった。ホッパーのもうひとつの手は、細長く刃の薄いナイフを握りしめ、いつでもロード・レッドレイディの心臓を狙える構えだった。

ロード・レッドレイディの左手がさっと前にのびた。その手の中のなにかが、音もなく、恐ろしく輝いた。空気のたぎりたつ音。

いまのいままでホッパーがいた場所には、濃く油っぽい煙の雲が、焦げた肉の匂いをさせて、とぐろを巻きながらゆっくり換気孔のほうへ向かっていた。ホッパーの衣服と持ち物は、一本の入れ歯を含めて、いままで彼がすわっていた椅子の上に残っていた。それらは無傷だった。飲み物のグラスも、床の上に立っていた。永久に飲み残しのままで。

医師の目が、奇妙な光をおびてレッドレイディを見つめた――

「いまの事件は、オールド・ノース・オーストラリア海軍に報告します」

「わたしも報告しよう」とロード・レッドレイディはいった。「……外交的理由による武器の使用として」

「それはあとだ」ジョン・フィッシャー百世がいった。まったく怒りは見せていないが、顔が青ざめ、吐き気をこらえているらしい。暴力にはびくともしないが、この決断には怖じ気づいたようだった。「さっきの話をつづけよう。ロッド、どっちの箱だ、大きいのか、小さいのか？」

召使のエリナーが立ちあがった。ずっと無言だった彼女が、いまやこの場を支配しているようだった。

「彼をあそこへ連れていきなさい、ご婦人がた。そして、〈死の庭〉のときにそうしたように、彼の体を洗ってやりなさい。わたしはあそこで自分の体を洗います。そうなんですよ」と彼女はつけたした。「わたしは前から地球の青空が見たかったし、大きな大きな水の上を走りまわっている家の中で泳ぎたかった。ロッド、わたしがあなたの大きい箱に入るわ。もし、ぶじにむこうへたどりつけたら、地球でなにかをごちそうしてちょうだい。

あなたは小さい箱へ入るのよ。坊っちゃん、小さい箱にね。そして、あの毛皮に包まれた、小さなかわいいお医者さん。わたしはあのお医者さんを信用します」

ロッドは立ちあがった。

だれもが彼とエリナーを見つめていた。

「同意するかね?」ロード・レッドレイディがたずねた。

彼はうなずいた。

「ミイラ化されて、この小さい箱に入り、地球へ即時輸送されることに、きみは同意するか?」

彼はもう一度うなずいた。

「すべての費用を自分で支払うか?」

彼はまたうなずいた。

医師がいった。

「きみは、地球で再構成されるという期待のもとに、きみの体を切断し、縮小する権限をわたしに与えるか?」

ロッドは彼にもうなずいてみせた。

「首をふるだけでは充分じゃない」医師がいった。「記録のために、口頭で承諾を与えなくてはいかん」

「承諾します」ロッドは静かにいった。

ドリス叔母さんとラヴィニアが前に進みでて、彼を化粧室とシャワー室のほうへ連れていこうとした。ふたりが彼の腕をとったとき、医師がすばやい奇妙な動作でロッドの背中を軽くたたいた。ロッドはとびあがった。

「深催眠剤だ」医師はいった。「彼の体のほうは、あなたがたふたりで充分に扱える。しかし、つぎに彼が言葉を口にするのは、運がよければ、母なる地球の上だ」

ふたりの女はまじまじと目を見はったが、とにかく手術と旅の準備にロッドの体を洗おうと、彼を船首へ連れていった。

医師はロード・レッドレイディと、財務次官のジョン・フィッシャーに向きなおった。

「たっぷり一晩がかりの仕事ですよ。しかし、あの男も気の毒に」

ビルは悲しみに身を凍りつかせて椅子にすわり、そばの椅子の上にあるホッパーの抜けがらのような衣服を見つめていた。

操作卓がチーンと鳴った。「グリニッジ平均時の十二時です。海峡沿岸からも、ミーヤ・ミーフラからも、地球港からも、悪天候の報告はありません。どこも上天気です！」

ロード・レッドレイディは、男たちに飲み物をくばった。しかし、ビルにはすすめもしなかった。どのみち、すすめてみてもむだだったろう。

ドアのむこう、女たちが深催眠におちたロッドの体と、衣服と、髪を洗っているところから、お経のように単調な歌が聞こえてきた。ラヴィニアとドリス叔母さんが無意識に〈死の庭〉の儀式にもどって、声をはりあげているのだ――

〈死の庭〉の中でわが子らは
雄々しく恐怖の味をなめた
たくましい腕とむこうみずな舌で
彼らは勝ち、そして敗れ、ここへ逃れた

三人の男はしばらくじっとそれに耳をかたむけた。もうひとつのシャワー室からは、召使のエリナーが、長い航行と、それにおそらくは死を覚悟しながら、だれの手もかりずにひとりで体を洗っている物音が聞こえていた。

ロード・レッドレイディは大きく吐息した。「一杯どうだね、ビル。ホッパーのあれは自業自得だった」

ビルは返事をしなかったが、グラスだけはさしだした。

ロード・レッドレイディは、そのグラスとほかのふたりのグラスにお代わりをついだ。彼はジョン・フィッシャー百世をふりかえった――

「積荷として発送するつもりか？」

「だれを?」

「あの少年を」

「そのつもりです」

「そうしないほうがいい」

「というと——危険が?」

「そんな言葉ではなまぬるい」ロード・レッドレイディはいった。「地球港で彼を積みおろすのはむりだ。設備のととのった医療施設に入れたまえ。火星には、古くからのりっぱな施設がある。まだ閉鎖されていなければな。地球のことなら、わたしはくわしい。地球の住民の半分は彼を迎えようと待ちかまえ、あとの半分は、彼の財産を奪おうと待ちかまえているだろう」

「あなたは地球政府の代表じゃないですか、地方委員閣下」ジョン・フィッシャーがいった。「自分の世界の住民のことをそんなふうにおっしゃるとは」

「いつもそうだとはいわんよ」ロード・レッドレイディは笑った。「時のはずみでそうなる。地球の人類に関するかぎり、セックスはとうてい金の敵じゃない。みんなが、自分たちのほしいのは権力と自由とそのほか六つの不可能事だ、と思いこんでいる。こんな発言をしているときのわたしは、地球政府の代表じゃない。ただのわたし自身だ」

「もし、われわれが彼を発送しないとしたら、だれがするんです?」フィッシャーは問いただした。

「補完機構だ」

「補完機構？　補完機構は交易をしないはずなのに。どうしてそんなことが？」

「われわれは交易をおこなわないが、非常事態には対処する。わたしが大跳航巡洋艦を徴発しよう。そうすれば、だれの予想よりも何ヵ月か前にむこうへ着く」

「軍艦をですか。軍艦に旅客を乗せることはできません！」

「そうかな？」ロード・レッドレイディは微笑をうかべた。

「補完機構がそんなことを——？」フィッシャーははかりかねたように微笑した。「とほうもない経費がかかりますぞ。どうやって支払うつもりです？　正当な理由づけはむずかしい」

「あの少年が支払うさ。特別奉仕に対する彼からの特別寄付。この旅のために一メガクレジット」

財務次官はひゅーっと口笛を吹いた。「たった一回の旅にしては、すごい値段だ。あなたのいうのは地上通貨ではなく、SADマネーでしょうな？」

「いや、FOEマネーだ」

「こりゃまたとんでもないことを！　これまでにどんな人間がやったより千倍も高価な旅になる」

ふたりの話を横で聞いていた大男の医師が——「地主のミスター・フィッシャー、わたしもそれをすすめますよ」

「きみが？」ジョン・フィッシャーは憤然とさけんだ。「ノーストリリア人のきみが、あのかわいそうな《プァー》少年から金を巻きあげろというのか？」

「貧しい《プァー》少年？」医師は鼻を鳴らした。「そうじゃない。もし彼が途中で死んだら、この旅はなんにもならない。ここにいるわれわれの友人は飛躍した方だが、彼の案は地についている。ただ、ひとつだけ修正をもとめますがね」

「というと？」ロード・レッドレイディはすばやくたずねた。

「往復で一・五メガクレジット。もし、彼が自然死を除いて、そのときに健在であり、おなじ人格を持っていることを条件に。しかし、ここからが重要です。もし、彼が地球に着いたときに死んでいたら、一キロクレジットしか払わない」

ジョン・フィッシャーはあごをなで、疑い深い目でレッドレイディを見おろした。レッドレイディはすでに着席して医師を見あげていた。医師は、まだときどき天井に頭をぶつけている。

彼のうしろで声がいった。「条件をのみなさい、財務次官閣下。あの子が死んじまったら、元も子もない。補完機構と争ってもむだだし、補完機構に道理を説いてもむだ、補完機構を買収しようとしてもむだだ。この何千年か、おれたちから絞りあげたもので、連中はおれたちより多くのストルーンを持っている。どこかにそれを隠している。おい、そこのだんな！」ビルは無作法にロード・レッドレイディに呼びかけた。「補完機構にどれぐらいの値打ちがあるか知ってるかい？」

ロード・レッドレイディは眉根をよせた。「考えたこともないな。限界はあるにちがいない。しかし、考えたこともない。もっとも、会計官ならいるがね」

「どうだい」ビルはいった。「補完機構でさえ、損はしたくないと思ってる。医者の付け値をのめよ、レッドレイディ。やつの提案に応じろよ、フィッシャー」彼がふたりの苗字を呼び捨てにしたのは、非常な無礼だったが、相手のふたりは納得したようすだった。

「そうしよう」レッドレイディがいった。「保険証書に署名するのに酷似した行為で、そんな行為はわれわれには許されんのだがな。とにかく、緊急条項としてそれをつけたしておく」

「わたしも承諾しよう」ジョン・フィッシャーがいった。「こんどこんな切符に金を払うのは、千年も先、ノーストリリアのべつの財務次官にまかせたいもんだ。しかし、その値打ちはある。あの子にとってはな。わたしが彼の勘定の中で決済しよう。われわれの惑星に対して」

「わたしが立会人になる」と医師がいった。

「いや、そいつはだめだ」ビルが荒々しくいった。「あの子の友だちはここにひとりしかいない。おれだ。おれにやらせろ」

みんなが彼を見つめた。三人ともが。

ビルは彼らを見つめかえした。

彼は涙声になった。「みなさん、どうかわたしを立会人にならせてください」

ロード・レッドレイディはうなずいて、操作卓をひらいた。彼とジョン・フィッシャーが契約をそれに口述した。最後にビルが立会人として、自分のフルネームをどなった。

ふたりの女が、すっぱだかのロッド・マクバンを部屋に連れかえった。ロッドはすっかり体を清められ、果てしない夢の中にいるように真正面を見つめていた。

「あれが手術室だ」とロード・レッドレイディはいった。「わたしがみんなに殺菌剤をスプレーしよう。ご異議がなければ」

「もちろんです」医師がいった。「そうしなくては」

「あの子をこれから切ったり、煮つめたりするんですか――いまここで？」ドリス叔母さんがさけんだ。

「いまここでだ」とロード・レッドレイディは答えた。「ドクターさえそれに賛成ならね。できるだけ早く出発したほうが、彼としても生きてすべてを乗りきれる可能性が高い」

「わたしは同意します」医師はいった。「賛成します」

彼はロッドの手をひいて、長い棺と小さい箱のある部屋にみちびいた。レッドレイディからの合図で、すでに壁はひらき、完全な手術室がそこに現われていた。

「ちょっと待った」ロード・レッドレイディがいった。「きみの同僚を連れていかないと」

「もちろんです」医師がいった。

名前を呼ばれると、さっきの猿はさっそく自分のバスケットからとびだした。

巨人と猿は力を合わせて、ロッドを小さいピカピカの部屋にみちびいた。そして、中からドアを閉めた。

あとに残された一同は、おちつかなげに腰をおろした。

「地主のミスター・レッドレイディ」とビルがいった。「おれもここに残ったんだから、飲み物のお代わりをくれませんか？」

「もちろんだよ、親愛なる市民」ロード・レッドレイディはビルの称号がさっぱりわからないので、そう答えた。

ロッドからの悲鳴も、鈍い物音も、抗議も聞こえなかった。未知の薬剤の甘ったるく恐ろしい匂いが、換気孔をただよいぬけていくだけだ。一同が待っている中で、ふたりの女は無言だった。巨大なタオルに包まれたエリナーがやってきて、みんなといっしょにすわった。ロッドの手術がはじまって二時間目に、ラヴィニアはすすり泣きはじめた。

とてもこらえきれずに。

罠と幸運と監視人

だれもが知っていることだが、どんな通信システムもリークを防げない。補完機構の長距離通信パターンの中にさえ、弱点や、腐敗部分や、口の軽い人間はいる。夜間総督宮の中にかくまわれたマッカーサー＝マクバン家のコンピューターは、抽象的な経済や気象パターンに答を出すひまはあったが、人間の愛や人間の悪はまだ味わったことがなかった。ロッドが投機した先物のサンタクララ薬の作柄とストルーンの輸出に関するメッセージは、すべて平文で送られた。あまたの世界で、人びとがロッドをひとつの好機、可能性、犠牲者、恩人、それとも敵と見たのは、ふしぎでもなんでもなかった。

なぜなら、だれもが知っているあの古い詩にあるように――

運は熱くて頭がほてる
お金の嫌いな人はない
負けがこんではおふくろを売り

ばくちに勝っておふくろを買う
ほかのみんなは落ちてぺしゃんこ
おれだけほしい現ナマの山

それはこの場合にもあてはまる。人びとはニュースを聞いてほてったり、さめたりした。

おなじ日、地球港《アースポート》内部で

ティードリンカー委員は、鉛筆で歯をコツコツたたいた。

すでにFOEマネーで四メガクレジット、まだこの先もっともっと入ってくるだろう。

ティードリンカーはたえまない屈辱という熱病をわずらっていた。好んでそうしたのだ。それは〝名誉ある恥辱〟と呼ばれており、職務と名誉よりも長寿を選んだ補完機構のもと長官に適用される特例だった。彼は千歳人、つまり、キャリアと評判と権威のひきかえに、一千年あるいはそれ以上の長寿を選んだ人間だった。（補完機構は、そのメンバーを誘惑から守る最良の手段が、メンバーそのものを誘惑することであるのを、ずっとむかしからさとっていた。補完機構の中で、秘密とひきかえに長寿を得る誘惑に負けそうな長官に、

〝名誉ある恥辱〟と低い安定した地位をあたえることによって、潜在的な離脱者をひきとめるわけだ。ティードリンカーもそのひとりだった）

彼はニュースを見てとった。熟練した賢い男だった。補完機構は金で自由にならないが、地球上では金は奇跡を生みだす。ささやかな名誉も買える。ひょっとすると、記録をごまかして、もう一度結婚することさえできるかもしれない。長寿と名誉ある恥辱の請願書を見て、最初の妻が怒りくるったことを思いだし、それから何百年かたったいまでも彼は顔をあからめた――「どこまでも長生きするがいいわ、このたわけ。生きながらえて、わたしがほかのみんなとおなじつつましい四百年たらずで先立っていくのを見るがいいわ。子供たちが死んでいくのをながめ、友人たちが死んでいくのをながめ、自分の趣味や思想が時代遅れになっていくのをながめなさい。いつまでも生きるがいいわ、この恐ろしい小男。わたしを人間らしく死なせてちょうだい！」

二、三メガクレジットあれば、再婚がかなえられるだろう。

ティードリンカーは、入星する旅客の監督官だった。彼の下級民の助手、牛から作られたブ・ダンクは、清掃クモの管理人である――このクモはなかば人に慣れた重さ一トンの昆虫で、もしタワーの機能が故障した場合にそなえて、緊急作業のために待機している。彼としては、あのノーストリリアの商人をあまり長く生かしておく必要もない。記録された命令と、すばやい殺人で用は片づく。

いや、むりだろうか。もし補完機構に知れたら、処罰は悪夢刑だ、シェイヨルへの流刑よりも悪い。

いや、むりじゃない。もし成功したら、この退屈な準不老不死から逃れて、その代わりに数十年の官能のたのしみを味わえる。

彼はまた歯をコツコツたたいた。

「なにもするな、ティードリンカー」と自分にいいきかせた。「それより頭、頭、頭を使え。あのクモたちに可能性がありそうだぞ」

ヴィオラ・シデレア、盗賊ギルドの議会

「太陽をめぐる軌道に二隻の改造警察哨戒艇をおけ。チャーターか売物だということにして、警察にはでくわすなよ。

指定された期間内、地球行きのすべての客船に、うちのエージェントを乗せろ。

いいか、あの男に用はない。手荷物だけを狙え。やつはきっと半トンぐらいのストルーンを持ちあるくはずだ。あれだけの財産があれば、ボザートの一件でしょいこんだ負債を、ぜんぶ支払える。それにしてもボザートから連絡がないとはふしぎだ。いや、こっちの話。

三人の上級盗賊を地球港そのものへ張りこませろ。約千分の一に薄めたにせストルーンを持たせるんだ。すきを見ていつでも手荷物をすりかえられるように。

経費がかかるのは知っているが、金をつかむには金を使わなくちゃならん。賛成してくれるな、窃盗術の紳士たちよ？」

テーブルのまわりでいっせいに賛成の声が上がったが、ひとりの年老いた、賢明な盗賊だけはこういった。

「わしの意見は知っているな」

「もちろん」議長は無表情な礼儀正しい憎悪をこめていった。「あなたの意見は知っている。死体を剝げ。船の残骸を略奪しろ。人間の皮を着た狼でなく、人間の皮を着たハイエナになれ」

意外なユーモアを見せて、老人はいった。「身もふたもない表現だ。しかし、そのとおり。そのほうが安全でもある」

「投票の必要はあるかね？」議長はテーブルのまわりを見わたしていった。

いっせいに否定の声が上がった。

「では可決だ」議長がいった。「よし、ぬかるな。大きい的でなく、小さい的を狙うんだぞ」

地球の地下十キロの底で

「あの人がやってくるわ、おとうさま！　あの人が」

「だれがやってくるって？」巨大なドラムのひびきを思わせる声がきいた。

イ・ラメラニーは祈りの文句のように唱えた——「祝福されたるもの、定められたるもの、わが同胞《はらから》の保証人、ロボットと鼠とコプトの同意した新しい使者。お金といっしょにあの人はやってくるわ。わたしたちを助け、わたしたちを救い、わたしたちの前に日の光と天国の空をひらいてくれるために」

「それは冒瀆の言葉だ」イ・テレケリがいった。

娘は声をひそめた。彼女は父親を尊敬しているだけではなかった。宗教的指導者として崇拝もしていた。父親の大きな目はぎらぎらと燃えあがり、まるで何千メートルもの土と岩をつらぬいて、その先の宇宙の深みを見とおすかのようだった。ひょっとすると、本当にそこまで見えるのかもしれない……。同族さえも、彼の能力の限界についてはよく知らなかった。その白い顔と白い羽根は、射すくめるような眼光に奇跡のような貫通力を与えていた。

穏やかに、いくらか優しく、彼はつけたした。「愛する娘よ、おまえはまちがっている。

そのマクバンという男がいったい何者なのかは、まだわからない」

「でも、記されているのでは？」と彼女は訴えた。約束されているのでは？　宇宙のあの方向だったわ、ロボットと鼠とコプトがとても特別なメッセージをよこしたのは――〝さいはての奥からその人は現われるであろう。数しれぬ宝とたしかな解放をたずさえて〟だから、それがいまかもしれないわ！　ちがいます？」

「なあ、娘よ」と彼は答えた。「真の宝がメガクレジットで量れると思うようなら、おまえの考えはまだまだ浅い。『聖なる断片』を読んで、よく考え、なにを考えたかをわたしに話しなさい。ところで――もうそのことは軽々しく口にするな。虐げられたあわれな人びとにぬか喜びをさせるわけにはいかん」

ミーヤ・ミーフラに近い海岸でのルース

この日、ルースはノーストリリアや宝のことをなにも考えなかった。彼女は砕け波の水彩画を描こうとしたが、出来がひどく悪かった。本物の波はどこまでも美しいのに、水彩画は水彩画にしか見えないのだった。

オールド・ノース・オーストラリア連邦の臨時会議

「すべての世界のすべての有象無象。それがわれわれのまぬけな少年におそいかかろうと待ちかまえている」

「同感」

「もし彼がここにいれば、やつらはここへくるだろう」

「同感」

「だから、彼を地球へ行かせよう。あの悪党のレッドレイディが、今夜彼をこっそり脱出させて、われわれの手数をはぶいてくれるような気がする」

「同感」

「ほとぼりがさめれば、彼がここに帰ってきてもだいじょうぶ。とんまに見せかけるというわれわれのむかしながらの防衛策を、彼がだいなしにするおそれもなくなる。あいにく彼は頭がよさそうだが、地球の標準からすれば、ただのいなかっぺだ」

「同感」

「襲撃する連中をまごつかせるため、二十人から三十人のロッド・マクバンをいっしょに送りだすべきだろうか？」

「いや」

「なぜだね、地主どの？」

「なぜなら、そうするのは利口に見えるからだ。利口に見せないのが、われわれのモットー。わたしに次善の策がある」

「というと？」

「うまい変装をすればマクバンの財産を手に入れられるという情報を、すべてのとんまな世界に流すのさ。その情報の出所がわれわれだとさとられないようにな。そうすれば、このさき二百年間の宇宙航路は、まやかしのノーストリリアなまりまで一式そろったロッド・マクバンでいっぱいになる。われわれがそのきっかけを作ったことは、だれも感づくまい。のろまが肝心だよ、諸君、のろまに徹しよう。もし、われわれが利口だとさとられたら、一巻の終わりだ！」発言者はため息をついた——「あのとんまどもは考えてみたことがないのかな——もしわれわれの先祖が利口でなかったら、どうしてパラダイスⅦから脱出できたのかと？　この割りのいいささやかな独占事業を、われわれが何千年ものあいだどうやって維持してきたと思っているのか。それに気づかないむこうはとんまだが、こっちからわざわざ教えてやることはない。そうだろう？」

「同感」

身近な流刑者

ロッドは奇妙な満足感につつまれて目ざめた。心の片隅には大混乱の記憶があった――ナイフ、血、薬、猿の外科医。ばっかな夢！　まわりを見まわしたあと、ベッドからはねおきようとした。

全世界が火事だ！

ぎらつき燃える耐えられない炎、溶接トーチの炎。

しかし、ベッドがつかまえて離さない。ゆるやかで着心地のいいジャケットの縁が何本ものテープになり、そのテープがどういうやりかたでか、体をベッドに固定している。

「エリナー！」と彼はさけんだ。「ちょっときてよ」

彼は狂鳥におそわれたこと、ラヴィニアに運ばれて、鋭い地球人、ロード・レッドレイディの船室へ移されたことを思いだした。薬と大騒ぎのことも思いだした。しかし、これは――これはなんだ？

ドアがひらいたとき、耐えられない光がいっそうまぶしくさしこんできた。まるでオールド・ノース・オーストラリアの空からすべての雲が剝ぎとられ、燃えたつ空と炎の太陽だけをあとに残したようだった。そんなことが起きるのを見た人たちもいる。気象機械がたまに故障して、ハリケーンが雲に大きな穴をあけるのをとめられないとそうなる。だが、彼の時代にそんなことが起きたためしはない。祖父の時代にも。

　入ってきた男は感じがよかったが、ノーストリリアの人間ではなかった。肩幅はせまく、牛を持ちあげられそうにもない。顔は長年たえず洗いつづけているため、赤ん坊の顔のように見える。白ずくめの奇妙な服を着て、その顔には微笑と、腕のいい医者特有の職業的な同情とがまじりあっている。

「気分がよいようだね」

「ここはいったいぜんたいどこ《ホエア・オン・アース》です?」ロッドはきいた。「衛星の中ですか？　おかしな感じがする」

「きみがいるのは地球上《オン・アース》じゃないよ」

「知ってます。地球にはいっぺんも行ったことがない。ここはどこです?」

「火星。〈古代宇宙ステーション〉だ。わたしはジャン＝ジャック・ヴォマクト」ロッドがその名前をひどく無器用に復唱したので、相手はしかたなく彼にスペルを教えた。そっちが片づくと、ロッドはさっきの話題にもどった。

「火星ってどこです？　このテープをほどいてもらえますか？　あの明かりはいつ消える

んですか？」

「いますぐほどいてあげる」ヴォマクト医師はいった。しかし、ベッドから出ちゃいかん。食事をとって、検査がすむまでは、じっと寝ていなさい。あの明かり――あれは日光だ。地方時間でいって、この光が消えるまでに、あと七時間かな。いまは朝の遅くだ。きみは火星《マーズ》を知らないのかね？　惑星だよ」

「なら、新火星《ニュー・マーズ》のことでしょう」ロッドは誇らしげにいった。「ばかでっかい商店と動物園のある世界」

「ここにある商店はカフェテリアとPXだけだ。新火星《ニュー・マーズ》？　どこかでそんな名前を聞いたことがあるな。たしかに、その世界には大きな商店と、一種の動物ショーがある。掌にのっけられる象とか。そんなものもいるらしい。しかし、ここは全然ちがう。ちょい待ち、いまきみのベッドを窓ぎわへ寄せるから」

ロッドは待ちかねたように窓の外をのぞいた。恐ろしいながめだった。むきだしの暗い空にはたったひとつの雲もない。あっちこっちにいくつかの穴があいている。それがもしかしたら〝星ぼし〟かもしれない。宇宙船の旅で雲におおわれた惑星から惑星へ行くときに、途中で見えるというあれだ。あらゆるものを支配しているのは、ひとつの爆発的な恐ろしい光。それがどっかと空の高みに居すわって、消える気配もない。いつ爆発するのかと、身をすくめている自分に気づいた。しかし、それがなんであるにしろ、かたわらの医師の姿勢からは、その慢性水素爆弾をすこしも恐れているようには見えない。声をおちつかせ、子供っぽく聞こえないように注意しながら、ロッドはきいた。

「あれはなんですか?」

「太陽」

「からかっちゃいやだな。本当のことを教えてください。太陽というのは、自分の世界の恒星のことでしょう。この太陽はなんていう名?」

「だから、あれが太陽だ。本来の太陽。母なる地球の太陽。ここが本来の火星であるようにな。旧火星《オールド・マーズ》でもないし、もちろん、新火星《ニュー・マーズ》でもない。この地球の隣人はね」

「あれはいつか消えたり、ドカーンと爆発したり——それとも沈んだりしないんですか?」

「太陽が?」ヴォマクト医師はいった。「いや、それはない。五十万年前、きみやわたしの先祖がすっぱだかで地球の上を走りまわっていたころも、あれとおなじように見えたんじゃないかな」

医師はしゃべりながら手を動かした。奇妙な形の小さい鍵で空気を切るようにすると、テープがほどけた。ロッドの両手から手袋がすっぽりぬげた。ロッドは強烈な光の中で自分の手をながめ、ようすがおかしいのを知った。医師の手とおなじように、すべすべして、毛がなく、清潔に見える。不気味な記憶がまたよみがえってきたが、テレパシー会話が不得手なために、日ごろから用心深く敏感になっており、自分の弱点をあっさりとは明かさなかった。

「もしここが古い古い火星なら、どうしてあなたはオールド・ノース・オーストラリア語でぼくにしゃべっているんですか？　この宇宙でまだ古代英語をしゃべっているのは、ぼくの世界の人たちだけだと思っていました」彼は誇らしげに、だが無器用に、古代共通語に切りかえた――「ほら、ぼくの一族の被指名人が、この言葉も教えてくれたんです。いままでに一度も外星へ行ったことはありません」

「わたしがきみの言葉を話せるのは、学習したからだ。なぜ学習したかというと、きみが実に気前よく、その費用を出してくれたからだ。われわれがきみを再構成している数カ月のあいだ、その知識は非常に重宝だった。きみの記憶と自己認識の門をひらいたのはきょうがはじめてだが、それまでにすでに何百時間もきみと話しあっているんだよ」

ロッドは口をひらこうとした。

ひとことも言葉が出てこなかった。のどがカラカラで、食べたものをもどしそうな不安があった――なにかを食べたとしての話だが。

医師は彼の腕に優しく手をおいた。「のんびりしたまえ、地主のミスター・マクバン、のんびりすればいい。よみがえったときは、だれでもそうなるんだよ」

ロッドは声をしぼりだした。「ぼくは死んでいたんですか？　死んでいた？　ぼくが？」

「正確には死じゃない」医師はいった。「だが、それに近い」

「箱だ——あの小さい箱だ！」ロッドはさけんだ。

「どの小さい箱？」

「とぼけないでください、先生——ぼくのはいってきた箱です」

「あの箱はそんなに小さくなかった」ヴォマクト医師は両手で婦人の帽子箱ぐらいの四角形を宙に描いた。ロッドがロード・レッドレイディの専用手術室で見た箱の大きさだ。

「これぐらいはあった。きみの頭は自然のサイズそのままだった。だから、急いできみを正常の姿にもどすのが、あんなにらくに成功したんだ」

「で、エリナーは？」

「きみの連れか？　彼女もぶじだ。だれもあの船をおそってこなかった」

「じゃ、そのほかのことも本当なんだ。ぼくはいまでも宇宙一の大金持ですか？　おまけに、故郷からうんと、うんと遠くへこられたんですね？」ロッドはベッドカバーをたたきたい気分だったが、そうはしなかった。

「よかった」ヴォマクト医師はいった。「きみが自分のおかれた状況にそれだけの感情を示すようなら、もうだいじょうぶ。鎮静剤と催眠剤の影響下でも、きみはきわめて強い感情を表現していた。しかし、わたしとしてはいささか気がかりだった。きみがいまのようによみがえったとき、つまり正常な生命状態にもどったときに、どうやって真実の状況を理解させようか、とね。妙な話し方になったが、勘弁してくれ。なんだか医学月報のような口調だ。患者と友人になるのはむずかしい。たとえ心から好感を持っていてもね……」

　ヴォマクトは小柄な男だった。ロッドより頭ひとつは背が低い。しかし、すばらしく優雅なプロポーションのために、寸づまりとか小さいとかいう感じはしなかった。面長な顔の上で、もじゃもじゃの黒い癖毛が、てんでんばらばらの方向をめざしている。ノーストリリア人のあいだでこんな髪型をしたら、エキセントリックとみなされたかもしれない。ほかの地球人も好きなだけ髪を長く伸ばしているところを見ると、これが地球のファッションなのにちがいない。ロッドはそれをばかばかしいとは思ったが、嫌悪は感じなかった。

　強い印象を残すのは、ヴォマクトの外見ではなかった。あらゆる毛孔からピリピリわきでてくる個性だった。ヴォマクトはその医学知識から、この場合には優しさと平静さがふさわしいとわかれば、穏やかにもなれる。しかし、ふだんの彼はそうした性質ではなかった。快活で、むらっ気で、生き生きして、おそろしく話し好きだが、話し相手の気持には敏感だった――絶対に相手をうんざりさせたりしなかった。ノーストリリア人の中では、女性でもこれほどたくさんのものをこれほど流暢に表現する人間を見たことがない。ヴォマクトがしゃべるとき、その両手はたえず動く――輪郭を作ったり、表現したり、いいたい要点を明らかにしたりする。話しながら、笑ったり、渋い顔になったり、疑問のしるしに眉をつりあげたり、驚きに目を見はったり、ふしぎそうにわきを見たりする。

ロッドはノーストリリア人同士が長いテレパシー会話をするのを見なれていた。おたがいにサベったりキトったりするあいだ、どちらも体をくつろがせてじっと動かず、心だけがじかに行き来をする。それをすべて声を使ってやることは——ノーストリリア人にとっては聞くのも見るのも驚異だった。この地球人の医師の活気にはなにか優雅で快いものがあり、それはロード・レッドレイディのすばやい危険な決断とはまったく対照的だった。

もし地球が人でいっぱいで、そのみんながヴォマクトのようなら、きっとたのしくはあるが、目まぐるしい世界にちがいない。ヴォマクトは、自分の一族が型破りだったこともほのめかした。だから、あの長く退屈であった完全の時代、ほかのみんなが番号で呼ばれていた時代にも、自分たちは一族の名を隠して、それを記憶していたのだ、と。

ある日の午後、ヴォマクトは火星の平原を三キロほど歩いて、最初の人類移住地の遺跡を見にいかないか、とすすめた。「ふたりで話をしなくちゃならない。だが、このソフト・ヘルメットをつけたままで話をするのはなかなかむずかしい。この練習はきみのためになると思うよ。若いから、いろんな条件づけにも耐えられる」

ロッドは同意した。

その後の何日かで、ふたりは友人になった。

ロッドは、自分より十歳かそこらしか年上に見えないこの医師が、けっして見かけほど若くないことを知った。医師は百十歳で、つい十年前に最初の若返り療法を受けたばかりだった。あと二度この処置を受けると、つぎは四百歳で死が待っている。火星に関して現在のスケジュールが守られているかぎりは。

「ミスター・マクバン、きみは自分が興奮しやすい、むこうみずなタイプだと思っているかもしれない。保証してもいいがね、最近の母なる地球はひどく愉快な大混乱だから、きみのことなどだれも気にとめやしない。〈人間の再発見〉のことは聞いているだろう？」

ロッドはためらった。そのニュースにはなんの関心もはらわなかったくちだが、ここで実際以上に無知を暴露して、故郷の星の体面を傷つけたくはなかった。

「なにか言語の問題でしたよね。それから寿命の長さにも関係があったかな？　外星のニュースにあんまり関心のないほうなんです。科学的な発明か、大きな戦闘のことでもなければ。でも、オールド・ノース・オーストラリアにも、母なる地球そのものに深い関心を持っている人はいると思いますよ。とにかく、どんなことでしたっけ？」

「補完機構がとうとう大計画をうちだしたんだ。それまで地球にはなんの危険もなく、なんの希望も、報酬も、未来もなかった。あるのは果てしない連続だけだった。みんなが千に一つの確率で四百年まで生きられる。その満了期間を割り当ててもらえるのは、いつもせっせと――」

「なぜ、みんながそうしないんですか？」ロッドはさえぎった。

「補完機構が非常に公平なやりかたで、マル短、つまり短命人の悩みを解決したからさ。マル短が七十歳になると、すばらしく甘美でスリルのある悪徳を提供される。エレクトロニクスとドラッグとセックスを主観的な心の中で組み合わせたものをね。あんまり仕事のないものは、だれでも最後に〝恍惚三昧《こうこつざんまい》〟を手に入れ、やがて快楽のきわみの中で死ぬ。毎晩、五、六千年分のお祭り騒ぎと冒険をたのしめるのに、だれがたった百年ずつの若返りを望んだりする？」

「ぞっとしますね」ロッドはいった。「ぼくの世界にもゲラゲラ屋敷はあるけど、そこへいれられたらすぐに死ぬ。隣人たちの中で死んで、まわりを騒がせたりはしない。正常人とのあいだの恐ろしい相互作用のことを考えてごらんなさい」

ヴォマクト医師の顔が怒りと悲しみでくもった。くるりと背を向けて、果てしない火星の平原をながめた。あこがれの青い地球が、優しく空にかかっている。ヴォマクトはまるでそれを憎んでいるかのように、天体としての地球を見あげ、まだ顔をそむけたまま、ロッドにいった。

「きみのいうことにも一理あるようだな、ミスター・マクバン。わたしの母はマル短だった。母が生をあきらめたあと、父もそのあとを追った。ところが、わたしは正常人。あのショックは、これからも克服できそうにない。もちろん、あの父母は実の両親じゃなかった――わたしの一族にそんな不潔なものはいない――しかし、あのふたりは最終的な養父母だったんだ。わたしはいつもきみたちオールド・ノース・オーストラリア人を、頭の変な、金持の野蛮人だと思っていた。うまくジャンプができないとか、そんなくだらない理由でティーンエイジャーを殺す連中だと。しかし、すがすがしい野蛮人だということは認めるよ。きみたちは、アパートメントの中で、甘く病んだ死の匂いといっしょに暮らしたりはしない……」

「アパートメントってなんですか?」

「われわれがその中で暮らしている場所さ」

「つまり、家のこと」

「いや、アパートメントというのは、ひとつの家の一部分だ。ときには二十万ものそれが寄りあって、ひとつの大きな家を作ることもある」

「というと、二十万もの家族が、ひとつのばかでっかい居間の中で暮らしてるわけですか? じゃ、その部屋はきっと何キロもの長さがあるんですね」

「ちがう、ちがう、ちがう!」医師は思わず笑いだした。「どのアパートメントも壁で仕切られていて、べつべつの居間があるんだ。それに眠る区画と、食事の区画、化粧室――これはきみ自身と、ひょっとしたらきみといっしょに入浴する客があった場合のためだ。それにガーデン・ルーム、書斎、それに個室」

「個室ってなんですか?」

「自分の家族にも見せたくないことをするのに使う小さい部屋だよ」

「ぼくたちはバスルームといってますが」

医師は立ちどまった。「これだから、地球のことを説明するのはむずかしい。きみたちは化石だよ、早い話が。なにしろ、古代言語の英語を使い、家族制度と家名を維持し、無限の寿命を――」

「無限じゃありませんよ。長いだけです。そのためには働かなくちゃいけないし、きびしいテストを受けなくちゃならない」

医師はきまりわるそうな顔つきになった。「批判するつもりはなかった。きみたちは風変わりだ。地球の生活ぶりとはひどくかけ離れている。きみたちが地球を見れば、非人間的だと思うことだろう。たとえば、いまのアパートメントだけど、その三分の二は空き家だ。下級民が地下室に引っ越してくる。記録がなくなる。仕事が忘れられる。もし、あれだけ優秀なロボットを作っていなかったら、あらゆるものが同時に崩壊してしまったことだろう」彼はロッドの顔を見た。「わたしのいうことが理解できないようだね。もっと現実的な例をとりあげてみよう。きみはわたしを殺す気になれるか？」

「いや」とロッドは答えた。「ぼくはあなたが好きだから」

「そういう意味じゃなくて。現実のわれわれじゃなしに。かりにきみがわたしという人間をまったく知らないとしよう。そこで、わたしがきみの羊になにかしたり、きみのストルーンを盗もうとしているところを見つけたら、どうする？」

「ぼくのストルーンは盗めませんよ。精製は政府が一手にひきうけてるから、あなたはそばへも近づけない」

「わかった、わかった、ストルーンはやめだ。かりにわたしが外星から無許可できみの惑星へ潜入したとする。そのとき、きみはどうやってわたしを殺す？」

「殺しません。警察に報告します」

「かりにわたしが武器をつきつけたら？」

「そのときは首を折ります。それとも心臓にナイフ。それとも、どこかそばでミニ爆弾を使う」

「それだ！」医師はにやりと相好をくずした。

「それって？」

「きみたちは人間の殺しかたを知っている。必要な場合には」

「どの市民もそれは知ってます。でも、だからって、人を殺すわけじゃない。地球の人たちがどう思ってるか知らないけど、いつも喧嘩さわぎに明け暮れてるわけじゃないですよ」

「そうなんだ。それこそ補完機構がいま人類ぜんたいに対してやろうと考えていることなんだよ。人生を危険なものにして、ある程度の興味と、ある程度の現実味をもたせる。いまのわれわれは、病気と、危険と、喧嘩と、運命のいたずらをとりもどした。あれはすてきだ」

ロッドは、ふたりがあとにしてきたひとかたまりの宿舎をふりかえった。「でも、火星にはそんなようすがないけど」

「ここは軍事施設だ。〈人間の再発見〉の効果がちゃんと確認されるまで、そこから除外されている。この火星では、まだ四百年間の完全な人生がつづいているのさ。危険もなく、変化もなく、冒険もない」

「じゃ、どうしてあなたには名前があるんですか?」

「父がわたしに名前をくれたんだ。父は辺境世界での公認英雄で、故郷に帰ってきてマル短として死んだ。補完機構も、そんな人間には番号でない名前を許した。みんなにその特権を与える以前の話だよ」

「あなたはここでどんなことをしてるんですか?」

「働いている」

医師はまた歩きだした。ロッドはあまりこの医師に畏怖を感じなかった。たいていの地球人がそうらしいが、恥知らずなほどおしゃべりなので、いっしょにいてもまったく気がおけない。

ロッドはヴォマクトの腕を軽くとった。「いや、それだけじゃなくて——」

「知ってるのか」ヴォマクトはいった。「勘が鋭いね。話すべきかな？」

「いけないわけがあるんですか？」

「きみはわたしの患者だ。きみにとっては不快なことかもしれない」

「話してください。ぼくが気丈なのは知ってるはずです」

「わたしは犯罪者なんだ」医師はいった。

「でも、あなたはげんに生きてる」ロッドはいった。「ぼくの世界だと、犯罪者は死刑か、でなければ、外星へ追放されるけど」

「わたしだって外星にいる。ここはわたしの世界じゃないよ。この火星にいる人間の大半にとって、ここは牢獄だ。故郷じゃない」

「なにをしたんです？」

「あまりにも恐ろしいことで……」と医師はいった。「自分でも恥ずかしくてならない。補完機構から条件づきの条件刑を宣告されたんだよ」

ロッドはちらと相手をうかがった。一瞬、もしかするとこの男は、なにかとてつもない混乱と悲しみの犠牲者ではないかと思った。

「わたしは反逆罪をおかしたんだ」医師はいった。「そうとは知らずにね。地球では、だれがなにをいっても自由だ。印刷の必要があれば、二十部までは好きなことを印刷していい。しかし、それ以上の部数はマスコミ、つまり大量伝達になる。法律違反だ。〈人間の再発見〉がはじまったとき、わたしは研究題目にスペイン語をあてがわれた。そこで〈新聞《ラ・プレンサ》〉を出すために、せっせと調査研究をした。ジョーク、対話、架空の広告、古代世界での出来事の記事。しかし、そこで名案がうかんだ。わたしは地球港へ行き、入港してくる船からニュースを取材した。こっちでなにが起きているか。あっちでなにが起きているか。人類がどれぐらい興味深い生き物か、きみは知らないだろうな、ロッド！　とにかくわれわれがやっていることは……とても奇妙で、とても滑稽で、とても悲しい。それらのニュースは機械でも伝送されてきたが、みんな〝政府専用〟と表示されていた。わたしはそれを無視して、真実しか載せない新聞の第一号を刷った――すべて真実ずくめの本当の新聞を。

真実のニュースを印刷したんだ。

そしたら、屋根が落っこちてきた。スペイン語の再条件づけを受けた者は、全員安定度テストを受けることになった。わたしは法律を知っているかときかれた。もちろんです、と答えた。法律は知っています、と。政府部内以外での大量伝達は禁じられている。ニュースは意見の母であり、意見は集団妄想の原因であり、妄想は戦争の出発点だ。法律は明らかだったが、わたしはたかをくくっていた。ただの古い法律だと思っていた。

まちがいだよ、ロッド、わたしはまちがっていた。当局がわたしを告発した罪名は、報道法違反のような生やさしいものじゃなかった。反逆罪だった――補完機構に対する反逆だ。即座に死刑の宣告がくだった。それから条件づきの執行猶予になった。地球を離れて、善行を積めば、という条件だ。わたしがここへきたとき、当局は条件を二重にした。あの犯罪行為が悪い結果を生まなければ、というのだ。しかし、わたしはそれを知りようがない。もちろん、帰りたければいつでも地球に帰れる。その点は問題ない。もし当局が、あの犯罪行為の悪影響がまだ存在すると考えれば、わたしは悪夢刑を受けるか、それともどこだかにあるあの恐ろしい惑星へ送られる。もし当局がその影響はないと認めれば、笑ってわたしの市民権を回復してくれる。だが、当局はまだ最悪の事実を知らない。わたしの使っている下級民がスペイン語をまなんだために、下級民のあいだでごくひそかにその新聞の回覧がはじまったんだ。もし、当局がそれに感づき、その原因がわたしにあることを知ったら、どんな目にあわされることやら。どうだ、わたしはまちがっていると思うかい、ロッド？」

ロッドはまじまじと相手を見つめた。おとなに対して判断をくだすこと、しかも相手からの要求でそうすることには慣れていなかった。オールド・ノース・オーストラリアでは、みんなが距離をおいて他人に接している。なにごとをするにもそれにふさわしいやりかたがあり、そしていちばんふさわしいのは、自分の年齢グループの人間としかまじわらないことだ。

彼は公平になろうとした。おとなのやりかたでそのことを考えてみようとした。

「もちろん、まちがっていると思いますよ、医師のミスター・ヴォマクト。でも、そんなにまちがってはいません。戦争をおもちゃにしちゃいけないけど」

ヴォマクトはロッドの腕をつかんだ。そのしぐさはヒステリックで、みにくいほどだった。「ロッド」と息せききってささやいた。「きみは金持だ。名門の出だ。わたしをオールド・ノース・オーストラリアへ連れていくことはできるか？」

「できないわけがありますか？」ロッドはいった。「何人お客がきても、旅費は払えますよ」

「いや、そういう意味じゃないよ、ロッド。移住者としてだ」

こんどはロッドが顔をこわばらせる番だった。「移住者？　移住に対する罰は死刑ですよ。人口を抑えるために同胞さえ殺している最中なのに。どうしてよそものの移住を許すと思うんです？　それにストルーン。ストルーンをどうします？」

「もういいよ、ロッド」ヴォマクトはいった。「もうきみを悩ませはしない。このことは二度と口にしない。しかし、疲れるものなんだ、死がいつ隣りのドアをあけるかもしれず、隣りの呼鈴を押すかもしれず、通信ファイルのつぎのページに現われるかもしれないと思いながら、長い年月を過ごすのは。わたしはとうとう結婚しなかった。どうしてできる？」活発な心と顔を気まぐれに方向転換して、ヴォマクトはもっと明るい話題にもどった。「わたしにはひとつの妙薬があるんだよ、ロッド。医者のための、反逆者のための妙薬が。

なんだと思う？」

「トランキライザー？」ノーストリリア人に移住のことをたずねる相手の不謹慎さに、ロッドはまだショックを受けていた。はっきりものが考えられなかった。

「仕事だ」小柄な医師はいった。「それがわたしの妙薬さ」

「仕事はいいものです」ロッドは一般論を述べながら、なんだかもったいぶった気分になった。午後の魔法は消えうせていた。

医師もそれを感じとったようだった。ため息をついた。「地球からきた人たちが最初に建てた宿舎を見せよう。それから、わたしは仕事だ。わたしのおもな仕事がなんだか知っているかね？」

「いいえ、先生」ロッドは礼儀正しく答えた。

「きみさ」ヴォマクト医師は、いつもの悲しく陽気な、いたずらっぽい微笑をうかべた。

「きみは元気になったが、わたしの仕事は、きみを元気にするだけではたりない。きみが絶対に殺されないようにしなくちゃならない」

そこはもう遺跡だった。

遺跡は古いものらしいが、さほど印象的ではなかった。ノーストリリアの比較的質素な牧場主の家に、なんとなく似ている。

ふたりの宿舎へもどりながら、ロッドはごくさりげなくきいた。

「先生、ぼくにどんなことをするつもりですか?」

「きみのご希望どおりに」

「冗談はよしてください。なんですか?」

「そうだな」ヴォマクトはいった。「ロード・レッドレイディはキューブいっぱいの提案をよこしたよ。きみの人格を維持しろ。きみの網膜紋と脳像を維持しろ。きみの外見を変えろ。きみの召使を、きみそっくりの少年に変えろ」

「エリナーにそんなことはできませんよ。彼女は市民だもの」

「ここではちがう。火星では市民じゃない。彼女はきみの手荷物だ」

「でも、エリナーにだって権利がある!」

「ロッド、ここは火星だが、地球の領土だ。地球法が通用している。補完機構の直接管理のもとにある。そんなことをしても許されるんだ。困難な問題はこれさ。きみは下級民に身をやつすことに同意するかね?」

「ぼくは下級民を見たこともない。わかるわけがないでしょう?」

「その恥辱に耐えられるかね?」

ロッドは返事のかわりに笑いだした。

ヴォマクトはため息をついた。「きみたちは奇妙な人種だな、ノーストリリア人というのは。わたしだとそうはいかない。下級民とまちがえられるぐらいなら、死んだほうがましだと思う。その恥辱、その侮蔑！　しかし、ロード・レッドレイディはいうんだ。きみを猫男に変装させれば、風のように自由に地球へはいれるだろう、と。ロッド、こうなったら知らせておこう。きみの妻はもうここへきている」

　ロッドは歩みをとめた。「妻？　ぼくには妻なんかいません」

「きみの猫妻だ」医師はいった。「もちろん、本当の結婚じゃない。下級民は結婚を許されていない。しかし、結婚に似た親密な関係は存在するし、われわれもときどきそうしたカップルを、つい口がすべって夫婦と呼ぶことがある。補完機構はすでにきみの〝妻〟になるべき猫娘をここへよこした。彼女はきみといっしょに火星から地球へ旅をすることになる。ここの退屈した基地要員のために、ダンスやアクロバットの芸を見せていた幸運なキャットという名目だ」

「で、エリナーは？」

「たぶん、彼女はきみとまちがえられて、だれかに殺されることとだろう。彼女を連れてきた目的はそうだ、ちがうかね？　きみにはそれだけの金があるんだろう？」

「いや、いや、いや」ロッドはいった。「だれにもそんな金はありませんよ。なにかほかの方法を考えなくちゃ」

　ふたりは散歩の残りをついやして、エリナーとロッドの両方を守る新しい計画を考えた。

「そのぼくの妻とやらには、いつ会えるんですか？」

ヴォマクトはいった。「彼女は火のように激しくて、その倍も美しい」

「きみが彼女を見逃すはずはないよ」

「彼女には名前があるんですか？」

「もちろんある。だれにもある」

「じゃ、なんという名前です？」

「ク・メル」

もてなしと落としあな

人びとはここかしこで待っていた。もしも全世界を結ぶニュース報道があったならば、大衆は好奇心と興奮、それとも物欲にかりたてられて、地球港へ押しよせたことだろう。しかし、ニュースはずっと前から禁止されていた。大衆は自分に直接かかわりのあることしか知らなかった。地球の各中心地は平穏そのものだった。ロッドが火星から地球への旅をするころ、ここかしこにその事件の予感らしいものはあった。しかし、ひっくるめたところ、母なる地球の世界は静かなままで、多年つづいた内部の問題がブクブク泡だっているだけだった。

ロッドの飛行の日、地球の地球港《アースポート》内部で

「やつらはけさの会議からわしをはずした。入星者の管理官であるこのわしをだ。ということは、なにかが匂う」ティードリンカー委員は、下級民の助手、ブ・ダンクにいった。

ブ・ダンクは、退屈な一日を予想して、隅の腰かけにすわり、一度食べたものを噛みなおしているところだった。彼はこの事件のことを主人よりもはるかによく知っていた。その付加情報は下級民の秘密組織から得たものだったが、彼はなにももらすまい、なにもしゃべるまいと決心していた。いそいで食いもどしをのみこむと、いかにも牡牛らしい心強く穏やかな声でいった。

「ほかになにかの理由があるのかもしれませんよ、だんなさま。たとえば、だんなさまの昇進が議題になるのであれば、会議から除外されても当然です。昇進なさってふしぎがないですから」

「クモたちの準備はできたか」ティードリンカーは不機嫌にいった。

「大クモの心の中が、だれにわかります?」ブ・ダンクは穏やかにいった。「きのう、クモの職長と、三時間にわたってサイン言語で話しあいました。彼は十二箱のビールを要求しました。わたしはもっとたくさんやろうといいました——十箱やろう、と。あわれなやっこさんめ、自分じゃ計算ができると思っているが、実はできないんです。それでも、わたしとの駆け引きに勝ったと思いこんで得意でしたよ。クモたちは、だんなさまの指定された人物を地球港の尖塔へ運びこみ、その人間がしばらく見つからないように、そこへ隠します。わたしがビールの箱を届けると、彼らはその人物をわたしにひき渡します。それから、わたしはその人物を両手で抱きかかえ、窓からとびおります。地球港の外側をおりる人はめったにないから、だれも気がつかないでしょう。わたしはその人物をアルファ・ラルファ大通りの真下にある宮殿の廃墟に運びます。だんなさまが見せてくださったあの場所です。だんなさまがそこへきて、なすべきことをされるまで、わたしはその人物をそこで安全にかくまいます」

ティードリンカーは部屋の片隅に目をやった。大きいハンサムな赤ら顔は、小憎らしいほどおちつきはらっている。牛人たちは、その素姓からも、ときおり抑えようのない激怒の発作にかられることがある、とティードリンカーは聞かされていたが、ブ・ダンクにかぎっては、そうした気配がまったくない。ティードリンカーはかみつくようにいった。

「おまえは心配じゃないのか？」

「なぜわたしが心配する必要があります？　だんなさまが、わたしの分まで心配してくださるのに？」

「自分をフライにしてこい！」

「それは作業命令と思えません」ブ・ダンクはいった。「なにか召しあがったほうがいいです。それで神経が静まります。きょうはなにも起こりません。なにも起こらないのを待つのは、真人にとってはつらいものです。おおぜいの真人がそれで腹を立てるのを見たことがあります」

ティードリンカーはあくまでも理性的な相手の態度に歯ぎしりしたが、いちおうデスクの引出しから乾燥バナナをとりだして、くちゃくちゃやりはじめた。

彼はブ・ダンクのほうを鋭く見やった。「おまえもほしいか?」

ブ・ダンクは意外なほどなめらかで敏捷な身ごなしで、椅子から立ちあがった。主人のデスクまでくると、巨大なハムに似た手をまずさしだした。

「はい、ほしいです。バナナは大好きです」

ティードリンカーは彼に一本やってから、気むずかしげにいった。

「おまえがロード・レッドレイディに会ったことはないというのは、たしかだろうな?」

「はい、たしかです。下級民としていえるかぎりで」ブ・ダンクはバナナをもぐもぐやりながら答えた。「わたしたちは最初の条件づけになにが入っていたかも、だれがそれを入れたかも知りません。わたしたちは劣った生き物で、それを知るべきではないのです。質問することも禁じられています」

「じゃ、認めるのか、自分がロード・レッドレイディのスパイか手先かもしれないと」

「そうかもしれませんが、そんな感じはしません」

「レッドレイディが何者かは知っているのか?」

「だんなさまが教えてくださいました。全銀河系でもいちばん危険な人間です」

「そのとおり。もし、ロード・レッドレイディの仕掛けた罠にとびこんでいくぐらいなら、その前に自分ののどをかき切ったほうがましだ」

「だんなさま、もっと簡単なのは」とブ・ダンクはいった。「このロッド・マクバンを誘拐しないことですよ。もし、だんなさまがなにもなさらなければ、万事がこれまでとおなじように、平穏無事につづいていきます」

「それが恐怖と不安の原因なんだ！　万事がいつまでもおなじようにつづく。わたしがここから出ていきたいのがわからんのか、もう一度権力と自由を味わいたいのがわからんのか？」

「わかります、だんなさま」ブ・ダンクはティードリンカーがおいしいバナナをもう一本くれないものかと期待して答えた。

ほかに気をとられている主人は、なにもくれなかった。

ティードリンカーは部屋の中を行ったり来たりしながら、希望と危険と遅延にさいなまれ、やけくそな気分になっていた。

〈鐘《ベル》と蔵《バンク》〉の控えの間

レイディ・ヨハンナ・グナーデが先にきていた。彼女は清潔で、身だしなみがよく、機敏だった。そのあとにつづいて入ったロード・ジェストコーストは、この女には私生活があるのだろうか、といぶかった。補完機構の長官たちのあいだでは、同僚の個人的な問題をたずねるのは、ぶしつけとみなされている。いくら各自の個人的な履歴が、片隅のコンピューター・キャビネットに、日夜たえまなく、細大もらさず記録されつづけていても。

ジェストコーストがそのことを知っているのは、別の長官の名前を使って自分の記録をのぞいたことがあるからだった。過去に自分のおかしたいくつかの小さな違反行為が、果たして記録されているかどうかをたしかめたかったのだ。たしかにそれらは記録されていた。中でも最大の犯罪――猫娘のク・メルとの取引――だけを除いて。それだけは、うまく記録スクリーンから隠しおおせていた。(記録には、そのときの彼が昼寝をしているところしか残っていない)

もしレイディ・ヨハンナに秘密があるとしても、彼女はそれをうまく隠しているわけだ。

「わが敬愛する同僚」と彼女はいった。「あなたは実にせんさく好きな性質のようね――それはむしろ女性に多い悪徳だけれど」

「わがレイディ、人間もこれぐらい年をとると、男女の性差はわずかなものになる。かりに、性差なるものがそもそも存在していたとしてもだ。あなたもわたしも頭脳明晰、危険や騒動には敏感な鼻を持ちあわせている。たまたまふたりともが、おなじ人物のことを調べにきたとしても、それは充分ありうることじゃないだろうか。ロデリック・フレドリック・ロナルド・アーノルド・ウィリアム・マッカーサー・マクバン百五十一世というありえない名を持った人物のことを。ほら——わたしはその名をそっくり暗記したんだよ。ずいぶん利口だとは思わないか？」

「そうね」そうは思っていないような口調だった。

「わたしは、けさ彼がやってくるものと予想していたんだが」

「おやまあ」その尻上がりの口調には、暗黙のうちに、彼がそれを知っていることへの批判がこめられていた。「通信の中に、そんな情報はなかったけれど」

「それなんだよ」ロード・ジェストコーストはにっこりして答えた。「わたしは彼が出発するまで、火星の太陽輻射の計測値を小数点二位までくりあげるように手配しておいた。けさ、それが小数点三位にもどっていた。ということは、彼がやってくるわけだ。どうだね、利口だろう？」

「利口すぎるわ」彼女はいった。「なぜわたしにきくの？　わたしの意見を高く買っているとは思えないのに。とにかく、なぜこの一件に、そこまでの手数を？　なぜ彼をうんと遠くへ送りだしてしまわないの。そうすれば、たとえストルーンがあっても、ここへもどってくるまでに長い人生がかかるでしょうに」

彼は相手が顔を赤らめるまで、じっと見つめた。無言のままで。

「わ、わたしの言葉はどうも不適切だったようね」彼女は口ごもった。「あなたのその正義感。いつもほかのわたしたちを悪役にするんだから」

「そんなつもりはなかった」彼は穏やかにいった。「つねに地球を第一に考えているだけさ。彼がこの塔の持ち主なのは知っていたかね？」

「地球港《アースポート》の？」彼女はさけんだ。「まさか」

「いやいや。このわたしが、十日前、彼の代理人にそれを売りつけたんだ。FOEマネーの四十メガクレジットで。これは、たまたまわれわれがいま地球に持っている全資産額よりも大きい。もし、彼がその金を預金したとしてみたまえ、こっちは年三パーセントの金利を支払わなくちゃならないんだからね。しかも、彼が買ったものはそれだけじゃない。わたしはあの海も売りつけた。あそこに見える海、古代人が大西洋と呼んでいた海だ。それから、いろいろな作業の訓練を受けた魅力的な下級民の女を三十万名、それと適齢期の人間の女性七百名の寡婦権もくっつけて」

「というと、あなたがそれだけの手間をかけたのは、地球の財源から年に三メガクレジットの支出を救うため？」

「あなたでもやはりそうするだろう？　これがFOEマネーなのを忘れずに」

彼女は唇をつぼめた。それからにっこり笑った。「あなたのような人は見たことがないわ、わがロード・ジェストコースト。いままでに会っただれよりも公平な人間のくせに、収益のことではなにひとつおろそかにしない！」

「まだそれで終わりじゃない」彼は抜け目のない、満足げな微笑をうかべた。「修正（復元可能）法案第七一一‐一九‐一三P号を読んだかね？　あなた自身が十一日前に投票したやつだ」

「いちおう目は通したわ」彼女は受け太刀になった。「全員が。地球の資金と補完機構の資金に関係のある法案だったわね。地球の代表者も異議は申し立てなかった。あなたを信頼しているからこそ、満場一致で可決したのよ」

「あれの意味がわかるかね？」

「白状すると、ぜんぜん。あれがこの金持のマクバン老人と、なにか関係があるわけ？」

「まだ、老人と決めこんじゃいけないな。若者かもしれない。とにかく、あの徴税法案はキロクレジットにかける税をごくすこしだけ引き上げようというものだ。メガクレジット税は、その所有者が個人的に財産を運用していないかぎり、地球と補完機構とのあいだで平等に分配される。税率は月一パーセント。そのことが、七ページにおよぶ税額表のいちばん下の脚注に、ごく小さい活字で印刷してある」

「すると――するとつまり――」彼女は大笑いで息もたえだえになった。「そのかわいそうな男に地球を売りつけたことによって、あなたは彼から年三パーセントの利子を削りとったばかりか、年十二パーセントの税金までしぼりとろうというわけ。まあ、なんて恐ろしい人なの。ほれぼれするわ。これまでに補完機構の長官がかずある中でも、最高に切れ

った。

レイディ・ヨハンナ・グナーデの口から出たにしては、ふだんの彼女に似合わないおおげさな表現だ。ジェストコーストは、ほめられたのかけなされたのか、よくわからなくなった。

めずらしく彼女が上機嫌なのを見て、ジェストコーストはなかば秘密の計画をあえて持ちだしてみることにした。

「わがレイディよ、もしわれわれがこの予想外のクレジットをそっくり手に入れられたら、ストルーンの輸出をすこしむだ使いしてもいいんじゃなかろうか？」

彼女の笑いはぴたりととまった。「どんなものに？」声が鋭かった。

「下級民にだよ。彼らの中のえりぬきのものに」

「それはだめよ。いけません！　動物にはだめ。まだ苦しんでいる人間がいるあいだはね。わがロードよ、そんなことを考えるなんて、発狂でもしたんじゃない？」

「そのとおり」彼はいった。「たしかに発狂している。正義にとりつかれている。わたしには、これがすぐにも実現可能な正義に思えるんだ。彼らに平等の権利を与えろともとめているわけじゃない。もうすこし公正な扱いをもとめているだけさ」

「彼らは下級民なのよ」彼女は無表情にいった。「動物なのよ」まるでその言葉が議論を決定したかのような口ぶりだった。

「わがレイディよ、あなたはジョーンという犬の話を聞いたことがないかね?」彼の質問には、言外の意味がたっぷり含まれていた。

彼女はその深い意味にまったく気づかず、ぶっきらぼうに「いいえ」と答えただけで、一日の政務にもどっていった。

地球の地下十キロの底で

古いエンジンの群れが、潮流のように回転していた。熱いオイルの匂いが充満していた。この地底には、なんの贅沢もなかった。生命と肉体はトランジスターよりも安い。それに、放射線の放出量もずっとすくない。うめき苦しむ地底では、隠れた、忘れられた下級民が暮らしていた。彼らは自分たちの指導者イ・テレケリが、魔法を使うと信じていた。ときおり本人もそう思うことがあった。

白く端麗な顔で、不死の大理石の胸像のようにひたと目を見すえ、しわになった翼を疲れきったように堅く折り畳んで、イ・テレケリは最初の卵からかえった子、娘のイ・ラメラニーに呼びかけた。

「娘よ、彼がやってくるぞ」

「あの人ですか、おとうさま？　約束されたるものが？」

「金持の人間だ」

イ・ラメラニーは大きく目を見はった。彼女はイ・テレケリの娘だが、父の能力をすっかり理解してはいなかった。「どうしてわかるの、おとうさま？」

「もし真実を話したら、そのあとすぐにわたしがおまえの心からそれを消し去ることに同意するかね？　秘密の漏れる危険をなくすために？」

「もちろんよ、おとうさま」

「いや」大理石の顔をした鳥人はいった。「正しい言葉で誓わなくてはだめだ……」

「誓います、おとうさま。もしわたしの心を真実でみたしてくださるならば、そして、その真実でわたしが大いなる喜びを得たならば、わたしの心を、心ぜんたいを、不安も希望も保留もなく、あなたにゆだねることを。そして、わたしの心から、わが同胞《はらから》を傷つけるおそれのある真実、または真実の一部を消し去れと、あなたに求めることを。第一の忘れられたるものの御名、第二の忘れられたるものの御名、第三の忘れられたるものの御名にかけて、また、わたしたちみんなが愛し記憶するド・ジョーンのために、それを誓います――」

彼は立ちあがった。長身の男だった。両脚の先は巨大な鳥の足になり、白いかぎ爪が真珠母のように輝いていた。人間もどきの両手が、翼のつけ根から前に出ていた。その両手を頭上にのばして、先史時代の祝福のしぐさをしながら、りんりんとひびく催眠的な声で真実を唱えた。

「わが娘よ、真実がおまえのものとなり、おまえがその真実によって完全に、そして幸福になることを願う。わが娘よ、真実を知り、自由を知り、そして忘れる権利を知れ！

あの子、おまえの弟であるあの子、おまえが愛したあの幼子《おさなご》は……」

「イーカスース！」彼女の声は忘我の状態にあるように幼かった。

「おまえのおぼえているイ・イカソスは、父なるわたしによって、小さな猿人の姿にかえられた。真人たちが彼を下級民とは思わず、動物と見誤るようにだ。彼は外科医として訓練を受け、ロード・レッドレイディのもとへ送られた。彼はこのマクバンなる少年といっしょに火星へやってきて、そこでク・メルと会った。ク・メルのことは、秘密の使命に使ってはどうかと、かねてからロード・ジェストコーストに推薦しておいたのだ。きょう、ふたりはその少年といっしょに帰ってくる。その少年はすでに地球を、すくなくともその大部分を買いとった。ひょっとすると、彼はわれわれのために役立ってくれるかもしれん。わが娘よ、なにを知るべきかをおまえは知っているか？」

「話してください、おとうさま、話してください。どうしてご存じなの？」

「娘よ、真実を記憶し、しかるのちその記憶を失え！　その知らせは火星からきた。下級民は〈でっかいチカチカ〉や暗号変換機にはさわれない。だが、どの記録者にもそれぞれ独特の癖が見られる。ある友人は、その仕事の速さを変えることで、気分、感情、観念、ときには名前までを中継することができる。先方は記録の調子や速度の変化でわたしにこんな言葉を伝えてきた――〝金持、猿、小さい、猫、娘、万事、順調〟人間の通信文にまじってわれわれの通信文も運ばれるが、世界のどんな暗号解読者もそれには気づかない。

さあ、これでわかったね。では、いまからそれを忘れろ。いま、いま、いま！」

彼はふたたび両手を上にかざした。

イ・ラメラニーはしあわせな微笑をうかべ、ふだんのように父をながめた。「とってもたのしくておもしろかったわ、パパ。でも、なんだかすばらしくすてきなことを、いま忘れちゃったみたいな気がするの！」

あらたまった口調で、彼はつけたした。「ジョーンのことを忘れるでないぞ」

彼女もあらたまった口調で答えた。「ジョーンのことは絶対に忘れません」

高い空を飛んで

ロッドは小公園の縁まで歩いてみた。ノーストリリアで見たり聞いたりしたことのある船とこれとは、根本的にちがう。音もなく、窮屈さもなく、武器も見当たらない——ただ、制御装置の入った小さいきれいなキャビンがあり、ゴー・キャプテンと、ピンライターたちと、ストップ・キャプテンがいて、信じられない緑の草地がひろがっているだけ。さっき、火星の粉っぽい地面をあとにして、この草の上に足を踏みいれたばかりだ。ブーンという唸りとささやきが聞こえた。とても美しい、にせの青空が、天蓋のように頭上をおおっていた。

奇妙な気分だった。彼の上唇には、猫そっくりの口ひげが生えている。左も右も十二本ぐらい、四十センチもの長さがある。あの医師に着色された目の虹彩は、あざやかな緑色だった。耳の先はピンととんがっていた。彼の姿は猫人そっくりで、軽業師の衣装をまとっている。ク・メルもおなじ服装だ。

彼はまだク・メルになじめていなかった。

ク・メルにくらべると、オールド・ノース・オーストラリアの女性が、みんなラードの袋に思えるほどだった。ク・メルの体はしなやかで、ひきしまって、すべすべして、凄いほど美しい。さわると柔らかく、動きはきびしく、すばやく、隙がなく、抱きしめたいほどかわいい。つややかな赤い髪は炎の生き物のように燃えている。声は野生の鈴のように鳴りひびくソプラノ。彼女の先祖は、地球一の魅惑的な美女を生みだすように交配されたのだ。その願いはかなった。休息しているときでさえ、彼女は官能的だった。幅広いヒップと鋭い目は、男の情熱をそそった。猫に似た危険さは、彼女の出会うすべての男へのチャレンジだった。どの真人も、一目で彼女が猫であることを知るが、それでも目が離せなくなる。人間の女たちは、まるでなにか恥ずべきもののように彼女を見る。

ク・メルは軽業師として旅をしていたが、すでにロッド・マクバンには自分が〝もてな《ガーリィ》し嬢《ガール》〟――つまり、外星からの客をもてなすホステスとして、人間に似せて作られ、芸をしこまれた雌の動物――であることをこっそり打ち明けていた。法律によって、彼女たちは客の愛情をそそることを要求されるが、その一方で客の愛情を受け入れれば、罰として死刑にされるきまりだった。

ロッドは彼女が好きになったが、最初は照れくさくてたまらなかった。ク・メルにはなんの気取りも、上品ぶったところも、派手なところもなかった。いったん役柄になりすますと、信じられないほど美しい肉体がなかば背景の中に消えてしまった。しかし、横目で見たそれは、けっして忘れられなかった。彼女の心、彼女の知性、彼女のユーモアと明るさは、ふたりで過ごす時間と日々を支えてくれた。ロッドは、自分が彼女の前でむりにおとなぶっているのに気づいた。だが、結局は、彼女が自然で誠実な愛情と、機敏な猫らしい心の中で、彼の身分がなんであろうとすこしも気にかけていないことを発見することになった。彼はたんなるパートナーであり、ふたりでいっしょに仕事をしなければならないという、ただそれだけのことだ。ロッドの仕事は生きつづけることであり、ク・メルの仕事は彼を生きつづけさせることだった。

ヴォマクト医師から、ふたりはこんな指示を受けていた。ほかの乗客に話しかけるな。おたがいに口をきくな。だれかが話しかけてきたら、沈黙を要求せよ。

ほかには十人の乗客がいたが、だれもが当惑と驚きで顔を見合わせていた。ぜんぶで十人。

十人ともが、ロッド・マクバンだった。

十人のロデリック・フレドリック・ロナルド・アーノルド・ウィリアム・マッカーサー・マクバン百五十一世、だれもがそっくりおなじだ。ク・メルと、小さな猿医師ア・ジェンターを別にすると、船内でロッド・マクバンでないのは、本物のロッド・マクバンだけだった。彼は猫人に変装している。ほかのみんなは、それぞれ自分が本物のロッド・マクバンであり、ほかの九人は偽者だと思っているらしい。悲しみと、疑惑と、苦笑の混じりあった目つきでおたがいをながめあっている。もし彼らの立場になったら、本物のロッド・マクバンがそうするだろうように。

ヴォマクト医師は別れぎわにこういった。「彼らの中のひとりは、ノーストリリアからきたエリナー。あとの九人は鼠が動かすロボットだ。彼らはみんなきみから複写された。上出来じゃないか、ええ？」医師は職業的な満足を隠しきれないようすだった。

そしていま、そのみんながいっしょに地球を目の前にしている。

ク・メルはロッドを小さい世界の端まで連れていき、優しくいった。「地球港の頂上に下りる前に、〝塔の歌〟を聞かせてあげたいわ」そういうと、すばらしい声で、ふしぎな古い歌をうたいはじめた――

おお！　わが愛はあなたのもの
高い鳥が鳴いて鳴いて
高い空を飛んで飛んで
高い風が吹いて吹いて
高い心がはげみつとめ
高く雄々しい場はあなたのもの！

そこに立って、まったくの無をながめていると、ロッドは妙な気分になったが、同時にまんざらでもない気分だった。若い女から肩に頭をあずけられ、自分の腕が彼女を抱きよせている。彼女は、ロッドを必要としているだけでなく、心から信頼しているように見える。おとなの女という感じはしない――ああいうもったいぶったところや、説明できない仕事をいっぱいかかえたようなところはない。まだほんの若い娘、しかもここ当分はロッドの恋人なのだ。わるくない気分だった。未来のふしぎな予感の味がした。

いつかそのうちには、自分も永遠の伴侶を得て、その日暮らしではなしに一生と、危険よりも運命と、向かいあうことになるかもしれない。その未来の妻とも、いまク・メルといるときのようにくつろいだ、いい気分になれたらいいな、とロッドは思った。

ク・メルが彼の手を握りしめた。なにかを警告するように。

彼がふりむくと、ク・メルは前方に瞳をこらしたまま、あごの先でうなずいた。

「まっすぐ前を見てて。地球を」

彼は船の力場が作りだす空白の人工の空に視線をもどした。単調な、目にこころよい青さは、実はそこにない深みをおおい隠しているのだ。

変化はあまりにもすばやく、自分が本当にそれを見たのかどうか、疑いを感じるほどだった。

いまのいままでは晴れた青空。

その偽物の空が、しぶきを散らして裂けた。ずたずたにちぎれて文字どおり巨大なリボンの群れにかわり、そのリボンが青い斑点にかわって消えていく。

別の青空がそこにあった——地球の空が。〈ふるさと《マンホーム》〉だ。

ロッドは深い吐息をついた。とても信じられなかった。空そのものは、火星からの旅で船を包みこんでいたにせの青空とあまりかわらない。しかし、この空には、これまで話に聞いたどんなほかの空ともちがって、生気と湿り気があった。

彼を驚かせたのは、地球のながめではなかった——その匂いだった。とつぜん彼は気づいた。地球人からすると、オールド・ノース・オーストラリアは、きっと退屈で平板で、ほこりっぽい匂いがすることだろう。地球の空気は生き生きした匂いだった。植物の匂い、水の匂い、それに見当もつかないいろいろの匂い。ここの空気は、百万年の記憶でコード化されていた。先祖たちはこの空気の中を泳ぎまわりながら成熟に達し、そして星を征服したのだ。この湿り気は、故郷の蓋をされた運河の貴重な湿気とはちがう。野生の自由な湿り気だ。生きているもの、死にかけているもの、這いまわり、身もだえし、愛しているものたちの気配、ノーストリリア人が理解できないものに満ちあふれている。地球に関する物語が、いつも激しくて誇張されているように思えたのもふしぎはない！　人間が水を支払って手にいれるストルーンとはなんだろう——水こそ生命を与えるもの、生命を運ぶものなのに。これが自分の故郷だ。自分の一族が、パラダイスⅦの歪んだ地獄や、オールド・ノース・オーストラリアの乾いた宝の中で、何世代ものあいだを生きぬいてきたとしても……。

地球の血漿、人類を作りだした目に見えない霊気が、自分の中にそそぎこまれるのを感じながら、ロッドは深呼吸した。ふたたび地球の匂いがした――はるばるこの船までただよってくるすべての匂いを理解するためには、ストルーンを使っても、長い一生がかかるにちがいない。いま、ロッドの乗った船は、めったに平面航法船がやらないことだが、地表二十キロあまりの高度で宙に停止していた。

この空気には、なんだかふしぎなところがある。香ばしく、つんと鼻孔をひきしめ、精神をさわやかにしてくれる匂い。ある大きな美しい匂いが、ほかのすべての匂いを圧倒している。なんだろう？　彼はくんくん嗅いでから、ごくはっきりした声でひとりごとをいった。

「塩だ！」

ク・メルがそばにいることを彼に気づかせた。

「どう、すてきでしょ、ク・ロッド？」

「ああ、うん。これはすごい――」言葉が出てこなかった。彼はク・メルを見やった。熱心で、きれいで、したしげな相手の微笑を見ていると、自分の喜びの一ミリグラムまでをいっしょに分かちあっているのが感じられた。「だけど、どうして塩をむだづかいして、空気の中へまいたりするんだろう？　なんの役にたつの？」

「塩？」

「そうだよ——空気の中へさ。こんなにこってりして、湿っていて、塩気のある空気。ぼくの知らない方法で船を掃除するためなのかな？」

「船？　もうここは船の中じゃないわよ、ク・ロッド。ここは地球港の着陸ルーフ」

彼は息をのんだ。

船じゃない？　オールド・ノース・オーストラリアには、ＭＧＬ——平均地上高度——六キロ以上の高山はなく、その高山もすべて古び、なめらかに磨りへっている。幾星霜もの風によって、故郷の世界をおおう優しい毛布のひだに変えられている。

ぐるりを見まわした。

プラットホームは、二百メートルほどの長さ、百メートルほどの幅があった。十人の〝ロッド・マクバン〟は、制服の人たちと話をしていた。遠いむこうの端には、一本の尖塔が目を奪う高さにそそり立っている——ゆうに半キロはあるだろう。彼は下を見おろした。

そこにあるのは——母なる地球だった。

ゆたかな水の宝庫が目の前にある——何百万トンもの水、銀河系いっぱいの羊に飲ませ、数かぎりない人びとの体を洗うのに充分な水。その水のつらなりを破っているのは、遠い水平線の右手にあるいくつかの島だった。

「ヘスペリディス諸島」とク・メルが彼の視線の方向を追いながら教えた。「海の中から現われたの。ダイモン人が地球港をわたしたちのために作ったときに。あ、つまり、人間たちのために。〝わたしたち〟といっちゃいけなかった」

彼はその訂正も耳に入らなかった。じっと海を見つめた。海の上をけし粒のようなものがごくゆっくり動いている。そのひとつを指さして、ク・メルにたずねた。

「あれは濡れた家？」

「え、なんといったの？」

「濡れた家。水の上にすわった家。あれもそのひとつかい？」

「船のことね」彼女は、頭から否定して彼の喜びをそこなったりしなかった。「そう、あれは船よ」

「船？」と彼はさけんだ。「あんなものじゃ宇宙を飛べっこない。だったら、どうして船というんだい？」

ク・メルはとても優しく説明した。「人間は、宇宙を飛ぶ船を作る前から、水の上を走る船を持っていたのよ。たしか、古代共通語の宇宙船という言葉は、いまあなたが見ているものからとったんだと思うわ」

「ぼくは都市を見たい。都市を見せてよ」

「ここからじゃ、あんまりぱっとしないわ。ここは高すぎる。地球港のてっぺんから見れば、なんだってぱっとしないけどね。とにかく見せてあげる。こっちへいらっしゃい」

ふたりで縁を離れて歩きだそうとしたとき、ロッドは小さな猿がまだいっしょにいるのに気がついた。「きみはぼくたちといっしょになにをしてるんだい？」とロッドは優しくきいた。

猿の滑稽な小さい顔にしわがよって、すべてを知りつくした微笑になった。顔は前どおりだが、表情はがらりと変わって——前以上に自信にみち、明瞭で、意図的なものになった。猿の声にはユーモアと温かみまでがこもっていた。

「われわれ動物は、人間が中にはいりおわるのを待っているんだよ」

われわれ動物？　ロッドは自分のにこ毛の生えた頭、とがった耳、猫そっくりの口ひげのことを思いだした。道理で、この女といてもおたがいに気がおけないわけだ。

十人のロッド・マクバンは、斜路をおりていくところで、床が彼らを足の先からじょじょにのみこんでいるように見えた。一列になって歩いているので、先頭のひとりは、胴体のない頭だけが床の上にのっかり、しんがりのひとりは足先だけしか失っていないように見える。奇妙なながめだった。

ロッドはク・メルとア・ジェンターをふりかえり、率直にたずねた。「こんなに広くて、湿った美しい世界、生命でいっぱいの世界があるのに、どうしてみんなはぼくを殺したがるんだろう?」

猿のア・ジェンターは悲しそうに首をふった。その理由はよくわかっているけれども、それを話すのは言葉にならないほど芯の疲れる、悲しいことだというように。

ク・メルが答えた。「それはあなたがあなただから。とほうもない権力を持っているからよ。この塔があなたのものだってことを知ってる?」

「ぼくのもの!」

「あなたが買ったか、それとも、だれかがあなたの代理で買ったか。あそこの水もおおかたあなたのもの。あれだけ大きなものを持っていれば、だれだっていろいろなものをくれとせがむわ。それとも、あなたから奪おうとするわ。地球は美しい場所だけど、たったひとつの生き方しか知らないあなたのような外星人には、危険な場所でもある。この世界のすべての犯罪とこすっからさの原因は、あなたにあるわけじゃない。でも、眠っていたそれを揺りおこしたのはあなたよ」

「どうしてぼくなんだ?」

「どうしてって」とア・ジェンターが答えた。「それはこれまでこの星にやってきたいちばんの大金持だからだよ。この星の大部分をあなたはすでに買いとった。何百万もの人間の命が、あなたの考えと決定とによりかかってる」

三人はプラットホームの反対側にたどりついた。陸側のそこからながめると、たくさんの川がまわりにひどく漏れだしているのが見えた。陸地の大半は蒸気の雲でおおわれていた。ちょうどノーストリリアで、蓋をされた運河が、カバーを破ってあふれだしたときと似ている。どの雲も、はかりしれないほど貴重な宝である雨のしるしだ。彼は塔の根もとでその雲が分かれているのを見てとった。

「あれは天候機械」とク・メルが教えた。「都市はどこも天候機械でおおわれてるの。オールド・ノース・オーストラリアには天候機械がない？」

「もちろん、あるさ」ロッドは答えた。「だけど、水をあんなふうに空気の中へうかべておくようなむだづかいはしない。きれいだけどね。あんなもったいないことをするから批判的になるのかな。きみたち地球人は、水を地面の上にほったらかしにしたり、空へうかべておくほかに、もっとましな使い方をしないの？」

「わたしたちは地球人じゃないわ」ク・メルがいった。「わたしたちは下級民。わたしは猫人だし、彼は猿から作られたもの。わたしたちを地球人と呼んじゃだめ。不謹慎なことだから」

「ばかばかしい！　ぼくは地球のことで質問しただけで、きみの気を悪くするつもりなんて、こっから先も——」

彼は言葉を切った。

三人とも、くるりとふりかえった。

斜路から羊毛の刈り取り機のようなかっこうのものがやってくる。人間の声、男の声が、その中からさけんでいる。怒りと不安を表わしている。

ロッドは前へ出ようとした。

ク・メルも前へ出ようとした。

ク・メルは彼の腕をつかみ、ありったけの力でひきとめた。

「だめ！　ロッド、だめよ！　だめ！」

ア・ジェンターがもっとうまい方法で彼をとまらせた。いきなりロッドの顔へとびついたので、ロッドにはいちめんの茶色の腹毛しか見えなくなり、髪の毛をつかんでひっぱっている小さな手しか感じられなくなったのだ。彼は足をとめ、猿をつかもうと手をのばした。ア・ジェンターはこの動きを予期していて、つかまらない先に地面へとびおりた。

機械はすごい速さで塔の外側を登っていき、いまにもその上空へ姿を消しそうに思われた。あの声はすっかり小さくなっていた。

ロッドはク・メルを見た。「わかったよ。あれはなに？　なにがあったんだ？」

「あれはクモ、巨大クモ。ロッド・マクバンをさらおうとしてるか、殺そうとしてるのよ」

「ぼくを？」ロッドはわめいた。「ぼくに手を出してみろ。ばらばらにひきちぎってやる」

「シーッ！」とク・メル。

「静かに！」と猿。

「〝シーッ〟とか〝静かに〟とか指図するな。ぼくの身代わりになってくれたあいつを死なせてたまるか。あの怪物におりてこいといってくれ。それにしても、いったいあれはなんだい、クモとかいうのは？ ロボット？」

「いいえ」とク・メル。「昆虫」

ロッドは目をそばめ、塔の外側にぶらさがっている刈り取り機を見つめた。その脚につかまれている人間は、ほとんど見えなかった。ク・メルが〝昆虫〟といったとき、それは彼の心の中でなにかの引き金をひいた。憎悪。反発。ごみへの抵抗。オールド・ノース・オーストラリアの昆虫は小さく、連続番号が打たれ、登録されていた。それでさえ、先祖伝来の仇敵のような気がしたものだ。（だれかの話では、地球の昆虫はパラダイスⅦで暮らしていたころのノーストリリア人に、いろいろ恐ろしい害をしたという）ロッドはありったけの大声で、クモにさけんだ。

「おい！——おりて——こい！」

塔の上のいやらしいものは、すましかえって身をふるわせ、機械のような脚をひとつに閉じて、のんびりそこに腰をすえた。

ロッドは自分が猫であるのを忘れた。
彼は息をあえがせた。地球の空気は湿っているが、とても薄い。一、二秒、目をつむった。その昆虫を、憎い、憎い、憎いと思った。それから、故郷でのいつよりも大きく、テレパシーの絶叫をあげた――

憎い――ぺっ、ぺっ――吐きたい！
ごみ、ごみ、ごみ
はじけろ！
つぶれろ――
ほろびろ――
臭い、ぺしゃんこ、腐って、消えろ！
憎い、憎い、憎い！

もどかしげにサベったその激しい、赤い怒号は、本人でさえ痛かった。彼は小さな猿が気絶して地面へおっこちるのを見た。ク・メルはまっさおな顔になり、いまにも胃の中のものをもどしそうだった。
彼はふたりから目をそらし、〝クモ〟を見あげた。届いたかな？

届いた。

ゆっくり、ゆっくりと、長い脚が痙攣《けいれん》しながらひらかれ、ひとりの男を放した。男の体はたちまち落下していった。ロッドの目は〝ロッド・マクバン〟の動きを追い、やがて身をすくめた。濡れた破裂音がして、彼の体の複製が、百メートル先の堅い塔のデッキの上いちめんに飛び散ったことを知らせたのだ。もう一度〝クモ〟に目をやった。クモは必死に足がかりをもとめて塔をひっかいたあと、とんぼがえりを打ちながら落ちていった。そして、やはり堅いデッキにぶつかり、そこで断末魔のあがきを見せた。やがてその個性が、永遠につづくクモだけの夜へと落ちこんでいくまで。

ロッドは息をはずませた。「エリナー。ひょっとするとあれはエリナーかも！」彼の声は長く尾を引いた。自分が猫人であるのを忘れて、人間だったときの自分の複製へ駆けよろうとした。

ク・メルの声は、低くはあったが、吠えるようにするどかった。「だまって！　だまって！　じっとして！　心を閉じなさい！　だまって！　だまらないと、わたしたちみんなが死ぬわ！」

彼は足をとめ、呆然と彼女を見た。それから、相手がおそろしく真剣なのに気がついた。彼はいうことを聞いた。動くのをやめた。しゃべろうとしなかった。自分の心に蓋をし、自分の脳箱が痛くなるまでテレパシーを閉じこめた。小さな猿のア・ジェンターは、震えながら、よろよろと床から起きあがった。ク・メルの顔はまだまっさおだった。

　人間たちが斜路を駆けあがってきて、ロッドたちを見つけ、近づいてきた。

　空に羽ばたきの音が聞こえた。

　巨大な鳥――いや、羽ばたき飛行機《オーニソプター》――がそのかぎ爪でデッキをひっかきながら着陸した。軍服の男がひとり、外にとびだしてさけんだ。

「やつはどこだ？」

「とびおりました」ク・メルがさけんだ。

　その男は彼女の身ぶりした方向へ行きかけて、するどく向きなおった。

「ばかめ！　ここからとびおりられるか。バリヤーが船を固定しているんだぞ。なにを見た？」

　ク・メルの演技力は一流だった。ショックから立ちなおり、息をととのえるふりをした。

　軍服の男は、傲慢に彼女をながめた。

「猫が二ひきに、猿か。おまえたちはここでなにをしている？　何者だ、おまえたちは？」

「名前はク・メル、職業はもてなし嬢《ガーリィガール》、ティードリンカー委員にお仕えする地球港職員です。これは――ボーイフレンドで、身分はありません。名前はク・ロデリックで、下の夜間銀行の出納係をしています。彼？」彼女はア・ジェンターにあごをしゃくった。「彼のことはよく知りません」

「名前はア・ジェンター。職業は補助外科医。身分は動物。わたしは下級民じゃありませ
ん。ただの動物です。火星からの船に乗って、あそこの死んだ人と、よく似たほかの真人
たちといっしょにここへきて、あの人たちが先におりて——」

「だまれ」軍服の男は命じた。近づいてくる男に向きなおるとこう報告した。「下部主任
どの、下士官三八七報告いたします。テレパシー武器の使用犯は逃走しました。ここにい
るのは、あまり頭のよくない猫人二名と、小さい猿だけです。彼らは口がきけます。猫女
は、だれかが塔から出たのを見たといっております」

下部主任は、背の高い赤毛の男で、下士官よりもさらに美々しい軍服を着ていた。かみ
つくようにク・メルに質問する。「犯人はどうやってあれをやってのけた？」

ロッドもいまではク・メルのことがよくわかっていたので、芝居のうまさに感心した。
すっかりとりみだして、おろおろしきった感じ——というのは外見だけ。実は状況をしっ
かり把握している。どもりながらク・メルはいった——

「とびおりました、と思います。よくわかりません」

「そんなことは不可能だ。犯人がどっちへ逃げたか、おまえは見たか？」下部主任はロッ
ドにどなった。

ロッドはだしぬけの質問にどぎまぎした。しかも、ク・メルからはだまっていろといわ

れたばかりだ。このふたつの命令のはざまで、彼はいった。「えー……あー……うー……その……」

小さな猿の外科医が皮肉に口をはさんだ。「下部主任さま、この猫男はあまり頭がよくありません。たいしたことは聞きだせませんよ。こいつはハンサムだがうすのろです。まったくの種つけ用で——」

ロッドはそれを聞いて息をつまらせ、かっと血をのぼらせたが、ク・メルがよこした鋭い目くばせから、沈黙をもとめられたのを知った。

彼女が割って入った。「下部主任さま、ひとつ気がつきました。だいじなことかもしれません」

「〈鐘《ベル》と蔵《バンク》〉にかけて！　動物よ、さっさと話せ！」下部主任はさけんだ。「なにがだいじかはわたしが判断する！」

「あのふしぎな男の肌はうす青色でした」

下部主任は一歩あとずさった。部下の兵士たちや下士官が、彼をまじまじと見つめている。真剣に、単刀直入に、下部主任はク・メルにきいた。「たしかか？」

「いいえ、下部主任さま。そんな気がしただけです」

「見えたのはひとりだけか？」下部主任はどなった。

ロッドは、いかにもまぬけなふりで、指を四本立てた。

「このうすのろは、四人も見たといっとるぞ。こいつは勘定ができるのか？」下部主任はク・メルにたずねた。

ク・メルはロッドを、美しいが頭のからっぽなけだもの、といいたげな目つきでにらんだ。ロッドはわざととんまな顔になって、彼女を見かえした。

こういうことは得意だった。故郷にいたときは、サベることもキトることもできないため、小さいころからなんの話題やらさっぱりわからずに、みんなの果てしない会話をいつもぼんやり横で聞いていなければならなかったからだ。じっとすわって、まぬけな顔をしていれば、みんなが会話にひきこもうとして、口話に切りかえたり、耳が聞こえないかのようにやたらに大声を出したりはしないと、幼いころからの経験でよく知っていたからだ。

ロッドはやりなれた姿勢をとりながら、ク・メルの見ている前でこれだけの名演技ができる自分に、ちょっとした満足を感じた。ク・メルが必死にこの場を切りぬけようとつとめ、同時にかわいらしくふるまっている最中でさえ、彼女の燃えたつ髪のコロナは地球の太陽そのもののように輝いていた。ク・メルの美と知性は、猫であることに関係なく、プラットホームの上のだれよりも際立っていた。これほど強烈な個性の持ち主がそばにいる以上、ロッドは自分が無視されるのをふしぎに思わなかった。できればもっと無視されたいものだと思った。そうすれば、ぶらぶら歩きまわるふりをして、あの死体がエリナーのものかロボットのものかをたしかめることもできるのに。もしエリナーが、せっかくの地球見物という報酬を、たったの数分たのしんだだけで、ぼくの身代わりになって死んだのなら、ぼくは生きているかぎり自分を許せない、とロッドは思った。

それにしても、青色人の話は傑作だった。ノーストリリアの民話の中では、青色人は遠い世界の魔法使いの種族ということになっている。科学か催眠術の力で、彼らは好きなときにほかの人間の目から自分の姿を見えなくできるという。見えない人間の攻撃からどうやってストルーンの宝を守るのか、ロッドはその問題をオールド・ノース・オーストラリアの保安将校にたずねてみたことはなかったが、みんなから聞いた物語からすると、どうやら青色人はノーストリリアにきたことがないか、それともノーストリリア当局がその噂をあまり真剣に受けとっていないらしいのだ。地球人が、一流のテレパスをふたりほど連れてきて、この塔のデッキの上であらゆる生物の思考をさぐらせないのが、むしろ意外でならなかった。しかし、まわりでがやがや話している声や、きょろきょろした目から判断しても、地球人はごく弱い知覚力しか持っていなくて、物事を敏速に能率よく解決することができないらしい。

エリナーについての疑問は、だれかが代わりに答えてくれた。

兵士のひとりがその一団の中に入り、敬礼をして、しばらく待った。ク・メルとア・ジェンターが、塔の上に何人の青色人がいたかと、根掘り葉掘り尋問されているあいだ、なかなか発言させてもらえないようすだ。

ようやく下部主任がうなずくのを待って、兵士はいった。

「報告いたします、下部主任どの、あの死体は死体ではありません。人間に見せかけたロボットであります」

ロッドの心の中で、にわかに一日がぱっと明るくなった。エリナーは無事だ。無事で、この巨大な塔のどこか下にいる。

この報告で、若い士官は心を決めたようだった。下士官に命令した。「清掃機械と探偵犬を呼べ。この地域ぜんたいを清掃し、最後の一ミリにいたるまでくまなく調べろ」

「かしこまりました」と兵士がいった。

ロッドはふしぎに思った。かしこまっていてはなにもできないのに。

下部主任はつぎの命令を出した。「斜路へ下りる前に、検殺機《キル・スポッター》をつけろ。すこしでも身元の不審なものがいたら、走査装置で自動的に殺すのだ。われわれも走査しろよ」彼は部下たちにつけたした。「青色人がわれわれといっしょに塔の中へ入っては困るからな」

だしぬけにク・メルが大胆にも士官に近づいて、その耳になにごとかささやいた。士官は聞くうちに目をまるくし、すこし顔をあからめ、それから命令を変更した。

「検殺機《キル・スポッター》は取消しだ。隊の全員が体と体を密着して立て。気の毒だが、みんなはこの下級民どもとしばらく接触することになる。この集団の中へだれも忍びこめないようにするため、彼らもいっしょに立たせるのだ」

（あとでク・メルがロッドに話してくれたところによると、彼女は若い士官にこんな告白をしたのだという。自分が半分人間、半分動物のあいのこかもしれないこと、そして、外星からくる補完機構のふたりの長官のもてなし嬢《ガーリィガール》であること。また、自分ではっきりした身元を持っているつもりだが自信はないこと、そして、もし検殺機《キル・スポッター》のそばを通るときに正しいイメージを出さなければ、殺されるおそれがあること。あとで彼女がロッドに語ったところでは、検殺機《キル・スポッター》は、人間になりすました下級民や、下級民になりすました人間をただちに発見し、その有機的な体の磁気配置を強化して、犠牲者を殺してしまう。この機械のそばを通るのはひどく危険だ。たまたま明瞭なイメージを出せなかった無実な人間や下級民が、ときどき殺されることもある）

士官は、人間と下級民が作る生きた長方形の左前の角に立った。彼らは密集隊形をとった。ロッドはすぐわきのふたりの兵士が、彼の〝猫〟の体と接触して、身ぶるいするのを感じた。兵士たちはまるで悪臭でもするように、彼から顔をそむけていた。ロッドはなにもいわなかった。まぬけな表情で、じっと前を見つめていた。

つぎに起こったことは意外だった。兵士たちが奇妙なやりかたで歩きだしたのだ。みんながいっせいに左足を上げ、つぎに右足を上げる。ア・ジェンターにはとうていむりなので、ロッドは下士官の承認のうなずきを待って、彼を胸に抱きあげた。とつぜん、いくつもの武器が閃光を発した。

ロッドは思った――これはロード・レッドレイディが数週間前、ぼくの土地へ船を着陸させたときに持っていた、あの武器のいとこにちがいない。（ロッドはホッパーのことを思いだした。ホッパーのナイフがロード・レッドレイディの命をおびやかして、蛇の鎌首のようにふるえたことを。そして、だしぬけの無音の爆発と、黒く油っぽい煙と、いまのいままで相棒のすわっていた椅子をながめていたビルの悲しい顔つきを）

これらの武器はかすかな光、ほんのかすかな光しか出さないが、その威力は、床のブーンという唸りと、ほこりの舞いあがりかたでも明らかだ。

「みんな、かたまれ！　自分の足でしっかり立て！　青色人を通すな！」下部主任がさけんだ。

兵士たちは命令にしたがった。

空気が奇妙な匂いを出して焼け焦げる。

斜路の上には、彼らのほかに、生命あるものがなくなった。

斜路がぐるりと角を曲がったとき、ロッドは息をのんだ。

それは彼が見たこともないほど大きな部屋だった。その広間は地球港の屋上ぜんたいを占めていた。いったい何ヘクタールあるのか見当もつかないほどで、小農場までそこに含まれている。二、三人の人間がいた。兵士たちは下部主任からの命令で、隊形を解いた。

士官は猫男のロッドと、猫娘のク・メルと、猿のア・ジェンターをにらみつけた。

「おまえたちは、わたしがもどってくるまで、その場を動くな！」

三人は無言で立ちつづけた。

ク・メルとア・ジェンターは、その部屋を見ても平然としている。

ロッドは、まるで世界を自分の目で飲みほそうとするように、じっと見つめた。このとほうもなく大きい部屋の中には、全オールド・ノース・オーストラリアが持っているよりも多くの古代の遺物と富がある。信じられないほど豪華な材料で作られたカーテンが、三十メートルの高さの天井から垂れさがっている。その一部はよごれている上にひどく傷んでいるようだったが、どれをとっても、二千万パーセントの輸入税がつけば、どんなオールド・ノース・オーストラリア人にも手が出ないほど高いものになるだろう。あっちこっちに置かれた椅子やテーブルは、新火星《ニュー・マーズ》の人類博物館に飾られてもおかしくないほどりっぱなもの。それが、ここではただ使われているだけだ。ここの人たちは、これだけの富にとりまかれていても、すこしもうれしくないらしい。生まれてはじめてロッドは、故郷のみんながみずから選んだスパルタ式の貧しさのおかげで、どれほど生活が価値あるものになっていたかが、すこしわかったような気になった。不老長寿のストルーンとひきかえになら、すべての世界の財宝を積んだ果てしない大船団をチャーターして、自分の惑星へ迎えいれることもできるのに、わざとなにも持たずにいる。だが、もし財宝を山とかかえていたら、その値打ちをまったく味わうことができない。なにも持っていないのと結果はおなじだ。ロッドは自分のささやかな古代遺物の秘密コレクションを思いだした。この地球では、あんなものはゴミ箱の隅にほうりこまれてしまう。しかし、〈没落牧場〉では、生きているかぎり、収集家のたのしみを味わわせてくれるのだ。

故郷のことを思いだして、ふと気になった。いまごろ、あのたんたん小僧《ホット・アンド・シンプル》、別名オンセックは、敵に地球へ逃げられて、どうしているのだろう？「いくらなんでも、ここまでは手が届かないぞ！」とロッドは心の中でつぶやいた。

ク・メルが彼の腕をつねって、注意をひいた。「いまにも倒れそうな気分だけど、イ・イカソスはわたしを支えるだけの力がないから」

「わたしを支えて」と彼女は命令した。

イーカスースってだれだろう？　いま、そばにいるのは、猿のア・ジェンターだけだ。それに、ク・メルをなぜ支えてやる必要があるのだろうか。しかし、ノーストリリア人として、非常事態のときは命令に疑問を持つなと、ロッドは躾けられていた。いわれたとおり、彼女を支えた。

とつぜんク・メルはぐったりとなった。気絶したのか、それとも眠りにおちたのか。ロッドは片手で彼女を抱き、あいた片手で彼女の頭を自分の肩にもたれさせた。こうすれば、ク・メルは気絶したようには見えず、疲れてしなだれかかっているように見えるだろう。

小柄な女らしい体を抱くのはいい気持だった。彼女の体は信じられないほどきゃしゃでもろく感じられた。ほつれて風になびく髪は、一時間前に彼をあれほど驚かせた海の潮風の匂いをまだ含んでいた。ク・メルそのものが、これまでに見た地球の最高の宝物だ、と彼は思った。もしかりに、彼女がぼくのものになったら？　オールド・ノース・オーストラリアで彼女をどうすることができる？　連邦政府の独占支配による軍事利用を除いて、下級民の入星は厳禁だ。ク・メルが巨大な羊の毛を刈るために、刈り取り機の指図をしているところなんて、とても想像できない。彼女が、淋しい、それとも怖じ気づいた巨大羊といっしょに夜をすごしているところを、考えることじたい滑稽だ。彼女はプレイガール、人間の姿をした装飾物だ。彼女のような生き物には、故郷のなじみ深い灰色の空の下に、いるべき場所がない。この美しさは、乾いた空気の中で色あせてしまう。このこみいった心は、農牧社会の退屈で果てしない文化——財産、責任、防衛、克己——の中で、酸っぱくすえてしまう。彼女にとっては、ニュー・メルボルンもお粗末な小屋の寄り集まりでしかない。

ロッドは自分の足が冷えてきたのに気づいた。デッキの上では、地球のすばらしい〝海〟のつめたく湿った、塩分を含んだ空気が吹きつけてきても、体をあたためてくれる日光があった。この室内は、まだ湿っていて、おまけに高く寒いだけだった。これまでに湿った寒さというものにでくわしたことがない彼には、奇妙に不快な経験だった。

ク・メルが正気づいて、身ぶるいしながら目をさましたちょうどそのとき、さっきの士官が大広間のむこうの端からこっちへやってくるのが見えた。

（あとになってク・メルは、失神状態におちかけてからなにを経験したかをロッドに語った。

　最初に、彼女は説明しようのない呼びかけを聞いた。それで、あんなふうにロッドに予告したのだ。〝イーカスース〟とは、もちろんイ・イカソスのこと、彼がア・ジェンターと呼んでいる〝猿〟の本名だった。

　それから、ロッドの強い腕に抱かれて、夢うつつの境を泳いでいるうちに、彼女はトランペットの音を聞いた。二、三本のトランペットが、ひとつのこみいった美しい曲のべつべつのパートを、ときにはソロ、ときには合奏で吹いている。彼女がその音楽に聞きいっているあいだに、もし人間かロボットのテレパスが彼女の心をのぞいたなら、感受性の強い猫娘が、地球そのものの空間を満たした多くのテレパシー的娯楽チャンネルのどれかに、自分を同調させたような印象を受けたことだろう。

　やがてそこからメッセージが届いた。そのメッセージは、どんな方法であれ音楽の中に埋めこまれているというわけではなかった。その音楽が彼女の心にいろいろのイメージを生みだしたのは、彼女がク・メルであり、ユニークで、個性的な、ほかならぬ彼女自身であるからだった。ひとつひとつのフーガ、個々の楽音が、彼女の記憶や情緒の中にとどいて、その心から、古い、なかば忘れられた連想を掘りおこさせるのだ。まず、彼女が思いだしたのは、さっきロッドにうたって聞かせた〝高い鳥が飛んで……〟の歌だった。つぎに、一対の目が見えた。知識に燃えあがっているのに、謙虚にうるんだ鋭い両眼。それから〈地の底の底〉の奇妙な匂いをかいだ。そこは地上の文明を維持するために下級民が汗を流す労働都市で、人間の当局も目こぼしした犯罪者の下級民がうろつく場所でもある。最後に見えたものは、ロッド自身が、大またなノーストリリア人独特の足どりで、デッキを歩き去っていくところだった。それらを合わせて理解するのはわけなかった。これから彼女は、あの忘れられた、わびしい、禁断の〈名もなきもの〉の部屋へ、ロッドを連れていかなければならないのだ。それも至急に。頭の中で音楽がやみ、彼女は目ざめた)

士官が近づいてきた。

彼はいぶかしげに不機嫌に三人を見た。「この事件ぜんたいが妙ちきりんだ。委員代理は、青色人がいたのを信じようとしない。だが、われわれはみんな青色人の噂を聞いている。しかも、だれかがテレパシーの感情爆弾を仕掛けたこともわかっている。あの怒り！この部屋の中にいた人間の半分が、爆発の瞬間にぶっ倒れた。あんな武器は、地球大気の中では使用厳禁のはずだ」

士官は首をかしげて三人を見た。

ク・メルはつつしみぶかく黙っていた。ロッドは完全にまぬけづらをし、ア・ジェンターは頭はいいが無力な小さい猿のふりをした。

「その上おかしいのは」と士官はつづけた。「委員代理がおまえたちを釈放しろという命令を受け取ったことだ。おまえたち下級民がここにいることが、どうして上のほうにわかったのだろう？　とにかく、おまえたちは何者だ？」

士官は好奇心をまるだしにして三人を見やったが、やがて長くつちかわれた習慣の圧力で、その好奇心も消えていった。

士官は急にどなった。「だれがそんなことを気にする？　とっとと出ていけ。失せろ。おまえらは下級民で、どのみちこの部屋へはいることを許されてはおらん」

士官はくるりと背を向けて、歩き去った。

「これからどこへいくんだい？」ロッドはささやいた。ク・メルが母なる地球そのものの地上へ下りていくのだと、答えてくれるのを心待ちにして。

「この世界の底までおりて、それから——」ク・メルは唇をかんだ。「……それからもっと下へ。指示を受けとったのよ」

「一時間でもいいから、地球を見物できないかなあ？」ロッドはたずねた。「もちろん、きみがつきそってくれてもいいんだ」

「死が暴れ火花のようにわたしたちのまわりをとびまわっているというのに？　冗談じゃないわ。きなさい、ロッド。いずれ近いうちにあなたは自由の身になれる。その前にだれかに殺されなければね。イーカスース、道案内をなさい！」

三人は垂直洞のほうへと歩きだした。

そこから見おろしたロッドは、その眺めで目がくらんだ。その中をふわふわと昇ったり降りたりしている人びとの姿から、これがオールド・ノース・オーストラリアにはない、地球独特の仕掛けだとわかった。

「ベルトをつけて」ク・メルが静かにいった。「慣れたふりをするのよ」

ロッドはまわりを見まわした。ク・メルが幅十五センチほどのキャンバス製のベルトをとり、それをウェストに巻いたとき、ようやくその言葉の意味がわかった。彼もベルトをとって、それを身につけた。ア・ジェンターはまだベルトの棚を探しまわって、小さい体に合うのをさがしている。とうとうク・メルは普通サイズのベルトをえらび、それを彼の腰へ二回巻きつけてから、金具を締めてやった。

「これは磁石」彼女はつぶやいた。「垂直洞のための」

三人は中央垂直洞を使わなかった。

「あれは人間専用」とク・メルがいった。

下級民用の垂直洞もおなじものだが、そこには明るい照明や、新鮮な空気の循環装置や、階層の表示がなく、乗客が昇降するあいだにたのしむ面白い映像もなかった。しかも、この垂直洞は、人びとよりも貨物のほうを多く運んでいるようだった。巨大な箱や、梱包や、機械の一部や、家具や、不可解なかたまりが、どれも磁気ベルトに固定され、どれも下級民にみちびかれて、母なる地球の混雑した交通流の中を謎のように昇降しているのだった。

懇談と懇願

猫に変装したロッド・マクバンは、ふわふわと垂直洞の中を下降しながら、この時代のどんな人間も知らないふしぎな遭遇へと向かっていた。ク・メルは彼のかたわらにうかび、スカートがまくれあがらないように、しっかり膝のあいだにはさんでいた。猿のア・ジェンターは、片手をク・メルの肩に軽くのせ、自分たちの作りだす上昇気流で彼女のやわらかな赤い髪が逆立ちはためくのを、ほれぼれとながめていた。ア・ジェンターは早くイ・イカソスの体にもどりたかった。彼はク・メルを深く尊敬していたが、下級民の中でもちがった種族のあいだの愛情は、必然的にプラトニックなものになる。生理的に、自分の種族でないものとのあいだには子がつくれないし、どれほど親しい関係になっても、別の生物種の感情移入の欲求にぴったり応じるのはむずかしい。だから、イ・イカソスは心底からク・メルの友だちになりたいとねがってはいても、それ以上の気持にはならなかった。

三人がわりあいのんびりと下降をつづけているあいだにも、ほかの人びとは、いろいろの世界で、彼らのことに心を悩ませていた。

おなじ日、オールド・ノース・オーストラリアの連邦行政府

「被告人、本政府のもと名誉秘書官は、オンセックの職務を逸脱し、空位の女王陛下の臣民のひとり、ロデリック・フレドリック・ロナルド・アーノルド・ウィリアム・マッカーサー・マクバン百五十一世に傷害を加え、もしくは殺害しようとしたかどによって告発された。さらに被告人は、当該不法行為を計画遂行するにあたって、本連邦政府の公式用具のひとつ、すなわち、ミュータント雀一羽、一連番号〇九一九四八七、特性番号二三二八五二五、重量四十一キロ、時価六百八十五ミニクレジットを濫用したかどで告発された。被告人、なにか申し立てることはあるか？」

ホートン・サイム百四十九世は、両手で顔をおおってすすり泣いた。

おなじころ、〈没落牧場〉の小屋で

「ドリス叔母さん、彼は死んだわ、死んだわ、死んだわ。わたしにはわかる」

「ばかおっしゃい、ラヴィニア。あの子は、わたしたちの知らないなにかの面倒にまきこまれているかもしれない。でもね、あれだけのお金があれば、政府か補完機構が〈でっかいチカチカ〉を使って資産状態の変化を知らせてきますよ。つめたい心の持ち主と思われたくはないけど、あれだけの財産がかかっているときには、だれもがいそいで行動するものなの」

「もう死んじゃったわ」

ドリス叔母さんはテレパシーの威力をなおざりにする人間ではなかった。オーストラリア人がどうやってパラダイスⅦという惑星の怒りから逃れられたかを、よくおぼえていた。彼女は食器戸棚に近づいて、そこから奇妙な色の壺をとりだした。

「これがなんだかわかる?」

ラヴィニアは、心の中の絶望をおし隠して微笑をうかべた。「ええ。わたしがミニ象よりもちっちゃな時分から、みんなが教えてくれたわ。あれは〝さわるな〟の壺だって」

「じゃ、いい子だったのね。これにさわっていないなら!」ドリス叔母さんはそっけなく答えた。「これはストルーンとパラダイスⅦの蜂蜜を混ぜたものなの」

「蜂蜜」ラヴィニアはさけんだ。「もうあのおそろしい土地へは、だれももどらないと思ったのに」

「もどった人もいるのよ。何種類かの地球生物はうまく順応して、まだ生きのびているらしいわ。蜜蜂もそのひとつ。この蜂蜜には、人間の心に作用する力があるの。強力な催眠剤。それを安全にするために、ストルーンを混ぜてあるわけ」

ドリス叔母さんは小さなスプーンで壺の中身をすくいとり、くるくるまわして濃い蜂蜜の糸を切ってから、そのスプーンをラヴィニアにわたした。

「さあ、これをきれいになめて。ぜんぶのみこむのよ」

ラヴィニアはためらってから、いわれたとおりにした。蜂蜜をきれいになめとったあと、唇をなめ、ドリス叔母さんにスプーンを返した。ドリス叔母さんは、あとで洗うためにそれをわきにおいた。

ドリス叔母さんは、壺を食器戸棚の高い位置へうやうやしくもどし、戸棚の鍵をかけ、その鍵をエプロンのポケットに入れた。

「外へ行ってすわりましょう」

「いつ、それは起きるの?」

「いつ、なにが起きるって?」

「トランス状態——幻覚——とにかく、この蜂蜜の作用で起きるものが」

ドリス叔母さんは疲れた理性的な笑いをうかべた。「ああ、それ! ときには、なにも起こらないことだってあるわ。とにかく、なにも害はないのよ。ベンチにすわりましょう。ようすがおかしくなったら、教えてあげるから」

　ふたりはベンチにすわり、じっと待った。警察の羽ばたき飛行機《オーニソプター》が二機、つねに変わらない灰色の雲のすぐ下を飛びながら、静かに〈没落牧場〉を監視している。あのコンピューターが、あれだけの大金を手にいれる方法をロッドに教えて以来、ずっと監視はつづいている――その財産は、計算が追っつかないほどのスピードで、まだどんどんふえつづけているのだ。機械鳥は、ゆっくりと美しく飛んでいた。操縦者たちが二対の翼の羽ばたきを同調させているので、まるでラクーがバレエをしているように見える。その効果に、ラヴィニアとドリス叔母さんはしばらく見とれた。

　ラヴィニアが、澄んだ、鋭い、詰問調で、とつぜんきいた。ふだんとは似ても似つかない。「みんなわたしのものね、ちがう？」

　ドリス叔母さんは小さく息をついた。「なんのこと？」

「〈没落牧場〉。とにかく、わたしも相続人のひとり。そうでしょう？」ラヴィニアは高慢な、つんとすました微笑をうかべて、唇をつぼめた。正気のときの彼女なら、恥ずかしくてたまらないような微笑だった。

　ドリス叔母さんは答えなかった。こっくりうなずいた。

「もしロッドと結婚したら、わたしはオーナーのマクバン夫人、歴史はじまって以来のお金持になるわ。でも、もしロッドと結婚したら、彼はわたしを憎むでしょうね、きっと。お金と権力がめあてだと思って。でも、わたしはずっとロッドを愛してきたわ。彼がサベることもキトることもできないから、よけいに愛してきたわ。いつか彼がわたしを必要とするのが、ずっと前からわかっていたわ。あの狂った、悲しい、高慢な歌をいつまでもいつまでもうたっているパパとはちがう！　でも、どうしたらいまの彼と結婚できるの……？」

ドリス叔母さんがささやいた。ごくごく優しく、あるほのめかしをこめて――「ロッドをさがすのよ、ラヴィニア。おまえの心、あの子が死んだと思っているおまえの心の中で、ロッドをさがすのよ。ロッドをさがす。ロッドをさがす」

ラヴィニアはしあわせそうに笑った。幼い少女の笑い声だった。

ラヴィニアは自分の足を見つめ、空を見つめ、ドリスを見つめた――彼女の体が透明であるかのように。

「ロッドがいるわ。だれかに猫人に変えられちゃった。前に写真で見た下級民そっくり。それに若い女がそばにいるわ――若い女よ、ドリス叔母さん。でも、そばにいても、嫉《や》けもしない。だって、どんな世界にもいないような美しいひとなんだもの。あの髪を見せてあげたいわ、ドリス叔母さん。あの髪を見せてあげたい。まるで美しい炎が燃えているみたい。あれがロッド？　わからないわ。よくわからない。よく見えない」

ラヴィニアはベンチにすわったまま、なにも見えない目でまっすぐにドリスを見つめ、おびただしい涙を流した。

ドリス叔母さんは立ちあがろうとした。かわいそうなこの娘をそろそろベッドへ連れていってやらないと。ぐっすり眠れば、パラダイスⅦの催眠剤の効果も消えるだろう。

しかし、ラヴィニアがまたはじめた。「彼らも見えるわ」

「だれが？」

ドリス叔母さんは、ロッドの消息がわかったいま、それほどの興味もなくなっていた。ドリス叔母さんは男たちにけっしてそうもらしたことはないが、実は彼女は非常に迷信深いたちだった。超自然的なものをいじるのに非常な満足を感じるいっぽうで、その冒険の中でさえ、自分の一生を特徴づけてきた実際的な性向を失わなかった。そのため、ラヴィニアが同時代の宇宙最大の秘密にたまたまでくわしたというのに、ドリス叔母さんはそれを心にとどめたりしなかった。そのときも、あとからになっても、そのことをだれにも話さなかった。

ラヴィニアはつづけた。「強い手と白い目をした、青白くて誇り高い人びとが見えるわ。夜間総督宮を作った人たちが」

「よかったわね。でも、そろそろ眠ったほうが……」

「さよなら、すてきな人たち……」ラヴィニアはすこし酔っている感じだった。

この娘は、ダイモン人の故郷の世界を見たんだわ。

ドリス叔母さんはそれにはかまわず、立ちあがってラヴィニアの手をとり、彼女を休息させに連れていった。ダイモン人のことはなにも記憶に残らなかった。それから数週間後、ラヴィニアが夢で見たのか、本で読んだのか、自分でもよくわからずに、こんな歌をこしらえたのをべつにすれば。

おお、見える、見える……
美しく、憂いのない人びとが
銀の草生うる庭の小径を
ゆるく流れる川のほとりを
風の指にその髪を
なでられながら歩むのが

そしていまにわかる
うつろな白い顔の人びとが
表情もなく、超然と
すべてのしわをのぞかれ
真珠色の瞳だけを輝かせ
見も知らぬ目的地へと

夜の中を歩むのが

こうしてロッドの消息は届いたが、報告されることもなく、くりかえされることもなかった。こうして星ぼしの中に隠れたダイモン人の故郷も、ちらと見えただけにとどまった。

おなじ日、ミーヤ・ミーフラの海岸で

「おとうさま、まさかここへいらっしゃるなんて。一度もお見えにならなかったのに！」

「きてしまったものはしかたがない」ロード・ウィリアム・ノット＝フロム＝ヒアはいった。「重要なことなんだよ」

「重要？」ルースは笑った。「じゃ、あたしのことじゃないわね。あたしは重要じゃない。重要なのは、あそこでのおとうさまの仕事」そういって、彼女は地球港《アースポート》の縁をながめた。それは、遠い雲の峰のむこうに、くっきりとまるくうかんでいた。

着飾った長官は、その姿と不似合いに、砂の上に腰をおろした。「いままでおまえになにかをたのんだことはない。だが、こんどはひとつたのみがある」

「よくお聞き」ゆっくりと、意味を強調するようにいった。

「はい。おとうさま」ルースはいつにない父の態度に、すこしおびえを感じた。ふだんの父はいつも気軽で冗談まじりで、彼女と話をしても、その十秒後には彼女のことを忘れてしまうのだ。

「ルース、うちの一族がオールド・ノース・オーストラリア人なのは知っているね？」

「たしかにお金持ではあるわ、それがおとうさまのおっしゃる意味なら。でも、そのことはべつに問題ないはずでしょう」

「わたしがいうのは、金持どものことを話しているんじゃない。故郷のことだ。これは真剣な話だ！」

「故郷？　あたしたちには故郷はないわ、おとうさま」

「ノーストリリアだ！」彼は娘にどなった。

「あたしはそこを見たことがないわ。おとうさまもそう。おじいさまもそう。ひいおじいさまもそう。いったいなんの話？」

「われわれはまた故郷へ帰れるんだ！」

「おとうさま、なにがあったの？　どうかなさったの？　いつもいってらしたじゃない。うちの一族は地所を売りはらって出てきたんだから、二度と帰れないって。いったいなにがあったの？　むこうの法律でも変わったの？　とにかく、あたしはあんなところへ別に行きたいと思わないわ。水もないし、浜辺もないし、大都会もない。ただの乾ききった退屈な惑星で、病気の羊と、完全武装した不老長寿の農夫たちがいるだけですもの!」

「ルース、おまえならわれわれをあそこへ連れ帰れる!」

彼女はぴょこんと立ちあがって、おしりについた砂をはらい落とした。彼女は父親よりすこし背が高かった。父親は非常にハンサムで貴族的な男だったが、ルースはそれ以上に美しい容姿の女性だった。彼女が求婚者や礼賛者に不自由しないだろうことは、だれの目にも明らかだった。

「わかったわ、おとうさま。いつもなにか策謀をこらしてらっしゃるのね。たいていの場合は古代のお金。こんどはあたしもそれとなにかの関係がある。でなくちゃ、ここへいらっしゃるはずがない。いったいあたしになにをさせたいの?」

「結婚だ。この宇宙で史上最高の大金持の男と結婚してほしい」

「それだけ?」ルースは笑った。「もちろん、結婚します。外星人と結婚するのはこんどがはじめてだけど。もう、その男とデートを決めてくださったの?」

「わかってないな、ルース。これは地球式の結婚じゃない。ノーストリリアの法律と慣習では、女が結婚する男はひとり、結婚は一生に一度。しかも生きているかぎり、その結婚はつづく」

雲が太陽にかかった。浜辺はいくらか涼しくなった。ルースは同情と軽蔑と好奇心の奇妙にいりまじった表情で、父親をながめた。

「そうなると、話はぜんぜんべつね。まず、その男を見なければ……」

四時間後、地球港《アースポート》のてっぺん、委員代理のオフィスで

「なにもなかったなんて話は聞きたくない。青色人の作り話も聞きたくない。あのトップ・デッキにもどって、分子のひとつひとつまでしらみつぶしに調べろ。あの脳爆弾がどこで爆発したかをたしかめるまで、帰ってくるな！」

「はい、閣下」若い下部主任は陰気にそう答えたが、自分がその任務をうまくやりとげられるとは、とても思えなかった。彼は元気なく敬礼した。

ドアの外で部下たちと顔が合うと、下部主任はそれとわからないほどかすかに首を横にふってみせた。その結果、彼とその部下は地球港でこれまでに見たことのないほど情けないぐうたらな案山子《かかし》の集団になって、斜路をとぼとぼと地球港のトップ・デッキへもどっていった。

おなじころ、〈鐘《ベル》と蔵《バンク》〉の控えの間

「牛男のブ・ダンクをとらえたが、彼はうまく脱走してしまった。おそらく下水道のどこかに隠れているのだろう。警察に追跡させるのもかわいそうに思ってね。どのみち、あそこでは長く生きられない。それに、もしわたしがやっきになって彼を赦免しようとしても、あなたは賛成してくれるかもしれないが、ほかの議員たちが承知するまい」

「それと、ティードリンカー委員は？　彼をどうするつもり？　これは手の焼ける問題よ。彼はもと補完機構の長官ですからね。そういう人間が犯罪をおかしたことが知れては一大事だわ」レイディ・ヨハンナ・グナーデは強い口調でいった。

「彼の刑罰は考えてある」ロード・ジェストコーストは穏やかな笑みをうかべた。

「忘却と心理改造？　基本的には、才能のある男よ」

「そんな簡単なものじゃない」

「というと？」

「なにもしないのさ」

「ジェストコースト、〝なにもしない〟とはどういう意味？　それじゃまるで筋が通らないわ」レイディ・ヨハンナはめずらしく怒りのこもった声になった。

「いまいったとおりの意味だよ、わがレイディ。なにもしない。彼はわたしがなにかをつかんだのを知っている。クモは死んだ。ロボットは破壊された。ほかの九人のロッド・マクバンは、下界の町でちょっとした混乱をひきおこしている。しかし、ティードリンカーは、わたしがすべてをお見通しだとは知らない。こっちにはこっちの情報源がある」

「それがあなたのご自慢なのは知っているわ」レイディ・ヨハンナは魅力的な微苦笑をうかべた。「あなたがわたしたちから個人的な秘密を隠したがっているのも知っているわ。わがロード、わたしたちがそれをがまんしてきたのは、みんながあなたを愛し、信頼しているからよ。でも、あなたほど賢明でない人間、それとも熟練していない人間がそうしたときには、非常に危険なことになるわ。それ以上に危険なのは、もし――」彼女は口ごもり、彼を値ぶみするように見てから、あとをつづけた。「――もし、あなたがその利口さを失うか、それとも急死したとき」

「まだそうなってはいない」彼は簡潔に答え、その話題にけりをつけた。

「ティードリンカーをどうするつもりか、まだ話してもらってませんね」

「なにもしない、といっただろう」ジェストコーストはやや苛立たしげにいった。「わたしはなにもしない。むこうに待ちくたびれさせるんだ、いつわたしが破滅をたたきつけてくるか、とね。もし、そろそろ忘れたんじゃないか、とむこうが考えはじめたら、こっちもなにか考えだすことにするよ。だれかが、それともなにかが、おまえの臭跡をかぎつけているぞ、と思い知らせるような方法を。こっちの気がすむまでやらなくても、むこうはひどく不幸な人間になるだろう」

「なんだか残酷なやりくちね、わがロード。彼は訴え出るかもしれない」

「殺人罪で裁判されるのを承知でかね？」

彼女はあきらめた。「わがロード、あなたのやりくちはいつも斬新だわ。〈人間の再発見〉を推進したのもそう。人びとに苦しみを与え、物事が失敗するようにしむけるとはね。わたしは古い思想で育てられた人間だから――もし、悪を見たら、それを正せ、と」

「だが、わたしは見たんだ」ロード・ジェストコーストはいった。「人間が完全さの中で死にかけているのを」

「たぶん、そのとおりね」彼女は疲れたようにいった。「あなたはあの金持をしっかり見張っているんでしょう、ちがう？」

「わたしにできるかぎりでね」

「じゃ、それで充分」彼女は断をくだした。「ただ、あなたが例の奇妙な道楽と彼とをごっちゃにしてなければいいけど」

「奇妙な道楽？」ジェストコーストは優雅なしぐさで眉をつりあげてみせた。

「下級民」彼女は嫌悪のこもった口調でいった。「下級民よ。ジェストコースト、わたしはあなたが好きだけれど、あの動物どものことで大騒ぎするあなたには、ときどきうんざりだわ」

彼は反論しなかった。じっと立ったまま彼女を見つめた。挑発を避けていることは、彼女にもよくわかっていた。彼のほうが古参なので、彼女のほうがごく軽い会釈をして、部屋を出ていった。

十分後、〈鐘《ベル》と蔵《バンク》〉の控えの間

看護婦の制服に糊のきいた帽子をかぶった熊女が、ロード・クルデルタのすわった車椅子を押して、部屋に入ってきた。ジェストコーストはそれまでながめていた状況表示盤から目をあげた。だれがやってきたかに気づいて、彼はクルデルタにうやうやしく一礼した。熊女は、この有名な場所と、そこで出会う高官たちにすっかり気押されたらしく、妙にうわずった声で訴えた。

「わがロード、クルデルタさま、わたしはさがってもようございますか？」

「よし。行くがよい。あとで呼ぶから。この部屋を出がけに、バスルームへ行きなさい。右側だ」

「わがロード――――！」彼女は息をのみ、顔を真赤にした。

「わたしがそういわなければ、おまえは遠慮して行かないだろう。この半時間、おまえの心をわたしは読んでいた。さあ、行きなさい」

熊女は糊のきいたスカートをカサカサいわせて逃げだした。

クルデルタが向きなおると、ジェストコーストはまた深々と一礼した。目をあげた彼は、甲羅を経た老人の顔をまっすぐに見つめ、声に誇りに似たものをこもらせていった。

「お得意の芸にますます磨きがかかりましたな、わがロードにして敬愛する同僚のクルデルタ！」

「きみもご同様だ、ジェストコースト。あの少年をどうやって下水道からひっぱりだすのかね？」

「どの少年です？　どこの下水道です？」

「われわれの下水道だ。きみがこの塔を売りつけた少年だよ」

これにはさすがのジェストコーストも啞然とした。あんぐり口をあけた。それから気をとりなおして答えた。「実に早耳ですな、ロード・クルデルタ」

「そのとおり。しかも、きみよりは千年も年の功がある。それが〈無の涯〉から帰ってきたわたしへの報酬だった」

「それは知っています」

ジェストコーストのふっくらした感じのいい顔に不安はうかんでいなかったが、細心の注意で目の前の老人を観察した。壮年のころのロード・クルデルタは、補完機構でも最も偉大な長官で、ほかの長官たちからつねに一目おかれる存在だった。心を巧みにすばやくのぞくテレパス、古今随一の精神の掏摸《すり》だった。根っからの保守主義者でありながら、それが自分の好みにそぐわないという理由で特定の法案に反対したことはなかった。たとえば、〈人間の再発見〉のときには、わざわざ隠遁所から出てきて、一票を投じ、改革を強力に支持しただけでなく、毒舌をふるって会議ぜんたいを圧倒したぐらいだ。ジェストコーストはこの男に好意を持ったことはない――鋭い舌鋒、測りしれない明敏な頭脳、親交を申し出もしなければ要求もしない老いた冷たいエゴに、だれが好意を持てるだろう？

ジェストコーストは思った。もし、この老人がロッド・マクバンの冒険のことを知っているとしたら、わたしが前に取引した相手の――いかん、いかん、いかん！　そのことは考えるな、あの目が見ている前では。

「それもわたしは知っている」と海千山千の老人はいった。

「なにを？」

「きみがその大部分を隠そうとしている秘密だ」

ジェストコーストは、つぎの打撃がくだるのを従順に待った。

老人は笑いだした。たいていの人間は、萎びたクモのような肉体の上にあるハンサムで若々しい顔から、しわがれ声の笑いを予想する。そして、不意をつかれることになる。その笑い声はしっかりした、心からの温かい笑いだった。

「レッドレイディはまぬけだ」クルデルタはいった。

「わたしもそう思います」とジェストコースト。「しかし、わがロード、あなたがそう思われる理由は？」

「あの少年を彼の惑星から送りだしたことだ。あれほどの富を持ち、しかも無経験な少年を」

ジェストコーストはうなずいた。老人が攻撃の方向をはっきりさせるまでは、なにもいいたくなかった。

「しかし、きみの考えは気にいった」とロード・クルデルタはいった。「あの少年に地球を売りつけ、つぎに税金をかけるとはな。しかし、究極の狙いはなんだ？　あの少年をむかしの流儀で惑星地球の皇帝にすることか？　彼を殺すことか？　彼を発狂させることか？　きみの猫娘に彼を誘惑させ、無一文にして故郷へ送りかえすことか？　白状するが、わたしもこれらのことは考えた。しかし、そのどれも、きみの正義への情熱にうまくあてはまらんのだ。しかし、きみにもできんことがひとつあるぞ、ジェストコースト。あの少年に地球を売りつけてから、彼をここに滞在させ、地球を支配させることはできん。彼はこの塔を自分の住居にほしがるかもしれん。それはあんまりだ。わたしは年をとりすぎて、もう引っ越す元気もない。それに、あの海を巻きあげて、故郷へのみやげにされても困る。きみは実に利口だったよ、わがロード――しかし、千慮の一失ということもある。きみは不必要な危機を作りだした。いったい、そこからどうやって抜けだすつもりだね？」

ジェストコーストはばくちを打つことにした。この老人はこっちの心を読んだにちがいない。それ以外に、あれだけの手がかりをひとつにまとめる方法はない。ジェストコーストは真実を、真実のすべてを話そうときめた。〈でっかいチカチカ〉がストルーンの先物の巨大な取引を知らせた日、オールド・ノース・オーストラリアの商品市場からとびだした財政的ギャンブル、すべての文明世界の経済のバランスをくつがえしはじめたあの取引のおこなわれた日のことからはじめた。彼はレッドレイディがだれかを説明にかかり――

「それはいうな」ロード・クルデルタはさけんだ。「あの男をとらえ、死刑を宣告したあとで、その宣告を棄却しようと論じたのはわたしだ。彼は悪い男ではないが、狡猾な男だ。そのとおり。利口なだけに、自分の論理的な策に溺れたとき、どうしようもない底なしのまぬけになる可能性もある。きみのミニクレジットに対してクレジットを賭けてもいいが、あの男はもうすでにだれかを殺しているはずだ。いつもそうなんだ。芝居がかった暴力趣味がある。しかし、きみの物語にもどろう。これからの計画を話してくれ。もし、それが気にいれば、きみに力をかそう。もし、気にいらなければ、けさのうちに長官会議を招集し、この件に関してすべてをぶちまける。それできみの名案はずたずただ。おそらく、あの少年は財産を没収され、病院へほうりこまれるだろう。退院するときは、さしずめバスク語をしゃべるフラメンコ弾きにでも変えられているかな。きみもよく知っているように、補完機構は他人の財産にたいして非常に寛大だが、おのれに向けられた脅威に対しては冷酷非情になる。なにしろ、わたしもあのラウムソッグを抹殺したひとりだ」

ジェストコーストはごく物静かな、ごく穏やかな口調で話しはじめた。きちんと帳簿をつけている会計係が、こみいった細目を支配人に報告しているような、落ちつきはらった口調だった。ジェストコーストも年はとっているものの、ロード・クルデルタの高齢と知恵にくらべれば、赤子同然だった。彼はロッド・マクバンの最終的な処置も含めて、こまかい点を説明した。自分の下級民に対する同情と、彼らのおかれた状況を改善するための極秘の地味な戦いのことまでを、ロード・クルデルタとわかちあった。彼が相手から隠したのは、イ・テレケリと、下級民が〈地の底の底〉にとりつけた対抗電脳だけだった。もし、この老人がそれを知ったとしてもしかたがない。ジェストコーストにはそれを止めることはできない。しかし、もし老人がそれを知らないなら、わざわざ教えてやることはない。

ロード・クルデルタの反応は、老いぼれた熱狂でも、子供じみた笑い声でもなかった。彼は自分の幼年期ではなく壮年期にもどっていた。非常な威厳と力をもって、彼は答えた。

「賛成だ。理解した。もし必要なら、いつでも後ろ盾になろう。あの看護婦を呼んでくれ。わたしは帰る。いままではきみを利口なまぬけと思っていたよ、ジェストコースト。ときどき、きみはそうなる。今回のきみは、頭だけでなく、ハートも備えていることを証明した。もうひとつ。近いうちに、あのヴォマクト医師を火星から呼びかえせ。自分の利口さを見せるだけのために、ティードリンカーをあまり長く苦しめるな。逆にわたしがきみを苦しめたくなるかもしれん」

「で、もと長官のレッドレイディについては？」ジェストコーストは敬意をこめてきいた。

「彼か。ほっとけ。なにもするな。やつに自分の人生を送らせてやれ。やつのおかげで、オールド・ノース・オーストラリアも歯ごたえのある政治的経験を積めるというものだ」

熊女がいそいで部屋にもどってきた。ロード・クルデルタは片手をふった。ジェストコーストは床に届くほどの深いおじぎをすると、戦車のように頑丈な車椅子は、きしみながら広間を横ぎっていった。

「危機一髪だった！」ジェストコーストはひたいの汗をぬぐった。

キャットマスターをたずねて

ロッドとク・メルとア・ジェンターは、ときどき垂直洞の壁に身をよせ、そこにつかまらなくてはならなかった。交通量がふえて、上や下に運ばれていく大きな荷物がおたがいにすれちがったり、彼らとすれちがったりしたからだ。そんな通過待ちのあいだに、ク・メルははっと息をのみ、小猿にむかってなにか早口に話しかけた。ロッドはほかに気をとられていたので、なにも聞きとれなかったが、彼女の声がきゅうに熱をおび、しあわせそうになったのはわかった。猿がささやき声で答えると、ク・メルは悲しそうな顔をして、こういいはった。

「でも、イーカスース、やってくれなきゃだめ！　ロッドの命がかかってるのよ。いま、彼の命を救うだけじゃなしに、これから何百年ものあいだ、よりよい人生を送らせることにもなるのよ」

猿は不機嫌だった。「腹がへってるときに、ものを考えさせないでくれ。この代謝の速さと小さい体ときたら、頭を使うことにまるで向いてない」

「もし食べ物がほしいのなら、レーズンでもおあがり」ク・メルは共柄のバッグの中から、種なしレーズンを四角な板に固めた食べ物をとりだした。

ア・ジェンターはがつがつと、しかし陰気な表情でそれをたいらげた。

ロッドはまたふらりとよそに気をとられた。手のこんだ彫刻と真珠光沢の象眼の入ったすばらしい金色の家具が、おしゃべりな犬人の一隊にみちびかれて、垂直洞の下から現われたのだ。ロッドは犬人たちに、その家具はどこへいくのか、とたずねた。返事がないのを見て、もっと横柄な口調、宇宙一の大金持のオールド・ノース・オーストラリア人にふさわしい口調で、質問をくりかえした。こんどはさすがにむこうも答をよこしたが、その内容は彼の予想とはちがっていた。

「ニャーオ」と犬人のひとりがいった。「だまれ、ニャン公。さもないと、追っかけて木登りさせてやるぞ」「おまえの家へ持ってくんじゃねえよ、ばーか。何様のつもりだよ——人間か?」「猫のやつらはおせっかいでいけねえ。あいつを見ろい」

犬の職長が見えるところまで浮きあがってきた。威厳と親切さのこもった声で、彼はロッドにいった。「おい、猫男、よけいな口をきくと、余剰品のスタンプを押されるぞ。公共垂直洞の中では、だまってることった!」

ロッドはさとった。この生き物たちから見れば、自分は同類のひとり、猫から作られた人間であり、母なる地球に奉仕する下級民の労働者は、人間のために働いているとき、むだぐちをたたかないように訓練されているのだ、と。

ク・メルが熱心にア・ジェンターに耳打ちしているささやきの、しっぽだけが聞きとれた。「……彼に聞いちゃだめ。〈かれ〉に話すのよ。冒険だけど、キャットマスターに会うために、人間地区を通ることにするわ。〈かれ〉にそういって」

ア・ジェンターは浅い息をはずませていた。目がいまにも眼窩からとびだしそうだったが、といってべつになにを見ているわけでもなかった。内心の努力に疲れたように、うめきをもらし、とうとう壁から手が離れた。ク・メルがつかまえて赤ん坊のように抱きあげてやらなかったら、ゆっくり下へただよい落ちていったかもしれない。ク・メルは待ちかねたようにささやいた。

「〈かれ〉に届いた?」

「〈かれ〉」と小猿は吐息とともにいった。

「だれ?」とロッドはきいた。

「エイチ・アイ」とク・メルが答えた。「あとで教えるわ」ア・ジェンターにたずねた。「もし届いたなら、〈かれ〉はなんといって?」

「こうだ。〝イ・イカソス、よせとはいわん。おまえはわたしの息子だ。それが賢明だと思うなら、危険をおかすがよい〟もう、なにも聞かないでよ、ク・メル。すこし考えさせてくれ。わたしははるばるノーストリリアまで行って、帰ってきたばかりだ。まだこの小さい体の中できゅうくつな思いをしている。ほんとに、いまそれをやらなくちゃいけないのかい？　いますぐに？　先に〈かれ〉のところへいって――」とア・ジェンターは下の深みへあごをしゃくって――「なんのためにロッドが必要かを調べたほうがよくないか？　ロッドはひとつの手段で、目的じゃない。彼をどうすればいいか、だれにほんとのことがわかる？」

「いったいなんの話だ？」ロッドは聞きとがめた。

それと同時に、ク・メルも鋭くいった。「彼をどうすればいいか、わたしは知っているわ」

「なんだって？」小猿は、またひどく疲れた声になった。

「この子を自由にしてやって、自分で幸福を見つけさせるのよ。もしわたしたちに力を貸してくれるというなら、ありがたくそうしてもらう。でも、彼の財産を奪ったりはしない。彼を傷つけたりもしない。そんなのは卑劣でさもしいやりくちよ。いまよりもりっぱな生き物になろうとしているわたしたちの理想が泣くわ。もし、この子が自分はだれであるかを、〈かれ〉に会う前から知っているなら、話が通じるけれど」ク・メルはロッドをふりかえると、謎めいた真剣な口調できいた。

「あなたは自分がだれかを知りたくない？」

「ぼくはロッド・マクバン百五十一世だ」彼は言下にいった。

「シーッ。ここじゃ名前はご法度。わたしは名前のことをいってるんじゃない。あなたの心の奥底にあるもののこと。あなたの中を流れる命そのもの。自分が何者か、ぜんぜん心あたりがない？」

「謎かけ遊びかい。自分がだれかぐらいはちゃんと知ってるよ。自分がどこに住んでるか、なにを持ってるかも。いまのぼくが、ク・ロデリックという猫男に化けてることさえ知ってる。ほかに、なにを知ってなきゃいけないんだ？」

「あんたら、男どもときたら！」ク・メルはののしった。「あんたら、男どもときたら！人間の男まで、ほんとに頭がにぶくて、こんな簡単な質問もわからない。わたしがたずねているのは、あなたの名前でも、住所でも、身分でも、ひいおじいさんの財産でもないの。わたしがたずねてるのはね、ロッド、いくらおおぜいの孫があなたの名をうけついでも、たったひとりしかこの世に生きなかったあなたのこと。あなたがこの世に生まれてきたのは、財産をうけつぐためでも、うしろに番号のくっついた苗字をうけとるためでもないはずよ。あなたはあなた。これまで、ほかのあなたはひとりもいなかった。これからもあなた以外にあなたはいない。その〝あなた〟は、いったいなにがほしいの？」

ロッドはトンネルの壁をちらと見おろした。壁は下のほうで――そう、うんと下のほうで、ゆっくり北へまわっているように見える。彼はトンネルの壁にさす偏菱形の明かりを見あげた。地球港の各階にある踊り場の戸口からさす明かりだった。ベルトで支えられ、垂直洞のざらざらした表面につかまっていると、自分の体重が弱い引きとなって手に感じられた。ベルトそのものは、不快な感じで腰に食いこんでいた。それもそのはず、ベルトが体重の大部分を支えているのだから、締めつけられるのもしかたがない。ぼくはなにがほしいのか、と彼は思った。いったい、なにかをほしがる権利があるような人間だろうか？　ぼくはロッド・マクバン百五十一世、市民で、〈没落牧場〉の持ち主だ。しかし、テレパシーの不自由な、サベることもキトることも満足にできないあわれな障害者でもある。

ク・メルは外科医のように冷静な目で彼を見まもっていたが、その表情からして、彼の心をのぞこうとしているのでないことはよくわかった。

ロッドは自分が疲れた声でしゃべりはじめたのに気づいた。ときには〝イーカスース〟と呼ばれることもある、小猿のくせにふしぎな力を備えているらしいア・ジェンターと、おなじぐらい疲れた声で――

「考えてみたけど、たいしてなにもほしくないよ、ク・メル。ただ、故郷へ帰ったとき、ほかのみんなとおなじように、ちゃんとサベったり、キトったりできたらいいなと思うけど」

ク・メルはじっと彼を見つめた。その表情には、深い同情と、決断をくだそうとする努力が見られた。

ア・ジェンターが、高く澄んだ猿の声でいった。「いまの答をもう一度聞かせてください」

ロッドはくりかえした——「ぼくはべつになにもほしくない。ほかの人たちがそのことをいつも気にしてるから、サベったり、キトったりできるようにはなりたい。それと、地球にいるうちに、ケープ植民地の二ペニーの青い三角切手がほしい。でも、それぐらいだよ。ほんとにほしいと思うものは、べつにない」

猿は目をつむって、また眠りこんだように見えた——一種のテレパシーによるトランス状態なのだろう、とロッドは思った。

ク・メルは、壁の表面からつきだした古い棒に、ア・ジェンターをひっかけた。彼の体重は二、三キロなので、ベルトの引きもそれほどではない。ク・メルはロッドの両肩をつかんで、自分のほうにひきよせた。

「ロッド、聞いて！　あなたは自分がだれかを知りたい？」

「さあ、どうかな。みじめな気持になるかもしれないし」

「ほんとに自分がだれかを知ったら、絶対にそうはならないわ！」彼女はいいはった。

「自分が好きじゃなくなるかもしれない」ロッドはいった。「ほかの人たちはぼくが好きじゃなかったし、両親は、乗った船が宇宙空間で乳化したとき、いっしょに死んじゃった。ぼくは正常じゃない」

「おお、神様、よしてよ！」ク・メルはさけんだ。

「だれだって？」

「お許しください、主よ」と彼女はだれにともなくいった。

「その名前は前にも聞いたことがあるな、どこかで」ロッドはいった。「でも、先をいそごうよ。きみが連れていってくれるというそのふしぎな場所へ、早く行ってみたい。それから、エリナーがどうなったかを知りたい」

「それ、だれなの？」

「ぼくの召使。変装してぼくの身代わりになり、ほかの九人のロボットといっしょに、危険をおかしてくれたんだ。エリナーのために、ぼくはできるだけのことをする責任がある。いつだって」

「でも、彼女は召使でしょ」ク・メルはいった。「あなたに奉仕する役目。わたしみたいな下級民とおんなじようなもんじゃないの」

「彼女は人間だよ」ロッドは強情にいった。「ノーストリリアに下級民はいない。政府の仕事をしている何人かは別だけど。とにかく、エリナーはぼくの友だちだ」

「彼女と結婚するの？」

「病気の大羊にかけて！　気でもふれたのかい？　そうじゃないよ！」

「だれか結婚したい相手はいる？」

「十六で？」ロッドはさけんだ。「とにかく、それは一族が決めることだしね」美人ではないが、正直で献身的なラヴィニアのことが心をよぎり、ロッドは、いま上下の交通が行き来するトンネルの中で自分のわきに浮かんでいるこの野性的で濃艶《のうえん》な生き物と、つい比較せずにいられなくなった。無重量に近い状態の中で、ク・メルの髪は魔法の花のように頭のまわりにただよっている。その髪の毛が目の中にはいりそうになるのを、彼女はしきりにはらいのけた。ロッドは鼻を鳴らした。「とにかく、エリナーじゃないよ」

彼がそういったとき、美しい猫娘は新しい考えを思いついたようだった。

「わたしがだれかは知っているわね、ロッド」彼女はひどく真剣にいった。

「地球で生まれた猫娘だ。ぼくの妻ってことになってる」

「そのとおりよ」ク・メルは奇妙な抑揚を声にこもらせた。「じゃ、ほんとにそうしたら？」

「えっ？」

「わたしの夫に……」かすかに声をつまらせた。「わたしの夫になって。もし、あなたがほんとの自分を見つけるのに役に立つのなら」

ク・メルはすばやく垂直洞の上と下をうかがった。近くにはだれもいない。

「見て、ロッド。見て！」ク・メルはドレスの前を大きくはだけた。もう暗さに目が慣れているので、貧弱な明かりの中でも、ロッドは彼女のきゃしゃな胸に浮きだす美しい静脈の網目模様と、みずみずしい梨形の乳房を見てとることができた。乳首のまわりの光輪は、澄みきって、甘美で、けがれのないピンクだった。乳首は、ふたつのキャンデーのようにきれいだった。つかのまの快感のあと、おそろしい当惑がおそってきた。彼は顔をそむけ、猛烈な恥ずかしさを感じた。彼女のしたことは興味深くはあるが、とうてい上品とはいえない。

ようやく勇をふるってちらと目をやると、ク・メルはまだ彼の顔をのぞきこんでいた。

「わたしはもてなし嬢《ガーリイガール》よ、ロッド。これがわたしの仕事。それにいまのあなたは猫で、雄猫のすべての権利を持ってる。このトンネルの中じゃ、だれにもちがいはわからない。ロッド、あなたはなにかしたくない?」

ロッドは唾をのみこみ、なにもいわなかった。

ク・メルはドレスをもとどおりにした。彼女の声にこもっていたあの切迫した調子は、もうすっかり消えていた。「いまのでちょっと息がはずんだみたい。あなたはなかなか魅力的よ、ロッド。つい、こんなことを思っちゃった——〝なんて惜しいこと、彼が猫じゃないなんて〟でも、もうおさまったわ」

ロッドは無言だった。

彼女の声に笑いの泡が生まれ、それといっしょになにか母親的で優しいものがわきあがってきて、彼の胸の琴線《きんせん》をゆりうごかした。「第一にね、ロッド、わたしは本気じゃなかったの。いや、どうかな。案外本気だったりして。あなたにまず機会をあげないと、ほんとのところはわからないと思ったのよ。ロッド、わたしは母なる地球でもいちばん美しい娘のひとりだわ。補完機構がわたしを利用する理由もそれ。あなたは猫に変えられた上で、わたしを与えられたのに、わたしを抱こうともしない。これこそ、自分がだれかを知らないという証拠じゃない？」

「またその話かい？　女ってのはまったく理解できないよ」

「理解したほうがいいわよ、地球にきた以上は。なにしろ、あなたの代理人は、あれだけのストルーンのお金で、百万人の女をあなたのために買ったんですからね」

「人間の女、それとも下級民の女？」

「両方！」

「冗談じゃない！」ロッドはさけんだ。「そんな注文、ぼくはほんとに知らないぞ。もう行こうよ。ここは閨房《けいぼう》の会話をする場所じゃない」

「いったいどこでそんな言葉をおぼえたの？」ク・メルは笑った。

「本で。ぼくは読書家なんだ。きみたち地球の人間から見ると、いなかっぺかもしれないけどさ、これでもいろんなことを知ってるんだぜ」

「ロッド、わたしを信用する？」

さっきの彼女のはしたないまねのことを、ロッドは考えた。あのおかげで、まだ息がすこしはずんでいる。たんなる個人的な性格というより、文化的な特質としてのオールド・ノース・オーストラリア風のユーモアが彼の中でよみがえった。彼はにやりと笑っていった——「きみのことはずいぶん見せてもらったもんな、ク・メル。もう、あんまり驚きの種なんて残ってないはずだ。いいよ、信用するよ。だったら？」

「じゃ、打ち明けるわ。さっきイ・イカソスとわたしが話しあっていたことを」

ク・メルは彼をまじまじと見つめた。

「イ・イカソス？」

「彼よ」ク・メルは小猿のほうにあごをしゃくった。

「彼の名前はア・ジェンターだと思ってた」

「あなたの名前がク・ロッドであるようにね」

「猿じゃないのかい？」

ク・メルはあたりを見まわして、声をひそめた。「彼は鳥なの」もったいぶった口調で、

「この地球で二番目に偉い鳥」

「だから？」

「彼はあなたの運命を握ってるわ、ロッド。あなたの生死を。いまこの瞬間」

「それを握ってるのは」と彼もささやきかえした。「ロード・レッドレイディと、地球のジェストコーストとかいう人だと思ってた」

「いまのあなたはべつの勢力と関係しているのよ、ロッド――ある秘密の勢力と。むこうはあなたとお友だちになりたがってる。だから」とク・メルはまったく論理を無視してつけたした。「危険を承知で、行ったほうがいいわ」

ロッドがぽかんとしているので、彼女はつけたした。

「キャットマスターのところへね」

「そこで、ぼくはなにかされるのかい？」

「ええ」ク・メルの顔は穏やかで、好意的で、おちついていた。「ひょっとしたら、あなたは死ぬかもしれない――でも、その可能性はすくない。それとも、発狂するかもしれない――その可能性もないわけじゃない。それとも、自分のほしいものがぜんぶ見つかるかもしれない――その可能性がいちばん高いわ。わたしはあそこへ行ったことがあるのよ、ロッド。このわたしも。どちらかといえば卑しい仕事をしているただの動物なのに、それにしては幸福でいそがしい娘だと思わない？」

ロッドは彼女をしげしげと見つめた。「きみはいくつ？」

「来年で三十」彼女はきっぱりと答えた。

「一回目の？」

「下級民に二回目はないわ、ロッド。そんなことは知ってるはずよ」

彼はク・メルを見つめかえした。「きみにがまんできたのなら、ぼくにできないはずがない。行こう」

ク・メルは、ア・ジェンターを壁から持ちあげた。場合によってはイ・イカソスとも呼ばれるその猿は、ちょうど幕間のマリオネットのようにそこで眠りこけていたのだ。猿はくたびれきった小さい目をあけ、彼女を見てまばたきした。

「あなたが命令をくれたのよ」とク・メルはいった。「これからみんなで〈百貨店〉へ行くの」

「ああ」猿はいくらか目が覚めてきて、不機嫌にいった。「おぼえてない！」

彼女は笑った。「わたしを仲立ちにしたくせに、イ・イカソス！」

「だめだ、その名は！」猿は鋭くいった。「むちゃをするな。垂直洞の中で」

「わかったわ、ア・ジェンター。でも、あなたは賛成する？」

「その決定に？」

ク・メルはうなずいた。

小猿はふたりにうなずきかえした。それからロッドにむかって——「もし、彼女が自分ときみの命、それに、当然わたしの命も賭けるというなら——もし、彼女がきみをもっともっと幸福にするために危険をおかすというなら、ついてくる気があるかね？」

ロッドは無言の承諾のしるしにうなずいた。

「じゃ、行こう」猿の外科医はいった。

「いったいどこへ?」ロッドはきいた。

「地球港都市の中。一般大衆の中、おおぜいのおおぜいの人ごみの中」とク・メルは答えた。「あなたもこれで地球の日常生活がやっと見られる。一時間前に、あなたが塔のてっぺんで注文したとおりにね」

「一年前じゃないかな。あれからものすごくいろんなことが起こったから!」ロッドは彼女のみずみずしい裸の胸と、彼女がそれを見せたくなった衝動のことを考えたが、それでもべつに興奮もしなければ、やましくも感じなかった。それどころか、ほのぼのとした気分になった。このふたりとの交際の中に、セックスそのものよりもはるかに熱い友情を感じとったからだ。

「いまから、ある店にいく」眠そうな猿がいった。

「物資配給所だね。なにかを買いに? なんのために?」

「そのお店にはすてきな名前があるのよ」ク・メルがいった。「それに、経営者もすてき。キャットマスターその人。年はもう五百いくつかだけど、まだレイディ・ゴロクの遺言のおかげで、生きることを許されているの」

「その人のことは初耳だな」ロッドはいった。「その店、なんて名前だって?」

ク・メルとイ・イカソスが同時に答えた――「〈心からの願いの百貨店〉」

その旅はなまなましく、あわただしい夢だった。二百メートルほど下降すると、もうそこは地上のレベルだった。

ロッドたちは人間街に出た。ロボット警官が片隅からこっちを監視している。百もの歴史時代の衣装をつけた人間たちが、温かく湿った地球の大気の中を歩いている。ロッドの感じでは、塔のてっぺんほど潮の匂いが強くないが、この町には、およそ想像もつかないほど一個所に密集した人間の匂いがあった。何万人もの人びと、何百、何千種類もの食べ物、それにロボットや、下級民や、そのほか、未修正の動物らしいものの匂いが混じりあっていた。

「こんな面白い匂いのする場所ははじめてだ」と彼はク・メルにいった。

ク・メルはのんびり彼をふりかえった。「よかった。犬人みたいに鼻がきくのね。これまでに会った真人たちときたら、自分の足の臭さもわからないのが多くて。でも、気をつけてよ、ク・ロデリック――自分がだれかを忘れないように！　もし、地上の通行許可と認識票《タグ》がなければ、一分もたたないうちにあの警官につかまるんだから」

ク・メルはイ・イカソスを抱き、ロッドの肘をかかえて道案内した。三人は地下道に通じる斜路にやってきた。内部はこうこうと照明がついている。そこをせわしなく行き来するのは、地球の商業に従事する機械とロボットと下級民。

もしク・メルがいっしょでなかったら、ロッドは完全に迷子になっていたろう。母なる地球にきてからの数時間、故郷でたびたびみんなを驚かせたあの奇跡的な広帯域のテレパシー聴力は一度ももどってこないが、それ以外の知覚が、周囲と頭上のおびただしい群衆の気配を感じとって、息のつまりそうな気分になった。（遠いむかし、地球の各都市が何千万もの人口をかかえた時代があったことを、彼は知らなかった。数十万の人間と、ほぼ同数の下級民が集まっているだけでも、はかりしれないほどの大群衆に思えるのだった）

下級民のかもしだす音と匂いは、人間のそれと微妙にちがっていた。地球の機械の中には、これまでに彼が想像したよりもはるかに大きく古いものがあった。そして、なによりも、厖大《ぼうだい》な量の水、何百万ガロン、何千万ガロンの水が、地球港のさまざまな目的——衛生、冷房、飲用、工業用——のために循環していた。それは、オールド・ノース・オーストラリアで町と呼ばれているあのわずかな建物の集まりの中を歩いている感じではなく、自分自身が小さい血球のひとつになって、性質もよくわからない巨大な複合動物の循環系を押し流されている感じだった。この都市は、夢にも可能だとは思わなかったような、濡れてねばねばした、複雑な生命にみちあふれている。その動きがそれを特徴づけている。その動きは夜も昼もたえまなくつづき、そして、人びとが目ざめているときも眠っているときも、巨大なポンプが給排水管に水を送りこんでいるのだろう。この生物体の脳は一個所ではなく、たくさんの下位の脳から成り立っていて、どれもが自分だけの仕事と責任をうけもっているのだ。下級民が必要なのもふしぎはない！　いくら完全なオートメーションであっても、もし循環系内部や連結個所のあっちこっちで故障が起きた場合、人間の保守係がそれを修理するのは、ひどく退屈でつらい仕事だからだ。

オールド・ノース・オーストラリアにも活力はあるが、それはひろびろとした土地とすくない人口、巨万の富、それにたえまない軍事的脅威の作りだす活力だ。ここの活力は堆肥の山か汚水溜めのそれだが、腐敗し、咲きほこり、成長する構成分子は、老廃物ではなく、人間と亜人間なのだ。ロッドの先祖が、大むかしの都市を逃げだしたのも当然といえる。自由の天地をもとめる人間にとって、おそらく都市は凝固した疫病に思えたにちがいない。この地球のどこかにあった古代オーストラリアも、やがてその開放性と自由を失い、アオウジュウ・ナンビェンと呼ばれるただひとつの巨大都市複合体に変わってしまった。その複合体は、この地球港都市の千倍も大きかったにちがいない、とロッドは身ぶるいしながら考えた。（彼はまちがっていた。滅びる以前のアオウジュウ・ナンビェンは、地球港の十五万倍の大きさがあった。ロッドが訪問したころの地球港は、約二十万の定住者がいるだけで、そのほかに、もよりの郊外からやってきた人びとが町を歩いているだけだった。遠い郊外は、まだ破壊され、見捨てられている最中だった。一方、オーストラリアは――アオウジュウ・ナンビェンと呼ばれていたころ――それが滅びる前、そして〈あばれもの〉やマンショニャッガーが生き残りの殺戮にとりかかる前には、三百億の人口に達していた）

ロッドはめんくらっていたが、ク・メルはそうではなかった。

彼女は、猿のあわれっぽい抗議を聞きながして、すでにア・ジェンターを下におろしていた。ア・ジェンターはしかたなく、小走りにふたりのあとからついてくる。

ク・メルは、きっすいのシティガールらしく、地理にくわしいところを小生意気にひけらかし、ふたりを交差歩道へとみちびいた。そこからは、たえまなくヒュウヒュウと唸りが聞こえてくる。文字や、絵や、スピーカーからの放送で、警報システムがこうくりかえしている——「立入禁止、貨物専用、危険、近づくな」

ク・メルはまたもやア・ジェンター／イ・イカソスを抱きあげ、ロッドの腕をつかんで、すごいスピードで空中を動いているひとつながりのプラットホームに飛びうつった。ロッドは、とつぜんの乗物に驚いて、これはなんだと大声でたずねた——

「貨物？　なんのことだい？」

「いろいろの品物よ。箱。食べ物。これが中央貨物路。これに乗れるのに、六キロの道をてくてく歩くなんて、ばかげてると思わない？　合図をしたら、いっしょに飛びおりる用意をしてて！」

「なんだか危なっかしいな」

「そんなことないわ。あなたが猫なら」

なんとなくたよりない理由でそう請けあうと、彼女は運ばれるままになった。ア・ジェンターもいたってのんきなものだった。彼女の肩に頭をあずけ、テナガザルのように長い腕を彼女の腕にからめて、たちまちぐっすり眠りこけた。

ク・メルはロッドにうなずいてみせた。

「もうすぐよ！」ク・メルは、彼にとってなんの意味もない目印で距離をはかりながら呼びかけた。着陸地点は、平たい、コンクリートの縁にかこまれた一角で、空気の奔流に乗って進む個々の台車が、そこで積みこみや積みおろしのため、とつぜん転轍されて側線に入るのだった。着陸地点にはそれぞれ番号がふってあったが、ロッドは自分たちがどこから乗ったかもおぼえていなかった。地下都市の匂いが、ひとつの地域からべつの地域へ移動するにつれて大きく変化するので、プラットホームの番号よりも匂いのほうに気をとられていた。

ク・メルが行くぞというように、彼の腕を鋭くつねった。

ふたりは飛びおりた。

彼はプラットホームの上でよろけ、大きな背の高い梱包につかまって、やっと体を支えた。

〈アルゴンキン製紙工業——入金票——（小）2ミリ〉と書いてある。ク・メルはアクロバットの練習でもしているように、この上なく優雅に着地した。肩の上の小猿は、大きいよく光る目をいっぱいに見ひらいていた。

「ここは」と小猿のア・ジェンター／イ・イカソスは軽蔑をこめていった。「みんなが働くふりをして遊ぶ場所だ。わたしはくたびれて、空腹で、血糖値が下がった」

彼は体をまるめてク・メルの肩にしっかりつかまり、目をつむって、また眠ってしまった。

「彼のいうとおりだ」ロッドはいった。「食事はできないかな？」

ク・メルはうなずきかけて、はっと気がついた──

「あなたは猫よ」

ロッドはうなずいた。それからにやっと笑って──「とにかく腹がへった。それに砂箱もほしい」

「砂箱？」ク・メルはめんくらって聞きかえした。

「アウェフだよ」ロッドは遠まわしないいかたを捨てて、オールド・ノース・オーストラリアの用語を使った。

「アウェフ？」

こんどはロッドが赤面する番だった。彼はその略語のもとになった言葉を教えた。「動《A》物《W》用排泄《E》物処理施設《F》」

「つまり、トイレね」ク・メルはさけんだ。しばらく考えてから、「まずいな」

「どうした？」

「下級民は、その種類に応じて、それぞれ専用のトイレを使うきまりなの。それを使わなければ死刑だし、まちがったのを使っても死刑。猫のトイレはこの地下輸送路で四駅もどったところ。それとも、歩いて地上にもどるか。半時間しかかからないけど」

ロッドが地球に対してなにか毒づいた。ク・メルがひたいにしわをよせた。

「こういっただけさ。〝地球はでっかいだけの健康な羊だ〟たいした悪口じゃないよ」

ク・メルは機嫌をなおした。つぎの質問をしようとしたとき、ロッドは片手を上げてそれをさえぎった。

「半時間もむだにするなんてごめんだ。ここで待ってて」

ロッドはプラットホームの二階に、宇宙共通の〈男子手洗所〉の標識を見つけたのだ。ク・メルがとめるいとまもなく、彼はその中へ入っていった。ク・メルは片手を口にあてた。もし、立入禁止の場所にいるところをロボット警官に見つかったら、即座に殺されてしまう。かりにも地球の持ち主が、トイレをまちがえて殺されたのでは、笑い話にもならない。

考えるより早く、ク・メルは彼のあとを追い、男子手洗所のドアのすぐ外で立ちどまった。とても中へはいる勇気はなかった。ただ、ロッドがはいったときに、中にだれもいなかったという確信はあった。のろく重い銃弾の音も、バーナーの乾いたブーンという音も聞こえなかったからだ。ロボットはトイレを使わないので、なにかを捜査するとき以外、トイレにはいることはない。もし、だれかがこのトイレを使おうとしたら、お手のものの誘惑と、お世辞のうまい、じゃまっけな猿の組み合わせで、その人間の気をそらすつもりだった。

ア・ジェンターは目をさましていた。

「だいじょうぶ」と彼はいった。「いま、おやじにたのんだ。あのドアに近づくものは、だれでも眠りこんでしまう」

ふつうの人間が、なんとなく疲れた、心配そうな顔つきで、男子手洗所へと向かった。ク・メルはどんな犠牲をはらってもその男をとめる気でいたが、いまア・ジェンター／イ・イカソスのいったことを聞いて、しばらく待つことにした。男は、こっちへ近づく途中で、きゅうにふらついた。こっちに目をやり、ふたりが下級民なのに気づいて、まったく無視する態度をとった。もう二歩ドアに向かって進んだところで、男は目が見えなくなったように両手を前にのばした。その手がドアから二メートル横の壁にぶつかった。しばらくその壁をむやみに手さぐりしてから、へたへたと床にくずおれ、横になっていびきをかきはじめた。

「おやじはすごい」ア・ジェンター／イ・イカソスはいった。「いつもは真人に手をださないんだが、そうする必要があるときはちゃんとやってのける。おやじはあの男にはっきりした記憶も植えつけたよ。鎮痛剤をのむつもりでまちがえて睡眠剤をのんだ、とね。こんど目をさましたとき、あの人間は自分のまぬけさかげんが恥ずかしくて、だれにもいまの経験をしゃべらないはずだ」

ロッドが危険でいっぱいの戸口から出てきた。子供っぽくふたりに笑いかけたが、壁ぎわに倒れている男には気づかなかった。「ひきかえすよりもずっとらくだし、だれにも見つからなかったよ。ね、ずいぶん手数がはぶけたろ、ク・メル？」

ロッドがあんまり得意そうにいまの無鉄砲な冒険を語るので、ク・メルはたしなめる気にもなれなかった。ロッドは猫の口ひげをピクピク動かしながら、にやっと笑みくずれた。一瞬、ほんのつかのまだが、ク・メルは彼が重要人物で、おまけに真人であることを忘れた。この子はまだ少年だ。姿は猫そっくりだが、あの満足そうなようすと、気まぐれな勇気と、うぬぼれたっぷりな、うつろいやすい幸福は、まるっきり少年のものだ。一瞬、ク・メルは彼に首ったけになった。それから、この先のつらい何時間かのことを考え、彼が富と軽蔑をかかえて、人間しかいない故郷の惑星へもどっていくことを考えた。一瞬の恋はさめたが、それでも彼が大好きだった。

「いらっしゃいよ、坊や。食べさせてあげるわ。あなたはク・ロデリックだから、猫の食べ物でがまんしてもらうけど、そんなにまずくないわよ」

ロッドは眉をひそめた。「どんな食べ物？　ここには魚はあるのかな？　一度だけ魚を食べたことがあるんだ。近所の人が持ってきてくれた。馬二頭とひきかえにね。すごくおいしかったよ」

「お魚がほしいんだって」ク・メルはイ・イカソスにいった。

「じゃ、マグロをまるごと一ぴきやればいい」猿は不機嫌につぶやいた。「まだ血糖値が下がったままだ。パイナップルがほしい」

ク・メルは議論しなかった。彼女はふたりを連れて地下道を進み、食堂にやってきた。戸口の上には、犬、猫、牛、豚、熊、蛇の絵が描いてある。これだけの種類の下級民の食事が出せるという意味だ。イ・イカソスはその標識を見ていやな顔になったが、ク・メルの肩に乗ったまま、いっしょに中に入った。

腹をかきながら同時にパイプをふかしている年とった熊男に向かってク・メルはあいそよく話しかけた。「この紳士はクレジットを忘れてきたの」

「じゃ、食えないな」熊男はいった。「規則だ。水なら飲んでもいいが」

「わたしが彼の分もはらうわ」ク・メルがいった。

熊男はあくびした。「彼があとで借りを返したらどうするね？　もし返したら、個人の取引ってことになって、罰は死刑だぜ」

「規則は知ってるわ。わたしはお仕置きされたことなんかない」

熊男は彼女をしげしげとながめた。パイプを口からはずし、ヒューッと口笛を吹いて、

「うん、そうだろうなあ。とにかく、あんたは何者だね？　モデルさんか？」

「もてなし嬢《ガーリイガール》」

熊男は驚くほどの早さで腰掛けからとびおりた。「猫の貴婦人さま！　これは失礼いたしやした。この店のなんでも召し上がってくださいよ。地球港のてっぺんからおいでで？　補完機構の長官たちのお知り合いですかい？　なんでしたら、テーブルをカーテンで仕切りますかい？　それとも、ほかの客をぜんぶ追いだして、高所からの有名な、美しい奴隷をお迎えしてるとこだと、主人に報告しますかね？」

「そんな過激なことをしなくてもいいわ」ク・メルはいった。「料理だけで」

「ちょっと待った」ア・ジェンター／イ・イカソスがいった。「もし、特別料理を出してくれるんなら、パイナップル二個と、挽いた新鮮なココナッツ四分の一キロ、それに生きた地虫を百グラムほしい」

熊男はためらった。「あっしがおもてなしするのは、高官がたに仕えておられるこの猫の貴婦人だけで、猿のおまえじゃない。だけどまあ、この貴婦人がいいとおっしゃるなら、とりよせてやってもいいが」彼はク・メルがうなずくのを待って、ボタンを押し、下級ロボットを呼びつけた。それからロッド・マクバンに向きなおった。「で、猫の紳士、あなたはなにをご所望で？」

ロッドが返事をするより早く、ク・メルがいった。「彼にはバショウカジキのステーキを二枚と、ポテト・フライと、ウォルドーフ・サラダ、それにアイスクリームの取り合わせと、大きなグラスでオレンジジュースを」

熊男は、目に見えるほどの身ぶるいをした。「この店へきてもう何年にもなるが、猫のお客にそんなおそろしいランチを出すのははじめてですぜ。あっしもいっちょう試食してみるか」

ク・メルは、これまで千もの歓迎を飾った微笑をうかべた。

「わたしはこのカウンターに並んでいる中から、好きなものをいただくわ。好みのうるさいほうじゃないから」

熊男が抗議しかけると、彼女は優雅だが見まがいようのない手のひと振りでそれをさえぎった。熊男はあきらめた。

三人は席についた。

ア・ジェンター／イ・イカソスは、猿と鳥の食べ物の混じったランチが届くのを待った。ロッドのながめる前で、先史時代のタキシード・ジャケットを着た古いロボットが、熊男になにか質問してから、トレーのひとつをドアのそばに残し、もうひとつのトレーを彼のところへ運んできた。ロボットは新しい糊のきいたナプキンをさしだした。ロッド・マクバンがこれまでに見た、最高にすばらしいランチだった。オールド・ノース・オーストラリアでは、政府の晩餐会でさえ、お客にこんなごちそうは出さない。

みんなが食べおわるころ、レジ係の熊男がテーブルにやってきてたずねた。

「猫の貴婦人さま、失礼ですがお名前は？　この昼食の代金は政府に請求しますんで」

「ク・メルよ。補完機構のジェストコースト長官の部下、ティードリンカー委員にお仕えしているわ」

熊男の顔は脱毛されているので、青ざめるのがよくわかった。

「ク・メル」と彼は声をひそめた。「ク・メル！　お許しください、貴婦人さま。お顔を存じあげなかったもんで。お目にかかれて、あっしの人生は祝福されました。あなたは全下級民の友だちです。どうかお達者で」

ク・メルは、君臨する女帝が補完機構の長官に与えるような会釈と微笑を返した。それからア・ジェンターを抱きあげようとしたが、猿はさっさと彼女よりも先に出ていった。ロッドはけげんな顔になった。熊男にうやうやしく送りだされたあとで、彼はたずねてみた。

「ク・メル、きみは有名なのか？」

「いちおうはね。でも、下級民のあいだでだけ」

ク・メルはふたりを急がせて、斜路に向かった。彼らはようやく日光の中に出たが、地上へ着く前からロッドの鼻をおそってきたのは、おそろしく多種多様な匂いだった。揚げ物の匂い、ケーキを焼く匂い、酒のぴりっとした刺激臭、注意をひこうとおたがいに競いあう香水、それに、なによりも古い品物の匂い——ほこりまみれの宝物、古い革製品、タペストリ、ずっと前に死んだ人々の匂いのこだま。

ク・メルは足をとめて、彼をながめた。「また、匂いをかいでるの？　何度もいうようだけど、あなたはわたしの会ったどんな人間よりもいい鼻をしてるわね。どんな匂いがする？」

「すてきだよ」ロッドは息をはずませた。「すばらしい。この宇宙のすべての宝物と誘惑が、小さな一個所へあふれだしてきたみたいだ」

「ただのパリの泥棒市場なんだけどな」

「地球にも泥棒がいるのか？　ヴィオラ・シデレアの住民みたいな公認の泥棒？」

「とんでもない」ク・メルは笑った。「もし、そんなのがいたとしても、二、三日の命ね。補完機構にとっつかまって。これは、人びとがただ遊びにやっているだけ。〈人間の再発見〉でいくつかの古い制度が復活した、そのひとつが古い市場なの。ロボットや下級民にいろんな品物をさがさせ、それを古代の品物ということにして、おたがいに値段をつけさせるのよ。それと、料理なんかも。最近では、料理する真人なんてめったにいない。とてもおかしな味がするから、かえっておいしいと思うのかな。真人たちは、あそこへ入るときに、みんなお金をもらう。あの入口のところにお金が樽に入れておいてあるのよ。日暮れになったり、帰るときには、たいていお金をどぶへ捨てていくわ。本当は樽の中へもどさなくちゃいけないのに。でも、わたしたち下級民が使うのはお金じゃない。番号とコンピューター・カード」彼女はため息をついた。「すこしよぶんなお金があったら、助かるんだけどな」

「すると、きみのような——いや、ぼくたちのような下級民は——」とロッドはきいた。

「市場でなにをするんだ？」

「なんにも」と彼女はささやいた。「まったくなんにも。そりゃ、わたしたちだって市場の中を通りぬけることはできるわよ。あんまり大きくもなく、小さくもなく、あんまり不潔でもなく、あんまり匂いがひどくなければね。かりにそっちは合格しても、真人たちからは目をそらし、市場の中のどんなものにもさわらずに、さっさと通りぬけなくちゃだめ」

「もしそうしなかったら？」ロッドは挑むようにたずねた。

「ロボット警官がそこにいるわ。違反者を見かけたらすぐに殺せ、と命令されてるロボット。ク・ロッド、あなたは知らないの？」彼女はすすり泣きながらいった。「〈地の底〉では、何百万ものわたしたちがタンクの中に入っていて、やがて生まれ、訓練され、地上へ送られて人間に奉仕する日を待っているのよ。わたしたちは少数派じゃないわ、ク・ロッド、けっして少数派じゃない！」

「じゃ、なぜ市場を通りぬけたりするの？」

「キャットマスターの店へ行くには、それしか道がないのよ。認識票《タグ》をつけられるけどね。

いらっしゃい」

斜路が地上に達したところに、四体のロボットが、青いエナメル塗りの胴体を輝かせ、ミルク色の目をぼうっと光らせて、油断なく立っていた。彼らの武器は不快なブーンという唸りを出しており、いつも〝安全装置〟をはずしてあるらしかった。ク・メルは、穏やかに従順に、彼らに話しかけた。ロボット巡査部長にデスクへ連れていかれると、ク・メルは双眼鏡のような計器をのぞきこみ、目をはなしてからまばたきをひとつした。彼女はデスクの上に掌をおいた。照合確認がおわった。ロボット巡査部長は彼女に三枚のピカピカした円板を渡した。どれにも鎖がついている。無言でク・メルはそれを自分の首と、ロッドとア・ジェンターの首にかけた。ロボットたちは一行を通した。三人は遠慮がちな一列縦隊になって、美しいながめと匂いの場所を通りぬけた。ロッドは、自分の目が怒りの涙に濡れているのに気づいた。「ここを買い取ってやる」と内心で思った。「ほかになにも買うものがなくたって」

ク・メルはすでに立ちどまっていた。

ロッドはごく慎重に目を上げた。

そこには、こんな看板があった――〈心からの願いの百貨店〉。ドアがひらいた。賢そうな年老いた猫男の顔が外をのぞき、彼らを一目見て、「下級民はだめだ！」とどなると、荒っぽくドアを閉めた。ク・メルはもう一度呼鈴を鳴らした。ふたたびいまの顔が現われたが、こんどは怒っているというより、けげんなようすだった。

「だいじな用件よ」と彼女はささやいた。「エイチ・アイの」

顔がうなずいた。「じゃ、中へ。早く！」

〈心からの願いの百貨店〉

いったん中にはいると、ロッドはその店が市場のようにたくさんの品物であふれているのを知った。ほかに客はいなかった。外の騒がしさ、あの音楽と笑い声、煮たり揚げたりする音、物の落っこちる音、皿のふれあう音、人びとのいいあう声、それにたえず低い基調音のようにひびいているロボットの武器のブーンという唸りのあとでは、この部屋の静けさそれじたいが、古い厚地のビロードのような贅沢品に思えた。ここの匂いは、外の匂いのように多種多様ではなかったが、もっと風変わりで、もっと複雑で、そして大部分がまったく正体不明のものだった。

ひとつの匂いだけは、彼にもはっきりわかった——恐怖、人間の出す恐怖の匂い。それはごく最近にこの部屋の中で生まれたものだ。

「早く」と猫の老人はいった。「すぐ帰ってくれんと、わしに迷惑がかかる。用件は？」

「わたしはク・メル」

老人はあいそよくうなずいたが、その名を知っているようすはなかった。「物忘れがひどくてな」

「これがア・ジェンター」と彼女は猿を指さした。猫の老人は、その動物のほうを見ようともしなかった。

ク・メルはかまわず言葉をつづけ、その声には一種の勝利のひびきがこもってきた——「ひょっとしたら、彼の本名は聞いたことがあるんじゃないかしら——本名はイ・イカソス」

老人はそこに突っ立ったまま、その言葉をかみしめるようにまばたきした。「イーカスース？　頭文字がEの？」

「変身させられたのよ」ク・メルは容赦なくつづけた。「オールド・ノース・オーストラリアまでの往復の旅のためにね」

「本当か？」老人は猿にきいた。

イ・イカソスは穏やかに答えた。「わたしはあなたが考えている〈かれ〉の息子だよ」

猫の老人はさっとひざまずいたが、威厳は失わなかった。

「光栄です、イ・イカソス。つぎにお父上と交感なさるときには、わしからよろしく申していたと伝えて、祝福をお願いしてくだされ。キャットマスターのク・ウィリアムがそういったと」

「あなたのことは有名だ」イ・イカソスはおちつきはらっていた。

「しかし、危険ですぞ。ここにいるだけでも。ここに下級民をいれる許可はもらっておらん！」

ク・メルは切り札を出した。「キャットマスター、つぎのお客を紹介するわ。これは猫人じゃない。彼は真人なの。外星人で、つい最近、地球の大部分を買いとったばっかり」

ク・ウィリアムがロッドを見る目には、抜け目のなさ以上のなにかがあった。その態度には、そこはかとない親切さがこもっていた。猫男にしては背の高いほうで、動物らしい特徴はもうほとんど残っていない。種族差や性差をほんの名残りにまで薄れさせるほどの高齢で、しわだらけのベージュ一色に変わっている。頭髪も白髪ではなく、ベージュ色。まばらな猫の口ひげは、古ぼけ、すりきれていた。彼の着ているきらびやかな衣装は——ロッドもあとで知ったのだが——遠い星ぼしのあいだで何世紀にもわたって栄えたある王朝で、〈原皇帝〉のひとりが定めた宮廷服だった。彼には老齢だけでなく、叡知がしみついていた。彼の場合、一生の習慣になっていたのが抜け目のなさと親切さであり、この組み合わせじたいがめずらしいものだった。いま、彼はひどく年老いて、その歳月の収穫をとりいれているところだ。過去の何千日何万日をみごとに生きてきた結果、その歳月は彼の態度に奇妙な喜びをもたらしていた。まるでひとつひとつの経験が、長くわびしい闇がせまってくる前に、あらためていま一度のごちそうになっているかのようだった。ロッドは自分がこのふしぎな生き物に惹かれているのを感じた。相手は心の奥まで見通すような、ごく個人的な好奇の目でロッドを見ているのだが、そうされてもすこしも腹が立たなかった。

　キャットマスターは、かなり流暢なノーストリリア語でいった――「なにを考えておられるかはわかりますぞ、地主のミスター・マクバン」

「ぼくの考えをキトれるのか？」ロッドはさけんだ。

「考えではない。その顔です。たやすく読みとれる。わしにはあんたを助けてあげられる自信がある」

「ぼくに助けが必要だとどうしてわかる？」

「だれにも助けは必要です」老人はきびきびと答えた。「しかし、先にほかのお客を片づけねば。あんたはどこへ行きたいのですかな、わが気高いお方？　それから猫の貴婦人、あんたは？」

「家だ」イ・イカソスはいった。彼はまた疲れて不機嫌になっていた。ぶっきらぼうな返事をしたあと、もっとていねいに答えるべきだと思いなおしたのか、こうつけたした。

「この体はわたしにうまくあわないんだよ、キャットマスター」

「落ちるのは得意ですかな？」キャットマスターがいった。「自由落下は？」

　猿はにやりと笑った。「この体で？　むろん、得意だよ。少々うんざりだがね」

「よろしい。では、ここのダスト・シュートを使われるがよい。落ちゆく先は、大きな翼が時にさからってはばたく、あの忘れられた宮殿の隣りです」

キャットマスターは部屋の一方に歩いた。猿はク・メルとロッドに軽くうなずき、「じゃ、また」と手短かにあいさつしてから、キャットマスターがマンホールの蓋をひらくのをながめた。それから、相手を信用しきったようすで、そこに現われた真暗闇の中へとびこみ、姿を消した。キャットマスターはていねいに蓋を閉めた。

こんどはク・メルに向きなおった。

ク・メルはけんか腰で彼を見かえした。いどみかかるような姿勢は、無垢でセクシーなみずみずしい女性の体と、奇妙にうらはらだった。「わたしはどこへも行かないわよ」

「それでは死んでしまう」キャットマスターはいった。「ドアのすぐ外で、やつらの武器がブーンと鳴っているのが聞こえんのかね？　やつらが下級民になにをするかは、ご存じのはずだ。とりわけ、猫のわれわれにはきびしい。やつらはわれわれを利用はするが、信用はしておらん！」

「そうでない人をひとり知っているわ……」ク・メルはいった。「ロード・ジェストコーストが、きっとわたしを守ってくれる。ちょうど彼があなたを守って、制限寿命よりもずっと長生きさせてくれたように」

「無理をいいなさんな。そんなことをすると、あんたは彼に迷惑をかけ、ほかの真人との悶着にまきこむことになる。さあ、お嬢さん、にせの包みをのせたトレーをあげよう。地下へもどって、あの熊男の食堂で待っとりなさい。用がすんだら、ロッドをあんたのところへ送りとどける」

「ええ」ク・メルは激しい口調でいった。「でも、送りとどけられるのは生きた彼？　死んだ彼？」

キャットマスターは、黄色い目をぎょろりとさせて、ロッドをながめた。「生きた彼だ。この人間は――生きる。わしがそう予言した。いままでにわしが一度でもまちがったことがあるかね？　おいで、お嬢さん、そこのドアから出ていきなさい」

ク・メルは、でたらめに選んだとしか思えないトレーと包みを受けとった。ロッドは彼女と別れることになって、きゅうにせつない感情がこみあげてきた。なにしろ、地球とのいちばん身近なつながりだったのだ。ロッドは彼女の上気ぶりを思いだし、彼女がどうやってみずみずしい乳房を見せてくれたかを思いだしたが、いまになってみると、その思い出は彼をたかぶらせるというよりも、優しい愛の気持でみたしてしまった。思わず彼は口ばしった。「ク・メル、ほんとにだいじょうぶ？」

戸口で向きなおったク・メルは、どこまでも女らしく、どこまでも猫らしかった。赤くゆたかな髪は、戸口からの日ざしを受けて、暖炉の火のように燃えあがった。りんと背を伸ばして立ったその姿は、たんなる下級民やもてなし嬢《ガーリィガール》ではなく、地球の市民のようだった。左手でトレーをバランスよく支えながら、彼女は威厳たっぷりに右手をさしだした。

握手したロッドは、彼女の手がまったく人間そっくりだが、とても力強いのを知った。かすかに震えをおびた声で、ク・メルはいった。

「ロッド、さよなら。わたしはあなたに賭けているけど、これはいままでいちばん分のいい賭けだと思うわ。この〈心からの願いの百貨店〉の中では、キャットマスターを信用なさい。彼はいろいろのふしぎなことをするけど、それはふしぎな、よいことなのよ」

ロッドが手をはなすと、彼女が出ていった。ク・ウィリアムはドアを閉めた。部屋の中が静かになった。

「わしが準備をするあいだ、しばらくすわって休んどりなさい。それとも、なんなら部屋の中を見物してもいい」

「キャットマスターさん――」とロッドはいいかけた。

「敬称はよしなされ。わしは猫から作られた下級民だ。ク・ウィリアムと呼んでくれりゃいい」

「ク・ウィリアム、先にこれだけ教えてください。ぼくはク・メルがいないと淋しい。彼女のことが気にかかる。ぼくは彼女と恋におちたんですか？　恋におちるとはこういうことなんですか？」

「ク・メルはあんたの妻だ」キャットマスターはいった。「ほんの臨時の妻、ただの見せかけの妻だが、それでもやはりあんたの妻だ。自分の連れ合いのことを気にかけるのは、地球のならわしさ。あの娘のことは心配いらん」

猫の老人は奇妙な文字の――〈憎しみの広間〉という文字の――記されたドアの奥へ姿を消した。ロッドはあたりを見まわした。

最初に、いの一番に目についたのは、郵便切手がずらりと並んだ陳列棚だった。陳列棚はガラス製で、ケープ植民地の三角切手のやわらかな青と、比類なくあたたかい煉瓦色がはっきりと見えた。はるばる地球まできたかいがあったぞ！　彼はガラスごしにそれをのぞいた。ノーストリリアで見たイラストよりもいっそうすてきだ。長い歳月の試練を経ても、人間たち、いまやすでに亡い人間たちが、何千年ものあいだそれらの切手にそそぎつづけてきた愛情は、どういうわけかまだそこにこびりついているようだ。

ロッドはぐるりを見まわし、この部屋ぜんたいが奇妙な富でいっぱいなのを知った。ありとあらゆる時代のおもちゃがあった。飛行おもちゃ、機械の模型、鉄道列車らしいもの。上下二段の衣装戸棚の中は、きらびやかな刺繍と金色の輝きにみたされていた。きちんと整頓された武器庫もあった――あまりにも旧式な武器なので、それがいつ、だれに使われたのか、見当もつかない。いたるところにバケツに入ったコインがあり、その大半が金貨だった。それをひとすくい手にとってみた。どれにもちんぷんかんぷんの言葉と、古代の死者の誇り高い横柄な顔が刻んであった。

べつの陳列棚の前に立った彼は、ちらと見ただけで顔をそむけたが、ショックを受けはしたものの、なんとなく未練を感じた——そこには、人類史の百もの時代から集められたわいせつなみやげもの、映像や、スケッチや、写真や、人形や、模型が飾られ、そのすべてが、不気味に、滑稽に、優しく、親密に、印象的なあるいは恐ろしい愛の行為をしているのだった。つぎのセクションで、はたと足がとまった。いったいだれがこんな品物をほしがったのだろう？　鞭、ナイフ、頭巾、皮のコルセット。彼は首をかしげながら先に進んだ。

そのつぎのセクションで、ロッドは息がとまりそうになった。そこにあるのはたくさんの古い本、正真正銘の古代の本だった。中には、とても装飾的な文字で書かれた詩もあって、ちゃんと額縁に入っていた。そのひとつには〈わたしの好み〉とだけ記した紙きれがくっついていた。ロッドはその詩が読みとれないかと目をこらした。その詩は古代英語で書かれていて、こんな奇妙な人名が記されていた——〈E・Z・C・ジャドスン、古代アメリカ人、西暦一八二三～一八六六年〉。その詩に使われている言葉は理解できたが、その意味が本当に理解できたかどうか、ロッドには自信がなかった。それを読んでいるうちに、こんな印象がうかんだ。うんと年をとった、たとえばキャットマスターのような老人なら、きっとこの詩の中に、若者がつい見逃してしまう深い意味を感じとることだろう——

——

引き潮の中をゆるやかにただよい
しかし、確実に外へすべりでて――
前におぼろげに見たながめ
いまはふりかえってもむなしい――
風に吹かれるまま
　まだ知らぬ岸辺へと

チクタク鳴る時計で時を数え
最後の衝撃を待ちつつ
暗い永遠を待ちつつ思う
おお、瞬間の過ぎゆくのろさよ
ほかのだれが知ろう
　潮なき川の近さを

　ロッドは、とりかえしのつかない悲劇のクモの巣から逃れでもするように首をふった。

「たぶん」と心の中でつぶやいた。「むかしの人間は死のことをそんなふうに考えてたんだろうな。いまのたいていの世界とちがって、人間がスケジュールどおりに死ななかった時代、それとも、故郷のノーストリリアとちがって、その時期より前に何回も死と出会わなかった時代。きっとそのころは、死がずいぶん厄介で不確かなものだったんだ」もうひとつの考えが心をよぎり、彼はそのあまりの残酷さに息をのんだ。「大むかしの人間は、〈自己抹消の場〉も知らなかったんだ！　ぼくたちはもうそんなものの必要がないけど、しかたなく、むなしく、希望もなく死の中へ滑りこんでいくなんて、想像もできない。女王さまのおかげで、そんなことをしなくてすむけど！」

ロッドは女王のことを考えた。もう一万五千年あまりも前に死んだのかもしれないし、また、多くのオールド・ノース・オーストラリア人が信じているように、宇宙空間で行方不明になったのかもしれない女王……。やっぱり！　そこには〝クイーン・エリザベス二世〟と記された写真があった。ただの半身像だったが、どことなくノーストリリア人風の顔立ちをした、美しく知的な女性だ。利口そうなその顔は、もし、飼っている羊に火が燃えうつったり、自分の子供が〈死の庭〉のトレーラーからうつろな顔でクスクス笑いながら出てきたりしても、どうすればいいかをちゃんと心得ているように見えた。

つぎは、きれいにほこりをふきとったふたつのガラスの額だった。それぞれの中には〈アンソニー・ベアデン、古代アメリカ人、西暦一九一三〜一九四九年〉と記されただれかの詩が飾られていた。最初の詩は、この場所にぴったりのものに思われた。古代人がその時代にかかえていたすべての欲望をうたったものであるからだ。こんな詩だった——

語れよ、恋人！

時代は燃え、世界は火につつまれる
語れよ、恋人、きみの至上の願いを
きみの心に隠されたものを語れ
それは無害なものか、それとも——禁断のものか

もし禁断のものなら、思い描こう
吠えたける猛火の中を駆けぬけ
熱風にうたれ揺さぶられる日々を……
語れよ、恋人、きみの至上の願いを

語れよ、恋人、きみの至上の願いを
舌のとろける料理とやわらかな衣服か
古代の書物か、みごとなチェス駒か
ワインに酔う夜か、それとも——いわゆる愛か

いまこそわれらの時代の唯一のとき
明日は明日が舞台をつくる
語れよ、恋人、きみの至上の願いを
時代は燃え、世界は火につつまれる

もうひとつの詩は、まるでロッドの地球到着と、自分の身になにが起こるのか見当もつかない現状を扱っているようにも思えた。

夜となじみない空

経験の星ぼしを道しるべにわたしは迷った
目的のかたちを途中で見失った
わたしはどこへ行くのか、なにがいえよう
経験の星ぼしを道しるべにわたしは迷った

かすかな物音がした。

ロッドはふりかえり、キャットマスターを迎えた。

老人は前と変わっていなかった。まだあのとほうもなくきらびやかな服を着ていたが、その風変わりなおしゃれも、威厳をそこなってはいなかった。

「あの詩が気にいったかね？　ここの品物が気にいったかね？　わしも気にいっているんだよ。おおぜいの人間がやってきて、あれらの品物を取り上げようとするが、そこで気がつくのさ。所有権がロード・ジェストコーストにあって、あんながらくたを手に入れるのに、たいへんな手間がかかるのをな」

「ここの品物はみんな本物ですか？」もしそうなら、オールド・ノース・オーストラリアでさえ、この店を買いきれないだろう、と思いながらロッドはたずねた。

「むろんちがう」老人は答えた。「たいていは模造品——すてきな模造品だ。補完機構は、わしがロボット墓地へ行くのを許してくれた。頭のくるったロボットや使い古されたロボットが処分される場所だ。もし危険でなければ、そんなロボットを自由に使ってよいといわれた。そこで連中を働かせて、博物館で見つけたものの複製を作らせたのさ」

「このケープ三角切手《トライアングル》は？　これは本物じゃないんですか？」

「ケープ三角切手？　ああ、手紙に貼りつけるものかい？　これは本物だよ、まちがいなし。だが、わしのものじゃない。地球博物館から、複製をとるまでという約束で借りてある」

「ぼくが買います」ロッドはいった。

「いや、だめだ」キャットマスターはいった。「売物じゃない」

「じゃ、地球をまるごと、あなたも切手もいっしょに買っちゃいます」

「ロデリック・フレドリック・ロナルド・アーノルド・ウィリアム・マッカーサー・マクバン百五十一世、それはできん」

「あなたにそんなことをいう権利があるんですか？」

「わしはある人物を見たし、もうふたりの人物とも話してきた」

「なるほど。それはだれです？」

「わたしが見たのは、もうひとりのロッド・マクバン、あんたの召使のエリナーだ。若い男の体を与えられて、ちょっとまごついとったな。いま、エリナーはロード・ウィリアム・ノット＝フロム＝ヒアの家で酔っぱらったあげく、ルース・ノット＝フロム＝ヒアという名の若く美しい女性から、結婚をせまられとるんだよ。ルースは相手がまさか女性だとは知らん。エリナーはエリナーで、あんたそっくりな肉体をまとって、その種の経験が、いくら胸のわくわくするものにしろ、えらく勝手がちがうのを感じとる。だからといって、べつに面倒の起きる気づかいはないよ。あんたのエリナーは絶対に安全だ。地球の悪党どもの半分があの家をとりまいとるが、ロード・ウィリアムは、防衛艦隊から借りうけた歩兵一個大隊を周囲に配置した。だから、なにごとも起こるまい。いずれエリナーが頭痛を起こし、ルースが落胆する以外にはな」

ロッドは微笑した。「最高のニュースを聞かせてもらった。ほかにだれと話したんですか？」

「ロード・ジェストコーストとジョン・フィッシャー百世」

「地主のミスター・フィッシャー？　彼がここに？」

「いや、自分の家だ。〈生きのいい小羊の牧場〉だ。わしはあの人に、あんたの心からの願いをかなえてもいいかとたずねた。しばらく時間をおいてから、あの人と、ウェントワース医師という人が答えた。オールド・ノース・オーストラリア連邦はそれを承認する、となし」

「どうやって、そんな通話の代金をはらえたんです？」ロッドはさけんだ。「あんな通信はすごく高くつくのに」

「わしがはらったわけじゃないよ、地主どの。あんたがはらったんだ。わしはあんたの後見人、ロード・ジェストコーストの権限で、あんたのつけにしておいた。ロード・ジェストコーストとその先祖は、ここ四百二十六年間、わしのパトロンでな」

「よくもいけずうずうしく！」ロッドはさけんだ。「当人のぼくがここにいるのに、相談もせずにぼくの金を使うなんて――」

「あんたはいくつかの面ではおとなだが、その他の面では未成年だ。わしはこれまで自分を生かしてきてくれた技能を、あんたのために役立てようとしとるんだぜ。なみの猫男が、これだけの長生きを許されると思うかね？」

「いいえ」とロッドはいった。「あの切手をくれたら、ぼくは出ていきます」

キャットマスターは彼をじっと見つめた。ふたたびその顔には例の個人的な興味がうかんでいた。これがノーストリリアなら、そんな表情は、許せない侮辱とみなされるだろう。しかし、おせっかいな好奇心だけでなく、そこには自信と思いやりもあふれている。ロッドは下級民であるこの老人にすこしばかり畏怖を感じた。

「どうだな？　故郷へ帰っても、あの切手を愛することができるかね？　あの切手はあんたに話しかけてくれるかね？　あんたが自分を好きになるのに役立ってくれるかね？　いや、あんたの心からの願いは、あのちっぽけな紙きれじゃない。もっとほかのものだ」

「ほかのものって？」ロッドはけんか腰できいた。

「あとで説明する。第一に、あんたはわしを殺せん。第二に、わしを傷つけることもできん。第三に、もしわしがあんたを殺すにしても、それはあんたのためを思ってのことだ。第四に、もしここをぶじに出られたら、あんたはとても幸福な人間になれる」

「どうかしてるぜ」ロッドはさけんだ。「その気になれば、ぼくはいつでもあんたをぶちのめして、あそこのドアから出ていける。ふざけるな」

「ためしてみるかね」キャットマスターは冷静にいった。

ロッドは、背の高い、しなびた老人と、そのきらきらした目をながめた。それからほんの七、八メートル先にあるドアをながめた。ためしてみる気はなくなった。

「わかった。つづけてください」

「わしは臨床心理学者だ。この地球でたったひとり、そしておそらくどこの惑星にもない職業だろうな。少年に変えられた子猫のころから、古代の本を読んで知識をとりいれたのさ。わしは人びとをちょっぴり、ほんのちょっぴり変える。あんたも知ってるように、補完機構には外科医や脳の専門医や、そのほかあらゆる種類の医者がいるさ。連中は人格を九分どおりまで、どんなふうにも変えてのける――だが、軽いものはべつ……それを、わしがやる」

「よくわからない」

「あんたは散髪をするとき、脳外科医へ行くか？　風呂へ入りたいとき、皮膚科医へ行くか？　行くわけがない。わしは大きな仕事はやらん。人びとをほんのちょっぴり変えるだけだ。それでみんなは幸福になる。もし、なんにもしてやれなかったら、このがらくたの山の中からなにかをおみやげにくれてやる。本当の仕事は、それ、そこにある。まもなく、あんたはあそこへはいるんだよ」

キャットマスターは〈憎しみの広間〉と記されたドアのほうに首をうなずかせた。

ロッドはさけんだ。「コンピューターといっしょにあの金もうけをしてからというもの、この何週間か、他人から命令のされつづけだ！　ぼくには自分でなにかができないのか？」

キャットマスターは同情の目で彼を見た。「だれにもそんなことはできんよ。だれもが自分は自由だと思っとるかもしれん。しかし、だれの人生も、たまたま知りあった人たち、たまたま居合わせた場所、たまたまでくわした仕事や趣味で作りあげられていく。いまから一年先に、わしは死んでいるか？　それはわからん。いまから一年先に、あんたはオールド・ノース・オーストラリアへもどっているか？　十七歳の若さで富と知恵を手に入れ、幸福への道を歩んでいるか？　それもわからん。あんたはこれまでたてつづけの幸運に恵まれてきた。そう考えてごらん。あれは幸運だ。ときに、わしに会ったのもその幸運のひとつだ。もし、あんたがここで死ぬとしたら、それはわしのせいじゃない。あんたの体がここの機械の前で緊張しすぎて、その負担に耐えきれんからだ。この機械は、大むかしにレイディ・ゴロクが承認したものでな――ロード・ジェストコーストが補完機構にそれを報告した。この機械を合法的なものにするために、そうしたのさ。宇宙ひろしといえども、人間じきじきの監督なしに、真人を好きなように扱える下級民は、わしひとりだろうな。わしがなにをするかというと、古代人がいろいろな濃淡の光にあてた紙から写真を現像したように、人間を現像するわけさ。わしはあんたの故郷の〈死の庭〉のような、秘密の審問官じゃない。あんたは自分と対決する。わしはそのそばでちょっと手助けするだけだ。

そこから出てきたとき、あんたは前とはちがうあんたになっとるだろう――おなじあんただが、ここがすこしよくなり、あそこがすこし柔軟になったというぐあいにな。実をいうと、その猫の体のおかげで、あんたの自分に対する戦いは、わしにもちょいと難物にはなるがね。さあ、それではじめよう、ロッド。覚悟はいいかな？」

「なんの覚悟？」

「あそこでの試練と変化に対する覚悟さ」キャットマスターは〈憎しみの広間〉と記されたドアにあごをしゃくった。

「できたと思うけど。ほかに選択の道はないんだし」

「ない」キャットマスターは同情のほかに悲しみさえまじえていった。「いま、この時点ではな。もしあのドアから出ていけば、あんたは法律を犯した猫人として、即座にロボット警官に殺される」

「お願いだ」ロッドはいった。「勝っても負けても、あのケープ三角切手を一枚もらえますか？」

キャットマスターは微笑した。「約束するよ――もし、ほしい切手があれば、一枚あげよう」彼はドアに手を振った。「はいりなされ」

ロッドは弱虫ではなかったが、そのドアに近づくときには、さすがに手足が鉛のように重かった。ドアはひとりでに開いた。彼はしっかりした足どりで、だが、実はおっかなびっくりで、中に入った。

中の暗闇は、漆黒よりも濃いものだった。それは盲目の闇、そもそも目というもののない頬のひろがりだった。

ドアが背後で閉まり、彼は闇の中を泳いだ。それぐらいに暗闇は手ごたえのあるものになっていた。

盲目になった気分だった。生まれてから一度も物を見たことのない気分だった。

しかし、聴覚はあった。

自分の血が頭の中で脈うっているのが聞こえた。

匂いもわかった――事実、匂いを嗅ぐのは得意だった。そしてこの空気――この空気――この空気は、戸外の夜、オールド・ノース・オーストラリアの乾ききった平原の匂いがする。

その匂いで、自分が小さくなったような気がして不安になった。思いだされるのは、何度もくりかえされた子供時代、研究室の中で人工的に溺死させられて、ひとつの子供時代からべつの子供時代へと生まれかわったことだった。

両手であたりをさぐってみた。

なにもない。

軽くジャンプしてみた。天井もない。

砂嵐の時代から伝わっている農夫の生活の知恵で、その場に軽く体を伏せ、四つんばいになった。片手で顔をまもりながら、もうひとつの手と両足を使ってカニのように横に這っていく。ほんの二、三メートルで壁をさぐりあてた。その壁にそって進んだ。

まるくカーブしている。

ドア。

また壁にそって進む。

しだいに自信がまして、動きが速くなった。まわる、まわる、まわる。床がアスファルトなのか、古びてざらざらしたタイルの一種なのか、よくわからない。

またドア。

声がサベっている。

サベっている！　なのに、それが聞こえる。

彼は盲目よりもなおきびしい無の中を見上げた。そこに火文字で記されているのではないかと思うほど、はっきりした言葉だった。

その声はノーストリリア語で、こういった――

〝ロッド・マクバンは人間だ、人間だ、人間だ。

しかし、人間とはなにか？〟

（そして、たたきつけるような、狂おしく悲しい笑い声）

ロッドは、自分が幼年期の習慣にもどっているのに気づかなかった。知らず知らずのうちに、床にぺたんと尻をついてすわり、両足を投げだし、九十度の角度に開いていた。両手をうしろについて体をそらし、体重で両肩をすこし上に押しあげた。さっきの言葉のあとにどんな考えがつづくかを知っていたが、なぜ自分がそれをかんたんに予測できるのかはわからなかった。

明かりが部屋の中に形づくられた。そうなると信じていたとおりに。

そのイメージは小さいものだったが、真にせまっていた。

おおぜいの男と女と子供、子供と女と男が、行進しながら視野の中にはいり、また出ていった。

彼らはフリークではなかった。野獣でもなかった、どこか外側の宇宙で生まれた異質な怪物でもなかった。ロボットでもなかった。下級民でもなかった。みんながロッドのようなホミニード、地球で発生した人類の同族だった。

最初にオールド・ノース・オーストラリア人と地球人がやってきた。どちらも瓜ふたつで、古代人ともよく似ているが、ただノーストリリア人は、日焼けしてはいるが素肌はより青白く、より大柄で強健だった。

それからダイモン人がやってきた。白い目をした青白い巨人で、魔法のような自信にあふれ、赤ん坊までが、すでにバレエのレッスンを受けたような身ごなしで歩いていた。

それから重人《じゆうじん》の父親たち、母親たち、堅固な大地の上で泳いで、そこから起きあがることのない赤ん坊たち。

それからアマゾナス・トリステの雨人たち。彼らの皮膚は巨大なひだをなして体のまわりに垂れさがり、濡れたぼろをいっぱい巻きつけた猿のように見える。

ひたいにとりつけたレーダーを通して世界をひたむきにのぞいている、オリンピアの盲目の人たち。

見捨てられた惑星出身のふくれあがった怪物のような人たち――パラダイスⅦから脱出直後のロッドの先祖のように、不運な人たち。

そのほか、まだまだ多くの種族。

彼が聞いたこともない種族。

甲羅の生えた人間。

あまり痩せているので昆虫そっくりに見える男や女。

その世界特有の不治の破瓜病におかされて、にやにや笑いをうかべた、おろかな巨人種族。

(ロッドは、彼らが献身的な犬の種族に養われているらしい、と感じた。犬たちは彼らよりずっと頭がよく、彼らをおだてて生殖させ、なだめすかして食事をさせ、眠らせているのだ。焦点のさだまらない笑顔をした阿呆たちばかりで、犬たちの姿は見あたらないが、〝ワンワン、すてきなワンワン！〟という感情がどこかすぐそばに漂っている）

なんともいえないいびつな足どりでひょこひょこ歩く小さい奇妙な人たち。

どこか所在不明の世界の澄みきった水をえらの中で脈うたせている水棲人。

そしてそれから――

まだいろいろの種族がつづくが、こんどは敵意のある種族だった。巨大なひげを生やし、フルートのような声を出す、口紅を塗った両性具有人。人間を乗っ取った癌腫人、地中に根を生やした巨人。濡れた草の中を這いずり、這いながら涙を流し、自分自身を汚染するだけでなく、伝染させる相手をさがしている人体。

自分では気づかなかったが、ロッドはうなり声を出していた。

彼はぴょんとはねおきて中腰になり、両手でざらざらした床を掃き、武器をさがした。

こいつらは人間じゃない――こいつらは敵だ！

それでもむこうはやってきた。目をなくした人たち、耐火能力のできた人たち、見捨てられた植民地、忘れられた移住地の残存者。人類種族のあまりもの、はみだしもの。

そして、それから――

自分。

自分自身。

幼いロッド・マクバン。

そしておおぜいの声、ノーストリリア人の声。「この子はキトれない。この子はサべれない。この子はフリークだ。フリークだ。キトれない。サべれない」

そしてべつの声——「親もかわいそうに！」

幼いロッドが姿を消し、再び両親が現われた。実物の十二倍も背が高く、顔の下側を見るためには、吸いこまれるような黒い天井を見あげてなくてはならない。

母は泣いていた。

父はきびしい声を出していた。

父はこう話していた。「むだなことだ。わたしたちの留守のあいだ、ドリスがこの子を見てくれるが、もしも治療できなかったら、届け出るしかないだろう」

穏やかな、愛情にみちた、恐ろしい父の声——「なあ、おまえもこの子にサべってみてごらん。この子にはキトれない。これがロッド・マクバンといえるだろうか？」

すると、甘い毒に満ちた、死よりも残酷な女の声が、すすり泣きながら、夫に同意して、息子を切りすてた。

「わからないわ、ロッド。わたしにはわからない。ただ、その話だけはしないでちょうだい」

あのとき、ぼくは彼らふたりの声をキトったのだ。ときたまテレパシーがとつぜんよみがえる、あのとほうもなく透明な一瞬に、驚くほど明瞭にそれをキトったのだ。まだ赤ん坊のころに、それをキトったのだ。

暗闇の室内にいる現実のロッドは、不安と、絶望と、孤独と、怒りと、憎しみのいりまじった絶叫をあげた。それはこれまで何度も隣人たちを驚かしてきたテレパシー爆弾、はるか頭上の地球港のタワーで巨大なクモを殺した、あの精神衝撃だった。

しかし、こんどは、部屋が密閉されていた。

自分の心が絶叫のこだまを返してきた。

怒り、けたたましさ、憎しみ、荒々しい雑音が、床から、円い壁から、高い天井から、どっと心の中に流れこんできた。

その下で身をすくめ、さらに身をすくめているうちに、イメージの大きさが変化した。両親は椅子に、椅子にすわっていた。両親は小さく、小さかった。ロッドは全能の赤ん坊で、両親を片手ですくいあげられるほど巨大だった。

手をのばして、小さな両親を握りつぶそうとした。「この子を死なせろ」といった憎い両親を。

握りつぶそうとしたが、その前にむこうが薄れてきた。

両親はおびえた顔になった。きょろきょろあたりを見まわした。椅子が溶け、その切れはしが床に落ち、そして床も嵐に吹きちぎられた布のようにはためいた。ふたりは最後のキスをしようと顔を近づけたが、もう唇がなかった。おたがいをかきいだこうとすると腕がとれた。ふたりの乗った宇宙船は旅の途中で乳化し、痕跡もない無の中に溶けていった。そして、ぼく、ぼく、ぼく自身がそれを目撃したのだ！

怒りのあとには涙があふれ、後悔もできないほど深い罪悪感がおそってきた。なまなましく濡れた自責の念が、自分の生きた肉体の中にあるもうひとつの臓器のように感じられた。

なにもほしくなかった。

金も、ストルーンも、〈没落牧場〉も要らない。友だちも、仲間づきあいも、歓迎も、家も、食べ物も要らない。散歩も、牧場の中の一人だけの発見も、人なつっこい羊も、裂け目の中の宝も、コンピューターも、昼も、夜も、命も要らない。

なにもほしくはなく、そして死が理解できなかった。

巨大な広間はすべての明かり、すべての音を失っていたが、それにも気づかなかった。さらけだされた自分自身の命が、まるで解剖されたばかりの死骸のように、目の前にある。そこに横たわっているそれは、なんの意味もなさなかった。この世にはおおぜいのロデリック・フレドリック・ロナルド・アーノルド・ウィリアム・マッカーサー・マクバンが、百五十人の彼らが一列に並んでいたが、しかし、ぼく――百五十一世！　百五十一世！　百五十一世！――はそこに入れない。病んだ地球やノーストリリアの平原の隠された日ざしと戦って、宝を手にいれた巨人たちの仲間になれない。それはテレパシー障害のせいでも、サベれないためでも、キトれないためでもない。それはぼく自身、ぼくの内部にある〝微妙な自己〟、それがまちがって、まるきりまちがっているためだ。ぼくは殺されてもしかたのない赤ん坊なのに、それが逆に人を殺してしまった。ぼくはママとパパを憎んだ——ふたりの誇り、ふたりの憎しみのために。ぼくが憎んだとき、ふたりは宇宙の謎の中でくしゃくしゃに潰れて死に、埋葬する死体もあとに残らなかった。

ロッドは立ちあがった。両手が濡れていた。顔をさわってみて、それまで両手で顔をおおって泣いていたことにはじめて気づいた。

待て。

なにかがある。

ひとつだけほしいものがある。できれば、ホートン・サイムには憎まれたくない。ホートン・サイムはキトることもサベることもできるが、マル短だ。彼自身と、彼の出会うあらゆる娘、あらゆる友人、あらゆる仕事とのあいだを、死という病いによってさえぎられている。それなのに、ぼく、ロッドは、その男をあざ笑い、たんたん《ホット・アンド・シンプル》小僧とあだ名をつけた。ぼくは無価値かもしれないが、あのホートン・サイムよりは、あのオンセックよりは、まだしも恵まれている。ホートン・サイムはすくなくとも人間であろうとして、みじめな短い人生を生きようと努力した。ぼくがこれまでにやったことといえば、自分の富と不老長寿を、百六十年しか生きられないかわいそうな障害者の前でこれみよがしに見せつけたことだけだ。ぼくの望みはたったひとつ——まだ間にあううちにオールド・ノース・オーストラリアへもどり、ホートン・サイムを助け、ホートン・サイムに、その罪はぼく、ロッドのものであり、サイムのものではない、と知らせること。オンセックにはまだ短い人生が残されており、それを精いっぱい生きるだけの値打ちがある。

ロッドはなにも期待せずに、そこに立った。

最後の敵を許したのだ。

自分自身をも許したのだ。

ドアがごく事務的に開かれ、そこにキャットマスターが、静かな賢い微笑をうかべて立っていた。

「もう出てきてもいいよ、地主のミスター・マクバン。もし、外の部屋になにかほしいものがあったら、遠慮なく持っていっておくれ」

ロッドはゆっくり外に出た。どれほどのあいだ〈憎しみの広間〉にいたのか、見当がつかなかった。

彼が外へでると、ドアがうしろで閉まった。

「ありがとう。でも、いいです。親切にいってもらってうれしいけど、なんにもいりません。それより早く自分の惑星へ帰ったほうがいい」

「なにもほしくないのかね?」キャットマスターはまだ注意深く、穏やかに微笑しながらそういった。

「キトったり、サベったりできるようになりたいけど、それもたいして重要なことじゃないから」

「これをあげよう」キャットマスターはいった。「これをいつも耳の中にはめておきなさい。もし、かゆくなったり、よごれたりしたときには、とりだしてきれいに洗い、またはめる。そんなにめずらしい装置じゃないが、どうやらあんたの惑星にはないようだ」彼がさしだした品物は、ピーナッツほどの大きさしかなかった。

ロッドはうわの空でそれを受け取り、自分の耳の中でなく、ポケットの中へしまおうとして気がついた。微笑をうかべたキャットマスターの注意深い顔が、とても優しく、だが油断なく、こちらを見まもっていることに。ロッドはその装置を耳の中にはめた。すこしひやっこかった。

「では、いまからあんたをク・メルのところへ送りだそう。ク・メルがあんたを案内して、〈地の底の底〉の友人のところへ連れていってくれる。ケープ植民地の青い二ペニーの郵便切手も持っていきなされ。ロード・ジェストコーストには、複製を作る途中でなくなったといっておく。まあ、半分は事実だ、ちがうかな?」

ロッドはうわの空で相手に礼をいおうとしかけて――

そこで首すじと背中と両腕が総毛立つような思いといっしょにさとった。キャットマスターがすこしも唇を動かさず、のどから空気を押しださず、圧力や音で空気をかきみださなかったことに。キャットマスターはロッドにサベり、ロッドはそれをキトったのだ。

自分も唇を動かさず、まったく音を出さないようにして、ロッドはごく注意深く、ごくはっきりとこう考えた──

「敬愛する優雅なキャットマスター、古代地球の郵便切手という宝をくださってありがとう。いまぼくがつけているこのテレパシー装置をくださったことには、それ以上に感謝します。もし、ぼくの考えがキトれたら、どうか握手のために右手をさしだしてくれませんか?」

キャットマスターは前にでて、右手をさしだした。

人間と下級民は、思いやりと感謝の気持にみちあふれて向かいあった。そのふたつの感情は、悲しみに近いほど痛切だった。

どちらも泣かなかった。どちらも。

ふたりはなにもいわず、なにもサベらずに、手を握りあった。

お金の嫌いな人はない

ロッド・マクバンが〈心からの願いの百貨店〉で個人的な試練にたちむかっているあいだにも、ほかの人びとは彼と彼の運命にかかわりつづけていた。

世論の犯罪

体にあわないドレスを着た中年女が、招かれもしないのにポールのテーブルに腰をおろした。ポールは真人で、むかしク・メルと知りあったことがある。

ポールは彼女に注意をはらわなかった。最近の人間のあいだには、奇矯な行動がふえている。中年を選ぶのも好みの問題になっていた。〈人間の再発見〉のあと、多くの人間が、自分を不完全なままにしておくほうが、それまでの生き方よりも気楽なことに気づいたのだ――それまでの生き方といえば、年を重ねてゆく心を、永遠の青春をたもつ運命を負わされた完全な肉体の中で肥大させていくことだった。

「わたしは流感にかかったわ」とその女はいった。「あなたは流感にかかったことがおあり？」

「いや」ポールは興味を示さなかった。

「新聞を読んでいるの？」女は彼の手にある新聞を見てそういった。なんでも載っているが、ニュースだけは載っていない新聞を。

ポールは新聞を手に持ったまま、そうだ、と答えた。

「コーヒーはお好き？」いれたてのコーヒーがポールの前にあるのを見て女はそうたずねた。

「嫌いなら、だれが注文します？」ポールはぶっきらぼうに答えながら、この女はどうしてこんなへんてこなドレスを選んだのだろうか、とふしぎに思った。さえない赤の地に、黄色いヒマワリの模様だ。

女は言葉に詰まったが、それもほんの一瞬だった。

「わたし、ガードルをつけてるの。先週、売りだされたばっかり。とてもとても歴史が古くて、由緒のあるものよ。だれでも太りたければ太っていい時代になって、ガードルは大流行なの。男性のためには、スパッツも出ているわよ。あなたはもうスパッツを買いました？」

「いや」ポールはコーヒーと新聞をそのままにして、逃げだそうかと考えた。

「あなたはあの男をどうするつもり?」

「どの男です?」ポールはお義理で大儀そうにたずねた。

「ほら、地球を買った男」

「地球を?」

「ええ」女はいった。「いまの彼は補完機構よりも大きな権力を持っているわ。自分のしたいことはなんでもできる。わたしたちのほしいものをなんでもくれることだってできる。もし、その気があれば、このわたしに宇宙一周の千年旅行をさせてくれることだって」

「あなたは役人?」とポールは鋭くきいた。

「いいえ」女はびっくりしたように答えた。

「じゃ、どうしてそんなことを知っているんです?」

「だれでも知っているわよ。だれでも」女は自信たっぷりに答え、いいおわると口をきゅっと結んだ。

「その男に、いったいなにをするつもりです? 略奪するんですか? それとも、たらしこむんですか?」ポールは皮肉にきいた。不幸な恋愛の経験、アルファ・ラルファ大通りからアバ・ディンゴへの二度とくりかえしたくない旅の経験が、まだ忘れられない。これまで冒険をしたことがなく、なんの苦しみも味わったことがないまぬけどもと、根気よくつきあう気はなかった。

女は頬に怒りの血をのぼらせた。「きょう、みんなで彼の宿舎へ押しかけるのよ。それから、彼が外へ出てくるまで、大声で何度も呼びかけるわ。それから行列を作って、めいめいの願いを順番に聞いてもらう」

ポールは鋭くたずねた。「だれがそんなことを組織したんです？」

「知らないわ。だれかよ」

ポールはものものしくいった。「あなたは人間だ。訓育も受けた。第十二条とはなんです？」

女はすこし青ざめたが、まる暗記の棒読み口調で唱えた――「〝いかなる男女も、許可なき意見を、ほかの多数の人間とともに形づくり、わかちあったときは、すみやかにもよりの下部主任に届け出て、治療を受けなくてはならない〟でも、まさかわたしはそんな……？」

「このままだと、あなたは夜までに死ぬか、脳洗浄を受けることになりますよ。さあ、むこうへ行ってください。わたしは新聞を読みますから」

女は怒りと涙を半々にして、彼をにらみつけた。しだいにその顔は恐怖におおわれた。

「わたしがいまいったことは、ほんとに違反なのかしら？」

「完全にね」ポールは答えた。

女はぽっちゃりした両手で顔をおおって泣きだした。「ねえ、ねえ、すみませんが――すみませんが下部主任をさがすのを手伝ってくださらない？　ひとりじゃできそうもないわ。あんなに夢をえがいて、あんなに希望を持っていたのに。星からきた男。でも、あなたのいうとおりだわ。わたしは死にたくないし、頭を空白にされたくもない。おねがい、どうか助けてください」

苛立ちと同情につき動かされて、ポールは新聞とコーヒーをそこに置きざりにした。ロボット給仕があわてて駆けつけ、勘定がすんでないことを告げた。ポールは歩道におかれたふたつの樽のそばへ足を運んだ。樽の中には、みんなが古代文明のゲームをたのしめるように、お金がいっぱい入っている。彼は目につく中でいちばん大きな紙幣をとり、それを給仕に渡してお釣りをもらってから、チップをはずみ、礼をいわれたあと、お釣りのコインをそっくり樽の中へもどした。女は、まだらのできた顔に悲しみをたたえて、しんぼうづよく待っていた。

ポールがむかしのフランス人流儀に腕をさしだすと、女はその腕をとった。ふたりは、公衆映話まで百メートルほどを歩いた。あぶなっかしい古代のスパイクヒールの婦人靴をはいた女は、ポールとならんで歩きながら、なかばすすり泣き、なかばひとりごとのように訴えた――

「以前のわたしは四百年の寿命があったわ。ほっそりして美人だったわ。セックスが大好きで、あんまり頭がよくないから、物事を深くは考えなかった。夫をつぎつぎに変えたわ。そこへこの変化でしょう。自分が役立たずになった気がして、その気分どおりになってみようと決心したの――でぶで、のろまで、中年の、退屈した女に。それがうまく成功しすぎたみたい、ふたりの夫にいわせるとね。そこへ、星からあの男、全能の男がやってきた。彼なら物事を変えてくれると思ったわ」

ポールは同情をこめてうなずいただけで、なにもいわなかった。

映話機の前で彼が立っていると、ロボットの映像が現われた。「下部主任」と彼はいった。「どの下部主任でもいい」

映像がぼやけ、ひどく若い男の顔が現われた。その顔が熱心に見つめる前で、ポールは自分の番号と等級、新国籍、地区番号、そして用件を述べた。用件を二度くりかえさなくてはならなかった。「犯罪的世論」

下部主任は、鋭いが、不愉快ではない口調でいった。「では、出頭したまえ、きみを治療するから」

犯罪的世論とは、〝補完機構と地球政府の承認のもとに発表された資料とは別に、他の多数の人間と共有された意見〟をいう。ポールはこともあろうに犯罪的世論の容疑者に見られたことにひどく腹が立ち、機械にむかって抗議をサベりはじめた。

「市民よ、口頭で述べたまえ！　その機械ではテレパシーは伝わらない」

ポールが説明をすませると、制服を着た青年は彼を冷静だが好意的な目で見つめ、こういった。

「市民よ、きみもなにかを忘れていないか」

「わたしが？」ポールは息をのんだ。「わたしはなにもしていません。この女性がいきなりわたしのそばへすわって――」

「市民よ」と下部主任はいった。「全人類のための第五条の後半は？」

ポールはちょっと考えて答えた。「ほかの真人が危険または不幸に遭遇するのを見たときは、なにびとも遅滞なく無償で奉仕をしなければならない」いいおわると、ポールは目を見はりながらいった。「わたしにそれをしろといわれるのですか？」

「どうだね？」下部主任はいった。

「できます」

「もちろんだ。きみは正常だからね。脳把握のやりかたはおぼえているな？」

ポールはうなずいた。

下部主任は彼に手をふり、映像は画面から消えた。

さっきの女もわきでそのやりとりを見ていた。彼女も覚悟ができたようだった。ポールが伝統的な催眠術のしぐさで両手をあげると、彼女はその手をじっと見つめ、必要な反応をかえしてきた。ポールが往来に立ったまま脳洗浄をすませると、彼女はよろよろと歩道を歩きだした。彼女はなぜ涙が自分の頬を伝っているのかも知らなかった。ポールのことをおぼえてもいなかった。

つかのま、とっぴな気まぐれにうながされて、ポールは都市を横ぎり、星のむこうからきたというそのすばらしい男を、一目見ようかと思った。考えながら、あたりを見まわした。彼の目がとらえたのは、遠くの地上から地球港のまんなかあたりまで、なんの支えもなしに空高く上昇している、ひとすじの糸のようなアルファ・ラルファ大通りだった。自分自身のこと、自分の不幸な経験が心によみがえった。彼はさっきの新聞と新しいコーヒーのところへもどったが、こんどはレストランに入る前に樽の中のお金を持っていくことにした。

ミーヤ・ミーフラ沖のヨットで

ルースは上体を起こし、海をながめてあくびをした。この若い大富豪を相手に、ありったけの恋のてくだを使いはたしたところだった。

にせのロッド・マクバン、実は変身したエリナーが彼女にいった——

「ここはほんとにすてきだね」

ルースはけだるげに、色気たっぷりに微笑した。なぜエリナーがとつぜんに笑いだしたのか、ルースにはわからなかった。

ロード・ウィリアム・ノット＝フロム＝ヒアが下からデッキへ上がってきた。彼は両手にひとつずつ銀のマグを持っていた。マグには霜がついていた。

「よかった」と彼は如才なくいった。「若いおふたりさんが幸福そうで。これはミント・ジューレップといってな、とても歴史の古い飲み物だ」

彼はエリナーがその飲み物をすすり、にっこりするのを見まもった。

彼もにっこりした。「気にいってもらえたかな？」

エリナーは微笑をかえした。「皿洗いなんかとは段ちがい！」というのが、〝ロッド・マクバン〟の謎めいた答だった。

この大富豪の若者には実に奇妙なところがある、とロード・ウィリアムは思いはじめた。

〈鐘《ベル》と蔵《バンク》〉の控えの間

ロード・クルデルタは命令した。「ジェストコーストをこれへ！」

ロード・ジェストコーストはすでに部屋に入ってくるところだった。

「例の少年の事件はその後どうなった？」

「べつになにもありませんよ、大先輩」

「チョッ。ばかな。くだらん。フン」老人は鼻を鳴らした。「なにもないはずはない。彼はどこかにいるはずだ」

「本物はキャットマスターのところにいます。あの〈百貨店〉に」

「はたしてそれが安全かな？」ロード・クルデルタはいった。「われわれの手にあまるほど、あの少年が利口になったらどうする？　またなにかをたくらんどるな、ジェストコースト」

「いや。そのことは前に話しました」

老人は眉をひそめた。「そうだったな。たしかに話してくれた。そっちはいい。しかし、ほかのものはどうだ？」

「は？」

「い、い、おとりだよ」

ロード・ジェストコーストは笑いだした。「われらが同僚、ロード・ウィリアムは、臨時に〝ロッド・マクバン〟の代役をつとめているマクバン氏の召使に、愛娘《まなむすめ》を嫁がせようとしていますよ。だれもがそれぞれにたのしんで、なんの害もない。ほかのロボットたち、八人の生き残りも、地球港都市を遊覧中で、ロボットとしては空前のたのしみを満喫しています。大衆はそこへ集まって、奇跡を求める。まあ、実害はありません」

「で、地球経済は？　手のつけようもないほど収支不均衡が進んだりはしておらんか？」

「コンピューターに調査を命じました」ロード・ジェストコーストはいった。「これまでにわれわれが課したあらゆる徴税上の罰則を見つけるように、と。いまのところ、数メガクレジットの黒字が見こめます」

「FOEマネーか」

「FOEマネーです」

「まさか彼を破産させるつもりじゃなかろうな？」

「とんでもない、大先輩」ロード・ジェストコーストはさけんだ。「わたしは思いやりのある男です」

老人は卑しく不愉快な微笑をうかべた。「ジェストコースト、きみの思いやりとやらは、前にも見たことがある。きみを友人に持つぐらいなら、千もの世界を敵にまわすほうがましだ！　きみは狡猾で、危険で、煮ても焼いても食えない」

この賛辞にすっかり気をよくしたジェストコーストは、形式ばった口調でいった。「正直な役人にむかって、なんとひどいことをおっしゃるんですか、大先輩」

ふたりの男は微笑をかわしあった。ふたりはおたがいをよく知りぬいていた。

イ・テレケリはそれまで祈りをあげていた説教台から離れて立ちあがった。

彼の娘が、戸口からじっとそれを見つめていた。

彼はサベった。「娘よ、どうしたんだね？」

「おとうさま、わたしは彼の心を見たわ。キャットマスターの店を出てくるときにほんの一瞬。彼は星からやってきた大金持で、すてきな若者で、地球を買いとった人。でも、約束されたるものではありません」

「期待のしすぎだよ、イ・ラメラニー」

「わたしが期待したのは、希望でした。わたしたち下級民のあいだで、希望は犯罪なの？ジョーンが予見し、コプトが約束したもの――それはどこへ行ったのです、おとうさま？わたしたちは一生日の光を見ることもなければ、自由も知らずに終わるのですか？」

「真人たちも自由ではない。やはり悲しみや不安、出産、老齢、愛、死、苦しみ、それに彼ら自身の破滅の道具をかかえている。自由とは、星からきたすばらしい人物によってもたらされるものではない。自由とはね、娘よ、おまえが実行するもの、わたしが実行するものだ。死とはごく個人的なものであり、命とは――それを理解すれば――おなじぐらいに個人的なものだ」

「知っています、おとうさま。知っています。知っています。知っています」

（だが、彼女は知らなかった）

「おまえは知らないだろうが」と偉大な鳥人はつづけた。「人びとが都市を築きあげるよりもずっと以前、地球にはほかの生き物がいた――古代世界が滅びたあとに現われたものたちだ。彼らは人間形態の限界をはるかに超えるところまでいった。彼らは死を征服した。彼らは病気にかからなかった。愛を必要としなかった。時の外部に抽象概念をもとめた。そしてな、イ・ラメラニー、彼らは死んだ――恐ろしい死にざまだった。あるものは怪物になり、ふつうの人間にはとうていおしはかれない理由で、真人たちの生き残りを餌食にした。ほかのものは牡蠣《かき》のように、神聖さの殻にとじこもった。人間性そのものが不完全で堕落しており、完全なものをもはや理解できないことを忘れていた。いまのわたしたちは〈聖なることば〉の断片を持っているし、人びとそのものよりもむしろ人びとの深い伝統に忠実だ。しかし、自分の力をたのむあまり、この人生の中で完全を望んだり、いまのわれわれとはがらりとちがったものになろうと期待するような、おろかなまねをしてはならない。

娘よ、おまえもわたしも動物だ。真人ですらない。しかし、人間には、ジョーンの教え、人間らしく見えるものが人間だという教えが理解できない。姿かたちや、血や、皮膚のきめや、体毛や、羽毛ではなく、言葉が鍵なのだ。そして、けっして口にはしないが、わたしたちが地上の人びとよりもはるかにそれを必要としているため、愛し、いつくしんでいるあの力がある。偉大な信仰は、大寺院の塔からでなく、つねに都市の下水道から生まれるものだ。しかも、わたしたちは使われている動物ではなく、見捨てられた動物だ。この地の底のわたしたちは、人類が捨てさり、忘れさったゴミだ。この点でわたしたちはかえって恵まれている。なぜなら、生まれたそのときから、自分が無価値なのを知っているからだ。ところで、なぜ無価値なのか？　なぜなら、より高い標準とより高い真実が——人類の慣習法と不文律の慣習が——そう告げているからだ。しかし、娘よ、わたしはおまえに愛を感じるし、おまえはわたしに愛を感じる。愛をいだくものはそれじたいに価値があり、だから下級民が無価値だとする説はまちがいだとわかる。いま、わたしたちは分秒と時間の先を超え、時計のない、夜の明けない場所に望みをかけることを強いられている。時の外にもひとつの世界があって、わたしたちが訴えかけるのはそこなのだ。

わが子よ、おまえが信心深い生活を愛しているのは知っている。それはほめられるべきことだ。しかし、通りすがりの旅人を待ちこがれたり、ひとつかふたつの奇跡で物事のすがたが正しく完全なものになると信じたりするのは、情けない信仰だよ。地上の人びとは、むかしの人間がかかえていた問題を超越したと思っている。教会や寺院と呼ばれる建物を持たなくなり、共同社会の中に職業的な宗教家を持たなくなったからだ。しかし、より高い力と大きな問題は、人びとがそれを望むと望まないとにかかわらず、いまなおすべての人間を待ちうけている。今日の人類のあいだで〈信仰〉はばかばかしい道楽と見られ、補完機構も〈信者〉をとるにたりない弱い存在と思えばこそ、大目に見ている。しかし、人類はこれまで巨大な情熱の瞬間を何度も迎えてきた。その瞬間はきっとまたやってくる。そのとき、わたしたちはそれをわかちあえるだろう。だから、星からきたおまえの英雄を待つことはない。もし、自分の中に信心深い魂があるなら、それはすでにここでおまえの涙によってうるおされ、おまえの強く明らかな思想によってたがやされるのを待っているはずだ。もし、おまえに信心深い魂がなくても、よい魂は外部にある。

おまえの弟のイ・イカソスを見てごらん。あの子はいまふだんの姿にもどろうとしている。あの子は、わたしに身をゆだね、動物の姿に変えられて、星ぼしの世界へ送りだされた。あの子は危険をたのしむという傲慢の罪をおかすことなく、危険をおかした。義務をおこなうのに、かならずしもよろこんでおこなう必要はない——ただ、おこなうだけでよい。いま、あの子はむかしのねぐらにもどってくるが、わたしにはわかる。たくさんの小さいこと、それにひょっとすると大きなことでも、あの子は幸運をもたらしてくれるだろう。どうだ、娘よ、わかるかね？」

イ・ラメラニーはわかると答えたが、そう答える彼女の目には、まだ狂おしくうつろな失望のいろがあった。

地球港《アースポート》に近い地上の警察署で

「ロボット巡査部長は、人間を傷つけるなという規則に違反するので、もうこれ以上は手が打てないといっています」

下部主任は自分の上司を見やりながら、オフィスの外に出て、都市の賑やかさの中を歩きまわる機会を、舌なめずりしながら待ちこがれた。映話スクリーンや、コンピューターや、ボタンや、カードや、きまりきった仕事に、彼はあきあきしていた。なまの生活と血わき肉おどる冒険にあこがれていた。

「どの外星人のことだ?」

「トスティグ・アマラル。アマゾナス・トリステの出身なので、いつも体を濡らしている必要があります。補完機構の賓客ではなく、免許を受けた、ただの交易商です。彼はもてなし嬢《ガーリ》をひとり割り当てられたので、早く彼女を呼べとわめいているのです」

「そのもてなし嬢《イガール》を彼のところへ行かせろ。どういう女だ、鼠の出か?」

「いいえ、猫娘です。名前はク・メルといって、ロード・ジェストコーストが所有されております」

「そんなことはわかっとる」主任はそういってから、本当にそうならいいがと思った。

「いま、その女は、この地球の大半を買いとったあのオールド・ノース・オーストラリア人をもてなしているはずだ」

「しかし、あのホミニードは、いくらいっても彼女をよこせといって聞きません」

「彼女を渡すことはできん。補完機構の長官が命令を変更しないかぎりは」

「彼は力ずくでも奪いとるといっています。人びとを殺す、と」

「フム。いまは部屋の中か？」

「そうです、主任どの」

「標準的な設備のある部屋か？」

「調べてみます」下部主任がつまみをまわすと、彼の正面左手のスクリーンに電子デザインが現われた。「はい、そうです」

「のぞいてみよう」

「彼は消火用のスプリンクラーを常時使用する許可を得ています。多雨惑星からきたので」

「とにかく画面に出せ」

「はい」下部主任は操作盤に口笛で呼びだしをかけた。映像が溶け、渦まいてから、焦点を結ぶと、こんどは暗い室内が映しだされた。片隅には、濡れたぼろのかたまりのようなものがあり、そこから形のいい人間の手が突きだしていた。

「不愉快なタイプだ」主任はいった。「おそらく有毒だろう。かっきり一時間だけ、やつの意識を失わせろ。そのあいだに命令をもらうようにする」

地球港《アースポート》の下の地表街路で

ふたりの若い女が話しあっている。

「……世界一大きな秘密を教えてあげてもいいわ。だれにも、だれにも話さないと約束したら」

「どうせたいした秘密じゃないんでしょ。話してくれなくてもいいわよ」

「じゃ、よしたっと。教えてあげない」

「どうぞご勝手に」

「ばかね、もしどんな秘密かうすうすでも感づいてたら、きっと好奇心で気がくるうわよ」

「そんなに話したいなら、さっさと話せば」

「でも、秘密よ」

「わかったわよ。だれにもいわないわよ」

「あの星からきた男ね。彼、わたしと結婚するの」

「あなたと？　むちゃくちゃだわ」

「むちゃくちゃとはなによ。彼、わたしの寡婦権を買ってくれたのよ」

「むちゃくちゃだわ。なにがおかしい」

「どうしてけちをつけたがるのよ。わたしが好きでなかったら、寡婦権なんか買うわけないでしょ」

「おばかさん！　むちゃくちゃだといったのはね、彼がわたしの寡婦権も買ったからなの」

「あなたの？」

「そうよ」

「わたしたちふたりの？」

「なんのためかしら？」

「さあ」

「ひょっとしたら、わたしたちふたりをおなじハレムに送りこむつもりかな。ロマンチックじゃない？」

「オールド・ノース・オーストラリアにはハレムなんかないわよ。あそこの人びとがやることといえば、おかたい農民の生活をして、ストルーンをせっせと作り、そのそばに近づこうとする人間をかたっぱしから殺すことだけ」

「ひどいもんね」

「警察へ訴えましょうよ」

「ねえ、あいつはわたしたちの気持を傷つけたのよ。使うつもりもなくて、わたしたちの寡婦権を買ったのなら、その罰として、うんと割り増しを払わせなくちゃ」

カフェの前で

ひとりの酔っぱらい。

「そうなったら、毎晩酔っぱらったあげくに、おれが眠るまでミュージシャンどもに演奏させるって。金はほしいだけ手にはいる。樽からとってくるようなあんなおもちゃの金じゃねえ。コンピューターに登録された本当の金だぜ。みんなをあごで使ってやる。あいつもきっとおれのたのみを聞いてくれるさ。おふくろはな、みんなが番号を持つより前、遺伝子コードでマッカーサーと呼ばれてたんだ。おまえらにおれを笑う権利はねえや。あいつの名前は、本当はマッカーサー・マクバン十一世。おれはあいつの地球でいちばん縁の近い身内で友だちよ……」

トスティグ・アマラル

ロッド・マクバンは、素朴に、謙虚に〈心からの願いの百貨店〉を出た。ほこりよけの紙でくるんだ本の包みをかかえたその姿は、第一種の猫人メッセンジャーそっくりだった。市場の中の人間たちはまだ声高にしゃべりあい、食べ物と、香辛料と、いろいろながらくたの匂いをさせていたが、ロッドがおちつきはらって堂々とそのあいだを縫っていったので、武器をブーンとつけっぱなしにしているロボット警官も、彼にはまったく注意をはらわなかった。

さっき、ク・メルやア・ジェンターといっしょに泥棒市場を逆の方向に横ぎったときは、なんとなくおちつけなかった。オールド・ノース・オーストラリアからきた地主どのとして、うわべの威厳をとりつくろいはしたものの、内心おっかなびっくりだった。まわりの人びとが奇妙な上に、目的地にもなじみがなく、富と生存の問題が重くのしかかっていた。

いま、すべてはがらりと変わった。外側はまだやはり猫人かもしれないが、内側ではふたたび故郷の惑星に対する正当な誇りをとりもどしたのだ。

そして、それ以上のものも。

彼は、神経の末端にいたるまで、すっかり平静になっていた。

あのテレパシー補助装置は、本当なら彼を敏感にし、興奮させてもおかしくなかった。だが、現実にはそうならなかった。市場を通りぬけながらわかったことだが、テレパシーのやりとりをしている地球人はごく少数だ。彼らは騒々しい空気伝達言語でしゃべりあうのを好んでおり、その言語はひとつでなくたくさんの種類がある。そして、〈人間の再発見〉の過程でいろいろな古代言語を与えられた人びとにとって、古代共通語はひとつの基準の役目を果たしている。女王自身の言語である古代英語も耳にはいってきたが、そのひびきはノーストリリアの口語にとてもよく似ていた。

こうしたことはべつに刺激も興奮もよびおこさなかった。そして、同情さえも。ロッドには自分なりの悩みがあったが、それはもはや富と生存の問題ではなくなっていた。もしロッドがほかのものの面倒を見れば、この宇宙の隠れた好意的な力が彼の面倒を見てくれるだろう——なんとなく、そんな自信が生まれていた。まず、エリナーをトラブルから救いだし、オンセックと仲なおりし、ラヴィニアと再会し、ドリス叔母さんを安心させ、ク・メルにさよならをいい、自分の羊のところへもどり、自分のコンピューターを守り、ロード・レッドレイディの悪癖、ささいな理由でほかの人間を合法的に殺す悪癖を治してやりたかった。

ほかのものよりいくらか敏感なロボット警官が、人間の群衆のあいだを異様に自信たっぷりな態度で歩いていくこの猫男を見まもったが、〝ク・ロデリック〟は、市場の一方から中に入って、人ごみを縫い、まだ包みを持ったまま、べつに怪しいそぶりもなくもう一方から出てきた。ロボット警官は向きを変えた——その恐ろしいミルク色の目は、つねに混乱と死に対して身がまえながら、疲れを知らぬ熱心さで、市場の中を何度も何度も走査していた。

ロッドは斜路を下り、右へ折れた。

そこには熊男がレジ係をしているあの下級民用の食堂がある。レジ係はロッドをおぼえていた。

「このまえお見えになってから、しばらくぶりですねえ、猫の紳士。魚を召し上がりますかい？　それともこんどはほかの特別料理？」

「ぼくの妻はどこだい？」ロッドはいきなりたずねた。

「ク・メル？」熊のレジ係はいった。「ずいぶん長くここでお待ちでしたが、おでかけになりましたよ。こんなことづけを残されて——〝夫のク・ロッドがきたら、あとを追ってくる前に、まず食事しなさいといってちょうだい。食事がすんだら、第四垂直洞を地表レベルまで上がって、わたしが外星のお客をもてなしている〈歌う鳥ホステル〉の九号室へくるか、それともロボットをよこせば、わたしのほうからそっちへ出向きます〟どうです、猫の紳士、あっしにしちゃ、こみいったことづけをよくおぼえたもんでしょうが？」熊男はかすかに顔をあからめ、すこし誇りをかげらせて、ばか正直に告白した。「むろん、いまの住所のところだけはメモをとってあるんで。もし、お客さんを人間世界のまちがった場所へ案内したら、えらいこってすからね。立入禁止の通路へ入ったりしたもんなら、だれかに銃で焼き殺されても文句はいえませんぜ」

「じゃ、魚だ」ロッドはいった。「魚の夕食をたのむよ」

こちらが生死の境目にいるというのに、なぜク・メルはほかの客のところへでかけたのだろう、と彼はいぶかった。そう考えたとたん、その裏にある卑しい嫉妬に気づき、もてなし嬢《イガール》の仕事に必要な条件や、状態や、勤務時間についてなにも知らないことを、あらためて自覚した。

ぼんやりとベンチにすわり、料理がくるのを待った。

〈憎しみの広間〉の騒音がまだ心の中にあった。彼の両親の悲しみ、死にたえ、溶けていくマネキンたちのことは、まだ胸の中にまざまざと残っていた。あの試練の疲労で、まだ体がズキンズキンとうずいている。ぼんやりと熊男にたずねた。

「ぼくが前にここへきてから、もうどれぐらい時間がたった？」

熊男は壁の時計を見た。「十四時間ぐらいですね、お客さん」

「実時間でどれぐらいだ？」ロッドはノーストリリア時間と地球時間をくらべようとした。

地球時間は七分の一ほど短いはずだと思ったが、確信はない。

熊男はすっかりめんくらったようすだった。「お客さん、もし宇宙航行時間のことをおっしゃってるんなら、地下じゃその時間を使わないんでして。そのほかにも時間の種類があるんですかね？」

ロッドは自分の失敗に気づいて、言いわけした。「いや、もういいんだよ。のどがかわいた。下級民が飲んでも法律にふれないものはなにかな？　くたびれて、のどがかわいてるんだ。でも、酒っけのあるものは遠慮しとく」

「お客さんは猫人だから、ホイップした甘いクリームをのせた、強いブラック・コーヒーなんかどうですかい」

「ぼくは金がない」

「有名な猫の貴婦人、ク・メル奥様が、あなたの注文をなんでも支払うと保証なさってますよ」

「じゃ、それでたのむ」

猫男はロボットを呼び、注文を伝えた。

ロッドは壁を見つめ、自分の買ったこの地球をどうしたものだろうと考えた。といっても、一心不乱に考えたわけではなく、ぼんやり黙想にふけっただけだ。ひとつの声がじかに彼の心の中に入ってきた。熊男がサベっており、自分にそれがキトれるのだと気がついた。

「あなたは下級民じゃありませんね、だんなさま」

「えっ?」とロッドもサベりかえした。

「きこえたでしょうが」テレパシーの声はいった。「二度とはくりかえしません。もし、魚のしるしとともにこられたんなら、祝福があなたの上にありますように」

「ぼくはそのしるしを知らない」

「では、あなたがどなたでも、安らかに食事なさいますように。あなたはク・メルのお友だちで、〈地の底の底〉に住むあの方に守られていらっしゃる」

「ぼくにはわからない。ほんとに知らない。でも、歓迎してくれてありがとう」

「あっしはだれでも歓迎するわけじゃありません。それにふだんは、あなたのようにふしぎで、危険で、説明のつかないものからは逃げだすたちでして。でも、あなたのまわりには平安がただよってますすよ。そこで、もしかしたら、魚のしるしの仲間として旅されてるんじゃないか、と思いましてね。人間も下級民も、そのしるしの中に祝福されたジョーンを思いだして、完全な友愛に溶けこむんだと聞かされました」

「いや、ちがう。ぼくはひとり旅だよ」

注文した料理と飲み物が届いた。彼は静かにそれを食べた。熊男のレジ係は、給仕テーブルや、ほかの下級民から遠く離れたテーブルとベンチに彼をすわらせていた。下級民は店に入ってきて、ふたりの会話を中断させはするが、急いで食べ、急いでまたもどっていく。彼の見ている前で、補助警察の記章をつけたひとりの狼人が、壁ぎわへいって、身分証明カードをスロットにさしこみ、口をあけ、真赤な生肉の大きい塊を五つのみくだし、一分半たらずで食堂を出ていった。ロッドは驚きはしたが、感銘は受けなかった。たくさんのことで頭がいっぱいだった。

デスクで彼はク・メルの残していったアドレスをもう一度たしかめ、熊男に握手をもとめ、それから第四垂直洞へと向かった。まだ猫男の姿のまま、ほかの下級民が真人たちの前でふるまっているようすをまねて、注意深くうやうやしく包みをかかえていた。

ロッドは途中であやうく死と出会いそうになった。第四垂直洞は一方通行で、しかも〈人間専用〉とはっきり表示されていた。猫男の姿で移動しているロッドには気に食わない標識だったが、ク・メルがまちがった指示や軽率な指示を出すとは思えなかった。（あとでわかったが、ク・メルのいい忘れていたことがひとつあったのだ。もし、見とがめられた場合、「補完機構のジェストコースト長官の保護のもとに、特別の用件で」といえば通してくれる。だが、ロッドはその切り札を知らなかった）

ロッドがベルトを身につけ、縦穴の中に入るのを、大きくふくらんだマントを着た横柄な人間の男が鋭くにらみつけた。ロッドが浮きあがるのといっしょに、彼とその男はおなじ高さになった。

ロッドはつつましく控え目なメッセンジャーに見せかけようとしたが、相手の声がざらざらしたひびきで耳の中にとびこんできた。

「おい、いったいなんのつもりだ？　ここは人間専用のシャフトだぞ」

ロッドは、赤マントの男がだれにそういっているのか、気がつかないふりをした。磁気ベルトの不快な引きを腰に感じながら、だまって上昇をつづけた。

肋に痛みを感じてきゅうに向きを変えたはずみに、もうすこしでベルトのバランスを失いそうになった。

「動物め！」と男はいった。「返事をするか、それとも死にたいか」

まだ本の包みをかかえたまま、ロッドは穏やかにいった。「わたしは使いの者で、この道を行けといわれました」

男の声は理不尽な敵意をむきだしにしていた――「だれにそういわれた？」

「ク・メル」とロッドはうわの空で答えた。

男とその連れは、これを聞いて笑いだしたが、どういうわけか、その笑いにはユーモアがなく、粗野で、残酷で――そしてその底に――ある種の恐怖があった。「いまのを聞いたか」と赤マントの男がいった。「動物がほかの動物にどうこうしろと指図するんだとよ」男はナイフをひきぬいた。

「なにをするつもりです?」ロッドはさけんだ。

「そのベルトを切ってやる。下にはだれもいない。シャフトの底でおまえはすてきな赤い血糊になるぜ、猫男。そうすりゃ、どのシャフトを使えばいいのかわかるだろう」

男はそういうと手をのばして、ロッドのベルトをつかんだ。

ベルトを切ろうと、ナイフをふりあげた。

ロッドは怖じ気づき、かっとなった。脳が赤熱した。

相手にむかってこんな思考を吐きつけた――

くそったれ!
マル短!
地球者
赤い汚ない青い臭いちび
死ね、腐れ、破裂しろ、燃えろ、死ね!

すべては一瞬の閃光だった。自分を抑えるいとまもなかった。赤マントの男は、痙攣の発作をおこしたかのように体を妙なぐあいによじった。ふたりの連れは、ベルトをつけたまま、じたばたもがいた。ゆっくりと回転がはじまった。

ずっと上のほうで、ふたりの女が悲鳴を上げはじめた。

さらに上のほうでは、ひとりの男が声と心の両方で叫んでいた。「警察！　助けてくれ！　警察！　警察！　脳爆弾だ！　脳爆弾だ！　助けてくれ！」

テレパシーの爆発ですっかり消耗して、ロッドは方向感覚を失い、ぐったりとなった。しきりに首をふり、目をしばたたいた。顔の汗をふこうとしたとき、まだ手に持っていた本の包みが、あごにゴツンとぶつかった。それですこし目がさめた。三人の男のほうに目をやる。赤マントは死に、首が変な角度に折れまがっていた。あとのふたりも死んだらしい。ひとりはうつぶせに浮かび、尻を上に向け、だらんとした両足が妙な角度に開いて振子のように揺れている。もうひとりは右脇を上にし、やはりベルトに支えられたまま、ぐったりとなっている。三人とも、毎分十メートルの速度で、ロッドといっしょに上昇をつづけていた。

頭上で奇妙な物音がした。

とてつもない大音声が、シャフトをそのひびきで満たして、上から降ってきた──「みんな、そこを動くな！　警察だ。警察だ。警察だ」

ロッドは上昇していく死体をちらとながめた。廊下が近づいてくる。グリップに手をのばしてそれをつかむと、体をひとふりして水平通路にとび移った。垂直洞からは離れずに、その場にうずくまる。新しいテレパシー聴力を、鋭くとぎすます。混乱し興奮した心が、まわりのいたるところで脈うち、敵や、狂人や、犯罪や、外星人や、そのほか見なれないものがないかとさがしまわっていた。

がらんとした通路にむかって、彼はひとりごとのように静かにサベった。「わたしはメッセンジャーのク・ロッド。星からきた紳士にこの本を届けなくては。わたしはばかな猫。なにも知らない猫」

母なる地球のきらびやかな装甲をつけたロボットが、彼のいる交差通路に着地し、ロッドを見てシャフトの上のだれかに呼びかけた。

「だんなさま、ここにひとりおります。包みをもった猫男です」

若い下部主任が、垂直洞の中を逆におりてきて、足から先に視野の中へ現われた。下部主任は水平通路の天井をつかむと、自分の体にひと押しをくれ、(垂直洞の磁気から解放されると)どすんとロッドの横にとびおりた。ロッドは相手の考えをキトった――「こういうことは得意だ。わたしは優秀なテレパスだ。すぐに事件は片づく。まあ見てみろ、このまぬけな猫」

ロッドはなおもひたすら考えつづけた。「わたしはばかな猫。この包みを届けなくては。わたしはばかな猫」

下部主任はさげすむように彼を見おろした。ロッドは相手の心が捜索に相当する感じで、自分の心に重なりあうのを感じた。相手に思考をキトられているあいだ、緊張をゆるめ、まのぬけたことを考えるようにつとめた。そしてだまっていた。下部主任は棍棒の先で包みを照らし、その端にあるクリスタルのつまみを目にとめた。

「本か」ばかにしたようにいった。

ロッドはうなずいた。

「おい」と切れものの若い下部主任はいった。「おまえは死体を見たか？」子供にむかって古代共通語をしゃべるように、くどいほど明瞭な発音だった。

ロッドは指を三本立て、それから上を指さした。

「おい、猫男、おまえは脳爆弾を感じたか？」

このゲームが面白くなってきたロッドは、頭をうしろにそらせ、猫らしい鳴き声で苦痛を表現した。下部主任は思わず両手で耳をふさいだ。背を向けながらいった。「なにを考えているかはわかったよ、猫男。おまえはずいぶんとのろまだな、ええ？」

にぶく愚かな思考を、なおもできるだけ一様にたもちながら、ロッドはつつましく言葉をかえした。「わたしは利口な猫。それに、とてもハンサム」

「こい」下部主任はまったくロッドを無視して、部下のロボットにいった。

ロッドは彼の袖をひっぱった。

下部主任はふりかえった。

へりくだった口調でロッドはいった。「だんなさま、〈歌う鳥ホステル〉九号室はどっちでしょうか？」

「どうなってるんだ！」下部主任はさけんだ。「こっちが殺人事件を捜査しているというのに、このばか猫は道案内をたのみやがる」だが、良識のある青年だったので、そういいながらもしばらく考えた。「この道を――」と垂直洞の上を指さして――「二十メートル上がって、三つめの通りだ。しかし、このシャフトは〝人間専用〟。動物用の階段は、一キロほどむこうにある」下部主任は立ちあがり、眉をしかめ、それからロボットをふりかえった――「ウッシュ、この猫が見えるか？」

「はい、だんなさま、とてもハンサムな猫男です」

「そうか、おまえもハンサムと思うか。こいつも自分のことをそう思っているらしいぞ。満場一致か。しかし、いくらハンサムでも、やはりまぬけだ。ウッシュ、この猫男をこいつのいうアドレスまで連れていってやれ。わたしの権限でこの垂直洞を使え。こいつにはベルトをつけるな。抱きかかえろ」

さっきロボットがやってくる前に、磁力ベルトをはずして棚へもどしておいた幸運に、ロッドははかりしれない感謝をささげた。

ロボットは文字どおりの鉄のグリップで、彼の腰のまわりをつかんだ。ふたりは垂直洞のゆっくりした上向きの磁力推進を使わなかった。ロボットはバックパックの中に一種のジェットを備えていて、気分がわるくなるほどのスピードでロッドをつぎの階層まで引きあげたのだ。ロボットはロッドを廊下に押しだすと、うしろからついてきた。

「おまえはどこへいく？」ロボットははっきりとそういった。

ロッドはだれかがまだ彼の心をキトろうとしている場合の用心に、まぬけな気分をたもちながら、つっかえつっかえ、ゆっくりと答えた。

「〈歌う鳥ホステル〉九号室」

ロボットは、テレパシー交信でもしているようにじっと立ちどまったが、ロッドがいくら心の耳をすましてみても、かすかなテレパシー交信のささやきさえとらえられなかった。

「なんてこった！」とロッドは思った。「無線を使って、ここから司令部にあのアドレスを問い合わせているんだ！」

ウッシュはまさしくそうしているように見えた。まもなくロボットは歩きだした。ふたりは空の下に出た。空には、ロッドがこれまでに見た最も美しいもの、地球そのものの月が大きくかかっていた。足をとめて景色をながめるのはさすがに遠慮して、ロッドはしなやかな小走りでロボット警官のあとについていった。

ふたりは香りの強い花がいっぱいに咲いた通りへやってきた。地球の濡れた温かい空気が、甘い花の香りをいたるところにまきちらしていた。

右手には、古代の噴水の複製を設けた中庭があった。そこは食事の場所だが、ロボット給仕が片隅にいるだけで、いまはまったく客の姿がなく、たくさんの個室の入口が広場にむかって開いている。ロボット警官はロボット給仕に呼びかけた。

「九号室はどこだ？」

給仕は片手をあげ、妙なぐあいに手首をひねってから、もう一度そのしぐさをくりかえした。ロボット警官は、その意味を完全に了解したようだった。

「こっちだ」ロッドに告げると、先に立って屋外階段をのぼりはじめた。階段のたどりついた先は、二階の客室につづく屋外バルコニーだった。その部屋のひとつに9と番号がついていた。

ロッドは、9の数字を見つけたと、ロボット警官に教えようとしたが、ウッシュはおせっかいな親切さでドアの取手をにぎり、はいれというしぐさをしながら、勢いよくドアをあけた。

とたんに大きな咳ばらいを思わせる銃声がして、ウッシュは頭をほとんど完全にふっとばされ、金属音を立てて、バルコニーの鉄の床にひっくりかえった。ロッドは反射的にとびのき、建物の壁にぴたりとはりついた。

黒のスーツらしいものを着たハンサムな男が、大口径の警察用拳銃を手にして、戸口に現われた。

「おや、そこにいたのか」男は平静な口調でロッドにそういった。「はいれ」

ロッドは自分の足が動いているのを感じた。それに抵抗しようという心の努力にもかかわらず、自分が部屋にはいろうとしているのを感じた。彼はまぬけな猫のふりをやめた。本を下に落とし、猫の体の中で、オールド・ノース・オーストラリア人だったふだんの自分のように考えようとした。うまくいかない。いやおうなく歩きつづけ、部屋にはいろうとしていた。

その男のわきを通りぬけたとき、これまで嗅いだこともないような、ねっとりした甘ったるい腐敗臭がした。その男が、服を着こんでいるのに、ずぶ濡れなのにも気づいた。

ロッドは部屋に入った。

室内は雨降りだった。

だれかが消火用のスプリンクラーをこわしたために、とまらなくなった水が、天井から床へ降りつづけているのだ。

ク・メルは、その部屋のまんなかで、赤く輝かしい髪を濡れたモップのように両肩へはりつかせて立っていた。その顔には、思いつめたような不安な表情があった。

男がいった。「おれがトスティグ・アマラルだ。この女は、夫が警官をつれてやってくるといった。嘘だと思ったぜ。しかし、女のいうとおりだ。猫の夫といっしょに警官がやってきた。おれは警官を撃った。あいつはロボットだ。ロボットならいくら殺しても、あとで地球政府に金を払えばすむ。おまえは猫だ。おまえを殺しても、やはり賠償金を払えばすむ。しかし、おれは優しい人間だし、ここにいるおまえのかわいい赤毛の猫を抱きたい。だから、この女がおまえのものでなく、おれのものだといえば、気前よくなにかをくれてやろう。わかったか、猫男？」

ロッドは、いままで自由な動きをさまたげていた不可解な筋肉の拘束から、ふいに解放されるのを感じた。

「わがロード、遠くからこられただんなさま」と彼はいった。「ク・メルは下級民です。ここでは、下級民と人間とが愛をかわした場合、下級民は死に、人間は脳洗浄を受けるきまりです。だんなさま、あなたも地球当局に脳洗浄をされるのはおいやでしょう。その女を放してやってください。ロボットの損害は、おっしゃるとおり、金を払えばすみます」

アマラルはすべるように部屋を横ぎった。青白く険悪な彼の顔はまぎれもない人間のそれだったが、ロッドは黒のスーツが衣服ではないことに気がついた。

その〝衣服〟は、実は粘膜、アマラルの生きた皮膚の延長なのだ。

青白い顔が、激怒のためにいっそう蒼白になった。

「それだけのことをいってのけるとは、おまえも胆のすわった猫だな。おれの体はおまえより大きく、しかも有毒だ。アマゾナス・トリステの雨の中で、おれたちはつらい生活を強いられ、精神的にも肉体的にも強い力を発達させた。じゃまをしないほうが身のためだぞ。代金がいらんのなら、とっとと出てうせろ。この女はおれのものだ。この女の身になにが起ころうと、おれの勝手。地球の法律違反だというなら、この猫娘を殺して、賠償金を払えばすむ。さあ出ていけ、それとも死にたいか」

ロッドはごく冷静に、危険を計算しながらいった。「市民よ、正直にいおう。ぼくは猫男じゃなく、オールド・ノース・オーストラリアからきた、空位の女王陛下の臣民だ。警告しておくが、あんたの前にいる男は人間で、ただの動物じゃない。その女を放してやれ」

ク・メルがなにかいおうと身もだえしたが、言葉が出てこなかった。

アマラルが笑った。「嘘をつけ、この動物め。あつかましいやつだ！　妻を救おうとするおまえの勇気はほめてやる。だが、この女はおれのものだ。この女はもてなし嬢《ガーリィガール》で、補完機構がおれによこした。おれがたのしんで、なにが悪い？　出ていけ、あつかましい猫め！　おまえは大嘘つきだ」

ロッドは最後のチャンスに賭けた。「嘘だと思うなら、走査してみろ」

彼はその場を動かなかった。

アマラルの心が、まるで好色な手が裸をなでまわすように、彼の人格をまさぐろうとした。ロッドは、そんな男に心をいじりまわされる不潔さと恥ずかしさに、一瞬たじろいだ。アマラルがどんな種類の快楽を冷酷に味わっているかが、感じとれたからだ。しかし、ロッドは穏やかに、自信たっぷりに、なにも包み隠さず、しっかりとそこに立ちつづけた。ク・メルをこんな男、星からきたこんな怪物のそばに残して帰りたくはない——いくら相手が人間であり、むかしの人類の後裔《こうえい》であるといっても。

アマラルは笑った。「たしかにおまえは人間だ。青二才だ。農夫だ。それに耳の中のボタンがなければ、キトることもサベることもできないやつだ。出ていけ、小僧、ひっぱたかれないうちに！」

ロッドはいった――「アマラル、ぼくにさからうと危険だぞ」

アマラルは言葉では答えなかった。

彼のやせた鋭い顔はいっそう蒼白になり、皮膚のひだがひろがった。そのひだが、濡れて裂けた気球の縁のようにふるえた。部屋の中には、吐き気のするような甘ったるい匂いがたちこめはじめた。菓子屋の中に、一週間前からたくさんの死体が埋葬せずにほったらかしてあるような匂いだった。ヴァニラと、砂糖と、焼きたてのクッキーと、焼きたてのパンと、深鍋の中でぐつぐつ煮えているチョコレートの匂い。そしてストルーンの匂いさえした。しかし、アマラルが体を緊張させ、補助皮膚をふるわせるたびに、その匂いはおかしくなり、もとの匂いの不愉快きわまるカリカチュアになった。その合成物には催眠的な効果があった。ロッドはク・メルをちらと見た。彼女はまったく血の気がなくなっていた。

それで決心がついた。

キャットマスターのところで見いだした平安は、たしかによいものだ。しかし、平安が必要なときもあれば、怒りが必要なときもある。

ロッドは怒りを選んだ。

激怒が体の中から、熱く、すばやく、欲深く、まるで愛のようにわきあがってくるのを、ロッドは感じた。心臓の鼓動が速くなり、筋肉が強くなり、頭の中がはっきりするのを感じた。アマラルは自分の毒と催眠の力に満々たる自信を持っているようだった。皮膚がふくれあがり、水中の藻のように空気の中で波うつあいだにも、まっすぐに前を見つめていた。スプリンクラーからのたえまない霧雨が、あらゆるものをしとどに濡らしていた。

ロッドはそれを無視した。激怒を迎えいれた。

新しいテレパシー補助装置を使って、アマラルの心に、そしてアマラルの心だけに焦点をしぼった。

アマラルは彼の目の動きを見て、ナイフをひきぬいた。

「人間だろうと猫だろうと、おまえを殺してやる！」アマラルも、また憎悪と対決の興奮にかられてさけんだ。

ロッドはそこで思念を放った。最悪の絶叫を――


けだもの、汚物、腐肉――

けがれ、ごみ、きたならしい

濡れた、いやらしい――

死ね、死ね、死ね！

ロッドには、それが自分のいままでに出した最大のさけびだという確信があった。反響も効果もなかった。アマラルは、邪悪なナイフの切先を、ろうそくの炎のようにちらつかせながら、彼を見つめていた。

ロッドの怒りは新しい絶頂に達した。

前に進もうとして、心に痛みを感じ、足の筋肉にこむらがえりを感じた。この怪人がどんな外星の毒を分泌するのか、怖くてたまらなかったが、ク・メルが――猫であってもなくても――アマラルのなぐさみものになることを考えると、野獣の怒りと機械の力がふつふつとたぎりたってきた。

最後の瞬間になって、アマラルはロッドが催眠の呪縛を破ったことに気づいた。

いまのテレパシーの絶叫がこの濡れた外星人に痛手を与えたのかどうか、ロッドはとうとうわからずじまいだった。その前に、ごく単純な行動をとったからだ。

ロッドはノーストリリアの農夫独特の敏捷さで、アマラルの手からナイフをもぎとり、やわらかでねばねばした皮膚のひだを切り裂いてから、相手の鎖骨から鎖骨までを横に切りはらった。

うしろにとびのいて、噴きだす血しぶきをよけた。

アマラルが床の上で息絶えるのといっしょに、〝濡れた黒のスーツ〟もしぼんでいった。ロッドは呆然としているク・メルの手をひいて、彼女を部屋から連れだした。バルコニーの空気はさわやかだったが、アマゾナス・トリステの殺意にみちた悪臭は、まだ体にとりついていた。その匂いを思い出すだけで、これから何週間も自己嫌悪にかられることだろう、と思った。

外にはおおぜいのロボットと警察官が駆けつけていた。ウッシュの体はすでに片づけられていた。

ふたりが現われると、静寂がおりた。

そこへ、下のバルコニーから、澄んだ、上品な、威厳のある声がたずねた。

「彼は死んだか?」

ロッドはうなずいた。

「これ以上近づかないのを勘弁してくれ。わたしはロード・ジェストコースト。きみのことは知っているよ、ク・ロデリック。きみが実は何者であるかもな。この連中はみんなわたしの命令で動いている。きみとその娘は、下の部屋で体を洗えばよい。それから、ある使いをきみにたのみたい。明日の第二時に会おう」

ロボットたちがふたりに近づいてきた——ロボットたちは嗅覚がないらしく、むかつくような悪臭もぜんぜん気にならないようすだった。人間たちは、ふたりがくるとさっと道をあけた。

ロッドはかろうじてささやくことができた。「ク・メル、だいじょうぶ？」

彼女はうなずいて、悲しそうな微笑をかえした。それから、気力をふるいおこしていった。「あなたは勇敢だわ、ミスター・マクバン。あなたは猫よりも勇敢だわ」

ロボットたちがふたりをひきはなした。

まもなくロッドは、小さな白い医療ロボットの手で、優しく、手際よく、すばやく服をぬがされた。薬の匂いのする熱いシャワーがすでに浴室でシューシュー音を立てていた。ロッドはもう湿気にうんざりし、いたるところにある水に食傷し、濡れたものとややこしい人間関係に嫌気がさしていたが、それでもシャワーの下にとびこむと感謝と希望がわいてきた。まだ自分は生きている。未知の仲間がいるらしい。

そしてク・メル。ク・メルもぶじだった。

「これが」とロッドは考えた。「恋というものなのか？」

清潔でぴりっとしたシャワーの刺激が彼の心からすべての思考を洗いながした。ふたりの小さな白いロボットは、彼のあとから中に入ってきた。ロッドは濡れた熱い木のベンチに腰かけ、ロボットたちはブラシを使って、皮膚がむけそうなほど強く彼の体をこすった。

すこしずつ、おそろしい悪臭が消えていった。

はるかな地下の鳥たち

小さな白いロボットが巨大なタオルを彼の体に巻きつけ、手術室らしいものへ案内したとき、ロッドはもう抗議もできないほどくたくただった。

当時の地球では非常にめずらしいあごひげ、それも赤茶色のスペード形のあごひげをたくわえた大男がいった。

「わたしは医者のヴォマクト、火星できみが会ったもうひとりのヴォマクト医師のいとこだ。きみが猫でないことはよく知っているよ、地主のミスター・マクバン。これからきみの健康診断をしたいんだが。いいかな？」

「ク・メルは――」とロッドはいいかけた。

「彼女はなんの心配もいらん。鎮静剤を与えられて、まったく人間の女性と変わりなく手厚い看護を受けている。彼女には特例を認めろとジェストコーストからいわれたので、そうしたわけだ。もっとも、あとでトラブルが持ちあがるだろうがね。同僚たちから」

「トラブル？　お金のことなら、ぼくが――」

「いや、いや、支払いのことじゃない。損傷を受けた下級民は病院に入れずに抹殺すべし、という規則があるんだ。しかし、わたしもときどき彼らの治療をしている。こっそりやれる場合はね。まあ、その話はおいて、診察をはじめよう」

「どうして口で話しあうんですか？」とロッドはサベった。「知らないんですか、いまのぼくはちゃんとキトれるんですよ」

こうして、診察を受けるかわりに、ロッドはその医師と、古代のパロスキー人がチャイと呼んでいた地球の甘い飲み物を大きなグラスからすすりながら、すばらしい心の会話をたのしむことになった。ロッドは、レッドレイディと、火星にいるもうひとりのヴォマクト医師と、地球のロード・ジェストコーストのあいだで、自分がこれまでずっと監視され、保護されてきたことを知った。このヴォマクト医師が、補完機構の長官候補であることを知り、その職務につくのに必要とされるふしぎなテストのことを聞かされた。また、この医師が、ロッドの経済状態を本人以上によく知っていることもわかったし、地球の実際の収支のバランスが、ロッドの富の重みで傾きかかっていること、それはストルーンの値上がりで寿命が短くなるかもしれないからだということも教えられた。最後に話題は下級民のことになった。ロッドはこの医師が自分に劣らずク・メルに深い尊敬をはらっているのを知った。

その夜の最後に、ロッドはこういった。

「先生、ぼくは若いし、ふだんはよく眠るたちですが、この匂いだけはとりのぞいてもらわないと、一生眠れそうもありません。鼻の奥に匂いがこびりついているんです」

医師は職業的な態度にもどった。

「口をあけて、わたしの顔にむかって息を吐いてごらん」

ロッドはためらってから、そのとおりにした。

「こりゃひどい！」医師はいった。「わたしにも匂う。気管支にまだちょっぴり残っているんだな。もしかしたら肺の中にもね。しばらくのあいだ、嗅覚がなくなってもいいか？」

ロッドは、いいと答えた。

「よろしい。では脳のその部分を、ごく軽く麻痺させよう。後遺症は残らない。八日から長くて十日ほど、匂いがわからなくなるが、そのころにはアマラルの悪臭も消えるはずだ。ついでに教えよう。きみは第一級謀殺の容疑で起訴され、裁判にかけられ、無罪になった。トスティグ・アマラルの一件で」

「どうしてそんなことが？　ぼくは逮捕もされなかったのに」

「補完機構がコンピューターで判決を出したのさ。現場はテープにおさめられていた。きのうから、アマラルの部屋はたえず監視下にあったからね。彼がきみにむかって、人間だろうと猫だろうとおまえを殺してやる、とどなった、あれでいっさいの弁護の余地がなくなったんだよ。あれは死の脅迫だ。きみは正当防衛で無罪になった」

ロッドはためらっていたが、とうとう真実を口ばしった。「じゃ、垂直洞の中の人たちは？」

「ロード・ジェストコーストとクルデルタとわたしとで、そのことは話しあった。結局、あの問題に対してはおとがめなしだ。警察も、ときどき迷宮入りの事件をかかえたほうが、はげみになるだろう。さあ、横になってくれ。その悪臭を消してしまうから」

ロッドは横になった。医師は彼の頭を固定して、ロボットの助手を呼びいれた。悪臭除去手術のあいだに彼は意識を失い、つぎに目ざめると、そこはちがった建物だった。彼はベッドに起きあがって、海そのものをながめた。ク・メルが浜辺に立っていた。ロッドは鼻をクンクンさせた。塩気も、湿気も、水も匂わないが、アマラルの悪臭は消えていた。それだけでほっとした。


ク・メルがやってきた。「いとしい人、いとしい、いとしい人、わたしのだんなさま。でも、いとしい人！　ゆうべ、あなたはわたしのために命を賭けてくれたわ」

「ぼくも猫だもの」ロッドは笑いとばした。

彼はベッドからとびおきて、浜辺へ駆けだした。青い水の巨大なひろがりは、信じられないながめだった。白い波のひとつひとつが、独立した形の奇跡に見えた。ノーストリリアで陸地にかこまれた湖を見たことはあったが、こんなふうな波ははじめてだ。

彼が心ゆくまでそれをながめるあいだ、ク・メルは察しよく無言で待っていた。

それから、彼にニュースを伝えた。

「あなたは地球の持ち主よ。まだすることがあるわ。ここに残って、自分の財産の運営法を勉強するか。それとも、どこかへでかけるか。どっちにしても、ちょっぴり悲しいことが起こりそう。きょうのうちにね」

ロッドは真剣に彼女を見つめた。彼のパジャマは、匂いのわからない風の中でぱたぱたはためいていた。

「覚悟はできてるよ。どういうことだい？」

「あなたはわたしと別れるわ」

「それだけ？」彼は笑った。

ク・メルはひどく傷ついたようだった。なにかひっかくものを探している神経質な猫のように、自分の指をぴんと伸ばした。

「それじゃ、あれは――」と彼女はいいかけて、言葉を切った。もう一度、「それじゃ、あれは――」といいかけて、また言葉を切った。ク・メルは彼に向きなおり、信頼のこもった目でじっと彼を見つめた。「あなたはまだ年が若いけれど、なんでもできる人だわ。人間として見ても、気性が激しくて決断力があるもの。教えてちょうだい、だんなさま、いったい――いったいあなたはなにが望み？」

「たいしたことじゃないよ」ロッドは彼女に笑いかけた。「ぼくはきみを買いとって、家へ連れていきたいんだ。法律が変わらないかぎり、ノーストリリアへは帰れないけど、新《ニュ》火星《ー・マーズ》へは行ける。あそこならなにも面倒な規則がないし、あっても二、三トンのストルーンで片がつく。ク・メル、ぼくは一生猫のままでいるよ。結婚してくれる？」ク・メルはロッドを抱きしめ、彼の胸に顔をうずめた。やがて腕から涙をふきとると、彼を見あげた。

ク・メルは笑いだしたが、その笑いはすぐにすすり泣きに変わった。

「なんてばかなわたし！　なんてばかなあなた！　わからないの、わたしは猫よ。たとえ子供を生んでも、みんな小猫だわ。わたしが毎週のように遺伝子コードをリサイクルしてもらったところで、生まれてくるのは下級民。わからないの、あなたとわたしはけっして結婚できないのよ――本当の希望のある結婚は。それに、ロッド、そのほかにも規則があるわ。あなたとわたしはきょうの日暮れから先、もう二度と会えないの。ロード・ジェストコーストが、きのうどんな無理をして、わたしの命を救ったと思う？　わたしを入院させて、アマラルの毒をすっかり洗い流すために、どんな手段を使ったと思う？　法律のほとんどすべてを破ることが、どうしてできたと思う？」

ロッドの一日から明るさが薄れた。「知らない」とにぶい声でいった。

「もし、これ以上の反則があった場合には、わたしを即座に従順に死なせると、長官たちに約束したのよ。わたしが愛すべき動物、従順な動物だと保証したのよ。わたしの死が、これからあなたとわたしのする仕事の抵当になってるのよ。これは法律じゃない。法律よりも恐ろしいもの——補完機構の長官たちの了解事項」

「わかった」そうした論理もわからなくはなかったが、ク・メルと自分をいっしょにしておきながら、またむりやりにひき離す、残酷な地球の慣習に、ロッドは憎しみをおぼえた。

「海岸を散歩しない、ロッド？　その前に朝食を食べたいなら別だけど……」

「いや、食べたくない」朝食？　地球の朝食なんか、だれが食べたいもんか！

ク・メルはなんの気苦労もないように歩きだしたが、散歩をすすめた裏にはなにかたくらみがあるように思えた。

そのとおりだった。

まず、ク・メルは彼にキスをした。彼が一生忘れられないキスを。

それから、彼がなにかをいおうとする前に、彼女はサベった。しかし、彼女のサベったことは言葉や観念ではなかった。奔放に舞いあがる歌だった。そのメロディーには彼女の自作の歌詞がついていた。それは地球港の上で彼女がうたって聞かせてくれた、あの歌だった——

おお！　わが愛はあなたのもの、

高い鳥が鳴いて鳴いて
高い空を飛んで飛んで
高い風が吹いて吹いて
高い心がはげみつとめ
高く雄々しい場はあなたのもの！

しかし、前とは微妙にちがっているように思えたが、大切なのはこうした言葉、こうした観念ではなかった。ク・メルは、オールド・ノース・オーストラリアの最高のテレパスたちが、何千年かかってもなしとげられなかったことをしているのだった——音楽の数学的エッセンス、均整のエッセンスを心からじかに放出し、しかも、偉大なオーケストラにふさわしい明晰さと力で、それをやってのけているのだった。〝高い風が吹いて〟のフーガは何回も反復された。

ロッドはク・メルから目をそらして、ふたりのまわりで起こっている驚くべきことをながめた。空気も、地面も、海も、すべてが生命でいっぱいになっていた。魚たちが青い波の中からはねあがった。鳥たちが群れをなしてふたりのまわりを舞った。浜辺はよちよち走る小鳥でいっぱいだった。犬たちや、彼が見たこともない動物たちがク・メルのまわりを駆けめぐり、おちつきなくとりまいた——何ヘクタールものむこうまで。

とつぜん、ク・メルはうたいやめた。

きわめて高いボリュームと明瞭さで、彼女はすべての方角に命令を吐きだした。

「考えるのよ、人びとのことを」

「考えるのよ、この猫とわたしがどこかへ逃げていくところを」

「考えるのよ、船のことを」

「探すのよ、見知らぬ人たちを」

「考えるのよ、空にいるもののことを」

ロッドは、ときおり故郷で起こったように、あの広帯域の聴覚がよみがえらなくてよかったと思った。もし、そうなっていたら、映像と、それらのもたらす錯覚で、目まいにおそわれていたろう。

彼女は彼の両肩をつかみ、激しく彼の耳にささやいた——

「ロッド、このみんながわたしたちの煙幕になってくれるわ。おねがい、いっしょに旅をしてちょうだい、ロッド。ほんとにこれっきりで最後の危険な旅。それもあなたのためじゃない。わたしのためでもない。人類のためでもない。すべての命のためよ、ロッド。エイチ・アイがあなたに会いたがっているわ」

「エイチ・アイって？」

「彼に会えば、その秘密を話してくれるわ」彼女はささやいた。「もしわたしの考えが信用できないっていうなら、このわたしのためにやってちょうだい」

彼は微笑した。「きみのためならいいよ、ク・メル。そうするよ」

「じゃ、むこうへ着くまでなにも考えないで。質問もしちゃだめ。ただ、いっしょについてきて。何百万もの命があなたの上にかかっているのよ、ロッド」

彼女は立ちあがり、もう一度うたいだしたが、こんどの歌には悲しみもなく、苦悩もなく、種から種への不気味な叫び泣きもなかった。それはオルゴールのようにすずしげでかわいらしく、心配のない幸福なさよならのように単純だった。

動物たちはあっというまに消えさったので、あれだけの大群がいまのいままでそこにいたことが信じられないぐらいだった。

「あれで」とク・メルはいった。「テレパシー・モニターたちがしばらく混乱するはずよ。モニターたちはそんなに想像力がないし、こんなことにでくわしたときは、まず報告書を書くわ。つぎに自分たちの報告書が理解できなくて、遅かれ早かれ、そのひとりが、なにをしたかとわたしにたずねる。わたしは真実を答える。簡単よ」

「なんと答えるつもりなんだい？」ロッドはいまきた道を彼女といっしょにひきかえしながらきいた。

「あることがあったのを知られたくなかった、と」

「そんな答じゃ、むこうは承知しないだろう」

「もちろん。でも、彼らはきっとこう疑うわ。わたしが下級民にストルーンを与えてくれと、あなたにたのんでいる、と」

「ほしいのかい、ク・メル?」

「いらない! 法律違反だし、それに自然の寿命より長く生きられるだけのことでしょう。ストルーンをのんだ下級民は、たったひとり、キャットマスターだけ。それも長官たちの特別投票でやっと与えられたのよ」

ふたりは家に着いた。ク・メルが足をとめた――

「忘れないで。わたしたちはレイディ・フランセス・オーの下僕。彼女はジェストコーストに、わたしの希望することを、なんでもわたしたちに命令する、と約束したの。だから、彼女はわたしたちに、おいしい朝食をおなかいっぱい食べなさい、と命令するわ。地球港の地下まで、あるものを探しにいきなさい、とも命令するわ」

「命令? しかし、なぜ――」

「質問はやめて、ロッド」ク・メルが彼によこした微笑には、記念碑でもとろけたかもしれない。彼はいい気分になった。ときおりすれちがう真人たちのテレパシー会話をキトる肉体的なよろこびに、快感を味わった。(下級民の中にもテレパシーのできるものがいたが、彼らは反感を買うのを恐れてそのことを隠していた)すっかり元気が回復した。ク・メルと別れるのは悲しいが、別れるまでにはまる一日ある。別れぎわになにを贈ろうか、と考えはじめた。何千人もの奉仕を金で買い、一生ク・メルにかしずかせようか。地球人たちの羨望の的になるような宝石を贈ろうか。自家用の平面航法ヨットを貸そうか。こんなことは法律違反ではないかという気もしたが、それを考えるのはたのしかった。

三時間後には、たのしいことを考えるどころでなくなった。またもや彼は骨のずいまでくたくたになった。女主人レイディ・オーの〝命令のもとに〟ふたりは地球港都市へ飛び、それから地下へとくだりはじめたのだ。四十五分間の下降で、胃がむかつきはじめた。空気が生温かく、よどんできて、嗅覚をあきらめなければよかったとひたすら後悔した。

垂直洞が終わると、トンネルとエレベーターがはじまった。

ふたりはなおも下に向かった。そこでは、信じられないほど古い機械が、油しぶきの中でゆっくりと回転し、よほどの空想家でなければ見当もつかないような仕事をやっていた。

ある部屋でク・メルは足をとめ、エンジンの轟音に負けまいと声をはりあげた。

「これがポンプよ」

一見、とてもそうとは思えなかった。巨大なタービンがのろのろと動いている。それが核燃料を動力にした巨大な蒸気機関につながっているらしい。五、六人のピカピカに磨かれたロボットが、その機械のまわりを一周するふたりを怪しむようにながめていた。機械の長さはすくなくとも八十メートル、高さは四十五メートルを越えている。

「それと、ほら、これ……」ク・メルがさけんだ。

ふたりはべつの部屋にはいった。ここはがらんとして清潔で静かだが、なんの機械の形跡もないのに、移動する水が堅固な柱のようになって、床から天井へと噴きあがっていた。ふたりがはいってくるのを見て、鼠の体からお粗末に作られた下級民がひとり、揺り椅子から立ちあがった。ク・メルに向かってまるで貴婦人にするような深いおじぎをしたが、彼女は手をふって相手をすわらせた。

ク・メルはロッドを水柱のそばに連れていき、床の上の光り輝く輪を指さした。

「あれがもうひとつのポンプ。さっきのとおなじ量の仕事をこなすのよ」

「どうやって？」と彼はさけびかえした。

「力場だと思うけどな。わたしは技術者じゃないから」ふたりは先に進んだ。

ずっと静かな通路の中で、ク・メルはそのポンプがどちらも気象制御の役を果たしているのだ、と教えた。古いほうは、もう六、七千年も動きつづけているが、あまり傷んだようすもない。補助機械が必要なときには、回路をプラスチックに印刷し、床の上において、いくつかのアンプでそれを動かしたのだという。あそこにいる下級民は、なにかが故障しないか、臨界に達しないかと、見はっているだけにすぎない。

「もう、真人たちは機械を設計しなくなったのかい？」

「そうしたいとき以外はね。いまでは彼らになにかをやらせることが、いちばんむずかしい問題になったの」

「というと、なにもしたがらないのか？」

「そうでもないけど。ただ、たいていのことで、わたしたちのほうがすぐれていることが、彼らにもわかったのよ。つまり、体を使う仕事ならね。補完機構とか地球政府とかを動かしていくような政治の仕事はべつだけど。いまはあっちこっちで本当の人間が仕事にとりかかっているし、あなたのような外星人が新しい問題を持ちこんできては、みんなに刺激を与えたり、挑戦したりする。でも、このあいだまで真人たちは四百年の無事平穏な人生と、共通語と、標準的な条件づけに慣らされていたのよ。あまりにも完全無欠な生活の中で、死にかけていた。よりよい世界を作るためには、わたしたち下級民を殺してしまうのもひとつの方法だったけど、そこまでは踏みきれなかった。厄介な仕事がたくさんありすぎて、ロボットにはまかせておけないから。鼠の脳をコンピューターにつないだ最高級ロボットでも、細かいきまりきった仕事はできるけど、完全な人間教育を受けていないかぎり、いずれは人間の望んでいることにあてはまらないような、とっぴな判断をやらかすわ。だから、下級民が必要なの。わたしはまだ心の奥底では猫だけど、改造されてないふつうの猫でも、人間とは仲のいい友だちだわ。力と美のあいだ、生存と自己犠牲のあいだ、常識と気高い勇気のあいだで、おなじ基本的な選択ができるわ。だから、レイディ・アリス・モアは〈人間の再発見〉のためにこんな計画を立てたのよ。〈古代国家〉を復活させ、古代共通語にもとづいた以前の文化のほかに、もうひとつ余分な文化を与え、人間たちをおたがいにけんかさせ、いくつかの病気、いくつかの危険、いくつかの事故を復活させる。でも、それを平均化させて、なにも本当には変わらないようにする」

ふたりは倉庫にやってきたが、その大きさにはロッドも目をまるくするばかりだった。地球港のてっぺんの大応接室にも仰天したものだが、この部屋はその倍も広い。部屋の中は、まだ荷ほどきもされていない古代の貨物でいっぱいだった。ロッドが見たところでも、貨物の宛先はもう存在しない世界だったり、すでに名前の変わった世界だったりした。逆に外星から届いた貨物もあるが、もう五千年あまり、だれもそれを開こうとしていないのだ。

「このたくさんの品物は？」

「積荷。テクノロジーの変化。だれかが、もうこれらのことを考えなくてもいいように、コンピューターから消去しちゃったのよ。いまは、下級民やロボットが〈人間の再発見〉の古代遺物を供給するために、そこをさがしているわけ。下級民のひとり――鼠の生まれで、人間の知能指数三〇〇の男――は、〈ミューゼ・ナショナール〉と書かれた箱を見つけたわ。マリ共和国の国立美術館の全陳列品で、古代戦争が激しくなったとき、山の内部へ隠されたものだったの。マリは、〝国家〟と名のついたむかしの集合体の中でもあまり重要なほうじゃなかったらしいけど、フランスとおなじ言語を使っていたので、地上で一種のフランス文化を復元するときには、必要なものをほとんどたいていそこから提供できたのよ。中国の場合はもっと骨が折れた。チャイネシア人は、ほかのどの国民よりも長く生きのびて、自分たちも墓泥棒をやったために、宇宙時代以前の中国を復元することは、結局不可能だったの。だから、古代中国人への修正はむりだった」

ロッドは雷に撃たれたように足をとめた。「ここできみと話ができるかな？」

ク・メルは遠いところを見ているような表情で耳をすました。

「ここじゃだめ。ごく弱い走査だけど、ときおりモニターが心を横ぎっていくから。もう二、三分待って。いそぎましょう」

「いまここで」とロッドはさけんだ。「ぼくは世界のなによりもたいせつな質問を思いついたんだ！」

「じゃ、なおさら考えちゃだめ。安全な場所に行きつくまでは」

忘れられた箱や包みのあいだの大きな通路をまっすぐ進むかわりに、ク・メルはふたつの箱の狭いすきまをくぐりぬけ、大きな地下倉庫の縁へと進みはじめた。

「あの箱はストルーン。もう紛失したことになってるの。もしそうしたければ自由に使えるんだけど、わたしたちはまだあれを怖がってるのよ」

ロッドはその箱の表示に目をやった。ロデリック・フレドリック・ロナルド・アーノルド・ウィリアム・マッカーサー・マクバン二十六世が、アダミナビー港へ積みだし、そのあと行き先を地球港に変更されたものだ。

「百二十五代も前に〈没落牧場〉から積みだした製品だよ。ぼくの牧場の。二百年以上もほったらかしておくと、ストルーンは毒に変わる。ノーストリリアの軍部は、侵略者がやってきたときのために、そいつの恐ろしい利用法を考えているけど、ふつうのノーストリリア人は、古いストルーンを見つけると、すぐに連邦政府へ届けでるんだ。なんとなく怖くてね。でも、こんなふうに忘れられることなんて、めったにない。すごい貴重品だし、ぼくたちは欲深だし、それにどんなものにも二千万パーセントの輸入税がかかるし……」

ク・メルはどんどん先に立って進んだ。ふたりは、思いがけないもののそばを通りすぎた。小さなロボットが、頭に明かりを固定し、ふたつの巨大な本の山のあいだにすわっているのだ。どうやらその本を一冊一冊読んでいるらしく、その横にロボットよりも背の高いメモの山ができていた。ロボットは目を上げようとしなかったし、ふたりも読書のじゃまはしなかった。

壁ぎわまできて、ク・メルはいった。「さあ、これからいうとおりにして。この箱の下にそってほこりが積もっているのがわかる？」

「うん」

「このほこりをかき乱さないように。さあ、よく見ててよ。わたしがこの箱の上からあの箱の上へ、ほこりをかき乱さずに跳びうつってみる。そしたら、あなたもおんなじように跳んで、わたしの指さす場所へ行く。できたら、なんにも考えずにね。わたしはあとからついていく。礼儀とか、騎士のようにわたしを守ろうとか、よけいなことはしないで。そんなことをすると、万事がだいなしだから」

ロッドはうなずいた。

彼女は壁ぎわの箱に跳びうつった。赤い髪はうしろにひるがえらなかった。出発に先立って、レイディ・フランセス・オーのロボット下僕からカバーロールズをもらったときに、髪をターバンで巻いておいたからだ。いまのふたりは、ありふれた猫人労働者のカップルに見えた。

彼女の力がとても強いのか、それとも箱がとても軽いのか、箱の上に立ったク・メルは、ごく軽く箱を傾け、まわりの床に積もったほこりを顕微鏡で調べでもしないかぎり、ずれた跡がわからないようにした。箱のむこうには、ぼうっとした青い輝きが見えた。練習をつんだらしい奇妙な手首のひねりで、ク・メルはロッドに指図した。ロッドの立っている箱から、ク・メルがすこし傾けた箱へ、そしてそこからさらに箱のむこうの区域へ——そこがなんだかはわからないが——跳びうつれというのだ。簡単なことのように思えたが、ク・メルが箱の上でふたりぶんの体重を支えられるだろうかという疑問もわいた。なにもしゃべるな、考えるな、という彼女の命令が思いだされた。前日に食べたサーモン・ステーキのことを考えようとした。もし、この瞬間のぼくの心をモニターがとらえても、すごく猫らしい考えだと受けとるはずだ！　ロッドはジャンプし、傾いた第二の箱のてっぺんでちょっとふらついてから、やっとくぐれるぐらいの小さな戸口にもぐりこんだ。それは明らかに、ふだん人間が使うためのものではなく、ケーブルや、パイプや、保守作業のために作られた穴だった。中は低くて、立って歩けない。這いながら前進した。

どすんと音がした。

ク・メルが彼のあとから跳躍し、箱をもとどおりに、一見ずれた形跡のない位置へもどしたのだ。

ク・メルが這いながら追いついた。「どんどん進んで」

「ここなら話ができるかい？」

「もちろん！　話をしたい？　あんまり社交的な場所じゃないけど」

「あの質問、あのでっかい質問さ」ロッドはいった。「どうしてもきかなくちゃいられないんだ。もし、きみたち下級民が人間のために新しい文化をこしらえてるとしたら、きみたちが人間を動かしてるってことになる。いまにきみたちは人間の支配者になれる！」

「そうよ」ク・メルはその爆発的な肯定の言葉を、ふたりのあいだに投下した。

ロッドは言葉が出てこなかった。自分としては、その日の最高最大の思いつきのつもりだったのに、下級民が秘密の支配者になりつつあるということを、相手がすでに知っているとは――これはあんまりだ！

ク・メルは親しみのこもった彼の顔を見て、さっきよりは優しくいった。「わたしたち下級民は、もうずっと前にそれを予見していたわ。何人かの真人もね。とりわけロード・ジェストコースト。彼は頭の切れる人よ。それにね、ロッド、あなたもそこに一役買うのよ」

「ぼくが?」

「人間としてじゃなく。ひとつの経済的変化として。まだ配分されてない動力源として」

「ク・メル、きみまでがぼくを狙ってるってことかい? 信じられないな。ぼくだって、危険な相手とか、厄介者とか泥棒とか、それぐらいの見分けはつくよ。でも、きみはそのどれにもあてはまらない。きみはどこまでも善良だ」彼の声はふるえた。「けさ、ぼくがいったことは本気だよ、ク・メル。結婚してくれといったのは」

猫の繊細さと女性の優しさの混じりあった声が答えた。「本気だったのは知ってるわ」彼女はロッドのひたいに垂れたひとすじの髪の毛をかきあげたが、それはどんな接触よりも抑制のきいた愛撫だった。「でも、わたしたちはそうできない。それに、わたしは自分のためにあなたを利用してるんじゃないのよ、ロッド。自分のためにはなにもほしくないけど、下級民のためにはよい世界がほしい。人間にとっても。人間のためにも。わたしたち猫は、脳を持つずっと前から、あなたがた人間を愛してきたわ。だれも思いだせないむかしから、あなたがたの猫だったわ。体型を変えられ、思考力が大幅にふえたぐらいのことで、人間に対する猫の忠実さがなくなると思う？　ロッド、わたしはあなたを愛してるけど、同時にほかの人びとも愛してる。だから、あなたをエイチ・アイのところへ連れていくのよ！」

「そのことを――もうそろそろ話してくれてもいいんじゃないかな」

　彼女は笑った。「ここなら安全だわ。エイチ・アイとは、聖なる叛徒《ホーリー・インサージェンシー》のこと。下級民の秘密政府。こんな場所でこんな話をするのはばかげてるわね、ロッド。あなたは地下へもぐるのよ。いまからそこの指導者に会うために」

「彼らぜんぶの？」ロッドが考えたのは、補完機構の長官たちのことだった。

「彼らじゃなく、彼。イ・テレケリのこと。地下の鳥。イ・イカソスは彼の息子なの」

「もし、ひとりだけだとしたら、どうやってきみたちは彼を選んだんだい？　ぼくたちがむかしなくした英国女王みたいなものか？」

　ク・メルは笑った。「わたしたちが〈かれ〉を選んだんじゃないわ。彼が成長して〈かれ〉となり、いま、わたしたちを導くようになったの。人間たちは鷲の卵をとって、それをダイモン人に育てようとした。その実験が失敗したとき、胎児は捨てられた。でも、胎児は死ななかった。それが〈かれ〉なの。あなたがこれまでに会っただれよりも強力な心の持ち主。さあ、行くわよ。ここはこんな話をする場所じゃないのに、わたしたちったら、まだえんえんと話をしているんだもの」

ク・メルはロッドについてくるように手をふって、横穴を這いすすみはじめた。

彼はそのあとを追った。

這いながら、呼びかけた。

「ク・メル、ちょっと待ってよ」

ク・メルは彼が追いつくまで待った。彼女は、ロッドがひどく心配そうな淋しい顔をしているので、キスでもねだられるのではないかと思った。キスされることには、彼女もやぶさかでなかった。だが、ロッドはこんなことをいって彼女を驚かせた。

「匂いがわからないんだよ、ク・メル。いままで匂いがするのに慣れていたから、物足りなくてしょうがない。教えてよ、ここはどんな匂いがする?」

ク・メルはいったん目をまるくしてから笑いだした――「どんな匂いって、地下らしい匂いよ。空気の中で電気が焦げる匂い。どこか遠くにいる動物の、それもいろいろちがった動物の匂い。むかしの、むかしの、もう消えかかった人間の匂い。エンジン・オイルと臭い排気。頭痛そっくりの匂い。沈黙みたいな、ほったらかしにされた物みたいな匂い。どう、このへんで?」

ロッドはうなずき、ふたりはまた先に進んだ。

横穴の終点で、ク・メルは彼をふりかえった。

「ここはすべての人間が死ぬ場所よ。さ、早く!」

ロッドは彼女のあとを追おうとして、足をとめた。「ク・メル、頭がおかしいんじゃないかい？　なぜ、ぼくがここで死ななきゃならない？　そんな理由はどこにもないぞ」

彼女の笑い声は、純粋な幸福に満ちていた。「まぬけなク・ロッド！　いまのあなたは猫よ。猫だからこそ、もう何世紀も人間が通ったためしのない場所へきてるんじゃない。早くいらっしゃい。そこらに骸骨があるから気をつけて。わたしたちだって真人を殺したくはないけど、警告が間に合わない場合だってあるの」

ふたりはバルコニーの上に出て、前以上に巨大な倉庫を見おろすことになった。この倉庫にも、何千ともしれない荷箱がおいてある。ク・メルはそれらに目もくれなかった。バルコニーの端へいって、細いスチールのはしごを敏捷に伝いおりた。

「これも過去からのがらくた！」彼女はロッドの質問を先どりした。「地上の人びとはすっかり忘れてる。わたしたちがそれをいじりまわしてるの」

彼には空気の匂いもわからなかったが、この深い地下では、どろりと重く、よどんで感じられた。

ク・メルはスピードをゆるめなかった。床の上のがらくたと宝物のすきまを、まるでアクロバットのようにすりぬけていった。古い広間の奥で、彼女は立ちどまった。「それをひとつ持っていきなさい」と命令した。

巨大な雨傘のようなものだった。コンピューターの見せてくれた映像で、ロッドは雨傘を知ってはいた。しかし、映像の中のそれにくらべると、いまのこれはとてつもなく大きい。雨が降っているのだろうかと、あたりを見まわした。トスティグ・アマラルの思い出のあとでは、もう室内の雨などまっぴらごめんだった。ク・メルには、彼のためらいは理解できなかった。

「こんどの垂直洞には、磁気制御も上昇気流もないのよ。直径十二メートルの縦穴があるだけ。これはパラシュート。これをさして垂直洞の中へとびおり、あとはふわふわ落ちていくの。まっすぐ下へ。四キロ。そのほうがモーホに近いから」

それでもロッドが大きな傘を手にとろうとしないので、ク・メルは一本とって彼に渡した。傘は意外なほど軽かった。

彼は目をぱちくりさせた。「帰りはどうする？」

「鳥人のだれかが垂直洞の中を飛んで、引きあげてくれるわ。たいへんな労働だけど、彼らは平気。それをしっかり自分のベルトへひっかけなきゃだめよ。ゆっくり落ちていくから、ずいぶんひまがかかるし、話もできない。それに、すごく暗いし」

ロッドはいわれたとおりにした。

ク・メルは大きなドアをあけた。そのむこうには空虚しか感じられなかった。ク・メルは彼に手をふり、自分の〝雨傘〟を半びらきにして、戸口の縁まで進むと、姿を消した。彼も縁まで進んで、下を見おろした。なにも見えない。ク・メルの姿も見えず、聞こえる音といえば、空気の流れと、ときおり金属が金属とふれあう機械的なささやきだけだ。きっとク・メルの傘の露先が、縦穴の壁をこする音にちがいない。

彼はため息をついた。これにくらべると、ノーストリリアも安全で平穏な場所に思える。自分の傘をひらいた。

ふしぎな虫の知らせにしたがって、小さなテレパシー補聴器を耳からはずし、それをつなぎのポケットへていねいにしまいこんだ。

そのおかげで、命びろいすることになった。

ロッド・マクバンは、どこまでもどこまでも落ちていった。濡れてねとねとした闇にむかって大声でさけんだが、返事はなかった。いっそ大きな傘から自分を切り離し、真下にある死をめがけて墜落しようかとも考えた。だが、そこでク・メルが下にいるのを思いだし、もし傘を離したら、自分の体が爆弾のように彼女の上へ落下するだろうと気づいた。なぜ、そんなすてばちな考えになったのだろうといぶかしんだが、答は出てこなかった。

（あとになってわかるのだが、彼は下級民たちの作ったテレパシー自殺スクリーンを通過していたのだ。このスクリーンは人間の心に同調していて、旧皮質から、つまり、最初に自分の鼻にみちびかれて地上を歩いた動物たちの嗅覚・捕食・交尾の連鎖から、汚物と絶望をすくいあげるように設計されていた。しかし、ロッドは猫、ある程度まで猫であったし、しかもテレパシー能力は並み以下だったので、彼に対しては、さすがのスクリーンもほかの地球人たちにしてきたようなことが——そのねじくれた死体をシャフトの底へ投げつけることが——できなかった。そこにはいまだかつてひとりの人間もたどりついたためしはなく、またこれからも近づかせはしない、と下級民は決心していたのだ）ロッドはハーネスの中で身もだえし、そしてついに気絶した。

彼が目ざめたそこは、わりあい小さな部屋だった。地球の標準からすれば巨大といってもいいが、下りてくる途中で通りぬけた倉庫とくらべればずっと小さい。

明かりはまぶしかった。

部屋の中にはひどい匂いがしているのではないかという気がしたが、嗅覚がないので、証明はできなかった。

ひとりの男がしゃべっていた。「禁断の言葉は、それを知らないものが明らかにそれを求めるまで、教えることはできない」

何人かの声が合唱した。「わたしたちはおぼえている。おぼえている。おぼえていることをおぼえている」

話をしているのは、痩せて青白いが、巨人に近い男だった。その顔は死んだ聖者の顔で、雪花石膏のように青白く、目だけが激しく燃えていた。その体は人間と鳥を合わせた感じで、腰から上は人間、そして清らかな白い巨大な翼の肘からは人間の手が生えていた。腰から下の両脚は鳥そっくりで、その末端は角質の半透明に近いかぎ爪になり、しっかりと地面を踏まえていた。

「すまなかった、地主のミスター・マクバン、きみにあんな危険をおかさせることになって。わたしは誤解していた。きみは外側から見ればりっぱな猫だが、内側はまだ完全な人間だ。われわれが設けた安全装置はきみの心を傷つけただけでなく、へたをすればきみを殺していたかもしれない」

ロッドは相手を見つめたまま、よろよろと立ちあがった。彼を支えてくれた人びとの中には、ク・メルも混じっていた。立ちあがると、だれかがとても冷たい水のはいったコップをくれた。ロッドはごくごくとそれを飲んだ。ここは暑い――暑くて、風通しが悪く、近くに巨大なエンジンのあるのが感じられる。

「わたしの名はイ・テレケリ」大きな鳥人は、自分の名をイー・テリー・ケリーと発音した。「きみはわたしを生の姿で見た最初の人間だ」

「祝福され、祝福され、祝福され、四重に祝福されたるもの、それはわれらが指導者、われらが父、われらが兄弟、われらが息子、イ・テレケリの名」と下級民たちが合唱した。

ロッドはあたりを見まわした。そこにはおよそありとあらゆる種類の下級民がいるだけでなく、ロッドが想像もしなかったような下級民もいた。ひとりは、棚の上に首だけがのっていて、体らしいものがどこにもない。ロッドがどぎもを抜かれてその首を見つめると、顔がにやりと笑い、片目をつむってウィンクしてみせた。イ・テレケリは、ロッドの視線の方向に目をやった。

「どうか驚かないでくれ。われわれの中には正常なものもいるが、ここにいる大半のものが、人間の実験室から捨てられた生き物なんだ。わたしの息子は、きみもすでに知っているね」

背が高く、ひどく顔が青白く、羽毛のない青年が立ちあがった。すっぱだかだが、すこしもそれを気にしたようすがない。なつかしそうにロッドに手をさしだした。ロッドはこの青年に会ったおぼえがなかった。相手も彼のためらいに気づいたらしい。

「きみが知っているわたしは、ア・ジェンターだった。いまのわたしはイ・イカソスだ」

「祝福され、祝福され、三重に祝福されたるもの、その名はわれらがつぎの指導者、イーカスース！」と一同が合唱した。

この場のなにかが、ロッドの素朴なノーストリリア流のユーモアに火をつけた。彼は偉大な鳥人にむかって、故郷でほかの地主たちに話しかけるように、人なつっこく、だが、ぶっきらぼうに話しかけた。

「うれしいよ、こんなに歓迎してもらって！」

「うれしい、うれしい、うれしい、と星からきた客はいう！」と合唱がわきおこった。

「みんなをだまらせることはできないんですか？」とロッドはたずねた。

「〝だまれ、だまれ、だまれ〟と星からきた客はいう！」と一同が合唱した。

イ・テレケリは大声で笑いこそしなかったが、その微笑はただのお愛想ではなかった。

「彼らを気にせずに話しあってもいいし、彼らがわたしたちのいうことをくりかえすたびに、きみの心を空白にしてもいい。まあ、一種の宮廷儀礼だと思ってくれ」

　ロッドはぐるりをざっと見まわした。「もう、ぼくはあなたに自分をあずけた。だから、すこしぐらい心をいじられたっておんなじだ。あの声を消してください」

　イ・テレケリは指で数学の方程式を書きつけるかのように、自分の前の空気を動かした。その指の動きを目で追っているうちに、ロッドはとつぜん部屋が静かになったのを感じた。

「こっちへきてすわらないか」とイ・テレケリがいった。

　ロッドはそのあとにつづいた。

「あなたはなにがほしいんですか？」と歩きながらたずねた。

　イ・テレケリはふりかえって答えようとはしなかった。歩きながらこういっただけだった。

「きみの金だよ、地主のミスター・マクバン。きみの金のほぼ全額がほしい」

　ロッドは足をとめた。自分が大笑いしているのに気がついた。「金を？　あなたが？ここで？　いったいあの金をどうするつもりです？」

「だから」とイ・テレケリはいった。「すわってもらいたいんだ」

「おすわりなさい」と、そばについてきたク・メルがいった。

　ロッドはすわった。

「われわれは心配なんだ。人間が死に絶えて、われわれだけがこの宇宙にとり残されるのではないかとね。われわれには人間が必要だし、みんなが共通の運命の中へ流れこむまでには、まだとほうもない時間がかかる。人びとはいつも物事の終わりがすぐそこまできていると考えてきた。第一の禁じられたるものの約束によると、それはまもなくやってくる。しかし、まもなくといっても、それは何十万年、それとも何百万年先かもしれない。ミスター・マクバン、人びとは広く散らばっているから、どんな武器をもってしても、すべての惑星の住民を殺しつくすのはむりだ。しかし、いくら広く散らばっていても、人びとは自分自身にとりつかれている。発展がある点まで達すると、そこで止まる」

「なるほど」ロッドは水差しをとって、自分でもう一杯ついだ。「でも、宇宙の哲学からぼくの金までには、ずいぶん距離がある。オールド・ノース・オーストラリアにも、調子はずれのうさんくさい話はいろいろあったけど、いきなりだれかがほかの市民の金をねだるなんて話は初耳ですよ」

イ・テレケリの目は冷たい炎のように燃えた。ロッドもそれが催眠術でないこと、自分を餌食にする策略でないことを知っていた。この鳥人の中に燃えさかる個性の力が、外に放射されているだけのことだった。

「よく聞きたまえ、ミスター・マクバン。われわれは人間に創られた生き物だ。きみたちはわれわれの神々だ。きみたちはわれわれを、しゃべり、悩み、考え、愛し、死んでいく人びとに変えた。われわれの種族の大部分は、下級民になる以前、人間の友だちだった。たとえばク・メルのように。どれほどたくさんの猫が、しかもどれほど長いあいだ、人間に奉仕し、人間を愛してきたことだろう。どれほどたくさんの牛が、長い歳月にわたって、人間のために働き、人間に食べられ、人間に乳をしぼられ、しかもなお人間の行くさきざきに、ときには遠い星にまでつきしたがっていったことだろう。それに犬たち。犬たちの人間に対する愛は、あらためていうまでもない。われわれが聖なる叛徒と自称しているのは、一種の反乱軍だからだ。われわれは政府だ。補完機構に匹敵するほど大きな勢力だ。きみが地球へ到着したとき、なぜティードリンカーがきみをつかまえなかったと思う？」

「だれですか、ティードリンカーとは？」

「きみを誘拐したがっていた役人だよ。ティードリンカーが失敗したのは、彼の使っている下級民がわたしにその計画を報告し、ノーストリリアできみたちに加わった息子のイ・イカソスが、火星のヴォマクト医師にその対策を提案したからだ。われわれはきみを愛しているんだよ、ロッド。それはきみが金持のノーストリリア人だからではなく、われわれを創りあげた人類を愛することが、われわれの信仰だからだ」

「ぼくの金のそばまでくるには、ずいぶん長くてひまのかかる道ですね」ロッドはいった。

「要点にはいってください」

イ・テレケリは、優しく悲しい微笑をうかべた。その瞬間、ロッドは、この鳥人を悲しく、しんぼう強くさせているのが、ほかならぬ自分の頭のにぶさなのだ、とさとった。この人物は、これまでに会ったどんな人間よりもはるかにすぐれているのではないか——そんな気持をはじめて彼はすんなり受けいれた。

「すみません」とロッドはいった。「ぼくはあの金を手にいれてから、いっときもその金をたのしんだことがなかった。会う人会う人から、みんながその金を狙っていると教えられるだけだった。これからの一生、なにもしないで逃げまわっていなけりゃならないのかと思いはじめて……」

イ・テレケリは、うれしそうにほほえんだ。とつぜん生徒が目を見はるような進歩を見せたときに、教師がうかべるような笑顔だった。

「そのとおりだ。きみはキャットマスターからも、そしてきみ自身からも、多くのものをまなんだ。わたしはそのきみに、もっとすばらしいものを提供しようとしている——つまり、とほうもない善をおこなう機会だ。ファウンデーションというものを知っているかね?」

ロッドはひたいにしわを寄せた。「建物の土台ですか?」

「いや。ある種の制度だよ。うんと遠いむかしからの」

ロッドは首をふった。初耳だ。

「もし、その贈り物が充分に大きければ、財団《ファウンデーション》は、それを設けた文化が滅びたあとまでも長持ちし、そして恩恵を与えつづけることができる。もし、きみが自分の金の大部分をだれか善良で賢明な人物に預ければ、それは人間の種族をよくしていくために、くりかえしくりかえし使われていく。われわれにはそれが必要だ。よりよい人間が、よりよい生活をわれわれに与えてくれる。パイロットやピンライターが、ときには自分の命を捨ててまで、宇宙空間で仲間の猫を救ったことを、われわれが知らないとでも思うかね？」

「それとも、人間が考えもしないで、下級民を殺したことをですか？」とロッドは反問した。「それとも、考えもしないで下級民を屈辱の目にあわせたことを？　あなたにだって、なにかの私利私欲はあるはずでしょう？」

「ある。いくらかは。しかし、きみが思うほど多くはない。人間は、怖じ気づいたり退屈したとき、邪悪になる。幸福でいそがしくしているときには善良になる。だから、きみの金を使って、ゲームや、スポーツや、コンテストや、ショーや、音楽、それに率直な憎しみの機会を提供してやってほしい」

「憎しみ？」ロッドはききかえした。「ぼくは信仰者の鳥を見つけたと思いはじめていたのに……古代の魔術を話すだれかを」

「われわれは時を終わらせようとはしていない」偉大な鳥人はいった。「ただ、現在という歴史の時代の中で、人間のおかれた本質的な状態を変えようとしているだけだ。人類が悲劇と自滅に向かわないように、われわれが舵をとりたい。断崖が崩れようとも、人類には生き残ってほしい。きみはスウィンバーンを知っているか？」

「どこのことですか？」

「地名ではない。宇宙時代より前の詩人の名前だ。彼がこんな詩を書いている。聞きたまえ。

のどかな海が高まって、断崖が崩れ落ち
段丘と草地が深淵にのみこまれ
削られた野、縮まった岩が
満ち潮の力の前に平伏するとき
おのれの勝利のもとに万物がよろめくとき
おのれの手がひろげた破壊のただなかに
おのれのふしぎな祭壇で自殺した神のごとく
死はことされて横たわる

きみもそう思わないか？」

「調子のいい詩だけど、よくわかりません」ロッドはいった。「おねがいです。ぼくは思ったより疲れてるらしい。それに、ク・メルといっしょにいられるのは、きょう一日しかないんです。あなたとの用件を早くすまして、ク・メルとの時間をすこしもらえませんか？」

「そうあらしめよ！」鳥人の言葉は偉大な歌のようにひびきわたった。

下級民たちの唇が合唱のために動いているのはロッドにも見えたが、声は聞こえなかった。

「では、具体的な取引の申し出をしよう。もし、わたしがきみの心を正しく読んでいたら、そういってくれ」

なんとはない畏怖にうたれて、ロッドはこっくりうなずいた。

「きみはあの金をほしくはあるが、ほしくはない。きみはFOEマネーで五十万クレジットを受け取る。それだけあれば、オールド・ノース・オーストラリア一の大富豪として、長い一生を送ることができる。残りの金は、ある財団《ファウンデーション》に寄付する。その財団が、人間たちに、習慣のように重く病んだ憎みかたでなく、ゲームのように軽くくつろいだ憎みかたを教える。管財人は、わたしの知っている補完機構の長官たち、たとえばジェストコーストや、クルデルタや、レイディ・ヨハンナ・グナーデがつとめるだろう」

「その代わりに、ぼくが手にいれるものは？」

「きみの心からの願いだ」美しく賢く青白い顔は、まるで父がわが子の迷いの源をさぐるように、ロッドを見つめた。その顔がロッドはすこし怖くはあったが、信頼してすべてを打ち明ける気になれた。

「ほしいものはたくさんありすぎるから。とても全部はむりです」

「わたしがきみのほしいものをいってみよう。

きみは、ややこしいトラブルを全部片づけて、いますぐ故郷に帰りたがっている。わたしはたった一度の長い跳航で、きみを〈没落牧場〉へおろしてあげることができる。そこの床をごらん——きみがアマラルの部屋へ残してきた本と切手があるだろう。あれもいっしょに運べる」

「でも、ぼくは地球を見たいんです！」

「またもどってくればいい。きみがもっと年をとり、もっと賢くなってから。いつかそのうちに、きみの金がやってのけた仕事を見にくればいい」

「それと——」ロッドはいいよどんだ。

「きみはク・メルがほしい」穏やかで賢明な白い顔には、なんの当惑も、怒りも、恩着せがましい表情もなかった。「よろしい、きみは彼女の心とつながった夢の中で彼女を手にいれるだろう。主観的時間でいっておよそ千年のしあわせな歳月だ。もしここにとどまって猫人のままでいたら、彼女といっしょに経験しただろうすべてのしあわせな出来事、それをきみは生きることになる。きみは自分の小猫たちが育ち、栄え、年をとって死んでいくのを見ることになる。それに要する時間は、およそ半時間かな」

「ただの夢じゃないですか」ロッドはいった。「ぼくから何メガクレジットも取り上げといて、代わりに夢をよこすんですか！」

「ふたりの心が結ばれているのに？　生きている、加速されたふたつの心が、おたがいの中にはいりこんで考えるのに？　そんな夢の話を聞いたことがあるかね？」

「いいえ」

「わたしを信頼するか？」イ・テレケリはきいた。

物問いたげに鳥人を見つめたロッドは、心から大きな重しがとれるのを感じた。彼はたしかにこの生き物を信頼していた。彼をほしがらなかった父、彼をあきらめた母、彼をながめ、彼に親切だった隣人たちをこれまで信頼してきたよりも、はるかに大きく……。ロッドは吐息をついた。

「信頼します」

「そのほかに」とイ・テレケリはつけたした。「わたし自身のネットワークをつうじて、すべてのこまごました付随事件もそこに含め、その記憶をきみの心に残しておくことにしよう。きみがわたしを信頼するなら、それで充分なはずだ。きみはぶじに故郷へ帰れる。ノーストリリアで――そこにはわたしもめったに手をかせないが――長い一生のあいだ危険から守られるだろう。いま、きみはク・メルともうひとつの人生を送り、その大半をあとで思いだすことができる。その返礼に、あの壁ぎわへいって、きみの財産から〇・五メガクレジットを差し引いた額を、ロッド・マクバン財団へ譲渡してもらいたい」

ロッドは、まわりをとりまいている下級民たちを、崇拝者の群れとは思っていなかった。だから、ひどく青白い、背の高い娘が彼の手をとって、自分の頬に押しあてたときには、一瞬うろたえた。

「あなたは約束されたるものではないかもしれないけれど、偉大な善い人間です。わたしたちはあなたからなにも奪えません。お願いするだけです。それがジョーンの教えです。そして、あなたは与えてくださった」

「きみはだれ？」ロッドは怖じ気づいた声でたずねた。もしかしたら、下級民に地底へさらわれて、行方不明になった人間の娘ではないか、とも思った。

「イ・ラメラニー。イ・テレケリの娘です」

ロッドは彼女をじっと見つめたあと、壁に近づいた。そして、ありふれた感じのボタンを押した。なんという場所にこんなものが！

「ロード・ジェストコーストを」と彼は呼びだした。「こちらはマクバン。ばか、つべこべいうな、ぼくはこのシステムの持ち主だぞ」

ハンサムで洗練された、小肥りの男が画面に現われた。「わたしの推測が正しければ」と、その見知らぬ男がいった。「きみは地底にたどりついた最初の人間だ。なにかお役に立てるかね、地主のミスター・マクバン？」

「書きとめてください――」とイ・テレケリが、機械には映らない死角から、ロッドに教えた。

ロッドはそれを反復した。

ロード・ジェストコーストは、彼のいる側で証人を呼んだ。

長い口述だったが、とうとう譲渡の手続きは終わった。ロッドが異議を唱えたのは一度だけだった。みんながその機関をマクバン財団と名づけようとしたときに、ロッドはこういったのだ。

「百五十基金という名にしてください」

「百五十？」とロード・ジェストコーストがききかえした。

「ぼくの父にちなんで。それが一族の中での父の番号でした。ぼくは百五十一世です。父はぼくの一つ前。そんな説明は要りません。ただ、それを使ってください」

「よろしい」ジェストコーストはいった。「あとは書記と正式の証人を呼んで、きみの網膜と指と脳の紋像がこちらの記録と合致すればそれでいい。きみのそばにいる人物にたのんで、仮面を貸してもらいたまえ。証人たちが驚かないようにな。きみの使用中のその機械があることになっている場所はどこだ？　それが本当にある場所はよくわかっているつもりだが」

「アルファ・ラルファ大通りの下、忘れられた市場の中です」イ・テレケリがいった。

「明日、そちらの職員がこの機械の適格性を確認に行ったとき、そこに見つからないようにしておきましょう」

イ・テレケリはまだ機械の視野の外にいたので、ジェストコーストに声は聞こえても、姿は見えなかった。

「その声は知っている」ジェストコーストはいった。「まるで、大いなる夢の中から聞こえてくるようだ。しかし、顔を見せてくれとはいわずにおこう」

「ここにいるあなたの友人は、下級民しかきたことない場所を訪れました」イ・テレケリはいった。「われわれは彼の運命にひとつならず手を加えようとしています。わがロード、あなたの寛大なご承認があればの話ですが」

「わたしの承認はたいして必要とされていないようだ」ジェストコーストはそういってから、小さく笑った。

「しばらくあなたとお話をしたい。そこに知能の高い下級民はいますか？」

「なんならク・メルを呼ぼう。いつもそのへんにいるはずだ」

「こんどばかりはむりなようですな、わがロード。彼女はここにいます」

「そこに、きみと？　彼女がそこへ行ったとは知らなかったぞ」ロード・ジェストコーストの顔には、驚愕が現われていた。

「お言葉ですが、彼女はここにいます。そこにだれか下級民はいませんか？」

ロッドはなんとも間のぬけた気分だった。映話装置の前に立っているのに、ふたつの声が、相手には姿を見せず、ロッドの頭ごしに話しあっているのだ。しかし、どちらも心底からロッドのためを思ってくれていることは、よくわかった。彼とク・メルに提供されるというふしぎな幸福の期待で、ひどくおちつかない気分だったが、偉大なふたりが用件をすませるまでおとなしく待てないほど、躾けのたりない少年ではなかった。

「ちょっと待ってくれ」ジェストコーストがいった。

画面の奥で、補完機構の長官が、ほかの副スクリーンの制御装置をいじっているのが、ロッドにも見えた。まもなくジェストコーストは答えた――

「ブ・ダンクがいる。二、三分でここへやってくるはずだ」

「わがロード、いまから二十分したら、あなたが以前にク・メルとそうされたように、ブ・ダンクと手を握りあってくださいませんか？　わたしには、この若者と、彼の帰郷の問題があります。あなたがまだご存じないことがいくつかあるが、できればそれを記録に残さずにそちらへ伝えたいのです」

ジェストコーストのためらいは、ほんの一瞬だった。「よし、いいだろう」彼は笑った。

「毒を食らわば皿までだ」

イ・テレケリはわきにさがった。だれかがロッドに仮面を渡した。それで猫人の顔は隠れたが、両眼と両手は露出していた。脳紋は両眼をつうじて採取できるのだ。

記録が終わった。

ロッドはベンチとテーブルのところへもどった。水差しからつめたい水をお代わりした。だれかが新鮮な花輪を彼の首にかけてくれた。新鮮な花！　こんな地底に……それがふしぎでならなかった。三人のなかなかかわいい下級民の娘が、ふたりは猫、ひとりは犬の生まれだったが、着替えをすませたク・メルをこちらへみちびいてくるところだった。ク・メルは、ありとあらゆる白のドレスの中でも、いちばん清楚でつつましいドレスを着ていた。腰には幅の広い金色のベルトを締めていた。ク・メルは笑い、そして笑いやめ、ロッドのそばへ連れてこられると顔をあからめた。

ふたつの席がベンチの上に設けられた。ふたりが心地よく腰かけられるように、クッションがととのえられた。外科手術のときに使われる快感帽のような、すべすべした金属質の帽子が、ふたりの頭にかぶせられた。ロッドは嗅覚が脳の中で爆発するのを感じた。嗅覚が、とつぜんゆたかによみがえった。彼はク・メルの手をとり、太古の地球の森を歩きはじめた。そこには、時よりも古い寺院が、地球のむかしの月のはなつ澄んだ柔らかな光に照らされていた。彼は自分がすでに夢見ているのを知った。ク・メルは彼の考えをとらえ、そしていった。

「わたしのだんなさま。わたしの恋人のロッド、これは夢よ。でも、わたしはあなたといっしょにその中にいます……」

だれが千年のしあわせな夢をおしはかれるだろう——旅と、狩りと、ピクニック、忘れられた人けのない都市の訪問、美しい眺めと不思議な場所の発見を。そして愛と、わかちあいと、そして、ふたつの別個の、はっきりした、それでいて完全な調和をたもった人格からこだましあう、あらゆるすばらしいすてきなもののひびきを。猫娘のク・メルと猫男のク・ロデリック——ふたりはおたがいにしあわせな生涯を最後までともにする運命に思えた。何世紀もの真の至福を生きたあと、それをたったの何分間かで報告できるものがいるだろうか？　そうした真の生活の物語を、もれなく語れるものがいるだろうか？——幸福と、いさかいと、和解と、問題と、解決と、そしてつねに共有と、しあわせと、また共有とを……。

やがてロッドは優しくゆりおこされたが、ク・メルは眠りつづけた。ロッドは老人になったと思いこんで、自分の姿をあらためた。しかし、まだ若者の姿のまま、イ・テレケリの忘れられた深い地底におり、しかも、嗅覚はなくなったままだった。やはり若がえったク・メルが眠りつづけるのをながめながら、すばらしい千年間のことを思いかえそうとしたが、夢の中の歳月は、それをふりかえろうとするあいだにも、はや薄れはじめていた。

ロッドはよろよろと立ちあがった。みんなが彼を支え、椅子にすわらせてくれた。イ・

テレケリはおなじテーブルの隣りの席にすわっていた。疲れたようすだった。

「地主のミスター・マクバン、わたしはきみたちの共有夢をモニターさせてもらった。全体が正しい方向にあるのをたしかめるだけの意味でね。満足してもらえたと思うが」

ロッドはこっくりとうなずいて、また水差しに手をのばした。眠っているうちに、だれかが満たしておいてくれたのだ。

「きみが眠っているあいだに」と偉大な鳥人がいった。「わたしはロード・ジェストコーストとテレパシー会話をかわした。知らないだろうが、彼はこれまでずっときみの味方だったんだよ。ところで、新しい自動平面航法船のことは聞いているか」

「まだ実験段階ですよ」ロッドはいった。

「そのとおり。しかし、まったく安全だ。それに、最高の〝自動〟式は、ぜんぜん自動式じゃない。蛇人のパイロットが乗りこんでいる。わたしのパイロットたちだ。彼らは補完機構のどんなパイロットよりもすご腕なんだよ」

「でしょうね。死んでいるんだから」

地下の白い穏やかな鳥は笑った。「あれが死んでいるなら、わたしも死んでいることになる。きみが最初に会ったときは猿のア・ジェンター医師だった息子、イ・イカソス医師の助けをかりて、わたしは蛇人たちをカタレプシー的な昏睡状態にした。船内で彼らは目ざめる。そのひとりが、たった一度の長い高速跳航で、きみをノーストリリアまで運んでくれるだろう。息子は、この場できみをもとの体にもどせる。ここの部屋のひとつには、りっぱな医学設備がそろっている。その上、彼は火星でヴォマクト医師の助手をつとめて、きみを復活させた経験がある。客観的時間では数日かかるが、きみにはたった一晩としか思えないだろう。もし、いまからきみがわたしに別れを告げるなら、そしてきみの準備さえよければ、つぎに目ざめるのは、オールド・ノース・オーストラリアの亜空間網のすぐ外側をめぐる軌道の上だ。それ以上は近づかない。仲間の下級民が、マザー・ヒットンの恐ろしい小猫たちにでくわして、八つ裂きにされるのを見たくはないからね。いったいどういうものなんだろう。ひょっとして、きみは知っているかな？」

「知りません」ロッドは即座に答えた。「それに、もし知っていたとしても、話せません。女王の秘密ですから」

「女王？」

「空位の女王ですよ。つまり、連邦政府という意味です。とにかく、ミスター・バード、ぼくはまだ帰れません。まず地球の表面へもどらなくちゃ。キャットマスターにさよならをいいたいんです。それと、エリナーをこの惑星に置きざりにして、自分だけ帰るわけにはいきません。あと、キャットマスターからもらった切手もほしい。それに本も。それに

……」

「きみはわたしを信頼するか、地主のミスター・マクバン？」白い巨人は立ちあがった。

彼の両眼は炎と燃えた。

下級民たちが自然発生的に唱和した。「地下の鳥のたのしい正しい力に信頼を！　美しい恐ろしい輝かしい白い力に信頼を！」

「ぼくはこれまであなたを信頼して、命も財産も預けてきたけど」とロッドはすねたようにいった。「いくらあなたにいわれても、エリナーを置きざりにはできません。どれほど故郷に帰りたくてもね。それに、故郷には、ぼくが助けてやりたい旧敵がいるんです。オンセックのホートン・サイム。母なる地球には、彼に持って帰ってやれるようななにかがあるはずだから」

「もうすこしわたしを信頼してくれてもいいな」イ・テレケリがいった。「もし、きみがオンセックに、彼の愛しているだれかとの共有夢を与えて、短命の埋め合わせをしてやったら、彼の問題は解決するだろうか？」

「よくわかりません。たぶん、するんじゃないかな」

「もうすでに処方を作らせた。それに、彼の血液からとった血漿を混ぜてから飲めばいい。それで、約三千年の主観的な人生が送れる。これまでこの地下都市からそれを持ちだしたためしがないが、きみは地球の友人だ。さしあげることにしよう」

――ロッドは口の中で礼を述べようとしたが、彼の口から出たのはエリナーのことだった――どうしても、彼女を置いていく気になれなかった。

白い巨人はロッドの腕をとり、この地底の忘れられた部屋にはやはりどう見ても不似合いな、あの映話装置の前へ彼を連れていった。

「わたしがにせのメッセージやそんなものできみをだましたりはしないことは、わかってくれるな？」

その強く、穏やかで、くつろいだ顔を——あまりにも大きな目的があるため、苛立った目的やさしせまった目的のまったく感じられない顔を——一目見たとき、ロッドはなにも心配することがないのをさとった。

「では、これでながめてみたまえ」とイ・テレケリはいった。「もしエリナーが故郷に帰りたがっているなら、補完機構と交渉して、彼女の帰郷を実現させよう。きみのほうは、息子のイ・イカソスが、前の変身のときと同様、またもとの体にもどしてくれる。あとは細かい点がひとつ。顔は前どおりでいいかね？　それとも、わたしが獲得させた知恵と経験のにじみでた顔のほうがいいか？」

「ぼくは洒落者じゃない。前どおりの顔でいいです。もし、ぼくが前より賢くなっていたら、どのみち、みんなにもすぐにわかることだし」

「よろしい。彼に用意をさせよう。そのあいだに、映話装置をつけたまえ。もうすでに、きみの仲間である市民を探すようにセットされている」

ロッドはスイッチをいれた。万華鏡のようにめまぐるしく変化する場面が、ひとしきりつづいたあと、機械はミーヤ・ミーフラの浜辺を疾走して、エリナーをさがしているらしかった。それはとても風変わりなスクリーンだった。なにしろ、相手側には送信装置がないのだ。彼はエリナーを見つけた。彼女はノーストリリア人だったときのロッドそっくりだったが、自分が観察されているのには気づいていなかった。

機械はエリナー／ロッド・マクバンの顔に焦点を合わせた。彼女／彼は、とても美しい娘と話をしていた。娘は、ノーストリリア人と地球人の容貌の特徴が奇妙に混じりあった顔だった。

「ルース・ノット＝フロム＝ヒアだ」とイ・テレケリが小声で教えた。「補完機構の長官、ロード・ウィリアム・ノット＝フロム＝ヒアの娘だよ。彼は自分の娘を〝きみ〟にめあわせて、ノーストリリアへ帰ろうと考えている。あの娘をごらん。いま、〝きみ〟に腹を立てているところだ」

ルースはベンチにすわって、神経質そうにいらいらと自分の指をもみしだいていたが、その手と顔が示しているのは、落胆よりもむしろ怒りだった。彼女は〝ロッド・マクバン〟になりきったエリナーに向きなおった。

「いま、父が教えてくれたわ！」ルースはさけんだ。「ねえ、どうしてまたどこかの財団なんかにお金をそっくり寄付しておしまいになったの？　補完機構から父にそんな連絡があったんですって。あたし、理解できない。もう、これであなたと結婚する意味がなくなって――」

「ぼくはかまわない」とエリナー／ロッド・マクバンはいった。

「かまわない、ですって！」ルースはわめいた。「ひとをさんざっぱらおもちゃにしておいて！」

にせのロッド・マクバンは、彼女にしたしげで同情のこもった微笑を見せただけだった。十キロの地下でその画面をながめている本物のロッドからすると、地球の若い大金持としてのエリナーの態度が、ずいぶん板についてきたような気がした。

ルースの表情がとつぜん変わった。怒りから笑いに切りかわった。当惑したようすを見せながら、「告白するとね」と正直にいった。「オールド・ノース・オーストラリアの先祖の家なんかに帰りたくなかったわ。あそこの素朴で嘘のない生活って、なんだかまがぬけてるみたい。海もない。大都会もない。ただ、病気のでっかい羊と、使い道のないお金がいっぱいあるだけ。あたしが地球を好きなのは、たぶん退廃的なんでしょうけど……」

ロッド／エリナーが彼女にほほえみかえした。「じゃ、ぼくもたぶん退廃的なんだ。ぼくは貧乏じゃない。きみのことは好きだ。ただ、だれとも結婚したくない。ぼくは地球に相当な額のクレジットを持ってるし、若い男としての生活もたのしいし」

「あたりまえでしょ！」ルースはいった。「なんておかしなことを！」

にせの〝ロッド・マクバン〟は、相手が言葉をはさんだことにも気づかないようだった。

「ここに残って、生活をめいっぱいたのしむことにきめたよ。ノーストリリアではみんなが金持だけど、金を持ってたってなんになる？　いまだからいうけど、退屈で退屈でたまらなかった。でなけりゃ、危険をおかしてここへやってくるもんか。そう、ぼくはここへ残るよ。きっとロッドは――」彼／彼女はこの失言にちょっとあわてた。「つまり、親戚のロッド・マッカーサーのことだけどさ。きっとロッドがぼくの個人財産から税を差し引いて、ここで暮らせるようにしてくれると思う」

（「きっとそうするよ」とロッド・マクバンは、はるかな地下から答えた）

「よかった。歓迎するわ」ルース・ノット＝フロム＝ヒアが、にせのロッド・マクバンにいった。

はるかな地下で、イ・テレケリは画面を指さした。「なっとくしたかね？」とロッドにたずねた。

「ええ」ロッドは答えた。「でも、エリナーに知らせてもらえますか。ぼくが元気でいることと、彼女のことはひきうけたということを。できれば、あなたからロード・ジェストコーストに交渉してもらえないでしょうか。エリナーが地球に居残って、自分の財産を使えるように。それから、エリナーにロデリック・ヘンリー・マクバン一世の名前を使うようにいってください。〈没落牧場〉の持ち主という名義はくれてやれないけど、どのみち地球人にはそのちがいなんかわからないはずです。そう伝えてもらえば、エリナーはきっとぼくが無事だとわかってくれる。それだけでいいんです。もしエリナーが、ぼくの体の複製の中でずっと暮らしたいなら、しあわせに。願わくは、大羊が彼女の上にすわりますように！」

「奇妙な祝福の言葉だね」とイ・テレケリはいった。「しかし、きみの希望どおりにとりはからうよ」

　ロッドはまだ動こうとしなかった。装置のスイッチは切ったが、そこに立ったままだった。

「ほかになにか？」イ・テレケリがきいた。

「ク・メル」とロッド。

「彼女はだいじょうぶだ」と地下世界の帝王はいった。「ク・メルはきみからなにも期待していない。彼女はりっぱな下級民だから」

「でも、なにかをしてやりたいんです」

「彼女はなにも望んでいない。彼女は幸福だ。きみが干渉する必要はない」

「彼女だって、いつまでももてなし嬢《ガーリィガール》をしていられるわけじゃない」ロッドは強情にいいはった。「あなたがた下級民は年をとる。ストルーンなしで、あなたがどうしてそんなに長生きできるのか、ぼくにはわかりませんが」

「わたしもだ。たまたま長命に生まれついているらしい。しかし、きみが彼女についていったことは正しい。ク・メルもいずれは年老いるだろう。きみたちのいう時間では」

「彼女にレストランを一軒買ってやりたいんです。あの熊男のレストランのようなのを。そこを人間と下級民の両方に開放された、一種の集会所にする。彼女がそこをロマンチックで愉快な店にすれば、きっとはやりますよ」

「すばらしい名案だ。きみの財団にとっては申し分のない事業だ」イ・テレケリはほほえんだ。「そのように手配しよう」

「それからキャットマスターは？　ぼくが彼のためにしてやれることは、なにかないですか？」

「いや、ク・ウィリアムについては、きみが心配しなくてもよい。彼は補完機構の保護のもとにあるし、魚のしるしも知っている」偉大な下級民はちょっと間をおき、そのしるしとはなにかと質問する機会を相手に与えたが、ロッドはその間のもつ意味に気づかなかった。そこで、鳥に似た巨人は言葉をついだ。「ク・ウィリアムは、彼がきみの人生にもたらした良い変化に対して、すでに報酬を受けた。さあ、用意がよければ、きみを眠らせることにしよう。息子のイ・イカソスがきみを猫の体からもとの姿に変え、きみは故郷の惑星をめぐる軌道の上で目ざめることになるだろう」

「ク・メルは？　彼女を起こして、千年のあとのさよならをいわせてもらえませんか？」

地底の支配者は優しくロッドの腕をとり、彼をみちびいて巨大な地下の広間を横ぎりながら、いいきかせた。「もし、きみが彼女の立場だったら、どう思う？　きみといっしょにおぼえているあの千年のあとで、また彼女が新しい別れを経験したがるだろうか？　そのままにしておいてやりなさい。それが親切というものだよ。きみは人間だ。あふれるほどに親切を心にいだくことができる。それがきみたち人間の最高の性質でもある」

ロッドは立ちどまった。「なにか、記録装置はないですか？　ぼくが地球へきたとき、ク・メルは〝高い鳥が鳴いて〟というすてきな歌で歓迎してくれました。ぼくも彼女にノーストリリアの歌を残していきたいんですが」

「お好きな歌をどうぞ」イ・テレケリはいった。「わたしの従者たちのコーラスが、彼らの生きているかぎりそれをおぼえていることだろう。ほかのものもそれをたのしむことができる」

ロッドは、ふたりのあとについてきた下級民を見まわした。一瞬、こんなおおぜいの前で歌うのが恥ずかしくなったが、みんなの温かい、愛にみちた笑顔を見ると、気分がおちついてきた。

「じゃ、これをおぼえておいて、ク・メルが目をさましたら、きっとぼくのかわりにうたってやってください」

彼はすこし声をはりあげてうたった。

行こう、雄羊が踊りまわり跳ねまわるところへ
聞こう、雌羊があいさつし、メェーと鳴くのを
急ごう、子羊が駆けまわり、じゃれまわるところへ
見よう、ストルーンが育ち、あふれかえるのを
眺めよう、みんなが世界と富を
　刈りいれ、山と積むのを

見よう、丘が低くくぼみ、裂けているのを
座ろう、空気が乾ききり、焼けつくところに
行こう、雲が歩いたり走ったりするところへ
立とう、富が光り輝き、あふれながれるところに
さけぼう、高らかに声はりあげて
　ノーストリリアの力と誇りを

みんながうたいかえしたコーラスには、ロッドがこれまでこの歌から聞いたことのないような富とゆたかさがそなわっていた。

「それでは」とイ・テレケリがいった。「第一の禁じられたるものの祝福がきみの上にあ

るように」巨人はすこし身をかがめて、ロッド・マクバンのひたいにキスをした。ロッドはいぶかしく思って、なにかいいかけたが、相手の両眼が彼を見つめていた。

両眼――ふたつの炎のよう……。

炎――友情のよう、温かみのよう、歓迎とさよならのよう……。

両眼――それがひとつの炎になる。

ロッドがつぎに目ざめたとき、そこはオールド・ノース・オーストラリアをめぐる軌道の上だった。

下降は簡単だった。船にはビューアーがあった。蛇人のパイロットはひどく無口だった。彼はロッドを〈没落牧場〉の中、小屋の戸口からほんの二、三百メートルのところにおろした。いっしょにふたつの重い包みもおろしていった。オールド・ノース・オーストラリアのパトロール船が上空に停止し、ノーストリリア警察が地上に降下して、ロッド・マクバン以外にだれも着陸しなかったことを確認するまで、空気には危険がはりつめていた。地球船はささやきを残して、風のように消えた。

「手を貸しましょう」警察官のひとりがいった。羽ばたき飛行機《オーニソプター》の機械かぎ爪のひとつがロッドをつかみ、もうひとつのかぎ爪がふたつの包みをつかむと、巨大な翼の羽ばたきひとつで空中に舞いあがった。翼をひろげたまま、惰力滑空で庭に舞いおり、ロッドと荷物をあざやかに地上におろして、飛行機械は羽ばたきをくりかえしながら、静寂の中へ飛びさっていった。

そこにはだれもいなかった。ドリス叔母さんがまもなくやってくるのはわかっていた。そしてラヴィニア。ラヴィニア！　いま、ここへきて、この愛する貧しい、乾いた土地へきて、ロッドはラヴィニアがどれほど自分にふさわしいかを知った。しかも、いまのロッドはサベることも、キトることもできるのだ！

それは奇妙な感じだった。きのうまでのロッドは——それともあれはきのうだったのか？（なぜなら、まるできのうのように思えるからだが）——ひどく幼い気分だった。そして、いま、キャットマスターを訪問してからというもの、なんとなく自分が成長したのを感じていた。まるで個人的な根深い問題のすべてを発見して、それらを母なる地球へ残してきたような気分だった。ロッドの心の奥底で、なにかが告げていた。ク・メルが九割しか彼のものではなかったこと、そしてあとの一割は——彼女の人生の中でもっとも価値のある、美しい、そしてもっとも秘密な一割は——彼がけっして知ることのないほかの人間か下級民に、永久に捧げられていることを。ク・メルが二度と彼女のハートを与えてくれないことはわかっていた。それでも、二度とくりかえされることのないあの特別な優しい感情を、ク・メルのためにいつまでもとっておきたかった。ふたりがわかちあったものは、結婚ではなく、純粋なロマンスだったのだ。

しかし、ここには、故郷そのものが、そして愛が待っている。ラヴィニアがそこにいる。迷える狂気の父親を持ちながらも、ロッドに——どちらかといえば親切に背をそむけていたロッドに——親切だった、あのラヴィニアが。

とつぜん、ある古い詩の文句が、ひとりでに心の中にわきあがってきた——

つねに。けっして。永遠に
三つの世界。時を動かす
人生のてこ
つねに。けっして。永遠に……！

彼は心でさけんだ。大きくさけんだ。「ラヴィニア！」

丘のむこうから、さけびが彼の心へじかにとびこんできた。「ロッド、ロッド！　おお、ロッド！　ロッド？」

「そうだ」と彼は心で答えた。「走らなくてもいい。ぼくは逃げていかないよ」

ラヴィニアはまだ近くの丘のむこうにいるはずなのに、その心が近づいてくるのが感じられた。ラヴィニアと心がふれあったとき、ロッドはここが彼女の土地、そして自分の土地でもあるのをさとった。地球の濡れた驚異も、ク・メルの金色に輝く髪の美しさも、地球人たちも、ふたりには縁のないものだ！　ラヴィニアがむかしのロッドを愛したとおなじように、新しいロッドを愛し、理解してくれることが、疑いの余地もなくのみこめた。

ロッドは静かに彼女を待ちながら、灰色の、低い、見なれたノーストリリアの空のもとでひとり笑いをした。つかのま、丘をつっきって走りだし、自分のコンピューターにキスしたいという、子供じみた衝動にかられたのだ。

そうしないで、ロッドはラヴィニアを待ちつづけた。

和解と議会、高官と哀歓

十年後、ふたりの地球人が語りあう

「きみはそのてのちゃらっぽこをまさか信じちゃいないだろうな？」

「〝ちゃらっぽこ〟って？」

「美しい言葉じゃないか。古代の言葉だ。あるロボットが発掘した。その意味はたわごと、だぼら、ナンセンス、絵空事、でたらめ、よた話、それとも妄想――要するに、いまきみがしゃべったようなことさ」

「ひとりの少年が地球を買ったってことかい？」

「そう。いくらノーストリリアの金にものをいわせても、そんなことはむりだ。規制が多すぎる。あれはたんなる経済調整」

「〝経済調整〟？」

「これもやはり新発見の古代語さ。ちゃらっぽことといい勝負だろう？　でも、こっちにはちゃんと意味がある。支配者たちが、フローの量や所有権を変えることによって、物事を整理しなおすという意味だ。補完機構は地球政府をゆさぶって、自分たちの使える自由クレジットをもっとふやそうと考え、ロッド・マクバンという架空の人物を発明した。つぎに、彼に地球を買いとらせた。それから彼は去っていった。まったく理屈に合わんじゃないか。まともな少年がそんなことをするはずがない。噂だと、彼は百万人の女を所有したという。まともな少年が、百万人の女を与えられて、いったいどうすると思う？」

「そんなことはなんの証明にもならん。とにかく、おれはげんにこの目でロッド・マクバンを見たんだ。二年前に」

「あれはべつのひとりさ。地球を買ったといわれている当人じゃない。あれはミーヤ・ミーフラの近くに住んでいるただの金持の移住者さ。彼についても、二、三知っていることはあるがね」

「しかしだぜ、ノーストリリアのストルーン市場を買い占めた人間に、地球を買いとれないわけがどこにある？」

「そもそも、だれが買い占めたというんだ？　いいか、ロッド・マクバンはたんなる捏造《ねつぞう》だよ。きみは彼のピクチャーボックスを見たことがあるか？」

「いや」

「だれかが彼に会ったたって話を聞いたことがあるか？」

「ロード・ジェストコーストがそれに関係してたって話は聞いた。それに、あの高級もてなし嬢《イガール》もな。なんて名前だっけ――ほら、あの赤毛の――ク・メルも」

「それもたんなる噂さ。ちゃらっぽこ、正真正銘の古代のちゃらっぽこだ。そんな少年はいっぺんも実在したことがない。すべてはプロパガンダ」

「きみはいつもそんな調子だな。不平をいったり。疑ったり。おれはきみみたいでなくてよかったよ」

「そのセリフはそっくりそのままお返しするよ。〝だまされるよりは死んだほうがまし〟それがおれのモットーさ」


やはり十年後、地球を出発した平面航法船の中で

ストップ・キャプテンが、女性の乗客に話しかけている――

「奥さん、地球のファッションをなにもお買いにならなくてよかった。あんなしろものを着て故郷へ帰ったもんなら、ものの三十秒で風に吹きとばされてずたずたですよ」

「わたしは古風なんです」彼女はほほえんでから、ふとあることを思いつき、こんな質問をつけたした――「あなたは宇宙を往復なさっているから、よくご存じでしょう、ストッ

プ・キャプテンさん。ロッド・マクバンの話をお聞きになった？　わくわくするようなお話ですわね」

「つまり、あれですか。地球を買った少年？」

「ええ」彼女は息をはずませた。「あれは本当ですの？」

「まったく本当です。ただひとつ、細かい点を除いてはね。あの〝ロッド・マクバン〟は、そんな名前じゃなかったんです。彼はノーストリリア人なんかじゃない。どこかほかの外星からきたホミニードで、略奪の儲けで地球を買った。当局は彼のクレジットをとりあげようとした。ところが、蓋をあけてみると、彼はアマゾナス・トリステの濡れた鼻つまみか、それとも、超重惑星からきたクルミぐらいの大きさの豆人間だったんですな。地球を買ったあと、きゅうに立ち去ったのはそういうわけです。おわかりですか、奥さん、オールド・ノース・オーストラリア人は自分の金以外のことはなにも考えません。あの惑星にはいまもって古代の統治形態のひとつが残っていて、住民のひとりが地球を買うなんてことはけっして許さないんです。その代わりにみんなでその少年をとりかこんで、ぜんぶを預金口座にいれるように説得しますよ。党派心の強い連中ですからな。だからわたしは、あれがノーストリリア人じゃなかったとにらんでいるんです」

　婦人は目をまるくした。「せっかくのすてきなお話をぶちこわしてくださるのね、ミスター・ストップ・キャプテン」

「わたしを〝ミスター〟と呼ばないでください、奥さん。それはノーストリリアの称号です。ただの〝さん〟でけっこうですよ」

ふたりは壁面の小さな架空の滝を見つめた。

仕事にもどる前に、ストップ・キャプテンはこうつけたした。「わたしにいわせれば、あれは超重惑星からきた豆人間のしわざですな。あのてのとんでもないまぬけでないかぎり、百万人の若い娘の寡婦権を買ったりはしません。奥さん、おたがいにおとなだから、おたずねしてもさしつかえないでしょう。超重惑星からきたちっちゃな一寸法師が、地球の女になにができるというんです？　百万人はおろか、たったひとりにだって？」

彼女がクスクス笑い、顔を赤くする前で、最後の男性的なジョークをいってのけたストップ・キャプテンは得意満面で歩き去った。

ロッドが地球を出発して二年後のイ・ラメラニー

「おとうさま、わたしに希望をください」

イ・テレケリは優しかった。「この世界のものなら、わたしはほとんどどんなものでもおまえにやれる。しかし、おまえがいうのは魚のしるしの世界のことで、そっちはだれの自由にもならない。もし、それがおまえを不幸にするのだったら、献身の作業のほうにあまり根をつめるのをやめて、洞窟の日常生活にもどったほうがいい」

イ・ラメラニーは彼を見つめた。「そうじゃないの。ぜんぜんちがいます。ただ、わたしは、ロボットと、鼠と、コプトの意見が一致したことを知ってるんです。約束されたるものが、いずれこの地球にやってくることを」その声に必死な調子がこもった。「おとうさま、それがロッド・マクバンだったのでしょうか？」

「どういう意味だね？」

「わたしは知らなかったけれど、彼が約束されたるものだったのでしょうか？　もしかすると、わたしの信仰をためすために、彼がここへつかわされ、そして去っていったのでしょうか？」

鳥の巨人はめったに笑わない。ましてや、自分の娘を笑ったことなど、これまで一度もない。しかし、これはあまりにもばかげていた。彼は娘の前で笑いだした。しかし、彼の心の賢明な一部は、たとえいまはそれが残酷なしわざであっても、結局は娘のためになるだろうと告げていた。

「ロッドが？　約束された真実の話し手だって？　いや、ちがう。はっはっは！　ロッド・マクバンは、わたしがこれまで会った中でもいちばんすてきな人間のひとりだ。鳥であってもおかしくないほどのりっぱな若者だ。しかし、彼は絶対に永遠からの使者ではない」

娘は一礼して、きびすを返した。

彼女はすでに自分自身についての悲劇を作りあげていた。誤りをおかしたもの、世界が待ちうけている〝言葉の君主〟と会ったのに、信仰が薄いためそれと気づかなかった女。いま起きるか、百万年先に起きるかわからないなにかを待ちつづける緊張は、あまりにも苛酷だった。日付のない希望という無限の責め苦に耐えるよりは、失敗と自責を受けいれるほうがらくだった。

イ・ラメラニーは、待つ時間をたいてい壁の中の小部屋ですごすことにしている。彼女は父の作ってくれた小さなヴァイオリンをとりあげた。古めかしい、むせび泣くような楽器の音に合わせて、彼女はささやかな歌、ロッド・マクバンを待つのをあきらめようとしているイ・ラメラニーの歌をうたおうとした。

ふと、彼女は広間のほうをのぞいた。

パンティーひとつの幼い少女が、まじまじと彼女を見つめていた。イ・ラメラニーはその子をながめた。その子はなんの表情もなかった。ただ、彼女を見つめているだけだった。ひょっとしたら、父が数年前に助けた亀人の子供たちのひとりかしら、と彼女は思った。

イ・ラメラニーはその子から目をそらし、自分の歌をうたった――

もう一度、歳月を超えて
　わたしはあなたのために泣くのです
あなたのためにとっておいた
　この苦い涙はとまりません
わたしの前半生のみがき石は
　あなたのために掃かれました
それとはちがう新しい時間が
　いまわたしを待っています
でもやはりときどきは過去がよみがえり
　なぜどうしてかをきくのです
未来の足どりは速すぎます
　もうすこし、もうすこし――
でも、いいの。それだけです。歳月を超えて
　わたしはあなたのために泣くのです

彼女が歌いおわっても、亀人の子供はまだ見つめつづけていた。怒ったように、イ・ラメラニーは小さなヴァイオリンをしまった。

おなじ瞬間に亀人の子供が考えていたこと

あたしはしゃべりたくないけどたくさんのことを知ってるし、ぜんぶの星をひっくるめていちばんすてきな真人がこの大広間へやってきて、みんなと話したことも知ってるわ、それはあの人がこの細長いまぬけ女のうたってる人だったからよ、この女はあの人を手にいれられなかったけど、それはあたりまえでしょ、あたしがあの人をものにするのよ、だってあたしは亀人の子供だし、ここの人たちがみんな死んで溶解槽へいれられたあとでも、あたしはずっとここで待ってるの、そしたらいつかあの人が地球にもどってきて、そのときのあたしはすっかり大きくなって、これまでのだれよりもきれいな亀女になってるから、あの人はあたしと結婚して自分の惑星へ連れてってくれるわ、あたしはいつもあの人としあわせでいられるのよ、だってあたしはあの鳥人や猫人や犬人がしてるみたいに口答えなんかしないし、だからロッド・マクバンがあたしの夫になったら、あの人のためにいそいで壁からお料理をだしてあげるし、もしあの人があたしをどなりつけても、あたしはなんにもいわないし、なにもいわずに百年でも二百年でも恥ずかしそうに優しくあの人の世話をしてあげるんだ、そしたら、なにも口答えしないきれいな亀女にはだれも怒ったりしないもんね……。

ヴィオラ・シデレアの盗賊ギルドの議会にて

先触れが口上を述べた。

「悪名高き盗賊隊長が、盗賊議会につつしんで報告申しあげます！」

ひとりの老人が立ちあがって、儀式ばった口上を返した。「隊長よ、おそらくきみは、人類の中のおめでたい連中、弱い連中、無情な連中から奪った富を、ごっそり持ち帰ったことだろうな？」

隊長はいった。

「問題は、例のロッド・マクバンの一件です」

議場の中が騒然となった。

盗賊隊長は、儀式ばった態度でつづけた——「われわれは、ノーストリリア周辺のねばねばした火花の散る空間から現われる全船舶を監視しましたが、宇宙空間で彼を捕獲するのは控えました。もちろん、だれかを地上に送りこむのも控えました。ママ・ヒットンのかわゆいキットンたちにでくわしたら、ことですからね。その〝キットン〟とやらがなんであれ、願わくは白黴人《しろかび》がやつらを見つけることを！　結局、船で運ばれたのは、女がひとりはいった棺桶と、生首のはいった箱だけでした。それはそれとして、彼はわれわれの目を巧みにかすめたわけです。だが、彼が地球に着いたあと、われわれは四人の彼をつかまえました」

「四人もか？」さっきの年老いた議員がさけんだ。

「そうです」盗賊隊長はいった。「四人のロッド・マクバン。人間のロッド・マクバンもひとりいましたが、すぐにおとりだとわかりました。もとは女で、若い男に変身した生活をえらくたのしんでいましたよ。とにかく、われわれがつかまえたロッド・マクバンは四人。その四人ともが、実によくできた地球のロボットでした」

「盗んだのか？」老議員がたずねた。

「もちろん」盗賊隊長は、人狼のようににやりと笑った。「ところが、地球政府はなんの抗議もしません。地球政府は、われわれが地球を離れるときに、請求書をよこしただけです。――〝特別設計ロボットの使用料〟として四分の一メガクレジット」

「なんと卑劣で正直なやりくちだ！」盗賊議会の議長がさけんだ。「で、きみはどうした？」目を大きく見ひらき、声をひそめた。「まさかおまえは、とつぜん正直になって、その請求書をこちらへまわしたんじゃなかろうな？　それでなくても、あの正直な悪党どもに対する借金がかさんでいるのに！」

盗賊隊長は、居心地悪そうにもじもじした。「いや、それほどひどい話じゃありませんよ、狡猾な議員のみなさん！　わたしは地球に一杯食わせてやりました。もっとも、そのやりかたは正直と紙一重だったかもしれませんが」

「なにをしたんだ？　さっさと話してみろ！」

「本物のロッド・マクバンをつかまえられなかったうさばらしに、ロボットたちを分解して、盗賊の手口を教えこんだんです。ロボットどもが盗んできた金で、罰金の全額だけでなく、旅費まで回収できました」

「儲けはあったか？」とひとりの議員がさけんだ。

「四十ミニクレジット」盗賊隊長は答えた。「しかし、まずいのはそのあとです。みなさんは、地球が本物の盗賊になにをするかをご存じですな」

部屋の中に身ぶるいが走った。みんなが、大胆な盗賊を退屈で正直なごろつきに変える、地球の心理改造術のことを知っていた。

「名誉あるみなさん、まことにお恥ずかしいことながら」と盗賊隊長は申しわけなさそうに言葉をついだ。「地球当局は、そこでもわれわれを出しぬきました。やつらは盗賊ロボットが気にいったんです。盗賊ロボットは凄腕の掏摸《すり》になるので、人びとが緊張した生活を送れることになる。それに、ロボットは盗んだものをそっくり返します。そこで――」と盗賊隊長は顔をあからめながらいった。「われわれは二千人の人間型ロボットを、掏摸と空き巣狙いに仕込む契約を請け負いました。地球の生活をもっと面白いものにするためです。いま、ロボットどもは外軌道をまわっています」

「するとおまえは」と議長が金切り声でわめいた。「正直な契約にサインしたのか？　盗賊隊長ともあろうものが！」

隊長は顔を真赤にして、のどをつまらせた。「でも、ほかにどうしようがあります？　それに、むこうには尻尾をつかまれていました。しかし、なかなかの好条件ですよ。ロボットを一人前の盗賊に仕込めば、一人につき二百二十クレジット。これでしばらくは優雅な暮らしができます」

しばらくのあいだ、死のような静寂がおりた。

とうとう長老議員のひとりがすすり泣きをはじめた。「わしはもうろくした。とても耐えられん。なんたる醜態だ！　われわれが——こともあろうに正直な仕事を請け負うとは！」

「しかし、すくなくとも、ロボットたちに盗賊の技術を教えこむわけです」と盗賊隊長が身もふたもない事実を述べた。

だれもコメントを返さなかった。

先触れさえもが、わきによって、クシュンと鼻をかんだぐらいだった。

ロッドの帰郷の旅から二十年後のミーヤ・ミーフラ

ロデリック・ヘンリー・マクバン、もとのエリナーは、歳月を重ねてもほんのわずか年老いただけだった。お気にいりの小さい踊り子を帰らせてから、彼はいぶかしんだ。なぜ、地球政府でなく補完機構が、「当人自身の住居におとなしく滞在し、そこで補完機構より権限を与えられた使者をまち、その使者によって発行される命令にしたがうこと」という公式警告を送ってきたのか、と。

ロデリック・ヘンリー・マクバンは、嫌悪もあらわに、ノーストリリアでの物堅い自活と労役の長い歳月を思いだした。金持の遊蕩児《ゆうとうじ》として地球で暮らすほうが、オールド・ノース・オーストラリアの灰色の空の下でつつましいオールドミスでいるよりもどれだけましかしれない、と思った。夢を見るとき、彼はときどきエリナーにもどり、そしてときには、エリナーでもロッドでもない、長い病的な時期を迎えることもあった。そこでの彼は、どこかの世界かそれともとりかえせない魅惑の時代から漂着した、無名の生き物だった。めったに訪れないが、いったん訪れると強烈な憂鬱におそわれるそうした時期には、まず酔っぱらって、何日かへべれけで過ごせばたいていは治る。しかし、気がつくと、いつも自分は何者なのかといぶかしんでいるのだ。いったい自分は何者なのだろう？〈没落牧場〉からきた実直な召使のエリナーなのか？　母なる地球そのものを買った男、ロッド・マクバンの養子縁組による親戚なのか？　いったいこの自分は――このロデリック・ヘンリー・マクバンとは何者だ？　彼がいつも口癖のようにしているその疑問を、ガールフレンドのひとりのカリプソ歌手が、うまく言葉をあんばいし、古代のメロディーに合わせて、こんなふうにうたって聞かせた――

わたしであること、それは正しいことか、よいことか
ほかのみんなが立ちどまってもなお進みつづけ――
門に近づき、ドアをくぐって
ここと〈無の涯〉のあいだの壁をぬけるのは

外はつめたくて、わたしはわたしだ
この淋しいわたしが真実、わたしはわたしだ
懐疑の余地を残さない静けさ
どんな音にも乱されない輝かしさ

わたしであること、それは奇妙で、それは真実だ

嘘をつこうか、彼らになって平安を得ようか
最後がきたとき、それに気づくだろうか、わかるだろうか
トラブルの終わったとき、そこでやめるだろうか

もし壁がガラスではなく、そこになく
もし壁が本物の空気でできているなら
自分の行くところ、わたしがわたしである場所で
迷うだろうか、そうそのとおり。それともノーか

わたしであること、それは正しいことか、そうなのか
自分の脳を、自分の目をたよりにできるか
そのうちにきみになったり、彼女になったりするのか
わたしが知っているこのすべて、それらは真実なのか

きみは壁の中でくるっている。外へ出れば
わたしはひとりで、墓のように醒めている
わたしはしくじったのか、貯めたものをなくしたのか

きみのさけびをこだまするなら、わたしはわたしなのか
わたしは時のある季節に旅した……
思考の外、いのちの外、理性の外に出た
もしわたしがきみになったら、自分で選んだ
わたしになる機会を失うだろうか

ロッド／エリナーはときおり自暴自棄にかられ、そしてときおり地球当局か補完機構が彼／彼女を心理改造のために連れさってくれないものかと考えた。

きょうの警告は、容赦ない確信にあふれ、折目正しく、恐ろしく、冷静だった。

そうするのは賢明でないと知りながら、ロデリック・ヘンリー・マクバンはなみなみと酒をグラスにつぎ、避けられないものを待った。

運命は三人の人間の姿をかりてやってきた。三人とも見おぼえのない顔だったが、ひとりはオールド・ノース・オーストラリア領事の制服を着ていた。そばにやってきたとき、彼女はその領事がロード・ウィリアム・ノット＝フロム＝ヒアであることに気づいた。彼の娘のルースとは、何十年か前、この砂浜の上で遊びたわむれたことがある。

あいさつはうんざりするほど長ったらしかったが、ロッド／エリナーは、オールド・ノ

ース・オーストラリアでもここ〈ふるさと《マンホーム》〉の地球でも、儀式を軽んじてはならないことをまなんでいた。面倒な問題、つらい出来事には、儀式が救済者の役を演じてくれるのだ。

最初に口を切ったのは、ロード・ウィリアム・ノット＝フロム＝ヒアだった。

「開け、ロード・ロデリック・エリナーよ、正式かつ適法に成立したる補完機構の総会は、なんじにつぎのごとく告げる。すなわち——

なんじ、ロード・ロデリック・エリナーは、これよりなんじの死ぬ日まで、補完機構の長官として知られ、事実その地位を占めるであろう——

なんじはたぐいまれな生存能力によってこの地位を得た。自殺を考えることなく、不可思議にして困難な人生を送ったことにより、なんじはわれらの恐ろしくも忠実な要職につくことになった——

いまよりなんじはロード・ロデリック・エリナーとなり、補完機構の命ずるところにしたがい、老若男女いずれかの姿をとることになる——

なんじは奉仕のために権力をつかみ、権力をつかむために奉仕し、われらとともに歩め。

過去をふりかえることなく、忘れるために覚え、過去の思い出を忘れ、補完機構の中にあって、一個の人格にあらず、人格の一部なることを知れ——

人類最古の下僕、補完機構は、ここになんじを歓迎する」

ロデリック・エリナーは絶句していた。

新しく任命されたばかりの補完機構の長官は、たいがい絶句するものだ。候補者の記録をもとに、知能、意志力、生命力、そしてなによりも生命力を重点においた精細な調査をしたのち、不意をついて任命するのが補完機構のならわしだから。

ロード・ウィリアムはほほえみながら片手をさしだし、外星生まれらしく、飾りけのないノーストリリア弁でいった――

「ようこそ、灰色のゆたかな雲の下からきたいとこよ。故郷の人間が長官に選ばれるのはめずらしい。どうかがんばってくれ」

ロデリック／エリナーは彼の手を握った。それでもまだ言葉が出てこなかった。

ロッドの帰還から二十年後、夜間総督宮で

「何時間も前から人間の声は切ってあるよ、ラヴィニア。はずしたんだ。そのほうが数字の感度がよくなる。息子たちについては、なんの手がかりもない。わたしは百回も操作卓へ足を運んだ。おいで、ラヴィニア。未来を予測しようとしてもむだだ。未来はすでにここにある。われわれが丘を越えてあそこへ行くところには、どっちにころんでも、息子たちはトレーラーから外に出ているだろう」

ラヴィニアが神経質にたずねた。「羽ばたき飛行機《オーニソプター》に乗っていったほうがいいんじゃなくて?」

「いや、よそう」ロッドは優しく答えた。「両親が空から駆けつけたりするのを、隣人や一族が見たらどうなる? すっとんきょうな外星人や、新入植者みたいに、ちょっとした爆発ぐらいでも、あわてふためくのかと思われるよ。とにかく、上の娘のカシェバは二年前にちゃんと合格したんだ。目がそんなによくなかったのに」

「あの子はおてんばですものね」ラヴィニアがいった。「まだ満足にサベれないうちから、宇宙海賊をやっつけるぐらいだったもの」

ふたりはゆっくりと丘に向かった。

丘の頂きを越えると、不気味なメロディーが下から聞こえてきた。

〈死の庭〉に出て、わが子らは
雄々しく恐怖の味をなめた
たくましい腕とむこうみずな舌で
彼らは勝ち、そして敗れ、ここへ逃れた

なんらかの形で、すべてのオールド・ノース・オーストラリア人がその歌を知っている。

それは少年少女が、生存できるかできないかの判定のために、ヴァンの中へはいっていくとき、老いたものたちが口ずさむ歌なのだ。

審問官たちがトレーラーの外にいるのを見た。オンセックのホートン・サイムもそこにいた。彼の顔は穏やかだった。彼の苦悩は、あの特製の夢人生のおかげで、もうきれいに拭われていた。ロッドが地球の秘密の地下洞窟から持ち帰った薬のおかげだった。ロード・レッドレイディもそこにいた。そして、ウェントワース医師も。

ラヴィニアは丘を駆けおりて、みんなのところへ行こうとしたが、ロッドがその腕をつかみ、荒っぽい愛情をこめていった。

「おちつけよ、ラヴィニア。マクバン一家は逃げたりしない。なにからも、どこへも！」

彼女はごくりと唾をのみこみ、足どりを彼に合わせた。

ふたりが近づいていくと、人びとがこっちを見あげた。

その表情からは、なにもわからない。

ロード・レッドレイディが、どこまでも型破りに、ふたりに合図を送った。

指を一本立てたのだ。

ひとりだけだ、と。

すぐそのあとで、ロッドとラヴィニアは自分たちの双子を見た。色白のテッドは椅子の上にすわり、ビルが飲み物をさしだしていた。テッドはそれを受け取ろうとしなかった。

まるでいま見ているものが信じられないように、土地のむこうを見ていた。もうひとりの双子、色の黒いリッチは、ひとりで立っていた。

ひとりで立ち、そして笑っている。

笑っている。

ロッド・マクバンと彼の妻は、〈没落牧場〉の土地を横ぎって、隣人たちのところへ歩みよった。容赦ない慣習がまさしくそう命じるとおりに。ラヴィニアはロッドの手をかたく握りなおした。彼も彼女の腕をつかんだ手に力をこめた。

長い時間ののち、ふたりは正式のあいさつをしおわった。ロッドはテッドの手をひいて立ちあがらせた。

「やあ、せがれ。おまえは合格したんだよ。自分がだれだかわかるかね?」

機械的に少年は暗唱した。「ロデリック・フレドリック・ロナルド・アーノルド・ウィリアム・マッカーサー・マクバン百五十二世です、おとうさん!」

それから少年は、ほんの一瞬言葉をつまらせた。まだひとりぼっちで笑いつづけているリッチを指さしてから、父親の抱擁の中にとびこんだ。

「ねえ、おとうさん! どうしてぼくなの? どうしてぼくなの?」

著者について

コードウェイナー・スミスは、ポール・マイロン・アンソニー・ラインバーガー博士（一九一三～一九六六）のペンネームである。

ラインバーガー博士は、外交政策協会のメンバーで、ジョンズ・ホプキンズ大学のアジア政策論の教授でもあり、極東問題と心理戦争に関しては全米有数の専門家だった。

彼の父親は、もと裁判官で、一九一一年の辛亥革命に資金援助をした人物だった。その息子として、中国、日本、フランス、ドイツで成長期を過ごし、すでに十代後半には六カ国語に通じていた。孫逸仙その人が名づけ親として彼に授けた名前は〝林《リン》・白《バー》・楽《ロー》〟という。

十七歳のときから外交交渉に関係していたラインバーガーは、父親を補佐しながら蔣介石の法律顧問として一九三〇年代を送り、中国問題について何冊かの権威ある専門書を著わした。

幼い頃に片目を失明するというハンディを負いながら、第二次大戦が勃発すると、彼は計略を用いてアメリカ陸軍の情報部員となることに成功した。最初、作戦計画部に編入されたとき、中国で活動する情報部員に必要な資格の一覧表を作成したが、その資格たるやおそろしく厳しいもので、それを満たせるのは彼だけだったのだ！

朝鮮戦争では、ラインバーガー中佐としてふたたび軍務についた。彼の立案した作戦のひとつは、投降しても体面をたもてると中国軍兵士を説得することだった。それには中国語で〝名誉〟と〝義務〟にあたる単語をいくつかさけぶだけでよい。ただ、これらの単語は、正しい順序でさけんだ場合〝わたしは降伏する《アイ・サレンダー》〟という英語に聞こえる。

第二次大戦での経験をもとにして彼が書いた『心理戦争』は、いまなおその分野での名著とみなされている。しかし、その彼もベトナム戦争には関与しなかった。アメリカの介入をまちがいであると考えたからだ。

コードウェイナー・スミス名義の第一作「スキャナーに生きがいはない」が〈ファンタジイ・ブック〉という雑誌に掲載されたのは、一九五〇年のことである。もっとも、一九二八年、まだ十五歳のときに、『ノーストリリア』の中で引用された詩とおなじアンソニー・ベアデン名義で書いた、「第81Q戦争」という作品があるといわれる。あいにく、それがどこに発表されたのか、だれもおぼえていない。*

「スキャナーに生きがいはない」につづいて、一九五五年からぼつぼつ雑誌に発表されたいくつかの作品は、東洋と西洋の影響と文学技法、そして科学思想と宗教思想の混じりあった不思議な未来史の一部を形づくりはじめた。英国国教会高教会派の信徒であるラインバーガーは——たぶん偶然の一致と思われるが——テイヤール・ド・シャルダンの思想に似た調和統合を希求していたらしい。これらの短篇は、人類が——補完機構の冷酷非情な仁政のもとに——古代戦争による破壊から立ちなおり、宇宙の船乗りたちによる冒険の時代を経て、完全なユートピアの退廃を迎えるまでの足どりを追っている。

スミスの唯一の長篇である『ノーストリリア』は、〈人間の再発見〉と〈聖なる叛徒〉を扱った短篇群が作りだすモザイクの中心飾り《センター・ピース》である。こちらの短篇群は、この長篇の中であっさり言及された事件——ク・メルとロード・ジェストコーストの前日譚、ド・ジョーンの殉教、その他いろいろ——に、解明の光を投じている。

『ノーストリリア』が書かれたのは一九六〇年のことだが、一九六四年に抜粋のかたちで雑誌掲載されたのち、あるペイパーバック出版社から二冊に分けて——しかもそれぞれ独立した長篇であるような体裁をとるため、若干の加筆をして——出版されたことがある。この版は、はじめて『ノーストリリア』をその原型にもどしたものである——このことには、スミス作品の愛読者すべてが感謝してよいだろう。

——J・J・ピアス

一九七四年八月

＊その後、ワシントンDC公立学校組織の機関誌〈ザ・アジュタント〉の一九二八年六月号に掲載されていたことが判明し、復刻された。

訳者あとがき

なんとふしぎな小説だろう――それが、もう二十年あまりも前、はじめてコードウェイナー・スミスという作家の「スキャナーに生きがいはない」という中篇に出会ったときの感想だった。かつて味わったことのない一種異様な衝撃は、いまだに忘れられない。

主人公は宇宙船の乗組員で、スキャナーと呼ばれる特権階級だが、生身の体では深宇宙航行にともなう強烈な苦痛に耐えられないため、肉体改造で神経系の接続を断たれ、電子機器におきかえられている。いまでいうサイボーグだ。この主人公が、愛妻の待つわが家に帰り、一時的に普通人の感覚をとりもどして幸福に浸るくだりから、一転して奇怪な雰囲気に包まれたスキャナー集会の場面になる。このへんから、こちらはもう完全にスミス宇宙のとりこになってしまった。それはこの上なく美しいもの、優しいものと、グロテスクなもの、残酷なものが、分かちがたく同居し、謎と魅惑をはらんでいる未来世界だ。恥を忍んで告白すると、あとでこの作品が本文庫の『鼠と竜のゲーム』という短篇集に収録されることになって改訳したとき、いかにもハッピー・エンド風の幕切れの数行で、官僚機構の冷酷さがそれとなく暗示されているのにはじめて気がつき、愕然となったおぼえがある。それぐらい含蓄が深いというか、読みかえすたびに新しい発見のある作家なのだ。

まえおきはそのぐらいにして、いよいよ本書『ノーストリリア』に移る。

しかし、なんですね、近ごろはすっかり読者もこすっからくなって、あとがきだの巻末解説などにまず目を通し、おもしろそうだと見きわめた上でなければ手を出してくれない。そこで考えた——よし、それならば、当方もずばりこの本の特色を列挙して、お客の迷いを吹っとばしてやろう。

というわけで——

1　これはSF史上ワン・アンド・オンリーの作家コードウェイナー・スミスが残した、ただ一冊の長篇です。

2　この長篇は、彼が好んでとりあげたテーマの集大成です。

3　しかもスミスの未来史最大のヒロインであるク・メルが、重要な役割をになって大活躍します。

だから、買いなさい！

以上でこのあとがきを打ち切れたら、ぼくもたいしたものだと思う。りっぱだと思う。しかし、悲しいことに、旧来の陋習《ろうしゅう》を色濃くひきずっている身としては、そんな決断をする度胸もなく、未練たらしく話をつづけなければならない。せめてものことに、目先だけは変えて、ここで識者の意見を紹介しよう。一九六五年にアルジス・バドリスがギャラクシイ誌の書評コラムで、スミスの未来史の特徴を論じたくだりである。非常に訳しづらい文章なので、大意要約ということでご勘弁ねがって――

スミスについて最も重要なのは、彼の短篇のすべてが、完全に首尾一貫した幻想宇宙とじかにかかわっているということである。それらはひとつのシリーズの続篇というよりは、巨大なモザイク模様の中の一枚のタイルに近い。宙ぶらりんの結末や伏線のように思えるものも、実はべつの部分の重要な断片であって、あとでそちらのタイルを並べおわったとき、はじめて作者の意図した機能を帯びてくる。つまり、スミスの頭の中にある構想は、いくつかのアイデアを思いつきで使ってみたところ、つぎの〝物語〟を書くさいにうまく適合しないのがわかる、というたぐいの行きあたりばったりのしろものではない。彼にとって、つぎの物語はない。どの物語も同じ疑似時間の中で同時に起こっており、その疑似時間はその幻想宇宙にとってまったくリアルなものなのだ。

彼が無限の時間を使って、無限の物語を語れない唯一の理由は、小説という媒体の制約を受けているからである。もちろん、その制約を受けているのは、ほかの作家もおなじだ。しかし、ほかの作家は、完全な全体像を持たずに、端からぼつぼつと仕事を進め、ある登場人物、または発展性のあるアイデアでいくつかの作品を結びつけ、それでよしとしている。スミスはちがう。彼は創作しているのではなく、報告している。しかも、神の視点からそうしているのだ。

つまり、スミスの作品をいくつか読んどいたほうが、思いがけない関連性やなにかがわかっておもしろいよ、と言外に勧めているわけである。となると、前記の短篇集『鼠と竜のゲーム』を並読してもらうのが一番だが、そんな暇はとてもないとおっしゃる向きも、もちろんあるはず。そこで、本書を中心にした周囲のモザイク模様がいったいどうなっているかを、簡単に説明しておきたい――

人類最初の宇宙時代のあと、人口過剰と〈古代戦争〉によって、地球の大部分は廃墟となり、生き残った人間たちが孤立した都市の中にたてこもるいっぽう、その外にひろがる〈荒れ野〉には、突然変異した野獣（〈けもの〉）や、追放された人間（〈許されざる者〉）や、巨大な殺人機械（〈マンショニャッガー〉）の徘徊する〈暗黒時代〉がつづく。

四〇世紀ごろ、この世界にフォムマハト姉妹が現われる。第二次大戦の終わりに、ドイツのある科学者が、冷凍睡眠をほどこし、人工衛星の中にかくまっておいた娘たちである。地球へもどってきた彼女たちは、活力という贈り物を人類にもたらす。彼女たちの子孫であるヴォマクト一族は、このあともスミスの未来史のところどころに顔を出し、善と悪の二面を持つ生命力の権化として重要な役割をになう。

活力という資質がもたらされたことで、歴史は転換し、補完機構と自称する支配者たちのもとに、地球の復興がはじまる。補完機構は、生存者たちの統一、民族の壁や宗教の壁の除去、そして共通言語（〈古代共通語〉）の確立につとめ、しだいに勢力をのばしていく。近くの星ぼしへの進出もはじまって、ここに第二宇宙時代が開幕する。当時の宇宙船は巨大な光子帆船で、深宇宙（〈空のむこう〉《アップ・アンド・アウト》）独特の苦痛を避けるため、乗客は人工冬眠ポッドにはいり、はじめに書いた一種のサイボーグであるスキャナーたちが船を動かす方式だった。

やがて、この苦痛を防ぐ方法が見つかり、スキャナーたちはもとの人間の体にもどることができた。星ぼしへの植民はいっそうさかんになる。いったんパラダイスⅦに住みついた人びとは、その恐ろしい環境を逃れてノーストリリアに再移住し、ここで偶然に不老長寿薬ストルーンが発見される。

七〇世紀ごろには、〈暗黒時代〉から最後まで残っていた独立国チャイネシア（その全盛期には、金星とオーストラリアに巨大な人口をかかえていた）も滅びる。そして、八〇世紀には宇宙旅行に大きな革命が起きる。二次元空間をぐって何光年もの距離をいっきに横断できる平面航法の出現である。超光速宇宙船の操縦を受け持つゴー・キャプテン、メンテナンスや貨物の積みおろしを受け持つストップ・キャプテン、二次元空間に棲む魔性の存在と戦うピンライターたちの活躍は、新たな英雄時代を生みだす。これと、ストルーンによる延命効果で、人類の惑星植民は飛躍的な発展をとげる。のちには、各惑星の環境に適合するよう改造された人間（ホミニード）も現われる。

一〇〇世紀ごろには、補完機構はきわめて強力な存在となっている。地球上のいっさいの労働に従事するのは、動物から人間に改造された〝下級民〟と、動物の脳を移植されたロボット。もとからの人間（真人）たちは、補完機構に完全に管理されて、平和な生活を送っている。しかし、病気もなく、危険もなく、ストルーンでだれもが一律に四百歳の寿命を与えられたこの退屈なユートピアには、すでに停滞がはじまっている。

いっぽう、〈輝ける帝国〉をはじめとする国家や組織が、対抗勢力として宇宙のところどころに出現するが、補完機構の絶対支配を揺るがすにはいたらない。

さて、ノーストリリアのかかえる貴重な資源、ストルーンを略奪しようとした外星人は数多いが、成功したものはない。ヴィオラ・シデレアの盗賊ギルドから送りだされたベンジャコミン・ボザートも、その富を奪おうとして、ノーストリリアの防衛網にひっかかり、命を落とす。彼を殺したのは、本書でも言及されている〈ママ・ヒットンのかわゆいキットンたち〉――近づくものに恐ろしいテレパシー波を投げつける狂気のミンクたちだった。

一四〇〇世紀ごろ、ふたたび歴史の転機となるような重大事件が起きる。犬の少女ド・ジョーンに率いられた下級民の反乱である。ド・ジョーンはジャンヌ・ダルクの故事そのままに裁判を受けて火あぶりにされるが、彼女の殉教によって〈古い強力な宗教〉が復活し、補完機構の進歩派たちに人間性の意味を教えることになる。

一五〇〇世紀にはもうひとつの重要な事件が起きる。ロード・ジェストコーストとレイディ・アリス・モアが推進した〈人間の再発見〉と呼ばれる改革である。つまり、完全なユートピアの中で停滞してしまった人間の世界に、もう一度病気や、危険や、さまざまな言語を持ちこもうという運動だ。本書の後半、「お金の嫌いな人はない」の章で短い登場をするポールは、世界がもはや安全な場所でなくなった直後に、古代の廃道アルファ・ラルファ大通りの頂上まで登ったさい、恋人のヴィルジニーを失った上に、自分も危うく命を落としそうになって、ク・メルに救われた男である。

かねてから下級民に同情をよせていたロード・ジェストコーストは、ク・メルを通じて、地下の指導者イ・テレケリと密約を結ぶ。適当な時期に補完機構の長官たちを説得して、平等な権利を与えるようにするから、それまで下級民をおとなしく抑えていてほしい。そのの代わりに、官憲がその存在も知らないような避難所を下級民のために提供しよう、という取引である。
本書の主人公ロッド・マクバンが地球にやってきたのは、ちょうどこんな変革のさなかだった。彼がノーストリリアへ帰ったあと、地球ではついに下級民が市民権をかちとる。ロード・ジェストコーストとク・メルはひそかに愛しあう仲だったが、この恋は実らないままに終わる。ク・メルは料理のうまさで評判のレストランをひらき、おおぜいの子供をもうけ、長く幸福な一生を過ごす……。

駆け足の説明になってしまったが、大略こんなところだ。スミスは、この未来史の前途に、人間と下級民の共通の運命、宗教的なクライマックスを考えていたらしい。しかし、それは作者の早世によって、ついに完結を見ることなく終わった。消化器系と代謝系の疾患のため、大手術をくりかえし、晩年は病床で過ごすことが多かったという。遺稿の一部はジュヌヴィーヴ夫人の手で加筆の上、発表されたが、その夫人もいまは亡い。あとの未来史は暗示のままで残されている。

本書のテキストには、一九七五年に出たバランタイン・ブックス版の *Norstrilia* を用いた。この長篇は、J・J・ピアスの著者紹介にもあるとおり、なぜか最初二冊に分けて出版されている。ピラミッド・ブックスから一九六四年に出た『惑星買収者』*The Planet*

Buyer と、一九六八年の『下級民』The Underpeople がそれ。「高い空を飛んで」の章の終わりを境にして二部に分割、それぞれに短いエピローグとプロローグを付したもので、この補足部分を除くと、細部は本書とほぼおなじである。スミスの書いた原型に忠実なこの一巻本が決定版なのは、いうまでもない。

翻訳に当たっては、ニュー・イングランドSF協会が出した『コードウェイナー・スミス用語索引』Concordance to Cordwainer Smith (1984) のお世話になった。熱烈なスミス・ファンたちが長年かかって完成させた労作で、スミス作品に出てくる固有名詞をアルファベット順に並べ、簡単な解説をつけた便利な手引書だ。

これを読むと、ポリグロットだったスミスが、登場人物や地名に託したさまざまな意味や言葉あそびが、いろいろわかって楽しい。たとえば、ク・メルの〝メル〟はラテン語で「甘い」または「蜜」を表わし、ゲール語では「快楽の」という意味（ちなみに、ク・メルのクは猫の生まれであることを示す接頭辞で、Cat の頭文字のCである。bull のブ・ダンク、eagle のイ・イカソスの場合もこれにおなじ）。レイディ・ゴロクの〝ゴロク〟は、なんと日本語の五六だという。本書には登場しないが、ヒンズー語で五六を表わす名前を与えられたレイディもいる。この数字には、なにか特別の意味があるらしい。おもしろいのはミーヤ・ミーフラという地名で、これはフロリダ州マイアミ（Miami, Fla.）を、もじったもの。地球港は、小大陸の東端にあり、てっぺんからマルチニーク島が見える（「アルファ・ラルファ大通り」）ことからして、その位置はどうやら現在のカリブ海近辺と思われる。

スミスが信仰心の篤い人物だったことから、その作品のいたるところにキリスト教的な要素が顔を出している。たとえば、イ・テレケリと神、イ・イカソスと神の子イエスの相似関係などは、この方面にまったくうといぼくにも見当がつくが、不老長寿薬ストルーンの別名であるサンタクララ薬には、こんな注釈がついていて、へえ、そうなのか、と感心してしまった――

サンタ・クララ（一一九三～一二五三）はアッシジのフランチェスコの弟子で、クララ会を設立し、清貧の生活を貫いた修道女。片やノーストリリア人は、巨大な富を持ちながら、わざと質素な生活に甘んじている。そこで、サンタ・クララが自己犠牲によって人びとに与えた〝恩寵〟と、ノーストリリア人が快楽を捨てて世界にもたらしているストルーンのあいだに、ひとつの類似を見いだすのも、あながちこじつけとはいえない……。

つけ加えるなら、スミスは一九五七年と一九六五年の二度にわたってオーストラリアを訪れ、まだ文明の退廃がおよんでいないこの国から強い印象を受けた。そのオーストラリアへの愛着をこめて書かれたのが、ノーストリリアという舞台である。

最後に、ちょっといい話をひとつ。

この用語索引でコードウェイナー・スミスという項目を調べたら、こんな説明にでくわした——

「一万六千年の過去に送りだされた補完機構の長官。自分の記憶をたよりに、それまでの歴史を書いた。おそらくは、ヴォマクト一族のひとり」

人類補完機構の世界——『ノーストリリア』を中心飾《センター・ピース》りとして

本書『ノーストリリア』のなかには、アルジス・バドリスやＪ・Ｊ・ピアスがいうように、コードウェイナー・スミスがその時までに書いた人類補完機構の物語にまつわる言葉が、きらぼしのごとくちりばめられている。彼の短篇に親しんでいる読者にとっては、それらの言葉はさまざまな物語をよびおこし、共鳴作用をおこさせることで、多元的な読書体験をすることを可能にしてくれる。その一方で、スミスはそれらの言葉を、いっさいの説明抜きで使っているため、本書ではじめて人類補完機構の世界に触れる読者にとっては、それらの言葉はただの言葉にすぎず、そこから重層的な意味を読み取ることはできない。

もちろん、そうした言葉の背景など知らなくとも、本書を楽しむことは充分にできるが、それらの言葉がどんな物語を想起させるのか、多少でも知っていれば、より楽しめるにちがいない。ここでは、それらの言葉が指し示す物語を、簡単にご紹介することにしよう。

●古代戦争が激しくなったとき、山の内部へ隠されたものだったの。
「**第81Q戦争**」★『三惑星の探求』（近刊）収録
地下で眠る荷物の山をさしてク・メルが説明する言葉だが、この〝古代戦争〟とは、いったいどんな戦いだったのだろう。その一端を知ることができるのが、この短篇である。
時は西暦二一二七年。放射熱源の独占権をめぐってチベットとアメリカが対立。国際戦争委員会に「戦争許可」を申請する。かくてそれぞれの国の威信をかけ、おのおの五隻ずつの巨大空中艦による激闘が開始されるのだが……。

●そして〈あばれもの〉やマンショニャッガーが生き残りの殺戮にとりかかる前には……
「**マーク・エルフ**」★『スキャナーに生きがいはない』収録
打ち続く古代戦争により世界は荒廃し、〈真人〉（真正の人類）は孤立した都市群に追いこまれ、地球の支配権は、けもの族（テレパシー能力を持つ知性ある動物）やマンショニャッガー、〈許されざる者〉たちに移っていた。
こうした時代に、レナードという〈真人〉がテレパシー能力を使って、地球軌道上を周回していた古代遺物を地上へと連れ戻すことに成功する。その遺物とは、一九四五年、迫りくる赤軍から娘を守るため、ドイツ人科学者が打ち上げた三台のロケットのうちの一つだった。そしてその中には、冷凍睡眠をほどこされた一人の美しい娘、フォムマハト三姉妹の長姉カーロッタが入っていたのだ。暗い森の中に着陸し、長い長い眠りから覚めて、右も左もわからぬうちに〈愚者〉に襲われかけた彼女を助けたのは、〝マンショニャッガー〟――ドイツ人以外のあらゆる人間を抹殺すべく、第六ドイツ帝国兵器局によって建造された人間狩猟機 11号《メンシエンイエガー・マーク・エルフ》であった。やがて、テレパシー能力を持つ〈中型の熊〉の手助けを得て暗い森を抜け出した彼女は、最愛の伴侶となるレナードと出会うことになる。

本書のジャン＝ジャック・ヴォマクト博士がいい例だが、スミスの作品には数多くのヴォマクト姓の人間が登場する。そして、本篇の主人公カーロッタ・フォムマハトとレナードのあいだに生まれた子供たちが、やがて〝ヴォマクト〟と呼ばれる一族を形成するのだ。

●わたしはジャン＝ジャック・ヴォマクト。

「昼下がりの女王」★『スキャナーに生きがいはない』収録

カーロッタとレナードが出会ってから二百年後。三姉妹のまんなか、ユーリ・フォムマハトが、みずからの死期を悟ったカーロッタによって、地上へと呼び寄せられる。そのころ地球は、チャイネシア人で哲学者の集団――ジウィンツ団に支配されていたが、カーロッタたちはこの専制を終わらせようとしていた。彼らは本当の人類の補佐役――補完機構を設立し、人類を専制ではなく、慈愛にもとづいて導いていこうとしていたのだ。カーロッタの死後、レナードと結婚したユーリは、けもの族や〈許されざる者〉と協力し、マンショニャッガーさえも味方として活用して、ジウィンツ団を打ち破ることに成功する。

かくて人類補完機構は発足し、やがて補完機構はあまたの世界を包含したものになる。

ユーリは〝ヴォマクト〟としての功を賞され、補完機構の初代レイディの一人となり、またレナードもその夫として、初代ロードの一人に任ぜられた。

●光子帆船でオールド・ノース・オーストラリアへ運んできたもの。

「**星の海に魂の帆をかけた女**」★『スキャナーに生きがいはない』収録

平面航法が開発される前、そして開発された後も、深宇宙を安全に旅する方法として〝光子帆船〟が用いられた。直径数千キロをこえる巨大な帆に太陽風を受け、乗客は人工冬眠ポッドにはいって、客観時間にして何十年にもおよぶ旅に耐えることになる。だが当然のことながら、船乗り《セイラー》（光子帆船の操縦者）は、眠ることなど許されない。特殊な薬によって、主観時間としてはほんの一カ月にすぎないが、客観時間では数十年のあいだずっと覚醒状態を保つ。そのためその身体は、その旅にかかった実際の数十年分、歳をとり、旅を終えた船乗り《セイラー》は、年老いた身体に若者の心を持つ、特異な人間となってしまうのだ。

十八歳のヘレン・アメリカが新地球《ニュー・アース》からやってきた船乗り《セイラー》――ミスター・グレイ＝ノー＝モアと出会ったのは偶然だった。彼を恋するようになった彼女は結婚を申し込むが、答えはノーだった。美しい彼女に自分のような老人はふさわしくないとグレイ＝ノー＝モアが考えたからだ。しかし彼を深く愛する彼女は、初めての女性船乗り《セイラー》として、〈魂〉と名づけられた光子帆船を操り、新地球《ニュー・アース》へと赴くことになる。だが、人工冬眠ポッドで安らかに眠るグレイ＝ノー＝モアは、そのことを知らなかった……。

「青をこころに、一、二と数えよ」 ★『スキャナーに生きがいはない』収録

〝星の海に魂の帆をかけた〟ヘレン・アメリカの物語から、ほぼ二千年がたった時代。〈空のむこう〉に潜む竜に狙われることのない光子帆船は、平面航法に比べてはるかに安全だったが、危険がないわけではなかった。そしてその危険は、人間みずからの心の闇が生みだす危険だった。操船をあずかる船乗り《セイラー》がなんらかの事故で死亡したとき、船によって覚醒させられた補充要員たちは、はるかな星の大海のなか、壊れやすく狭いキャビンに閉じこめられ、徐々に発狂し、やがて怖るべき犯罪を次々に思いつくと実行していく。そして最後に残るのは、無人の操舵室、覚醒不可能なまでに損傷を受けた何万もの冬眠ポッドの群れ――まさに地獄船だった。

そうした事態を避けるために補完機構がとった安全措置――それは美しい少女の絶叫、死んで久しいネズミの積層加工された脳、それにコンピュータの身も世もない号泣。そしてこの安全措置を発動させるキーワードは、こんな詩の一節だった――

「お嬢さん、もしあなたに　うるさくつきまとう男がいたら　青をこころに　一、二と数

え　赤いくつをさがしてごらん」

やがて、星の海に旅立ってから三百二十六年後、美しい少女からこのキーワードが発せられたとき起こったことは……。

●ピンライターやゴー・キャプテンの腕にもよるし……

「**鼠と竜のゲーム**」★『スキャナーに生きがいはない』収録

光子帆船は安全だが、とにかく旅に時間がかかった。そんな宇宙旅行に革命をもたらしたのが、二次元空間をスキップすることで、何十光年もの距離をいっきに踏破できる平面航法の出現だった。客観時間にして何十年、何百年もかかっていた旅が、ほんの数時間で終わってしまうのだ。乗客は狭苦しい冬眠ポッドに押しこまれて長い眠りにつくかわりに、芝生の上を散歩したり（平面航法では金属の船殻などもはや必要としなかった）、ひろびろとした部屋でくつろいだり（先史時代の邸宅と庭園が宇宙船だった）、擬《まが》いものの青空の下で雑談をかわしているうちに（見えない力場が虚無空間から守ってくれる）、数十、数百光年の距離をこえて、目的地に着いてしまうのだ。

だが、良いことばかりではない。この二次元空間には、怖るべき魔物が潜んでいたのだ。人々の心を食い荒らし、生きた魂を肉体から引きちぎる存在。人はそれを〝竜〟と呼んだ。

〝ピンライター〟は、航海のあいだ、人間よりはるかに敏捷なパートナーとともに、この怖るべき魔物から船を守る戦士であった。テレパスであるピンライターは、航海がはじまるとその感覚を何光年も広げ、竜の存在を察知するや、思考＝射出中継器の助けをかりて、パートナーの乗るフットボール大の小型戦闘艇を竜めがけて投げつける。人間の心には〝竜〟にしか見えないその存在も、猫であるパートナーには、巨大な〝鼠〟にしか見えないのだ。かくて二次元空間の虚無のまっただなかで光子爆弾が炸裂し、鼠またはパートナーいずれかが倒れるまで、熾烈なゲームが続けられるのである。

「燃える脳」 ★『スキャナーに生きがいはない』収録

この超光速宇宙船――平面航法船の操縦を受け持つのが、〝ゴー・キャプテン〟である。光子帆船を一枚の帆を広げておだやかな海を帆走するヨットにたとえるなら、平面航法船は、まさに怒《ど》濤《とう》逆巻《さかま》く大洋をあらゆる航海術を駆使して乗り越えてゆく古代の戦船《いくさぶね》だった。

平面航法室のなかで、ゴー・キャプテンは壁にはりめぐらされたロックシート（十万枚もの星図を一インチの厚さに貼り合わせたもの）の助けを借り、空間から空間へ、時に数光年、時に数百光年の距離を跳躍し、みずからの脳のインパルスによって船を導いてゆく。そうした驚くべき技量を持つゴー・キャプテンのなかでも、最高と評されていたのが、マーニョ・タリアーノだった。彼はこう言われていた――「あの男は左目の筋肉だけで地獄を渡りきれる。たとえ計器類が故障しても、自分の生きた脳だけで宇宙を航行できる」と。

そして、まさにその最悪の事態が起こってしまったのは、最愛の妻ドロレス・オーと姪のディータとともに、豪華な新鋭船ウー・ファインシュタインで初航海に旅立った時のことだった。いまだかつてない手違いで、新造船の壁一面に同一のロックシートが貼られていたのだ。そのため、船はこれまで誰も見たことのない宇宙空間に出てしまった。しかも、必ずあるべき緊急帰還シートも失われていた。このままでは乗客全員が死ぬしかない。

そこで彼がとった最後の手段は、みずからの脳を焼き尽くしながら、これまでの航海で彼の脳に刻みこまれた星図をたどって、船を帰還させることだった。

●シェイヨルの星が、リンゴを服の袖でこするようにして、磨かれた時代。
「シェイヨルという名の星」　★『アルファ・ラルファ大通り』収録

本書のなかで、ヴォマクト博士は「どこだかにあるあの恐ろしい惑星へ送られる」と慄《おのの》き、旅客監督官のティードリンカーも「もし補完機構に知れたら、処罰は悪夢刑だ。シェイヨルへの流刑よりも悪い」と怖れる星――シェイヨル。そこは、どれほど恐ろしい場所なのだろうか。この物語では、流刑惑星がその役目を終える最後の時期が語られる。

〝地獄の惑星〟として人々に怖れられてはいるものの、そこではどんな拷問も強制労働も行なわれない。あるのはただ苦痛だけ。そして、次から次へと自分の身体から生えてくる器官――手や足や頭など――によって、自分がグロテスクな異形の怪物に変身していくのをがまんするだけだ。だがそれらの余分な器官も、ブ・ディカットという牛人の世話係が定期的に刈り取ってくれる。しかも彼は、スーパーコンダミンという麻薬を注射して、囚人たちを天国にいるようなハイな気分にしてくれるのだ。そしてこの刑期には終わりがない。この惑星の原生生命体ドロモゾアによって永遠の命を与えられているからだ。このきらめく光の粒々は、囚人たちの体内から老廃物を取り除き、心臓をマッサージし、肺を動かし、余分な肉体を発生させるに足りる養分を注入し、去っていく。その行為は善意と慈愛に満ちていた、そのことごとくが耐えられないほど痛いのをのぞけば。だから囚人たちは、たったひとつの言葉にすがって生きていた――「人の命は永遠ではないのよ」

●あのラウムソッグの場合のように――黄金の船がひとたび攻撃をかけただけで……

「**黄金の船が――おお！　おお！　おお！**」　★『スキャナーに生きがいはない』収録

時として強大な国家や組織が宇宙のところどころに出現し、補完機構の絶対支配を脅かす。そんなとき、補完機構の最終兵器としてその姿を現わすのが、黄金の船である。

何世紀にもわたって、星々の裏側の虚空間に浮かび、始動の時を待ち受けてきた黄金に輝く一億五千万キロの巨大な戦闘艦。それが出現したとき、敵艦隊はその巨大さに圧倒され、その破壊力を想像して怖れ慄く。だがその船は、実は巨大なダミーにすぎなかった。乗員は船長ただ一人。船の操船キャビンはたったの六×九メートル。あとは、信じられぬほど硬い薄膜の内部に細いワイアがはりめぐらされた、巨大な金色の気泡にすぎなかったのだ。そしてその目的は、時間を稼ぐこと。本当の攻撃艇が敵を攻撃するあいだ、そのめくらましとなることだった。

ラウムソッグ帝国との戦争では、実際にその母星を攻撃したのは、ちっぽけな艇であった。乗員はたったの四人――艇長であるラヴァダック卿と、第三級因果律干渉体である少女、危険を感じると瞬間的時間旅行を行なうクロノパシー能力をもつ白痴、そして乗員に地球への反逆あるいは逃亡の兆候があらわれた瞬間に艇を破壊する役目をおびたモニター。攻撃艇がラウムソッグの首都惑星の大気圏に侵入すると、艇長はまず少女をひっぱたき、ついで白痴の肉をつねった。彼がやったのはそれだけだ。もっともそのあいだ、細菌兵器を含むあらゆる攻撃兵器が艇から惑星上にまき散らされていたのだが。かくて母惑星は死に、帝国も死んだ。巨大な黄金の船とちっぽけな攻撃艇――それに乗り組んだこの五人で、何百億もの人民を支配する巨大な帝国を打ち破ったのだ。

●あれだけの財産があれば、ボザートの一件でしょいこんだ負債を、ぜんぶ支払える。

「ママ・ヒットンのかわゆいキットンたち」　★『アルファ・ラルファ大通り』収録

ノーストリリアの持つ貴重な資源、ストルーンを略奪しようとした外星人は数多い。本書に登場する盗賊惑星ヴィオラ・シデレアの住人、ベンジャコミン・ボザートもその一人だった。彼がどのようにしてストルーンを盗み出そうとしたのか、そしていかにしてノーストリリアの防衛機構に察知され、最強の防衛兵器〝ママ・ヒットンのかわゆいキットンたち〟によって非業の死をむかえることになったかが、この物語で語られる。そして彼の計画が失敗したことによって、惑星ヴィオラ・シデレアはノーストリリアにたいし、四○○、○○○、○○○人＝メガ年《マン・メガイヤー》の負債を抱えこむことになったのである。

●だから、レイディ・アリス・モアは〈人間の再発見〉のためにこんな計画を立てたのよ。

「老いた大地の底で」★『アルファ・ラルファ大通り』収録

レイディ・アリス・モアの名前をきいてまず思い浮かべるのが、この物語だ。

補完機構の最古老にして大賢者であるストー・オーディンは、二体のロボットをともなって、地下の無法地帯ゲビエットへと赴く。そしてそこで、補完機構によって与えられた偽りの〝幸せ〟につかる生活に満足しない、みずからをサン＝ボーイ（太陽の子）と称する一人の男と、彼を愛するサントゥーナという名の女と出会う。やがてそこで、はるかダグラス＝オウヤン惑星団を巻きこんだ恐ろしい出来事が起こるのだが、その災厄をただ一人生き抜いた、美しい、一糸まとわぬ、無毛の、金色の唇をした女――サントゥーナは、「こんなこと二度と起こしちゃいけない！」と決意する。その後数世紀のあいだに、彼女は病と危険と悲嘆をよみがえらせ、人類の〝幸せ〟を豊かなものにする。〈人間の再発見〉の立役者の一人である彼女こそ、やがてもっとも有名な名前、レイディ・アリス・モアで知られることになる女性であった。

●不幸な恋愛の経験、アルファ・ラルファ大通りからアバ・ディンゴへの二度とくりかえしたくない旅の経験が、まだ忘れられない。

「アルファ・ラルファ大通り」　★『アルファ・ラルファ大通り』収録

本書の「お金の嫌いな人はない」の章に登場するポールが、この物語の主人公だ。時はまさに〈人間の再発見〉がその緒についたばかりのころ。補完機構は宝庫を底深く掘り返し、古代文化と古代言語、それに古代の災厄までも復活させていた。この短篇のなかで、彼は恋人のヴィルジニーと、予言機械アバ・ディンゴから神託をえるため、崩壊しつつあるアルファ・ラルファ大通りをとおって地球港へと向かうのだが、嵐に巻きこまれた二人をやがて恐るべき悲劇が襲う。ク・メルは必死になって彼らを助けようとしたのだが……。ちなみにこの物語は、ベルナルダン・ド・サンピエールの十八世紀の恋愛小説『ポールとヴィルジニー』を下敷きにしている。

●人間には、ジョーンの教え、人間らしく見えるものが人間だという教えが理解できない。

「クラウン・タウンの死婦人」　★『アルファ・ラルファ大通り』収録

本書では、地位の向上を求めて密やかな抵抗活動をつづける下層民たちがでてくるが、彼らの行動の根本原理となっているジョーンの教えとは何なのか。それが解き明かされるのが、この物語である。

あるとき惑星フォーマルハウト3に、人間プログラム省のエラーから〝人体機能の異常を手持ち素材によって修復する直観的能力〟をもった女性の胚が地球からとどき、そこで一人の女性が誕生する。だが、〝魔女医者〟とも呼ばれるエレインには、ここでは仕事がなかった。補完機構が支配する先進の惑星に、病人などいるはずもない。それでも、病人をもとめてさまよい歩く彼女は、ある日、町なかで偶然地下へとつづく階段を見つける。そしてその階段をおりたところで彼女は出会うことになるのだ、犬娘のド・ジョーンと、はるか昔に死に今はその意識だけが生きているもと補完機構の長官レイディ・パンク・アシャシュ、エレインの永遠の恋人となる〈ハンター〉、そして道化の町《クラウン・タウン》の人々と。やがて、あまねく星の海に広まるド・ジョーンの物語――人間たちに「下級民は動物ではなく、人間かもしれない」と思わせることに成功した驚くべき出来事――に、エレインは立ち会うことになる。

●中でも最大の犯罪――猫娘のク・メルとの取引――だけを除いて。

「帰らぬク・メルのバラッド」 ★『アルファ・ラルファ大通り』収録

タイトルからもおわかりのように、美しい猫娘ク・メルが本篇の主人公である。「クラウン・タウンの死婦人」でド・ジョーンの殉教に立ち会った補完機構の長官レイディ・ゴロクが強い決意のもとに生んだ息子ジェストコーストの第七代目の子孫が、本書『ノーストリリア』に登場するジェストコーストだが、この短篇で、彼はク・メルとはじめて出会うことになる。最初は地下の指導者イ・テレケリと接触するために彼女に近づいたのだが、やがて二人は深く愛し合うようになる。だが、それは人間と下級民との禁断の恋であったため、二人とも死ぬまで、自分の恋心はたがいに相手には明かさなかった。

ロッドの心の奥底で、なにかが告げていた。ク・メルが九割しか彼のものではなかったこと、そしてあとの一割は——彼女の人生の中でもっとも価値のある、美しい、そしてもっとも秘密な一割は——彼がけっして知ることのないほかの人間に、永久に捧げられていることを。

（H・K）

本書は一九八七年三月にハヤカワ文庫SFから刊行された『ノーストリリア』の新装版です。

訳者略歴　1930年生，2010年没，1950年大阪外国語大学卒，英米文学翻訳家　訳書『タイタンの妖女』ヴォネガット，『高い城の男』ディック，『たったひとつの冴えたやりかた』ティプトリー・ジュニア（以上早川書房刊）他多数

HM=Hayakawa Mystery
SF=Science Fiction
JA=Japanese Author
NV=Novel
NF=Nonfiction
FT=Fantasy

人類補完機構

ノーストリリア

〈SF1726〉

二〇〇九年九月十五日　発行
二〇一六年十月十五日　二刷
（定価はカバーに表示してあります）

著者　コードウェイナー・スミス
訳者　浅《あさ》倉《くら》久《ひさ》志《し》
発行者　早川浩
発行所　株式会社　早川書房
郵便番号　一〇一‐〇〇四六
東京都千代田区神田多町二ノ二
電話　〇三‐三二五二‐三一一一（大代表）
振替　〇〇一六〇‐三‐四七七九九
http://www.hayakawa-online.co.jp

乱丁・落丁本は小社制作部宛お送り下さい。
送料小社負担にてお取りかえいたします。

印刷・三松堂株式会社　製本・株式会社川島製本所
Printed and bound in Japan
ISBN978-4-15-011726-9 C0197

本書は活字が大きく読みやすい〈トールサイズ〉です。